위대한 유산 2

일러두기

- 이 책은 Charles Dickens, *Great Expectations*(Penguin Classics, 2002)를 우리말로 옮긴 것입니다.
- 인명, 작품명, 지명은 국립국어원 외래어표기법을 따르되 일부 명칭은 일반적으로 널리 쓰이는 표기를 따랐습니다.
- 단행본 및 정기간행물은 『 』, 그림, 영화, 희곡, 음악의 제목은 〈 〉로 구분했습니다.
- 주석은 모두 옮긴이 주입니다.
- 원서에서 저자가 강조 표시한 부분은 번역서에서 고딕 볼드체로 처리했습니다.

위대한 유산 2

Great Expectations

찰스 디킨스 지음

이세순 옮김

B:

목차

31장 9

32장 18

33장 28

34장 40

35장 49

36장 61

37장 72

38장 83

39장 103

40장 122

41장 142

42장 151

43장 163

44장 172

45장 184

46장 196

47장 208

48장 218

49장 229

50장 243

51장 250

52장 262

53장 271

54장 291

55장 313

56장 325

57장 334

58장 353

59장 365

작품 해설 372

작가 연보 385

위대한 유산

31장

우리가 덴마크에 도착해서 보니,[1] 그 나라의 왕과 왕비가 주방
용 식탁 위에 얹힌 두 개의 안락의자에 높직이 올라앉아 어전회
의를 열고 있었다. 덴마크의 귀족 전체가 참석하고 있었다. 그들
중에는 거인 조상이 물려준 부드러운 새미가죽 구두를 신은 귀
족 소년 한 명, 늘그막에 평민에서 출세한 듯 얼굴이 지저분하나
덕망 있는 귀족 한 사람, 머리에는 빗을 꽂고 두 다리는 비단 양
말 차림인 덴마크의 기사들이 있었는데, 이들은 대체로 여성적
인 외모였다. 재능이 있는 우리 고향 읍민은 팔짱을 끼고 떨어져
서 우울하게 서 있었다. 나는 그의 곱슬머리와 이마가 좀 더 그
럴듯했더라면 좋았을 거라고 여겼다.

연극이 진행될수록 몇 가지 사소하지만 이상스런 상황이 일어
났다. 이 나라의 선왕은 임종 시에도 기침으로 고생했을 뿐만 아
니라, 그 기침을 무덤까지 가지고 갔다가 망령으로 나타나면서
그걸 그냥 지니고 돌아온 것처럼 보였다. 그 선왕의 망령은 또한
그의 왕홀에다가 유령 같은 대본을 감아 가지고 나와 그것을 때
때로 참고했는데, 역시 조바심을 내면서도 참고할 부분을 놓쳐
버리는 경향이 있어서 오히려 살아 있는 인간의 처지를 보는 느
낌을 자아냈다. 망령이 관객들로부터 "대본을 넘겨!"라는 충고를

---

1 이후 이어지는 이야기는 웝슬 씨가 출연하는 〈햄릿〉과 관련된 것이다.

받게 된 것은 내 생각에 바로 이것 때문이었으며, 망령은 이 충고를 지극히 불쾌하게 받아들였다. 마찬가지로 이 위엄 있는 망령에 대해 수복해야 할 것은, 망령이 언제나 무덤에서 오래전에 빠져나와 굉장히 멀리 걸어온 듯한 모습으로 등장했으나, 이 망령이 누가 봐도 바로 가까운 벽에서 나왔다는 점이다. 이 때문에 망령이 보여주는 공포를 관객들이 우스꽝스럽게 받아들였다. 포동포동한 숙녀인 덴마크 왕비는, 역사적으로도 철면피인 것은 틀림없긴 해도, 관객들은 그녀가 몸에 놋쇠를 지나치게 많이 붙였다고 생각했다. 그녀의 턱은 (흡사 굉장한 치통이라도 앓고 있는 듯이) 넓적한 놋쇠 줄로 왕관에 연결되어 있었고 허리도 또 다른 넓적한 놋쇠 줄로 감겨 있었으며, 그리고 양팔도 각각 또 다른 넓적한 놋쇠 줄로 감겨 있어서 관객들은 그녀를 노골적으로 '큰 놋쇠 북'이라고 부를 정도였다. 조상 대대로 내려오는 구두를 신은 귀족 소년은 일관성이 없었는데, 말하자면 순식간에 유능한 선원, 순회극단 배우, 무덤 파는 인부, 성직자, 그리고 궁정 검술 시합의 심판으로 바뀌었다. 그는 자신이 가진 숙련된 눈과 뛰어난 식별력이야말로 최고의 검술 동작을 판별하는 기준이라는 듯 행동했지만, 이런 모습이 점차 관객의 인내심을 바닥나게 했다. 심지어 그가 성직자로 등장하면서 장례식 집행을 거부하자,[1] 관객들의 미칠 듯한 공분은 결국 그에게 견과류를 투척하는 것으로 이어졌다. 마지막으로 오필리어는 아주 느린 음악적 정신착란의 희생자가 되는 바람에,[2] 시간이 흘러 그녀가 흰 옥양목

---

1 〈햄릿〉 5막 1장에서 레어티즈가 자살한 여동생 오필리어의 장례를 기독교식으로 해달라고 했을 때, 사제가 이를 거부하는 장면을 말한다.
2 〈햄릿〉 4막 5장에서 오필리어는 아버지를 잃고 햄릿에게마저 외면당하자 갈피를 못 잡고 미쳐서, 왕비와 왕과의 대화를 거의 노래로 응수한다.

목도리를 벗어 접어서 그것을 마치 장례라도 치르듯 땅에 묻을 때 객석 맨 앞줄에서 철책에 자신의 성마른 코를 대고 오랫동안 마음을 진정시키고 있던 한 화난 남자가 고함쳤다. "이제 아기를 침대에 눕혔으니 저녁이나 먹읍시다!" 최소한 이 장면에 어울리는 말은 아니었다.

불행한 우리 고향 읍민은 이런 모든 사건이 장난스러운 방식으로 쌓이며 조롱의 대상이 되었다. 그 우유부단한 햄릿 왕자가 어떤 질문을 해야 하거나 의심을 표현해야 할 때마다 관객들이 그를 도와서 대사를 끝내게 해주었다. 예를 들자면, 정신으로 고통을 견디는 것이 더 고결한 것인가의 물음에 대해, 어떤 관객들은 그렇다고 소리 지르는가 하면 어떤 관객들은 아니라고 소리 질렀고, 양쪽 의견에 모두 동조하는 또 다른 관객들은 "동전을 던져서 정해!"라고 소리 지르는 바람에 마침내는 굉장한 '토론회'가 벌어졌다. 햄릿이 자기와 같은 인간이 천지간을 기어 다니면서 대체 무슨 일을 하겠느냐고 물었을 때는, 관객들이 "옳소, 옳소!"라고 크게 외쳐서 그를 격려해 주기도 했다.[3] 또 햄릿이 흘러내린 긴 양말을 신고 등장했을 때는(이런 양말의 흘러내림은 관례에 따라 맨 윗부분을 한 번 매우 깔끔하게 접는 것으로 표현되었는데, 내 짐작으로는 늘 다리미질해서 치켜놓는 것이었다), 그의 다리가 창백한 이유에 대해, 그가 망령의 등장에 충격을 받아 그렇게 된 건지 여부를 두고 객석에서 대화가 벌어졌다. 햄릿이 구식 플루트를 집어 들자―그것은 방금 관현악단에서 연주되

---

3 《햄릿》 3막 1장에서 아버지의 복수를 하지 못하고 깊은 고뇌에 빠진 햄릿이 그의 연인 오필리어 앞에서 하는 유명한 독백 "사느냐, 죽느냐. 그것이 문제로다"로 시작되는 부분과 그 이하 참조. 웹슬의 공연에서는 원극에는 없는 여러 가지 해학적 요소들이 연출되어 비극이 소극으로 바뀌고, 마치 한국의 마당놀이와 같은 방식으로 진행되고 있다는 느낌을 준다.

었던 것과 아주 흡사한 작은 검정색 플루트였는데, 문간에서 건네받은 것이었다―그는 이구동성으로 〈지배하라, 브리타니아여 *Rule, Britannia*〉[1]를 연주하라는 요청을 받았다. 또 햄릿이 유랑극단 배우에게 그렇게 허공을 톱질하지 말라고 충고했을 때는,[2] 아까 그 화난 남자가 말했다. **"당신도** 그러지 마쇼. 당신은 **그 사람**보다 더 형편없다고!" 그리고 마음 아프게도 내가 덧붙여 말하건대, 이런 일들이 일어날 때마다 웝슬 씨에게 한바탕 웃음이 쏟아졌다.

그러나 웝슬 씨가 당한 최대의 시련은 교회 묘지 장면에서였다. 이 교회 묘지는 원시림 같아 보였는데, 한쪽에는 일종의 조그만 성직자용 세탁장이 있었고, 또 다른 쪽에는 유료도로 출입문이 있었다. 웝슬 씨가 넓은 검정 망토 차림으로 유료도로에 들어서는 것이 보이자, 관객들이 무덤 파는 인부에게 다정한 태도로 경고를 해주었다. "정신 차려! 장의사가 오고 있어, 당신이 일을 얼마나 잘하고 있는지 보려고 말이야!" 나는 웝슬 씨가 해골을 도덕적인 관점에서 고찰한 뒤 그것을 돌려줄 때는 반드시 그의 가슴에서 꺼낸 흰 손수건으로 손가락의 먼지를 닦아내야만 했던 것이 법치국가에서는 잘 알려진 사실이라고 믿는다. 그러나 그런 순수하고 필수적인 행동조차도 관객들의 "웨이-터!"라는 비평 없이는 그냥 지나가는 법이 없었다. 매장될 오필리어의 시신이 (뚜껑이 덜렁 열려 있는 텅 빈 검은 상자에 담겨) 도착했을 때 관객들은 크게 환호했고, 관을 들고 있는 사람들 중에 익숙한 얼굴이 있다는 사실이 밝혀지자 더욱 큰 웃음이 터졌다. 그리고

---

1 영국 시인 제임스 톰슨이 지은 시에 작곡가 토마스 안이 곡을 붙인 애국적인 내용을 담은 노래로, 요즘에도 애송되고 있는 영국 제2의 애국가다. 브리타니아는 고대 로마제국 시대에 알려진 영국의 이름이다.
2 〈햄릿〉 3막 2장 첫머리 참조.

그 기쁨은 웁슬 씨가 교향악단석과 무덤가에서 레어티즈와 결투를 벌이는 동안 내내 이어졌으며, 그가 주방용 식탁에서 왕을 굴려 떨어뜨리고 난 뒤 발목에서부터 위쪽으로 서서히 죽어갈 때까지도 조금도 누그러들지 않았다.

허버트와 나는 처음에는 웁슬 씨에게 박수갈채를 보내려고 미약하게나마 노력했지만, 그 노력이 너무나 절망적이어서 계속할 수가 없었다. 그래서 우리는 그를 매우 안타깝게 여기면서 그대로 앉아 있었는데, 그럼에도 불구하고 우리는 입이 귀에 닿도록 크게 웃었다. 나는 나도 모르게 공연 내내 소리 내어 웃었는데, 모든 것이 다 그토록 우스꽝스러웠다. 그렇지만 나는 웁슬 씨의 무대 발성법에는 뭔가 확실히 훌륭한 점이 있다는 잠재적인 인상을 받았는데―그것은 유감스럽게도 그에 대한 옛 기억이 떠올라서가 아니라 그의 발성이 너무나 느리고, 매우 따분하고, 오르락내리락하고, 어느 누구도 현실에서나 죽음 앞에서 그렇게 말할 리 없는 방식이었기 때문일 것이다. 비극이 끝나고 웁슬 씨가 무대로 불려 나와 야유를 받고 난 뒤, 나는 허버트에게 말했다. "당장 가자, 안 그러면 아마 그를 만날지도 몰라."

우리는 될 수 있는 대로 서둘러 아래층으로 내려갔지만, 충분히 빠르지도 못했다. 극장 문 앞에 짙은 얼룩 같은 기괴한 눈썹을 지닌 유태인 한 사람이 서 있다가, 우리가 앞으로 나아갈 때 나와 시선이 마주치자 우리가 그에게 다가갔을 때 말을 걸었다.

"핍 씨와 그 친구분이시죠?"

핍 씨와 그 친구가 맞다고 시인했다.

"월든가버 씨가," 그 남자는 말했다. "두 분을 뵙는 영광을 얻으면 기뻐하실 겁니다."

"월든가버라고요?" 내가 되물었다. 그때 허버트가 내 귀에 속삭였다. "아마 윕슬인가 봐."

"아!" 내가 말했다. "그래요. 따라가면 됩니까?"

"몇 발짝만 따라오시죠." 우리가 극장의 옆 통로에 접어들었을 때, 그가 돌아서서 물었다. "그가 어때 보였나요? 제가 분장해 드렸습니다만."

나는 장례식 장면을 빼고는 그가 어떤 모습이었는지 모르겠다. 게다가 목에는 파란 리본에 매달린 커다란 덴마크식 해 또는 별 장식을 걸고 있었는데, 이로 인해 그가 어떤 특별한 화재보험회사의 보험에 가입한 것처럼 보였다.[1] 그러나 나는 그가 매우 멋져 보였다고 말했다.

"무덤으로 다가갈 때," 우리의 안내자는 말했다. "그는 그의 망토를 아름답게 보여주었죠. 그러나 무대 옆에서 본 것으로 판단하건대, 그가 왕비의 방에서 망령을 볼 때 그가 자신의 긴 양말을 좀 더 강조했더라면 좋았을 것이라는 생각이 듭니다."

나는 점잖게 동의했다. 우리는 안팎으로 열리는 더럽고 조그만 문을 통해서 그 바로 뒤에 있는 후끈한 화물 창고 같은 방으로 들어갔다. 여기서 윕슬 씨가 그의 덴마크인 의상을 벗고 있었는데, 이 화물 창고 같은 방은 방문인지 뚜껑을 활짝 열어둔 채 서로의 어깨 너머로만 쳐다볼 수 있었다.

"신사분들," 윕슬 씨가 말했다. "만나게 되어 영광입니다. 바라건대, 핍 군, 이렇게 오라고 부른 것을 용서해 줘. 내가 예전에 자네를 알고 지낸 행운이 있었고, 연극계는 항상 인정받아 온 권리로서 귀족과 부유층에게 언제나 부탁할 권리가 있지."

---

1 1786년에 설립되어 1866년경까지 존속한 영국 '태양화재보험회사'의 상징은 해바라기 모양의 둥근 태양이었는데, 보험 가입자들의 집에 이 상징을 그린 금속판을 부착해 놓았다고 한다.

그러는 동안 웝슬 씨는 땀을 뻘뻘 흘리면서 왕자의 검은 담비 가죽 옷을 벗느라 애를 쓰고 있었다.

"양말을 살살 벗으세요, 월든가버 씨." 긴 양말의 주인이 말했다. "그렇지 않으면 못 쓰게 만들 겁니다. 양말을 못 쓰게 만들면 당신은 35실링을 버리는 거예요. 셰익스피어 극에 이보다 더 좋은 양말이 제공된 적은 한 번도 없었어요. 자, 의자에 잠자코 앉아 양말은 내게 맡겨요."

그렇게 말하고서 그는 무릎을 꿇고 그의 희생자의 양말을 벗기기 시작했다. 한쪽 양말이 벗겨졌을 때 이 희생자는, 넘어질 공간이 없었기에 망정이지 조금이라도 공간이 있었다면 확실히 의자와 함께 뒤로 나자빠졌을 것이다.

그때까지도 나는 연극에 대해 말하기가 두려웠다. 그러나 그때 월든가버 씨가 만족스럽게 우리를 올려다보며 말했다.

"신사분들, 객석 앞에서 보기에 연극이 어땠는지요?"

허버트가 뒤에서 (손가락으로 나를 쿡 찌르며) 말했다. "훌륭했습니다." 그래서 나도 "훌륭했습니다"라고 말했다.

"내 주인공 연기는 어떻게 보셨는지요, 신사분들?" 월든가버 씨는, 전적으로는 아니지만 거의 은혜나 베푸는 양 물었다.

허버트가 뒤에서 (또다시 나를 쿡 찌르며) 말했다. "중후하고 구체적이었습니다." 그래서 나도, 마치 그것이 내가 생각해 낸 말이며 그래서 그 점을 꼭 주장하고 싶기라도 한 듯이 뻔뻔하게 말했다. "중후하고 구체적이었습니다."

"두 분의 인정을 받게 되니 기쁘군요, 신사분들." 월든가버 씨는 그때 벽에 부딪쳐서 의자를 꼭 붙잡고 있어야 했음에도 불구하고 위엄 있는 태도로 말했다.

"그렇지만 나는 한 가지만 말하겠어요, 월든가버 씨." 무릎을 꿇고 있는 그 남자가 말했다. "당신의 연기에서 잘못된 점을 말이에요. 자, 잘 들어보세요! 누가 반대로 말한다 해도 나는 개의치 않고 이렇게 말하겠어요. 당신이 햄릿을 연기할 때 다리를 옆으로 돌리는 건 잘못된 해석입니다. 제가 마지막으로 분장시킨 햄릿도 리허설에서 똑같은 실수를 저질렀어요. 그래서 제가 그의 정강이에 커다란 빨간 밀랍 인장을 하나씩 붙였죠. 그리고 마지막 리허설 때 제가 앞쪽, 즉 객석 뒤편에서 지켜보면서 그가 다시 다리를 옆으로 돌릴 때마다 '밀랍 인장이 안 보이잖아!'라고 외쳤어요. 그랬더니 공연 당일 밤에는 그의 연기가 아주 훌륭했죠."

월든가버 씨는 마치 '충실한 하인이야. 그의 어리석은 행위도 내가 너그럽게 봐주지'라고 말하기라도 하듯 나에게 미소를 지었다. 그런 다음 그는 큰 소리로 말했다. "내 해석은 이곳 관객들에게는 약간 고전적이고 사색적이죠. 허나 그들도 나아질 거예요, 나아질 겁니다."

허버트와 나는 동시에, 오, 틀림없이 그들은 나아질 거라고 말했다.

"인지하셨는지요, 신사분들?" 월든가버 씨가 말했다. "관객 중에 예배, 아니 공연을 조소하려고 애쓰는 자가 한 사람 있었다는 것을 말입니다."

우리는 비열하게도 그런 사람을 봤던 것 같다고 대답했다. 나는 덧붙였다. "그는 취해 있었습니다, 틀림없어요."

"아, 그렇지 않아요, 선생." 웝슬 씨가 말했다. "그 사람이 취해 있을 리 없죠. 그의 고용주가 신경 쓸 테니까요. 그의 고용주는 절대 그가 취하도록 내버려두지 않을 겁니다."

"그의 고용주를 아세요?" 내가 물었다.

웝슬 씨는 눈을 감았다가 다시 떴는데, 그는 이 의식적儀式的인 동작 두 가지를 매우 느리게 수행했다. "두 분은 틀림없이 인지하셨을 겁니다, 신사분들." 그는 말했다. "목소리는 귀에 거슬리고 얼굴에는 상스러운 악의가 서린, 무지하고 뻔뻔스런 바보 하나가 덴마크의 클로디우스 왕의 역할(프랑스어 표현을 쓰면 롤rôle)을—훌륭하게 해냈다고는 말하지 않겠지만—무사히 끝냈다는 것을 말입니다. 그 자가 바로 그의 고용주랍니다, 신사분들. 연극계란 이런 거죠!"

웝슬 씨가 절망에 빠진 것이 더 나았을지 확신할 수는 없었지만, 어쨌든 그의 처지가 안쓰러웠다. 그래서 그가 멜빵을 고치느라 몸을 돌린 틈을 타 그를 저녁에 초대하는 게 어떻겠냐고 허버트에게 물었다. 허버트는 친절한 일이라고 생각한다고 했고, 그래서 나는 웝슬 씨를 초대했다. 그는 얼굴을 꽁꽁 싸맨 채 우리와 함께 바너드 여관으로 갔고, 우리는 그를 최대한 극진히 대접했다. 그는 새벽 2시까지 앉아 자신의 성공을 되짚어 보고 앞으로의 계획을 펼쳐 보였다. 세부 내용은 기억나지 않지만, 대략적인 내용은 연극계를 부흥시키는 것으로 시작해서 결국 자신의 죽음과 함께 연극계를 완전히 끝장내는 것이었다.

나는 우울한 기분으로 잠자리에 들었고, 우울하게 에스텔라를 떠올렸으며, 우울하게 악몽을 꾸었다. 꿈속에서 나는 후원자의 지원과 신분 상승의 희망이 모두 취소되었고, 허버트의 약혼녀인 클라라와 강제로 결혼해야 했으며, 미스 해비셤의 유령이 오필리어로 등장하는 햄릿 공연에서 대사 스무 마디도 모른 채 2만 명 앞에서 연기를 해야 하는 비참한 처지에 놓여 있었다.

32장

어느 날 내가 포킷 씨와 함께 책을 보며 열심히 공부하고 있을 때, 나는 우편으로 짤막한 편지를 한 통 받았다. 겉봉만 보고도 가슴이 무척이나 두근거렸다. 겉봉을 쓴 필체를 전혀 본 적은 없었지만, 나는 그것이 누구의 필체인지를 간파했기 때문이다. 편지는 '친애하는 핍 씨', '친애하는 핍', '친애하는 선생님' 또는 '친애하는 누구'라든가 하는 상투적인 서두 없이 이렇게 쓰여 있었다.

나는 모레 정오 역마차 편으로 런던에 갈 예정이야. 네가 나를 마중 나오기로 한 거 믿어도 되지? 여하튼 미스 해비셤은 그렇게 생각하고 있고, 나는 그에 따라 이 편지를 써. 미스 해비셤이 안부 전하셨어.

에스텔라가

만일 시간이 있었다면, 나는 아마 이 일을 위해 여러 벌의 양복을 주문했을 것이다. 그러나 시간이 없었기에 나는 부득이 이미 가지고 있는 양복들로 만족할 수밖에 없었다. 내 식욕은 즉시 사라졌고, 그날이 닥칠 때까지 마음의 평정이나 안식을 취하지 못했다. 그날이 왔어도 달라진 것은 없었다. 왜냐하면 그날 나는 상태가 더욱 심해져서, 블루 보어 호텔에서 역마차가 출발하기도 전에 런던 칩사이드 우드 스트리트의 역마차 정거장 주변을 맴돌았기 때문이다. 그 마차가 아직 떠나지도 않았다는 사실을 분명히 알고 있었음에도, 나는 정거장을 5분 이상 시야에서 놓치면 안 될 것 같은 불안감에 사로잡혔다. 그렇게 전혀 이성적이지 않은 상태에서 네다섯 시간 동안 이어질 감시의 첫 30분을 보내고 있었는데, 마침 웨믹을 우연히 만났다.

"안녕하세요, 핍 씨." 그가 말했다. "잘 지내세요? 저는 이곳이 **선생의** 활동 영역이라고는 생각지도 못했었는데요."

나는 역마차 편으로 상경하는 어떤 사람을 마중하기 위해 기다리는 중이라고 설명하고 나서, 그의 성과 노부의 안부를 물었다.

"모두 잘 있습니다, 덕분에요." 웨믹은 말했다. "그리고 특히 저의 노부께선 건강하시답니다. 놀랍도록 원기왕성하시죠. 다음 생신이면 여든둘이 되세요. 저는 대포를 여든두 번 발사할 생각이랍니다, 만일 이웃 사람들이 불평을 하지 않고 또 저의 대포가 그런 압력을 감당할 수 있다고 검증되면 말입니다. 그렇지만, 이건 런던에서 할 이야기가 아니죠. 제가 어디에 가고 있다고 보세요?"

"사무실로요?" 나는 이렇게 말했는데, 그가 그 방향으로 가고 있었기 때문이다.

"바로 옆 건물로 간답니다." 웨믹이 대답했다. "뉴게이트 교도소에 가는 중이에요. 우리는 지금 은행의 현금 행낭 강도 사건을 맡고 있어서, 제가 사건 현장을 얼핏 살펴보러 아랫녘으로 내려갔다가 이 건에 대해 의뢰인과 한두 마디 나눠야 할 일이 생겼거든요."

"의뢰인이 강도질을 했나요?" 내가 물어보았다.

"천만에요, 아닙니다." 웨믹은 아주 냉담하게 대답했다. "하지만 그는 그 혐의로 고소당했어요. 선생이나 나도 그렇게 될 수 있어요. 우리 둘 중 누구든지 그런 혐의로 고소당할 수도 있는 거죠, 아시겠지만."

"우리 둘만은 고소당하지 않았을 뿐이라는 거죠." 내가 한마디 했다.

"맞아요!" 웨믹은 집게손가락으로 내 가슴을 건드리며 말했다. "속이 깊으시네요, 핍 씨! 뉴게이트를 한번 구경해 보시겠습니까? 시간이 있으신가요?"

할애할 수 있는 시간이 너무나 많았기에, 그 제안은 역마차역을 계속 지켜보려는 내 잠재적인 욕망과 모순되었음에도 불구하고 나에게 구원과도 같이 다가왔다. 나는 그와 함께 다녀올 시간이 있겠는지 물어보겠다고 중얼거리며 역마차 매표소로 들어가, 매표원을 몹시 화나게 할 정도로 묻고 또 물어서 그로부터 가장 이른 역마차 도착 예상 시간을 더할 나위 없이 정확하게 확인했다. 하지만 사실 나는 이미 그 시간을 잘 알고 있었다. 그런 다음 나는 웨믹 씨한테 되돌아와 내 시계를 보고 또 매표원에게서 얻은 정보에 짐짓 놀라는 척하면서 그의 제안을 수락했다.

우리는 몇 분 뒤에 뉴게이트에 다다랐다. 그리고 우리는 족쇄 몇 개가 교도소 규정집과 함께 맨 벽에 걸려 있는 수위실을 지나 교도소 안으로 들어갔다. 그 당시에 교도소는 매우 방치되다시피 했고, 모든 공공연한 악행의 결과로 일어난 격화된 반응— 이것이 항상 가장 무겁고 긴 처벌을 초래하는데—의 시대는 아직 오지 않은 때였다. 그래서 중죄인들이 수감되어 (빈민들은 말할 것도 없고) 군인들보다 더 잘 먹는 경우는 아직 없었고, 수프 맛을 개선한다는 그럴듯한 이유로 교도소에 불을 지르는 일도 드물었다.[1] 웨믹이 나를 데리고 들어간 때는 마침 면회 시간이라 대폿집 사환이 맥주를 돌리고 있었고, 죄수들은 교도소 마당의 철창 뒤에서 맥주를 사거나 친구들에게 이야기를 하고 있었다. 참으로 더럽고, 보기 흉하고, 무질서하고, 침울한 장면이었다.

나는 웨믹이 죄수들 사이를 걷는 것이 흡사 정원사가 자신이 가꾼 초목들 사이를 걷는 것과 같다는 생각이 들었다. 이런 생각이 내 머리에 처음 떠오른 것은 웨믹이 하는 모습을 보고서였는데, 그는 밤새 새로 돋아난 새싹을 바라보듯, "아니, 톰 선장 아닌가? **자네** 거기 있었어? 아아, 정말 그렇군!"이라 말하고, 또한 "저 수조 뒤에 있는 건 블랙 빌인가? 이런, 요즘 두 달 동안이나 자넬 찾아보지 못했네. 어찌 지내고 있어?"라고 말했다. 그는 감옥 철창 앞에서 멈춰 서서, 늘 한 사람씩 다가와 초조하게 속삭이는 말을 듣고 있었다. 그러면서도 웨믹은 우체통 투입구 같은 입을 꽉 다문 상태로, 자신과 상담 중인 죄수들이 마치 지난번 마지막으로 관찰한 이후 재판 때 이루어질 한바탕 공세에 대비하여 얼마나 진척이 있었는지 특별히 살피고 있기라도 한 것처럼 쳐다보았다.

그의 인기는 대단했다. 그리고 나는 그가 재거스 씨의 업무 중 의뢰인들을 친절하게 대하는 일을 맡고 있다는 것을 알게 되었다. 비록 그에게도 역시 재거스 씨와 같은 어떤 당당한 면이 감돌고 있어서 일정한 한계를 넘는 접근은 허락하지 않았지만. 연이어 만나는 각각의 의뢰인에게 개인적으로 하는 인사는, 고개를 한 번 끄덕이고, 양손으로 모자를 머리에 약간 더 편하게 고

---

1 디킨스 시대의 영국 교도소는 이전 시대의 열악한 상황에 대한 비난 여론 때문에 개선된 결과 죄인들이 오히려 빈민들이나 군인들보다도 더 잘 먹고 지내는 상황이 벌어졌는데, 작가는 이를 풍자적으로 비판하고 있다.

쳐 쓰고, 그런 다음 그의 우체통 같은 입을 꽉 다물고서 양손을 호주머니에 집어넣는 동작으로 이루어져 있었다. 수임료 인상 문제로 한두 차례 어려움이 있었는데, 그럴 때 웨믹 씨는 죄수가 내놓은 부족한 돈으로부터 될 수 있는 대로 멀리 물러서며 말했다. "이봐, 그래봤자 소용없어. 나는 일개 고용인일 뿐이라고. 나는 그걸 받아들일 수 없어. 고용인에게 계속 그런 식으로 행동해서는 안 돼. 책정된 금액을 마련할 수 없다면, 이봐, 자네가 직접 법률사무소 소장에게 얘기해 보는 게 좋겠군. 이 직종에는 소장들이 즐비해서, 자네도 알다시피 어느 한 사람에게 무가치한 것이 다른 사람에게는 가치가 있을 수도 있거든. 고용인으로서 말하건대 그것이 자네에게 주는 내 충고야. 쓸데없는 수를 쓰려고 해선 안 돼. 그래서야 되겠어? 자, 다음은 누구지?"

이런 식으로 우리는 웨믹의 온실을 걸어서 지나갔는데, 그러다가 마침내 그가 나를 돌아보며 말했다. "제가 악수를 나눌 사람을 잘 보세요." 그런 사전 준비가 없어도 나는 당연히 그렇게 했을 것이다. 왜냐하면 아직까지 그는 어느 누구와도 악수를 하지 않았기 때문이다.

그가 말을 끝냄과 거의 동시에, 풍채가 좋고 몸이 꼿꼿한 한 남자가(이 글을 쓰는 지금도 그의 모습이 선하게 떠오른다) 다 낡아 빠진 올리브색 프록코트 차림에 특이하게 창백한 빛이 안면의 홍조 위에 퍼져 있고, 고정시키려고 해도 자꾸만 이리저리 움직이는 눈을 하고서 철창 한구석으로 다가와 한 손을 모자에 대고—모자의 표면은 식은 고깃국처럼 번질번질하고 기름기가 배어 있었다—반은 진지하고 반은 익살맞게 군대식 경례를 붙였다.

"아이고, 대령님!" 웨믹이 말했다. "어떻게 지내십니까, 대령님?"

"잘 지내고 있습니다, 웨믹 씨."

"저희가 할 수 있는 일은 다 했습니다만 증거가 워낙 확실했던 터라서 말입니다, 대령님!"

"맞습니다, 증거가 너무나 확실했어요, 선생. 그러나 **나는** 상관하지 않습니다."

"네, 어련하시겠습니까." 웨믹은 아무렇지도 않게 말했다. "**대령님이야** 상관없으시겠지요." 그런 다음 그는 나를 돌아보며 말했다. "국왕 친위대에서 복무하셨습니다, 이분은. 정규군 소속 군인이었다가 돈을 들여 제대를 했대요."

나는 말했다. "정말입니까?" 그러자 그 남자는 두 눈으로 나를 쳐다보고 내 머리 위를 쳐다본 다음 내 주위를 빙 둘러보고 나서, 입술에 손을 가로질러 갖다 대고 소리 내어 웃었다.

"내 생각에 월요일에 이곳에서 나갈 것 같습니다, 선생." 그가 웨믹에게 말했다.

"그럴지도 모릅니다." 내 친구가 대답했다. "허나 알 수 없는 일이죠."

"작별 인사를 할 기회를 갖게 돼서 기분 좋군요, 웨믹 선생." 그 남자가 두 개의 철창 사이로 손을 내밀면서 말했다.

"감사합니다." 웨믹은 그와 악수를 하면서 말했다. "저도 그렇습니다, 대령님."

"체포될 때 내가 소지하고 있던 돈이 진짜였다면, 웨믹 선생," 그 남자는 손을 놓기 꺼리면서 말했다. "선생에게 반지를 하나 더 끼시라고 부탁드렸을 겁니다. 선생의 배려에 감사하는 뜻으로 말이죠."

"그렇게 하시려던 뜻을 고맙게 받아들이겠습니다." 웨믹은 말했다. "그건 그렇고, 대령님은 상당한 비둘기 애호가셨잖습니까."

그 남자는 하늘을 올려다보았다. "대령님이 훌륭한 공중제비 비둘기 품종을 가지고 계시다는 이야기가 있던데요. 친구들 가운데 한 분에게 의뢰해서 저한테 한 쌍 가져오게 **하실 수 있으신지요?** 비둘기들이 더 이상 필요하지 않으시다면 말입니다."

"그렇게 해드리겠습니다, 선생."

"좋습니다." 웨믹이 말했다. "비둘기들은 제가 돌봐드리겠습니다. 그럼 이만, 대령님. 안녕히 계십시오!" 그들은 다시 악수를 나눴다. 그리고 우리가 걸어 나올 때 웨믹이 나에게 말했다. "실은 화폐 위조범이랍니다. 아주 끝내주는 기술자예요. 지법판사의 보고서가 오늘 작성되죠. 그러면 그는 월요일에 틀림없이 사형 집행을 당할 겁니다. 그렇지만 아시다시피, 어쨌거나, 비둘기 한 쌍은 역시나 운반 가능한 재산이죠." 그렇게 말하며 뒤를 돌아본 그는 이 죽은 식물 같은 인간에게 고개를 끄덕여 주고는, 마치 그 자리에 어떤 다른 화분이 제일 잘 어울릴지 생각이라도 해보는 듯 마당을 걸어 나오면서 주위를 두리번거렸다.

우리가 수위실을 지나 교도소에서 나올 때, 나는 간수들 사이에서도 내 후견인의 대단한 중요성이 그들이 맡고 있는 죄수들 사이에서와 못지않게 인정받고 있음을 알게 되었다. "그런데요, 웨믹 씨." 장식 못과 대못이 박힌 수위실의 두 문 사이에 우리를 세워두고, 다른 문의 자물쇠를 열기 전에 한쪽 문의 자물쇠를 조심스럽게 잠그면서 간수가 물었다. "재거스 씨는 수변 살인 사건을 어떻게 처리하실 건가요? 과실치사로 처리하실 건가요, 아니면 다른 사건으로 처리하실 건가요?"

"그분에게 물어보는 게 어떻겠어요?" 웨믹이 대답했다.

"아, 예, 그래야겠군요!" 간수가 대답했다.

"그러니까, 여기 있는 사람들은 이런 식이라니까요, 핍 씨." 웨믹은 나를 돌아다보고는 우체통 같은 입을 옆으로 길게 벌리며 말했다. "이들은 뭐든지 고용인인 저에게는 서슴없이 물어보지만, 소장님께 무슨 질문을 하는 꼴은 전혀 볼 수가 없습니다."

"이 젊은 신사분은 선생 사무소의 실습생인가요, 계약 직원인가요?" 간수가 웨믹 씨의 농에 씩 웃으며 물었다.

"저 사람 또 그러네요, 보시다시피 말이죠!" 웨믹이 외쳤다. "제가 그렇다고 말씀드렸죠! 고용인인 저에게 첫 번째 질문이 미처 끝나기도 전에 또 다른 질문을 한다니까요! 그래서, 핍 씨가 실습생이나 계약 직원이라면 어쩔 거요?"

"아니 그렇다면," 간수는 또다시 씩 웃으면서 말했다. "재거스 씨가 어떤 분인지 알 거라 이거죠."

"어이구!" 웨믹은 별안간 익살맞은 방식으로 간수를 치면서 소리쳤다. "당신은 우리 소장님을 상대할 때는 그 열쇠만큼이나 벙어리가 되죠, 당신도 알다시피 말입니다. 우릴 내보내 줘요, 이 늙은 여우 같으니. 안 그러면 소장님께 당신을 불법구금죄로 다루라고 하겠어요."

간수는 웃으며 작별 인사를 하고는, 우리가 계단을 내려가 거리로 들어설 동안 쪽문의 대못 너머에서 우리를 보고 계속 웃고 있었다.

"제 말씀 잘 들어보세요, 핍 씨." 웨믹이 좀 더 속사정을 털어놓으려는 듯 내 팔을 잡고 진지하게 귓속말을 했다. "제가 알기로는 재거스 소장님이 일을 처리하는 방식에서 스스로를 아주 고고하게 유지하는 것 외에 더 좋은 방법을 쓰는 법은 없으세요. 그분은 항상 아주 고고하시죠. 그분의 한결같은 고고함은 그분의 엄청난 능력에 따른 거예요. 저 간수가 사건에 대한 그분의 의도가 무엇인지 감히 묻지 못했듯이, 그 대령도 그분에게 감히 작별 인사를 할 엄두를 못 냈잖아요. 그래서 우리 소장님은 자신의 높은 위치와 사람들 사이에 부하 직원을 살짝 끼워두는 거랍니다. 모르시겠어요? 그렇게 그들의 심신을 지배하는 거죠."

나는 처음은 아니지만 나의 후견인의 교묘함에 아주 깊은 인상을 받았다. 사실을 고백하건대, 이번이 처음은 아니지만 나는 아주 진심으로 내게 덜 유능한 후견인이 있었으면 좋겠다고 생각했다.

웨믹 씨와 나는 리틀 브리튼에 있는 사무소에서 헤어졌는데, 그곳에는 여느 때처럼 재거스 씨의 주의를 끌려고 하는 탄원자들이 주변을 서성이고 있었다. 나는 역마차역 거리로 돌아와 아직도 세 시간쯤이나 남겨두고 역마차의 도착을 지켜보았다. 나는 기다리는 동안 생각에 잠겨 있었다. 내가 이 모든 교도소와 범죄의 더러움으로 둘러싸여 있다는 것이, 어린 시절 어느 겨울 저녁 고향의 쓸쓸한 습지에 나갔다가 처음으로 그런 것과 우연히 마주치게 되었다는 것이, 그것이 두 차례나 되살아나 마치 희미해졌을 뿐 사라지진 않은 얼룩처럼 나타났다는 것이, 그리고 그것이 이렇게 새로운 방식으로 나의 행운과 출세 길에 스며든다는 것이 참으로 이상하다는 생각이 들었다. 내 마음이 이런 생각에 사로잡혀 있는 동안 나는 도도하고 세련되었으며 젊고 아름다운 에스텔라가 나에게 다가오는 것을 상상해 보고, 교도소와 그녀 사이의 극명한 대비를 더할 나위 없이 혐오스럽게 생각했다. 웨믹이 나와 마주치지 않았더라면, 또는 내가 그의 제안에 따라 함께 가지 않았더라면 좋았을 것을, 그랬으면 새털같이 많은 날 중에 하필 이날 내 숨결과 옷에 뉴게이트의 냄새가 배게 하지는 않았을 텐데 하는 생각이 들었다. 나는 이리저리 어슬렁거리며 내 발에서 교도소의 먼지를 털어냈고, 옷에서도 털어냈으며, 허파에서 교도소의 공기를 뱉어냈다. 누가 오고 있는지를 생각하면서 내가 너무나 오염되어 있다고 느끼는 가운데, 결국 역마차는 빨리 도착해 버렸다. 그래서 내가 아직 웨믹 씨의 온실 같았던 그 감옥의 찝찝한 기운에서 아직 완전히 벗어나지도 못한 채, 역마차의 창문으로 에스텔라의 얼굴과 나에게 흔들고 있는 그녀의 손을 보았다.

　바로 이 순간, 다시금 스쳐간 그 이름 모를 그림자는 도대체 **무엇이었단** 말인가?

33장

모피 여행복 차림의 에스텔라는, 심지어 내 눈에도 지금껏 본 적 없을 만큼 우아하게 아름다워 보였다. 그녀의 태도도 전에 내게 보여줬던 것보다 한층 더 매력적이었는데, 이런 변화는 미스 해비셤의 영향일 거라는 생각이 들었다.

우리가 역마차역 여관 마당에 서 있는 동안 그녀는 자기 짐을 나에게 가리켜 주었고, 모든 짐이 모였을 때 나는 비로소—그녀 외에는 모든 것을 까맣게 잊고 있었다—그녀의 목적지가 어디인지 전혀 알지 못한다는 사실을 번쩍 깨달았다.

"난 리치먼드로 갈 거야." 그녀는 내게 말했다. "우리가 배운 바로는 리치먼드가 두 곳인데, 하나는 서리에 있고 또 하나는 요크셔에 있어. 내가 갈 데는 서리의 리치먼드야. 거리는 16킬로미터쯤 되고. 나는 마차를 타야 하고, 너는 나를 데려다줘야 해. 이게 내 돈지갑인데, 네가 이 지갑에서 마차비를 꺼내줘야 해. 아아, 네가 이 지갑을 반드시 가지고 있어야 해! 우리에겐 다른 선택이 없어, 너도 나도. 마음대로 할 자유는 없다고, 너도 나도."

그녀가 내게 돈지갑을 건네주며 나를 쳐다볼 때, 나는 그녀의 말에 어떤 숨은 의미가 있기를 바랐다. 그녀는 그 말을 경멸조로 했지만, 불쾌한 기색은 없었다.

"마차를 불러야겠다, 에스텔라. 여기서 잠깐 쉬고 있을래?"

"응, 난 여기서 잠깐 쉬면서 차를 좀 마셔야겠어, 그리고 넌 그

동안 날 보살펴 줘야 해."

그녀는 마치 반드시 그래야만 하는 것처럼 내 팔에 팔짱을 꼈고, 나는 평생 역마차 같은 것을 본 적이 없는 사람처럼 역마차를 응시하고 있던 사환에게 우리를 개인용 객실로 안내해 달라고 부탁했다. 내 말에 그는 마치 그것 없이는 위층으로 올라가는 길을 찾을 수 없는 마법의 실마리라도 되듯이 식탁용 냅킨 한장을 뽑아서는 우리를 여관 건물의 검은 구멍으로 안내했다. 그것은 축소 볼록거울(구멍 같은 방의 크기를 생각할 때 아주 불필요한 물건이었다) 하나, 멸치젓갈 병 하나, 그리고 누군가의 나막신이 비치된 방이었다. 내가 이 후미진 방을 싫어하자, 그는 서른명이나 앉을 만찬용 식탁이 있고 벽난로에는 1부셸[1]의 석탄재 아래에 불에 그슬린 습자책 한 권이 남아 있는 다른 방으로 데리고 들어갔다. 사환은 이 꺼져버린 큰 불을 바라보고 고개를 가로젓더니 내 주문을 받았다. 그런데 내가 고작 "이 숙녀분께 차좀 갖다 주세요"라고 주문하자, 그는 매우 착잡한 심정으로 방을 나갔다.

지금도 그렇지만 그때 내가 느낀 바로 마구간과 국거리 냄새가 뒤섞여 강하게 풍기는 이 방의 공기는, 이 여관의 역마차 사업이 잘되지 않고 있으며 모험심이 왕성한 주인이 식당 운영을 위해 말까지 삶아내고 있다는 추측을 자아낼 정도였다. 그러나내게 그 방은 모든 것이었다. 에스텔라가 그곳에 있었기 때문이다. 나는 그녀와 함께라면 그곳에서도 평생 행복할 수 있으리라고 생각했다. (사실을 말하자면 나는 그때 그곳에서 전혀 행복하지않았고, 또 그것을 잘 알고 있었다.)

---

1 약 36리터에 해당하는 양.

"리치먼드에서 어디로 갈 건데?" 나는 에스텔라에게 물었다.

"나는 말이야," 그녀는 말했다. "막대한 비용을 들여 그곳의 어느 기부인과 함께 살 여성이야. 그리고 그 귀부인에게는 힘이 있어서—적어도 그녀는 그렇게 말하는데—나를 데리고 다니면서 안내해 주고, 사람들을 나에게 소개해 주기도 하고, 또 나를 사람들에게 소개해 주기로 했어."

"넌 다양한 경험과 사람들의 찬탄을 즐기게 되겠구나."

"응, 나도 그럴 거라고 생각해."

그녀가 너무나 무관심하게 대답하는 바람에, 내가 말했다. "넌 네 자신의 이야기를 마치 딴 사람 이야기하듯 하는구나."

"내가 딴 사람들 이야기하는 것을 어디서 본 적이나 있니? 말해봐, 말해보라니까." 에스텔라는 매우 유쾌하게 미소를 지으며 말했다. "내가 **너한테** 훈수를 받으리라고 기대하지 마. 난 내 방식대로 이야기해야 직성이 풀리거든. 포킷 씨와는 잘 지내고 있는 거니?"

"난 그 집에서 아주 즐겁게 지내. 적어도……." 나는 기회를 놓치고 있다는 생각이 들었다.

"적어도?" 에스텔라가 되풀이했다.

"너와 멀리 떨어져 있는 한에서 즐거울 수 있을 만큼 즐겁다는 거지."

"바보 같으니라고." 에스텔라는 아주 태연하게 말했다. "어떻게 그런 허튼소리를 할 수 있니? 네 친구 매슈 씨는 확실히, 그의 다른 가족들보다 뛰어나다지?"

"매우 뛰어나지, 정말로. 그는 어느 누구의 적도 아니야……."

"'자기 자신을 제외하고는'이란 말 덧붙이지 마." 에스텔라가 끼어들었다. "난 그런 부류의 사람은 싫어하니까. 그런데 그는 정말로 청렴하고 사소한 질투와 악의 같은 건 초월한 사람이라고 들었는데."

"확실히 그렇게 말할 충분한 이유가 있어."

"넌 그의 나머지 가족들에 대해선 그렇게 말할 이유가 없을 거야." 에스텔라는 진지하면서도 동시에 조롱하는 표정으로 나에게 고개를 끄덕이며 말했다. "왜냐하면 그들은 너의 불리한 사정에 대한 보고와 암시로 끊임없이 미스 해비셤을 괴롭히니까 말이야. 그들은 너를 감시하고, 너에 대한 허위 사실을 전하고, 너에 관한 편지를 써 보내기도 해(때로는 익명으로), 그리고 너는 그들의 삶에서 골칫거리이자 뒤치다꺼리할 존재야. 그 사람들이 널 얼마나 증오하는지 상상도 못 할걸."

"내게 해코지하는 건 설마 아니겠지?"

대답 대신 에스텔라는 느닷없이 웃기 시작했다. 이것이 나에겐 매우 생소해서, 나는 상당히 당황스럽게 그녀를 쳐다보았다. 그녀가 웃음을 멈췄을 때―그런데 그녀는 건성으로 웃지 않고 정말로 유쾌하게 웃었다―나는 그녀를 대할 때의 예의 자신 없는 태도로 말했다.

"만일 그들이 내게 어떤 해코지를 한다 해도, 네가 즐거워하지는 않을 거라고 생각해도 괜찮을까?"

"그래, 그래, 그 점은 믿어도 돼." 에스텔라는 말했다. "그들이 너한테 해코지를 못 하기 때문에 내가 웃는 거야. 아아, 미스 해비셤과 같이 있는 사람들과 그들이 겪는 고통이라니!" 그녀는 또다시 웃었다. 이번에는 그녀가 웃는 이유를 말해줬는데도, 나에겐 그녀의 웃음이 이상하기 짝이 없었다. 왜냐하면 그것이 진심에서 우러난 것은 의심의 여지가 없었지만 사안에 비춰 정도가 너무 지나친 것 같았기 때문이다. 나는 그 웃음에는 정말로 내가 알고 있는 것 이상의 무언가가 들어 있음에 틀림없다고 생각했다. 그녀는 내 심중을 읽고 그 대답을 해준 것이었다.

"너조차도 이해하기 쉽진 않을 거야." 에스텔라는 말했다. "그 사람들이 좌절하는 꼴을 보는 것이 나한테 어떤 만족감을 주는지, 그리고 그들이 우스꽝스러워질 때 내가 얼마나 즐거움을 느끼는지. 왜냐하면 너는 그 이상한 집에서 갓난아기 때부터 자라지 않았으니까. 하지만 나는 그랬어. 너는 사람들이 동정과 연민 같은 부드럽고 그럴듯한 감정의 가면을 쓰고서 널 억누르고 방해하려는 속셈을 간파하면서 자란 게 아니잖아. 하지만 나는 그랬어. 밤중에 자다가 깰 때 자신에게 마음의 평정을 가져다준다는 비장품을 헤아리는 그 사기꾼 같은 여자의 실체를 발견하면서 너의 동그랗던 어린 눈을 점점 크게 떠본 적도 없겠지. 하지만 나는 있어."

이제 이런 이야기는 에스텔라에게 웃음거리가 아니었으며, 그녀는 이런 기억들을 어떤 얕은 곳에서 불러내는 것도 아니었다. 내 모든 상속 재산이 산더미를 이룬다 할지라도 내가 그녀의 그런 표정의 원인이 되고 싶지는 않았다.

"난 네게 두 가지를 말해줄 수 있어." 에스텔라가 말했다. "첫째, 그치지 않고 똑똑 떨어지는 물방울이 바위를 뚫는다는 속담에도 불구하고, 넌 이 사람들이 크건 작건 그 어떤 건에서도 미스 해비셤과 관련된 너의 입지를 결코—백 년이 걸린다 해도 결코—해치지 못할 거라는 점을 믿고 마음을 편히 가져도 돼. 둘째, 그들이 그렇게 헛되이 바쁘고 비열하게 구는 이유가 바로 너 때문이라는 점에서 나는 너에게 신세를 지고 있어. 자, 진심이란 뜻으로 내 손을 내미는 거야."

그녀는 장난스럽게 내게 손을 내밀었다. 방금 전의 어두운 기분은 잠깐뿐이었던 듯했다. 나는 그 손을 잡아 내 입술에 갖다 댔다. "넌 엉뚱한 애야." 에스텔라가 말했다. "경고를 도대체 받아들일 생각이 없는 거니? 아니면 예전에 내가 너에게 볼에 입 맞추게 했을 때와 같은 마음으로 내 손에 입 맞추는 거니?"

"그게 어떤 마음이었더라?" 내가 물었다.

"잠깐 생각해 봐야겠는데. 아첨꾼과 음모꾼에 대한 경멸의 마음이었어."

"만약 내가 그렇다고 말하면, 네 볼에 다시 한번 입 맞춰도 될까?"

"내 손에 입 맞추기 전에 넌 물어봤어야 해. 하지만, 그래, 네가 원한다면."

나는 몸을 굽혔다. 그녀의 침착한 얼굴은 조각상의 얼굴 같았다. "자." 에스텔라는 내 입술이 자기 볼에 닿는 순간 미끄러지듯 피하면서 말했다. "넌 내가 차를 마시도록 돌봐줘야 해. 그리고 넌 나를 리치먼드로 데려다줘야 하고."

그녀는 마치 우리의 교제가 우리에게 강요된 것이었고 우리가 단지 꼭두각시에 불과하다는 듯한 어조로 다시 돌아와 나에게 고통을 안겨주었다. 하지만 사실, 우리의 관계에서 어떤 일이든 나에게는 고통스러웠다. 그녀가 나에게 어떤 태도를 보이든 나는 그것을 신뢰할 수도, 그 위에 어떤 희망을 쌓을 수도 없었다. 그런데도 나는 신뢰도 희망도 없이 계속 나아갔다. 왜 이런 짓을 수없이 반복하는 걸까? 그건 항상 그래왔기 때문이다.

나는 차를 가져오라고 종을 울렸다. 그러자 사환이 그의 마법의 실마리(식탁용 냅킨)를 가지고 다시 나타났는데, 차에 딸린 약 쉰 가지쯤 되는 부속물들을 조금씩 가져왔으나 차는 눈을 씻고 봐도 없었다. 나무 쟁반 하나, 찻잔과 받침 접시들, 넓은 접시들,

칼과 포크들(고기 써는 칼과 포크를 포함하여), 숟가락들(여러 가지 종류로), 식탁용 소금 그릇, 튼튼한 쇠뚜껑 아래에 지극히 조심스럽게 넣어둔 야들야들한 작은 머핀 빵 한 개, 수북한 파슬리 속에 부드러운 버터 조각 하나를 넣어서 상징적으로 표현된 애기부들 속의 모세,[1] 위에 밀가루를 뿌린 얇은 색 빵 한 조각, 양쪽에 부엌난로의 철망 자국이 검인처럼 찍힌 삼각 빵 조각 몇 개, 그리고 마지막으로 통통한 가정용 찻주전자 하나. 사환은 이것들을 짐스럽고 힘들다는 표정으로 비틀거리며 들고 왔다. 이 시중의 한 단계를 지나 한동안 자리를 비운 사환은 마침내 값비싸 보이는 작은 상자를 들고 돌아왔다. 그 안에는 잔가지들이 들어 있었고, 나는 그것들을 뜨거운 물에 담가두고서 이 기구들을 다 사용해 나도 뭔지 모르는 차 한 잔을 에스텔라를 위해 우려냈다.

찻값을 지불하고, 사환을 기억해 봉사료를 주고, 마부에게도 잊지 않고 사례하고, 객실 담당 하녀도 챙겨주고—한마디로, 경멸과 적의를 일으킬 정도로 여관 사람들 모두에게 뇌물을 뿌려서 에스텔라의 지갑이 무척 가벼워진 뒤—우리는 삯마차를 타고 떠났다. 칩사이드로 접어들어 뉴게이트 거리를 덜거덕거리며 지나다가, 우리는 곧 내가 그토록 부끄럽게 여기는 교도소 담장에 이르렀다.

"저긴 뭐 하는 곳이니?" 에스텔라가 나에게 물었다.

나는 처음에는 그곳을 모르는 척 바보 같은 시늉을 하다가 결국 그녀에게 말해줬다. 그녀가 그곳을 쳐다보고 머리를 다시 안

---

1 모세의 어머니가 아들의 생명을 구하기 위해 젖먹이인 모세를 수초가 많은 강물에 띄워 보낼 때 갈대 바구니에 넣었다는 성경 일화에 빗대어 버터 조각을 묘사하고 있다.

으로 돌리며 "불쌍한 인간들!"이라고 중얼거렸을 때, 나는 무슨 일이 있어도 내가 그곳을 방문했다는 사실을 실토하지 않기로 했다.

"재거스 씨야말로," 나는 그것을 딴 사람에게 교묘히 떠넘길 속셈으로 말했다. "런던의 그 어떤 사람보다도 저 음울한 곳의 비밀에 대해 빠삭하다는 평판을 지니고 있어."

"모든 곳의 비밀을 잘 알겠지." 에스텔라가 나지막한 목소리로 말했다.

"넌 그를 자주 봐왔지, 아마?"

"내가 기억을 할 수 있게 된 이후로 불규칙하게 이따금 봤었지. 하지만 그때와 지금을 비교해도, 그에 대해 더 잘 알게 된 건 없어. 넌 어때? 그와 좀 가까워졌니?"

"좀처럼 믿지 않는 그의 태도에 익숙해지고 난 뒤로는," 나는 말했다. "아주 잘 지내왔어."

"친해?"

"그의 사저에서 식사를 같이 한 적도 있어."

"내 상상으로는," 에스텔라는 몸을 움츠리며 말했다. "그 집은 틀림없이 이상한 곳일 거야."

"이상한 곳이지."

나는 에스텔라에게조차 내 후견인에 대해서 너무 거침없이 이야기하는 것을 조심해야 했다. 그러나 우리가 그때 갑자기 눈부신 가스등 불빛으로 들어오지 않았더라면, 나는 제라드 가에서 한 만찬에 대해 말할 정도로 주제를 깊이 파고들었을 것이다. 강한 불빛 속으로 들어서자 그것이 지속되는 동안 마치 생생한 빛과 생명력으로 가득 찬 것처럼 느껴졌다. 이전에도 한 번 경험했던 그 설명할 수 없는 감각이 다시 떠올랐고, 불빛을 벗어났을 때는 마치 번개를 맞은 것처럼 잠시 어리둥절했다.

그리하여 우리는 다른 이야기로 빠져들었는데, 그것은 주로 우리가 여행하고 있는 길이라든가 이쪽에는 런던의 어떤 곳들이 있고 저쪽에는 어떤 곳들이 있는지에 대한 이야기였다. 이 대도시는 자기에게는 거의 생소한 곳이라고 그녀는 말했는데, 프랑스에 가기 전까지 그녀는 한 번도 미스 해비셤 댁의 인근 지역을 떠나본 적도 없었고 프랑스에 오갈 때도 런던을 그저 거쳐 갔기 때문이라고 했다. 나는 내 후견인이 혹시 그녀가 이곳에 머무는 동안 돌봐주기로 했는지 그녀에게 물어봤다. 그 질문에 그녀는 "그럴 리가 있겠니!"라고 단호하게 말하고는 더 이상 아무 말이 없었다.

그녀가 나의 관심을 끌고 싶어 한다는 것, 나에게 매력적으로 보이려고 애쓰고 있다는 것을 내가 모르고 지나칠 수는 없는 노릇이었다. 설령 그게 수고로운 일이었더라도, 그녀는 분명 나를 사로잡았을 것이다. 그러나 그것이 나를 조금이라도 더 행복하게 해주지는 못했다. 설령 그녀가 우리를 두고 타인의 뜻대로 결정된 존재라는 식으로 말하지 않았다 하더라도, 나는 그녀가 내 마음을 손에 쥐고 있는 건 그녀가 그렇게 하기로 의도했기 때문이지, 그 마음을 짓밟고 내던진다고 해서 그녀 안에서 어떤 연민이 우러났을 것 같아서는 아니라고 느꼈을 것이다.

우리가 해머스미스를 통과할 때 나는 매슈 포킷 씨가 사는 곳을 일러주었고, 리치먼드에서 그렇게 먼 거리가 아니니 그녀를 가끔 만나볼 수 있기를 바란다고 말했다.

"오, 그럼, 넌 나를 만나게 될 거야. 네가 적당하다고 여길 때 오면 돼. 그 집 사람들에게 너에 대해 말해둘 거야. 사실 그 집에선 이미 널 알고 있어."

나는 그녀가 일원이 될 집이 가족이 많은 집안이냐고 물었다.

"아니. 달랑 둘뿐이야. 어머니하고 딸 하나. 그 어머니는 지위가 좀 있는 가문 출신의 귀부인이야. 수입 늘리는 걸 반대하진 않지만 말이야."

"미스 해비셤이 이렇게 빨리 너와 또 헤어질 수 있었다니 놀랍다."

"이건 나를 위한 미스 해비셤의 계획의 일부야, 핍." 에스텔라는 지치기라도 한 듯 한숨을 쉬며 말했다. "나는 항상 그녀에게 편지를 써 보내고, 정기적으로 그녀를 만나 내가 어떻게 지내는지를 보고해야 해. 나뿐만 아니라 보석들도 말이야. 보석들은 이제 거의 다 내 것이 되었거든."

그녀가 나를 내 이름으로 부른 건 이번이 처음이었다. 물론 그녀는 일부러 그랬으며, 내가 그것을 가슴에 새기리라는 것도 알고 있었다.

우리는 너무 빨리 리치먼드에 도착했다. 우리의 목적지는 그곳 녹지 옆에 있는 집이었다. 이 집은 아주 오래된 고옥으로, 치마를 부풀리는 와이어와 가루분, 얼굴에 붙이는 헝겊 애교점들, 수놓은 상의들, 말아 올린 긴 스타킹들, 주름 장식들과 칼들이 여러 차례 호시절을 누렸던 곳이었다. 집 앞의 몇몇 고목들은 아직도 와이어와 가발과 빳빳한 치마처럼 딱딱하고 기괴한 형태로 가지치기가 되어 있었다. 그러나 사자死者의 대행렬 속에 그들이 할당받은 자리가 멀지 않았으며, 조만간 정해진 순서를 따라 그들의 자리로 조용한 휴식의 길을 떠날 것 같았다.

묵은 소리가 나는 초인종—한창때는 자주 집 안에 대고 "여기 초록색 부푼 치마 차림의 부인께서 오셨습니다", "여기 다이아몬드 손잡이 칼을 찬 신사분께서 오셨습니다", "여기 붉은 뒤축 구두와 파란 보석이 한 알 박힌 장신구를 착용하신 부부께서 오셨습니다"라고 말했으리라 짐작되는 초인종—이 달빛 아래 근엄하게 울리자, 버찌 색깔 옷을 입은 두 하녀가 급히 달려 나와 에스텔라를 영접했다. 이윽고 현관문으로 그녀의 짐짝이 들어가자, 그녀는 손을 내밀고 미소를 지으며 작별 인사를 하고는 역시 안으로 쏙 들어가 버렸다. 나는 조용히 서서 그 집을 바라보며, 내가 그녀와 함께 이 집에서 산다면 얼마나 행복할까 생각해 봤다. 그러나 나는 그녀와 함께하는 것이 결코 행복하지 않고 언제나 비참하다는 것을 알고 있었다.

나는 해머스미스로 데려다줄 마차에 올라탔다. 그런데 나는 심하게 아픈 마음으로 마차에 탔고, 더욱 심하게 아픈 마음으로 마차에서 내렸다. 우리 집 문 앞에서 나는 어린 제인 포킷이 어린 애인의 보호를 받으며 작은 파티에서 돌아오고 있는 것을 보았다. 비록 플롭슨에게 복종해야 하는 처지일지라도 나는 그녀의 어린 애인이 부러웠다.

포킷 씨는 강연을 위해 외출 중이었는데, 그는 가정 경제에 대한 훌륭한 연사로 유명했으며 아이들과 하인들을 관리하는 방법에 관한 그의 저술들은 해당 분야에서 최고의 교과서로 여겨졌다. 그러나 포킷 부인은 집에 있었고, 약간 어려운 상황에 처해 있었다. 보모 밀러스가 (근위보병대에 근무하는 친척과) 외출하여 무책임하게 자리를 비운 동안 누군가가 젖먹이를 조용히 시킨다고 그 젖먹이에게 바늘 곽을 주었으며, 그 결과 바늘이 꽤 많이 사라졌기 때문이었다. 이제 막 세상에 나온 어린아이가 바늘을 피부에 꽂든 강장제로 삼키든 간에 건강에 그다지 좋은 일이 아니라는 점이 문제였다.

포킷 씨는 아주 탁월한 실용적 충고를 해주고, 또 사물에 대한 명쾌하고 건전한 인식과 지극히 명민한 판단력을 지니고 있는 것으로 두루 칭찬받는 인물이었기에, 나는 마음이 아픈 나머지 그에게 나의 고민을 털어놓고 조언을 구하고 싶은 생각이 들었다. 그러나 마침 포킷 부인이 젖먹이에게 '잠'을 만병통치약으로 처방한 뒤 여전히 귀족 작위에 관한 책을 읽고 있는 모습을 올려다보고는, 문득 생각했다. 가만 있자—가만 있자—아냐, 그러지 말자.

34장

내가 유산 상속에 익숙해짐에 따라 나는 나 자신과 주변 사람들에게 미친 그 영향력을 서서히 인식하기 시작했다. 내 자신의 성격에 미친 그것의 영향에 대해서는 나는 가능한 한 내 인식을 외면하려 했으나, 나는 그것이 전혀 효과가 없다는 사실을 아주 잘 알고 있었다. 나는 조에게 보이는 내 태도에 대해 늘 거북한 마음을 가지고 살았고, 비디에 대한 양심의 가책 또한 떨쳐낼 수 없었다. 한밤중에 깨어나면—마치 커밀라처럼—나는 피로에 짓눌린 마음으로 이런 생각을 하곤 했다. 차라리 미스 해비셤의 얼굴을 본 적이 없었더라면, 그래서 조와 함께 정직한 대장간에서 평범하게 성장하는 것에 만족했더라면, 나는 더 행복하고 더 나은 사람이 되었을까. 저녁마다 혼자 불을 바라보며 앉아 있으면, 결국 집에 있던 대장간의 불과 부엌의 불만큼 따뜻한 불은 없다는 생각이 들었다.

하지만 에스텔라는 내 불안과 혼란과는 뗄 수 없는 존재였기에, 결국 그것이 얼마나 내 탓인지조차 헷갈리기 시작했다. 다시 말해 만약 내가 유산 상속이라는 기대를 전혀 가지지 않았더라도 여전히 에스텔라를 생각하고 있었다면, 과연 지금보다 나은 사람이 되었을까 확신할 수 없었다. 반면 내 처지가 타인에게 미친 영향에 대해서는 그런 혼란이 없었다. 그리고 나는—비록 어렴풋이지만—그 영향이 누구에게도 유익한 영향을 주지 않았으며, 특히나 허버트에게는 전혀 도움이 되지 않았다는 사실을 깨달았다. 내 낭비벽은 그의 원만한 성격을 불필요한 지출로 꼬드겼고, 그의 단순하고 소박한 삶을 망가뜨렸으며, 걱정과 후회로 그의 평온을 흐트러뜨렸다. 포킷 가문의 다른 떨거지들이 나 때문에 어설픈 술책을 부리도록 부추긴 것에 대해서는 별다른 죄책감을 느끼지 않았다. 애초에 그런 편협한 행동들은 그들의 본성이었고, 내가 아니었더라도 결국 다른 사람에 의해 그런 성향이 드러났을 것이기 때문이다. 하지만 허버트의 경우는 전혀 달랐다. 그의 조촐한 방을 어울리지 않는 값비싼 가구들로 채우고, 샛노란 조끼를 입은 그 악심덩이 같은 하인을 붙여줌으로써 그에게 해를 끼쳤다는 생각에 자주 마음이 쑤시듯 아팠다.

그래서 이제 나는, 별로 여유가 없던 생활을 아주 여유 있게 바꾸는 한 가지 확실한 방법으로써 많은 빚을 지기 시작했다. 내가 뭘 시작하면 역시 허버트도 반드시 시작했으므로, 그는 곧 나를 따랐다. 스타톱의 제안으로 우리는 '작은 숲속의 피리새들The Finches of the Grove'이라는 사교 클럽에 가입하기 위해 이름을 올렸다. 하지만 회원들이 2주에 한 번씩 비싼 만찬을 하고 만찬 후에는 될 수 있는 대로 많은 논쟁을 벌이다가 여섯 명의 급사들을 술에 취해 계단에 널브러지게 하는 것 말고는, 나는 이 단체의 목적을 결코 파악하지 못했다. 내 기억으로 이 즐거운 사교의 목적은 항상 변함없이 아주 멋지게 달성되어서, 허버트와 나는 모임의 첫 번째 기립 건배 때 언급된 것 외에는 아무것도 이해하지 못했다—"신사 여러분, 지금 달아오른 좋은 감정이 언제나 '작은 숲속의 피리새들' 사이에서 널리 퍼져 세력을 떨치기를."

'피리새들'은 돈을 어리석게 낭비했고(우리가 만찬을 한 호텔은 코벤트 가든¹에 있었다), 내가 '작은 숲'에 가입하는 영예를 누리며 처음 만난 '피리새'는 바로 벤틀리 드러믈이었다. 당시 그는 자가용 승합마차를 몰고 런던을 돌아다니며 길모퉁이의 가로등 기능늘에 많은 손상을 입혔다. 가끔씩 그는 가죽 무릎덮개 너머로 곤두박질치며 마차 밖으로 튕겨 나올 때도 있었고, 또 한 번은 그가 이 같은 우연한 방식으로 '작은 숲' 문 앞에 자신을—마치 석탄 배달하듯—철퍼덕 내동댕이치는 것을 본 적도 있다. 하지만 여기서 이야기가 조금 앞서 나갔다. 당시 나는 아직 정식 회원이 아니었으며, 클럽의 신성한 규약에 따라 성인이 되기 전까지는 가입할 수도 없었다.

내가 가진 재산에 대한 자신감에서, 나는 기꺼이 허버트의 비용을 내가 부담해 주고 싶었다. 그러나 허버트는 자존심이 강했기 때문에 그에게 그런 제안을 할 수가 없었다. 그래서 허버트는 점점 더 많은 곤경에 빠졌고, 계속해서 자기 주변을 둘러보았다. 우리가 점차 밤늦도록 패거리와 어울려 다니는 버릇에 빠져들었을 때 내가 알아차린 게 있는데, 아침 식사 시간에 그는 낙담한 눈빛으로 주변을 둘러보았고, 정오 무렵에는 한층 더 희망적인 눈빛으로 주변을 둘러보았으며, 저녁 무렵이 되면 다시 의기소침하여 축 처지는 것을, 그리고 저녁 식사 후에는 저 멀리서 한 밑천이라도 발견한 듯한 상태가 된다는 것을 알게 되었다. 그리고 자정이 가까워질 무렵에는 거의 그 한밑천을 손에 넣은 듯한 표정을 짓다가, 새벽 2시쯤이면 다시 너무 심하게 의기소침해져서는 물소들이나 몰아서 돈을 벌겠다는 막연한 목적으로 소총을 한 자루 사서 미국으로 가겠다고 말할 지경이었다.

나는 대개 일주일의 절반 정도를 해머스미스에서 지냈다. 그

---

1 왕립 오페라 극장과 코벤트 가든 극장 등이 있는 런던의 문화거리면서, 당시에는 홍등가와 유흥업소들이 많아 악명 높은 풍기문란 지역이기도 했다.

리고 내가 해머스미스에서 지낼 때는 리치먼드를 빈번히 드나들었는데, 이에 관해서는 따로 곧 언급하겠다. 허버트는 내가 해머스미스에 있을 때 그곳에 종종 왔다. 그리고 내가 생각하기로는 당시 그의 아버지는 이따금 아들 허버트가 찾고 있는 좋은 기회가 아직 나타나지 않았다는 사실을 언뜻언뜻 인식하는 것 같았다. 그렇지만 가족들이 전체적으로 뒹굴고 넘어지는 상황에서는, 그가 어디서 뒹굴며 사느냐 하는 것은 어쨌거나 스스로 처리해야 할 일이었다. 그러는 동안 포킷 씨는 점점 백발이 되어 갔고, 그는 곤혹스런 상황에서 벗어나고자 머리카락으로 몸을 들어 올리는 시도를 한층 더 자주 했다. 한편 포킷 부인은 가족이 자신의 발판에 걸려 고꾸라지게 하고, 작위에 관한 책을 읽고, 손수건을 잃어버리고, 우리에게 자기 할아버지 이야기를 들려주고, 또 어린아이가 자신의 주의를 끌 때마다 그 아이를 침대에 던져 넣음으로써 아이가 어떻게 자라야 하는지를 가르쳤다.

지금 나는 내 앞길을 명확히 할 목적으로 내 삶의 한 시기를 모두 정리하고 있는데, 그렇게 할 수 있는 최상의 방법은 바너드 여관에서의 우리의 일상적인 생활 방식과 습관을 여기서 마저 묘사하는 것이리라.

우리는 쓸 수 있는 만큼 많은 돈을 펑펑 써댔지만, 우리가 그 대가로 받은 것은 사람들이 우리에게 주고자 마음먹을 수 있는 최소한의 것이었다. 우리는 언제나 얼마간 비참했으며, 우리의 지인들 대부분도 똑같은 처지였다. 우리들 사이에는 우리가 끊임없이 인생을 즐겁게 보내고 있다는 허구적인 즐거움과 우리가 전혀 그렇지 못하다는 최소한의 진실이 함께 있었다. 내가 아는 한, 이런 현실은 우리만의 문제가 아니라 꽤 흔한 일이었다.

매일 아침, 항상 새로운 기분으로 허버트는 시내로 들어가 주변을 둘러보았다. 나는 그의 어두컴컴한 뒷방 사무실을 자주 방문했는데, 그 사무실에서 그는 잉크병, 모자걸이, 석탄 통, 노끈 상자, 연감, 책상과 의자, 그리고 잣대 등과 어울려 지냈다. 그리고 내 기억에는 그가 자기 주변을 둘러보는 것 외에 다른 일을 하는 것을 한 번도 본 적이 없다. 만일 우리 모두가 허버트처럼 성실하게 맡은 일을 한다면, 우리는 아마도 '덕의 공화국'[1]에서 살 것이다. 불쌍한 친구, 허버트는 매일 오후 일정한 시간에 '로이드 보험 회사에 가는 것'—내 생각엔 그의 사장을 만나보는 의식을 거행하기 위해서인 듯했는데—말고는 할 일이 달리 없었다. 내가 알 수 있었던 것은, 그는 다시 사무실로 돌아오는 것 말고는 로이드 보험 회사와 관련하여 결코 아무 일도 하지 않았다는 사실이다. 그의 사정이 대단히 심각하며 절대적으로 반드시 기회를 찾아야만 한다고 느낄 때면, 그는 바쁜 시간대에 거래소에 가서 거기 모인 업계 실력자들 사이를 일종의 우울한 컨트리댄스 춤꾼처럼 들락거리곤 했다. "왜냐하면," 그런 특별한 날들 중의 하루였던 어느 날, 허버트가 저녁을 먹으러 집에 돌아오며 나에게 말했다. "내가 아는 진리는, 헨델, 기회란 저절로 오는 게 아니라 우리가 가서 찾아야 하는 거거든. 그래서 난 기회를 찾으러 갔던 거지."

서로에게 애착을 덜 가졌더라면, 우리는 틀림없이 매일 아침마다 정기적으로 서로를 증오했으리라는 생각이 든다. 후회가 찾아드는 그 아침 시간에는 우리 방이 표현할 수 없을 만큼 혐오스러웠고, 악심덩이 같은 시동 녀석의 제복 꼬락서니도 견딜 수가 없었다. 그런 때는 24시간 중 그 어느 때보다도 더 비싸지

---

1 프랑스의 철학자이자 저술가인 장 자크 루소가 그의 저서 『사회계약론Du Contrat Social』(1762)에서 처음 사용한 용어.

만 제값을 못하는 꼴로 보였다. 우리가 점점 더 많은 빚을 지게 됨에 따라 아침 식사 역시 점점 더 속 빈 강정 꼴이 되어갔다. 그리고 한번은 아침 식사 시간에, 우리 고향 신문의 표현을 빌리자면 '보석류와 전혀 무관하지 않은' 건으로 법적 절차를 밟겠다는 협박을 (편지로) 받았을 때, 나는 악심덩이 녀석이 감히 우리가 둥근 롤빵을 원한다고 짐작하는 바람에 그에게 달려가 파란 목깃을 꽉 움켜쥐고 그의 양발이 바닥에서 떨어지도록 흔들었다. 그래서 실제로 그는 구두를 신은 큐피드처럼 공중에 떴다.

어떤 때는—일정하지 않은 때를 뜻하는데, 그때가 우리 기분에 좌우되었기 때문이다—나는 마치 무슨 놀라운 발견이라도 되는 양 허버트에게 이렇게 말하곤 했다.

"내 다정한 허버트, 우리 형편이 악화일로에 있어."

"내 다정한 헨델." 허버트는 아주 진지하게 나에게 말하곤 했다. "네가 내 말을 믿어준다면 말이야, 이상한 우연의 일치로 바로 그 말은 내가 막 하려던 말이었어."

"그렇다면, 허버트," 나는 응답하곤 했다. "우리의 사정을 살펴보자."

우리는 언제나 이런 목적을 위한 약속을 하는 데서 깊은 만족을 얻었다. 나는 언제나 이것이 사업이자 일에 대응하는 방식이고, 원수의 목을 죄는 방법이라고 생각했다. 그리고 허버트도 역시 그렇게 생각했다는 것을 나는 안다.

우리는 저녁 식사로 다소 특별한 음식을 주문하고, 마찬가지로 술도 평소와는 다른 것으로 한 병 주문했는데, 이는 이 일을 위해 우리의 마음을 강화시키고 나아가 우리의 목표를 잘 달성하기 위해서였다. 식사가 끝나고, 우리는 펜 한 묶음과 넉넉한 양의 잉크와 꽤 많은 양의 필기 용지와 압지를 꺼내놓았다. 왜냐하면 충분한 양의 문구를 갖춰놓고 있으면 왠지 마음이 아주 편안해졌기 때문이다.

그린 다음 나는 종이 한 장을 꺼내놓고, 맨 위에 깔끔한 필체로 '핍의 부채 비망록'이라는 제목을 가로로 쓰고서, 그 밑에 바너드 여관과 오늘 날짜를 매우 조심스럽게 덧붙여 썼다. 허버트도 역시 종이 한 장을 꺼내놓고, 비슷한 형식으로 '허버트의 부채 비망록'이라고 가로로 썼다.

그런 다음 우리는 각자 자기 옆에 어지럽게 쌓여 있는 서류 더미를 들춰보는 것이었는데, 그것들은 서랍에 처박혀 있었거나, 호주머니 속에서 닳아 구멍이 났거나, 촛불을 붙이느라 반쯤 탔거나, 몇 주 동안이나 거울에 꽂혀 있었거나, 아니면 달리 손상된 것들이었다. 종이 위를 스치는 펜 소리가 우리의 심신을 지극히 상쾌하게 해주었으므로, 나는 때때로 이런 유익한 사무 처리 행위와 실제로 돈을 갚는 행위를 구분하기 어려울 정도였다. 기특한 구석이 있다는 점에서 이 두 가지 일은 거의 같아 보였다.

우리가 잠시 동안 지출을 기입한 뒤, 나는 허버트에게 얼마나 진척되었는지 묻곤 했다. 그때 허버트는 아마도 늘어만 가는 숫자를 보고 몹시 후회하는 태도로 머리를 긁적거리고 있었을 것이다.

"숫자가 올라가고 있어, 헨델." 허버트는 이렇게 말하곤 했다. "어렵쇼, 금액이 올라가고 있네."

"마음을 단단히 먹어, 허버트." 나는 굉장히 부지런하게 펜을 놀리면서 대꾸해 주곤 했다. "문제를 직시해야 해. 네 문제를 들여다봐. 응시해서 그것들이 당황하게 하라고."

"나도 그렇게 하고 싶어, 헨델. 그런데 오히려 그것들이 **나를** 당황스럽게 응시하고 있단 말이야."

그렇지만 나의 단호한 태도가 효과가 있었는지 허버트는 다시 작업을 시작하곤 했다. 조금 있다가 그는 다시금 포기했는데, 그 때마다 상황에 따라 콥의 청구서나 롭의 청구서, 또는 놉의 청구서가 없다는 구실을 대는 것이었다.

"그러면 허버트, 어림셈으로 계산해 봐. 대충 계산해서 써넣어."

"넌 참 기지가 많은 친구구나!" 내 친구는 감탄하여 대답하곤 했다. "너의 사무 능력은 참으로 놀랍다."

나도 그렇게 생각했다. 이럴 경우에 나는 나 스스로가 일류 사업가—신속하고, 결단력 있고, 정력적이고, 명쾌하고, 침착한 일류 사업가—라는 평판을 세웠다. 내가 갚아야 할 것들을 목록에 다 적고 나서, 나는 그것을 각각 청구서와 대조하고 확인 표시를 했다. 한 항목에 확인 표시를 할 때마다, 나의 자기인정은 아주 기분 째지는 느낌이었다. 더 이상 확인 표시할 것이 없을 때, 나는 내 모든 청구서를 균일하게 접어서 각각의 뒷면에 꼬리표를 달고, 전체를 끈으로 묶어 좌우가 대칭하는 다발로 만들었다. 그런 다음 나는 허버트의 것도(그는 자기에게는 나와 같은 관리 소질이 없다고 겸손하게 말했다) 똑같이 해주었고, 그는 내가 그의 일을 분명히 정리해 줬다고 느꼈다.

나의 업무 처리 습관에는 다른 한 가지 멋진 특징이 있었는데, 나는 그것을 '여유 남겨두기'라고 불렀다. 예를 들어 허버트의 빚이 164파운드 4실링 2펜스라고 하면, 나는 이렇게 말하곤 했다. "여유를 남겨둬서 그것을 200파운드라고 써놔." 혹은, 내 빚이 그 4배라면 나는 여유를 남겨둬서 700파운드라고 써놓는 식이었다. 나는 이 여유 남겨두기의 지혜를 극히 높이 평가했다. 그러나 돌이켜 보건대 그것이 값비싼 방책이었음을 인정하지 않을 수 없다. 왜냐하면 우리는 언제나 곧 새로운 빚을 져서 그 여유의 한도를 꽉 채우기 일쑤였고, 또 때로는 그 여유가 주는 자유와 깊을 능력이 있다는 생각에 또 다른 여유를 둬야 할 정도로 빚을 많이 지게 되었기 때문이다.

그러나 우리의 문제를 이렇게 점검해 본 결과로 일종의 평온, 안정, 고결한 고요가 찾아왔는데, 이것이 한동안 나로 하여금 나자신이 훌륭하다고 생각하게 해줬다. 나의 능력 발휘와 체계적인 방식, 그리고 허버트의 칭찬으로 만족스런 기분이 된 채 내앞 탁자 위에 문구들과 함께 허버트와 나의 좌우대칭적인 청구서 묶음을 두고 앉아 있노라면, 내가 한 명의 사사로운 개인이기보다는 무슨 은행 같은 느낌이 들곤 했다.

이런 엄숙한 시간에는 방해를 받지 않으려고 우리는 바깥문을 닫았다. 내가 어느 날 저녁 평온한 상태에 빠져 있었는데, 바로그때 편지 한 통이 앞서 말한 그 문틈으로 들어와 방바닥에 떨어지는 소리가 들려왔다. "너한테 온 거다, 헨델." 허버트가 나갔다가 편지를 가지고 들어오며 말했다. "아무 일도 없었으면 좋겠네." 짙은 검은색 봉인과 겉봉 테두리를 가리키며 한 말이었다.

편지에는 트랩 회사의 날인이 찍혀 있었고, 그 내용은 간단했다. 나를 "존경하는 나리"라 지칭한 그 편지는 "지난 월요일 저녁 6시 20분에 J. 가저리 부인께서 작고하셨음을 정중히 알려"주었으며, 나더러 "다음 주 월요일 오후 3시에 있을 장례식에 참석해주십사" 부탁하는 내용이었다.

35장

내 인생 여정 중에 무덤이 열렸던 것은 그때가 처음이었고, 그 무덤이 평탄한 대지에 만들어놓은 틈새는 이상하기도 했다. 부엌 벽난로 옆 의자에 앉아 있는 우리 누나의 모습이 밤낮으로 내 뇌리를 떠나지 않았다. 누나 없이도 그 장소가 존재할 수 있다는 것은 내 마음이 이해할 수 없을 것 같은 일이었다. 그리고 최근에 누나 생각이 떠오른 적이 좀처럼 없었거나 전혀 없었는데, 이제는 누나가 거리에서 나에게 다가오고 있다든가 아니면 누나가 곧 문을 노크할 거라는 아주 이상한 생각이 들었다. 누나와 전혀 연관이 없었던 내 방에서도, 죽음이 남긴 공허함이 자리하는 동시에 마치 누나가 여전히 살아 있으며 자주 이곳에 다녀간 것처럼 누나의 목소리, 얼굴, 몸짓이 떠오르는 듯한 감각이 끊임없이 나를 감쌌다.

내 운명이 어떤 것이었든 간에, 내가 누나를 기억하며 많은 애정을 느끼기는 어려웠을 것이다. 그러나 나는 많은 애정이 없이도 존재할 수 있는 일종의 충격과 후회가 있다고 생각한다. 그런 충격의 영향 아래 (어쩌면 부드러운 감정을 갖지 못한 것을 보상하려는 듯) 나는 누나에게 극심한 고통을 안긴 가해자에 대한 격렬한 분노에 휩싸였으며, 충분한 증거만 있었다면 올릭이든 그 누구든 끝까지 복수심에 불타 추적할 수 있었으리라고 여겼다.

조에게 편지를 써서 위로의 뜻과 더불어 장례식에 꼭 갈 것이라는 말을 전하고 나서, 나는 그 며칠 동안을 내가 잠깐 언급한 그 기묘한 심리 상태 속에서 지냈다. 나는 장례식 날 아침 일찍 내려가서, 대장간까지 걸어갈 시간을 충분히 남겨두고 블루 보어에 도착했다.

그곳은 다시 화창한 여름 날씨였다. 그리고 길을 걸어가고 있노라니, 내가 무력한 작은 꼬마였고 누나가 나에게 인정을 베풀지 않았던 그 시절이 생생하게 되살아났다. 그러나 그 시절은 '따초리'의 날카로움까지도 누그러뜨리는 분위기를 띠고 되살아났다. 왜냐하면 지금, 콩과 토끼풀에서 풍겨오는 숨결마저 내 마음에 속삭이는 듯했기 때문이다. 언젠가는 나도, 이렇게 햇살 아래를 걷는 사람들의 기억 속에서 부드러운 감정을 불러일으킬 수 있기를 바라는 날이 올 거라고 말이다.

마침내 나는 우리 집이 보이는 곳에 다다랐다. 트랩 회사의 장의사가 장례식 집행에 착수하여 집 안을 점유했다는 사실을 곧 알게 되었다. 우울하고 우스꽝스럽게 생긴 사람 둘이, 각각 검은 헝겊 띠로 감아올린 지팡이를 여봐란 듯이 들고—마치 그 도구가 누구에게든 어떤 위로를 전할 수 있기라도 한 양—현관문 앞에 배치되어 있었다. 나는 그중 한 사람이 블루 보어에서 해고된 마차 기수장[1]이라는 것을 알아봤는데, 술에 취한 그가 두 팔로 자기가 탄 말의 목을 끌어안고 달리는 바람에 어느 젊은 부부를 결혼식 날 아침에 톱질 구덩이에 빠뜨려 해고당했던 것이다. 마을의 모든 아이들과 대부분의 여자들이 이 검은 옷을 입은 파수꾼들과 창문이 닫힌 집, 대장간을 구경하며 놀라워하고 있었다. 그리고 내가 다가서자 두 파수꾼들 중 기수장이었던 사람이 문

---

1 쌍두마차에서는 왼쪽 말에, 네 필 이상이 끄는 마차에서는 앞줄 왼쪽 말에 타는 기수의 우두머리.

을 두드렸다. 마치 내가 슬픔에 완전히 지쳐 스스로 문을 두드릴 힘조차 없는 사람인 것처럼.

검은 옷차림의 다른 파수꾼이(이 사람은 예전에 내기를 걸고 거위 두 마리를 먹었던 목수였다) 현관문을 열고 나를 우리 집에서 제일 좋은 응접실로 안내했다. 여기서 트랩 씨가 가장 좋은 탁자를 차지하고 앉아서, 곁에다 얇은 천들을 온통 펼쳐놓고 수많은 검정 바늘을 써서 일종의 검은 바자회²를 열고 있었다. 내가 응접실에 도착한 순간 그는 누군가의 모자를 마치 아프리카 아기를 입힐 때 쓰는 것 같은 검은 천으로 감싸는 작업을 막 끝마친 참이었다. 그래서 그는 내 모자를 받으려고 손을 내밀었다. 그런데 나는 그 행동을 오해한 나머지 혼란에 빠져서 온갖 따뜻한 애정의 표시로 그와 악수를 나누게 되었다.

사랑하는 매형, 가엾은 조는 작은 검은색 망토에 큰 리본이 턱 아래 묶인 상복 차림으로 방 한쪽 끝에 따로 앉아 있었는데, 상주로서 분명히 트랩이 그 자리에 배치해 준 모양이었다. 내가 허리를 구부리고 그에게 "사랑하는 조, 좀 어때?"라고 인사하자, 그는 "핍, 이봐 친구, 너는 누나가 한 인물 했을 때의 모습을 기억하지……"라고 말하고는 내 손을 꽉 쥔 채 더 이상 말을 잇지 못했다.

검정색 상복 차림이 매우 단정하고 정숙해 보이는 비디는 조용히 여기저기 돌아다니며 일을 많이 돕고 있었다. 나는 비디에게 말을 걸었다가, 이야기를 나눌 때가 아니라는 생각이 들어 조 가까이에 가서 앉았다. 그리고 나는 이 집 안의 어느 곳에 그것 —아니, 그녀—그러니까 우리 누나가 있을지 궁금해하기 시작

---

2 장례식 준비를 위해 필요한 상장 등 물품들을 모두 검정색 일색으로 만들어놓았다는 것을 뜻한다.

했다. 응접실 공기에는 달콤한 케이크 냄새가 숨 막힐 정도로 감돌아서, 나는 다과가 놓인 탁자를 찾으려고 방을 둘러보았다. 탁자는 어둠에 익숙해지고 나서야 비로소 보였는데, 그 위에는 잘라놓은 건포도 케이크와 잘라놓은 오렌지, 샌드위치와 비스킷, 그리고 내가 장식용으로는 잘 알고 있었지만 실제로 우리 집에서 사용되는 것은 평생 한 번도 본 적이 없는 마개 있는 유리병 두 개가 놓여 있었다. 하나에는 포트와인이, 또 하나에는 셰리주가 가득했다. 이 탁자 곁에 서 있으면서 나는 검은 망토를 입고 몇 미터는 될 성싶은 상장을 모자에 두른 비굴한 펌블추크를 알아보았다. 그는 한쪽에서는 음식을 꾸역꾸역 배불리 먹으면서, 동시에 내 시선을 끌기 위해 아첨하는 몸짓을 번갈아 하고 있었다. 내 주의를 끄는 데 성공하기가 무섭게, 그는 (셰리주와 빵 쪼가리 냄새를 풍기면서) 나에게로 건너와 나직한 목소리로 "실례해도 될까요, 친애하는 선생?"이라고 말하고 내게 손을 내밀었다. 그제야 나는 허블 씨 부부를 알아보게 되었는데, 허블 부인은 한구석에서 점잖게 말없이 감정의 격발을 일으키고 있었다. 우리는 모두 장례 행렬을 따라갈 예정이었으므로, 모두가 (트랩에 의해서) 한 명씩 우스꽝스런 보따리처럼 묶이고 있는 중이었다.

"그러니까 내가 하려는 말은, 핍," 우리가 응접실에서 트랩 씨가 일컫는바 둘씩 둘씩 '짝을 짓고' 있을 때—그런데 무시무시하게도 무슨 소름 끼치는 춤을 준비하는 것 같았다—조가 나에게 속삭였다. "그러니까 제가 드리려는 말씀은, 나리, 제 마음 같아서는 저랑 기꺼이 함께 가줄 서너 명의 친한 사람들과 같이 직접 누나를 교회까지 옮기고 싶었다는 겁니다. 그렇지만 이웃 사람들이 그런 걸 못마땅하게 볼 거고, 그리고 그게 예의가 부족하다고 여길 거라고 염려들 했답니다."

"손수건들 꺼내세요, 모두!" 이때 트랩 씨가 슬프고도 사무적인 목소리로 외쳤다. "손수건들 꺼내세요! 준비가 다 되었습니다!"

그래서 우리는 모두 마치 코피라도 흘리고 있는 듯 손수건을 꺼내 얼굴에 대고, 조와 나, 비디와 펌블추크, 허블 씨 부부, 이렇게 둘씩 줄을 지어서 나갔다. 불쌍한 우리 누나의 시신은 부엌문을 통해 운구되었고, 여섯 명의 운구자들이 테두리가 흰 끔찍한 검정색 우단 관 덮개 아래에서 숨을 죽이고 눈을 가린 채 걷는 것이 장례식의 중요한 절차였으므로, 그 전체가 두 파수꾼들 —기수장과 그의 동료—의 안내를 받으며 발을 질질 끌고 방향을 몰라 머뭇머뭇 걸어가는, 열두 개의 사람 다리가 달린 눈먼 괴물처럼 보였다.

그러나 이웃 사람들은 이러한 장례 진행 과정을 훌륭하다고 극찬했고, 우리는 마을을 통과하면서 대단히 칭찬받았다. 동네의 한층 어리고 활기찬 아이들은 때때로 우리의 진로를 끊고 달려 나가서는 유리한 지점에 숨어 기다렸다가 우리 앞길을 막기도 했다. 그럴 때 그들 중 좀 더 열광적인 녀석이 우리가 그들이 예상했던 어느 모퉁이를 돌아 나타나면 흥분한 태도로 "여기 온다!" "여기 있다!"라고 외쳤고, 그러면 우리는 거의 환호를 받을 정도였다. 이 절차가 진행되는 동안 나는 비굴한 펌블추크 때문에 무척 성가셨는데, 내 뒤에 있었던 그는 내내 세심한 배려로서 흘러내리는 내 모자의 상장을 매만져 주거나 망토의 주름을 펴주는 행동을 지속적으로 했다. 또 지나치게 거드름 피우는 허블 씨 부부 때문에 내 생각은 더욱더 혼란스러웠는데, 그들은 그토록 고귀한 장례 행렬의 일원이 된 것을 과도하게 우쭐해하며 강한 자부심을 가지고 있었다.

이제 드넓은 습지가 우리 앞에 뚜렷하게 펼쳐져 있고, 강에 떠 있는 배들의 돛이 점점 커져 보이는 가운데 우리는 교회 묘지에 들어서서, 얼굴도 뵌 적이 없는 우리 부모님, '이 교구에 살다가 사망한 고 필립 피립과 또한 상기자의 부인인 조지애너'의 무덤들 가까이에 이르렀다. 그리고 그곳에서, 종달새들이 저 하늘 높이서 저저귀고 살랑바람이 구름과 나무들의 아름다운 그림자를 흩뿌려 주는 가운데, 누나는 조용히 흙속에 묻혔다.

이 일이 진행되고 있는 동안 명예와 이익만을 좇는 펌블추크가 한 행동에 대해서는, 그것이 모두 나를 향한 행동이었다는 것 이외에는 더 이상 말하고 싶지 않다. 하지만 내가 한마디 하고 싶은 것은, 인간은 이 세상에 아무것도 가지고 오지 않았고 또 아무것도 가져갈 수 없으며, 인간이란 그림자처럼 소멸하는 것이어서 결코 한 곳에 머물지 않는다는 사실을 우리에게 상기시키는 그 경건한 구절이 낭독될 때조차도, 나는 그가 뜻밖에 큰 재산을 소유하게 된 한 젊은 신사의 경우는 예외라는 듯 비밀을 폭로하는 것처럼 기침하는 소리를 들었다는 점이다. 우리가 집에 돌아왔을 때, 그는 나에게 뻔뻔스럽게도 내가 누나에게 큰 영광을 안겨준 것을 누나가 알 수 있었더라면 좋았을 거라고 말하고, 또 누나라면 그 영광이 자신의 죽음과 맞바꿀 만한 가치가 있다고 여겼을 거라고까지 넌지시 암시했다. 그 뒤 그는 나머지 셰리주를 다 마셔버렸고, 허블 씨는 포트와인을 마셨다. 그리고 두 사람은 마치 자기들은 죽은 사람과는 전혀 다른 족속이며 자기들이 불사신이라도 되는 듯한 태도로 이야기했다(이런 일이 생기면 그들이 습관적으로 그런다는 것을 나는 그 후에 알게 되었다). 드디어 그는 허블 씨 부부와 함께 떠났다. 내가 확신하건대 그는 이날 저녁을 즐길 것이고, '즐거운 사공들'에 모인 술꾼들에게 자기가 내 행운을 가져다준 사람이자 내 최초의 은인이라고 떠벌릴 참이었다.

사람들이 모두 가버리고, 트랩과 그의 일꾼들도—그의 점원 아이는 빼놓고, 나는 따로 찾아보기까지 했다—그들의 잡다한 장례용품을 가방에 억지로 쑤셔넣고 떠나버리고 나니, 집 안이 한결 위생적으로 느껴졌다. 조금 있다가 비디와 조와 나는 찬 음식으로 함께 저녁을 먹었다. 그런데 우리는 늘 밥을 먹던 낡은 부엌이 아니라 우리 집에서 제일 좋은 응접실에서 먹었는데, 조가 나이프와 포크를 어떻게 놓을지, 소금통을 어디에 둘지 등 사소한 것에 지나치게 신경을 쓰는 바람에 우리 셋 다 왠지 몸 둘 바를 몰랐다. 그러나 저녁을 먹은 뒤 내가 그에게 파이프 담배를 피우라고 권하고, 그와 함께 대장간 주위를 느릿느릿 거닐다가 대장간 밖의 큰 돌덩이 위에 함께 앉았을 때 우리 사이는 한결 나아졌다. 나는 조가 장례식 이후 옷을 갈아입었지만, 주일에 입는 나들이옷과 작업복 사이에서 적절히 절충한 모습을 하고 있다는 것을 눈치챘다. 덕분에 그는 한결 자연스러워 보였고, 본래 그다운 모습으로 돌아온 듯했다.

혹시 내가 내 작은 침실에서 자도 되느냐고 물어보자 그는 대단히 기뻐했다. 그리고 나도 역시 기뻤는데, 그런 요청을 함으로써 내가 상당히 대단한 일이라도 한 것 같은 느낌이 들었기 때문이다. 저녁의 땅거미가 밀려오고 있을 때, 나는 비디와 함께 정원으로 나가 잠깐 이야기를 나눌 기회를 가졌다.

"비디." 내가 말했다. "나는 네가 이런 슬픈 일들에 대해 나한테 편지를 보낼 수도 있었다고 생각해."

"그래, 핍 군?" 비디가 말했다. "그랬다면 편지를 썼을 거야."

"내가 무례하게 굴려는 건 아니야, 비디. 그렇지만 너도 그렇게 생각했어야 한다고 봐."

"그래, 핍 군?"

비디는 너무나 얌전하고 또 매우 순종적이고 착하며 단정한 태도를 지니고 있어서, 그녀를 다시 울게 하고 싶지 않았다. 그녀가 내 곁에서 고개를 숙인 채 걷고 있는 모습을 한동안 바라보다가, 나는 이 문제를 접어두기로 했다.

"이제 여기서 계속 지내기는 어렵겠지, 비디?"

"아! 그럴 순 없겠지, 핍 군." 비디는 미련이 있는, 그러나 단호한 어조로 조용히 말했다. "나는 허블 부인과 쭉 얘기를 해왔고, 내일 그녀에게 갈 예정이야. 우리가 함께 가저리 씨를 잘 돌볼 수 있기를 바라, 마음 붙이실 때까지 말이야."

"어떻게 살 거야, 비디? 혹시 돈이 좀 필요하면……."

"내가 어떻게 살 거냐고?" 비디는 순간적으로 얼굴을 붉히며 내가 말하는 중에 갑자기 끼어들어 되물었다. "자세히 말해줄게, 핍. 거의 완공되어 가는 새 학교에서 교사 자리를 얻어보려고 해. 마을 사람들 모두가 나를 잘 추천해 줄 수 있을 거고, 부지런하고 인내심 있게 일하면서 다른 사람들을 가르치는 동시에 나 자신도 배울 수 있기를 바라. 알다시피, 핍 군." 비디는 눈을 들어 내 얼굴을 향해 미소를 지으며 말을 이었다. "새로운 학교들은 옛날 학교와는 달라. 그렇지만 나는 그때 이후로 너에게서 많은 것을 배웠고, 그 뒤로 향상할 시간도 있었지."

"난 네가 늘 향상될 거라고 생각해, 비디, 어떤 상황에서도 말이야."

"아아! 내 인간성의 나쁜 면은 빼놓고." 비디는 중얼거렸다.

그것은 비난이라기보다는 생각하던 것이 어쩔 수 없이 말로 튀어나온 것이었다. 좋다! 나는 그 점도 접어두자고 생각했다.

그래서 나는 비디의 내리뜬 눈을 말없이 쳐다보며 그녀와 함께 좀 더 걸었다.

"나는 누나의 죽음에 대해 상세한 이야기를 못 들었어, 비디."

"얘기할 게 거의 없어. 불쌍도 하시지. 아주머니는 나흘 동안 —비록 최근에는 병세가 악화되기보다는 오히려 호전되어 왔지만—안 좋은 상태에 계셨는데, 그러다가 그날 저녁 바로 차 마실 시간에 반짝 좋아져서 아주 또렷하게 '조'라고 말했어. 아주머니가 오랫동안 아무 말도 한 적이 없었기 때문에, 나는 대장간으로 달려가 가저리 아저씨를 데려왔지. 아주머니는 아저씨가 자기 가까이에 앉기를 원한다고 나한테 신호를 한 뒤, 내가 자기 양팔을 아저씨 목에 감아주기를 원했어. 그래서 내가 아주머니 팔을 아저씨 목에 감아줬더니, 아주머니는 머리를 아저씨 어깨에 기대고 아주 기쁘고 만족해하셨어. 그러더니 곧 아주머니는 다시 한번 '조'라고 말하고, 한 번은 '용서해 줘', 그리고 한 번은 '핍'이라고 말했어. 그러고 나서는 더 이상 고개를 들지 않았는데, 한 시간 후 우리가 아주머니를 침대에 눕혔을 때는 이미 떠나신 뒤였어."

비디는 훌쩍거렸다. 어두워져 가는 정원과 골목길과 돋아나는 별들이 내 시야에서도 희미해졌다.

"밝혀진 건 아무것도 없었어, 비디?"

"아무것도 없었어."

"올릭이 어떻게 됐는지는 알아?"

"옷 색깔로 봐서는 채석장에서 일하는 것 같던데."

"그럼 넌 그를 당연히 봤었다는 거네? 그런데 왜 골목길의 저 시커먼 나무를 쳐다보고 있는 거지?"

"아주머니가 돌아가시던 날 저기서 그를 보았어."

"그게 마지막이 아니었지, 비디?"

"그래. 나는 우리가 이곳을 걷고 있을 때부터 그가 저기에 있는 것을 봤어—소용없어." 비디는 내가 막 달려 나가려고 할 때 내 팔에 손을 얹으며 말했다. "내가 속이지 않을 거라는 거 알잖아. 그는 거기에 1분도 있지 않았고, 지금은 가고 없어."

나는 그놈이 아직도 그녀 꽁무니를 쫓아다닌다는 것을 알고서 극도의 분노가 되살아났다. 나는 그에 대한 뿌리 깊은 반감을 느꼈다. 나는 그녀에게 그렇게 말하고, 그를 이 고장에서 쫓아내기 위해서라면 돈을 얼마든지 쓰거나 어떤 수고라도 감수하겠다고 말했다. 그녀는 차차 나를 좀 더 온건한 이야기로 끌어들여서, 조가 나를 얼마나 사랑하는지, 그리고 조가 어떤 것에 대해서도 불평 한 번 하지 않았다고 말했다. 그녀는 그가 나에 대해서 불평했다는 말은 하지 않았다. 그럴 필요도 없었다. 나는 그녀가 무슨 말을 하려는지 알고 있었다. 그가 힘센 손과 조용한 입과 너그러운 마음으로 어떻게 자신의 인생길에 항상 의무를 다하고 있는지 들려줬다.

"정말이지, 매형을 아무리 칭찬해도 지나치지 않을 거야." 나는 말했다. "그리고 비디, 우리는 이런 일들에 대해 틀림없이 자주 이야기하게 될 거야, 이제는 당연히 내가 이곳에 자주 내려올 테니까 말이야. 나는 불쌍한 조를 그냥 내버려두진 않을 거야."

비디는 일언반구도 하지 않았다.

"비디, 내 말 안 들려?"

"들려, 핍 군."

"그런데 나를 핍 군Mr. Pip이라고 부르는 것도 그렇고, 네 태도가 뭔가 좀 이상해 보여. 그건 무슨 뜻이야, 비디?"

"무슨 뜻이냐고?" 비디가 겁을 먹고 물었다.

"비디," 나는 거드름을 피우며 자신에 찬 태도로 말했다. "나는 너의 이런 태도가 무엇을 뜻하는지 꼭 알아야겠어."

"이런 태도라니?" 비디가 말했다.

"말을 따라하지 마." 내가 반박했다. "넌 예전엔 그러지 않았잖아."

"안 그랬었다고!" 비디는 말했다. "오, 핍 군! 전에도 그랬었지!"

좋다! 나는 그 점에 대해서도 그냥 접어두기로 했다. 말없이 정원을 또 한 바퀴 돌고 나서, 나는 주된 화제로 돌아왔다.

"비디," 내가 말했다. "내가 아까 조를 보러 여기에 자주 내려올 거라고 말했는데, 너는 분명 묵묵부답이었어. 부탁인데, 비디, 이유를 말해줘."

"그럼 확실히 아저씨를 보러 자주 올 거야?" 비디가 좁은 정원 산책길에 멈춰서, 맑고 정직한 눈으로 별빛 아래서 나를 쳐다보며 물었다.

"아, 이런!" 나는 마치 절망해서 나 자신이 어쩔 수 없이 비디를 포기할 수밖에 없다는 것을 알아차린 듯이 말했다. "이건 정말 인간 본성의 매우 나쁜 면이야! 제발 더 이상 아무 말도 하지 마, 비디. 네 말이 나에겐 몹시 충격적이야."

그 설득력 있는 이유 때문에 나는 저녁 식사 동안 비디와 거리를 두었다. 그리고 내가 쓰던 옛 작은 침실로 올라갈 때, 나는 마음속으로는 투덜대면서도 그날의 장례식과 공동묘지에서의 분위기에 어울리는 듯한 최대한의 위엄을 갖춰 그녀를 떠났다. 그날 밤 빈번히 잠을 이루지 못하고, 그것도 15분마다 잠을 깨어서 나는 비디가 나에게 얼마나 불친절하게 굴고, 얼마나 상처를 주었고, 얼마나 부당하게 대했는지 곰곰이 생각해 보았다.

나는 아침 일찍 떠날 예정이었다. 아침 일찍 밖으로 나간 나는 눈에 띄지 않게 대장간의 나무 창문 하나를 통해 안을 들여다보았다. 잠시 농안 그 자리에 서서 조를 쳐다보았는데, 마치 그를 위해 준비되어 있는 빛나는 생명의 태양이 그의 얼굴을 비추고 있는 것처럼 넘치는 건강과 힘을 지닌 표정으로 이미 일을 시작하고 있었다.

"잘 있어, 사랑하는 조! 아니, 손을 닦지 마. 매형의 검은 때 묻은 손을 그냥 내밀어 줘, 제발. 금방, 그리고 자주 내려올게."

"얼마나 금방 오든 좋아요, 나리." 조가 말했다. "얼마나 자주 오든 좋단다, 핍!"

비디는 새로 받은 우유 한 잔과 빵 한 조각을 가지고 부엌문가에서 나를 기다리고 있었다. "비디." 나는 그녀에게 작별의 손을 내밀면서 말했다. "난 화가 난 건 아니야. 다만 마음에 상처를 입었어."

"아니, 마음 아파하지 마." 그녀는 아주 애처롭게 간청했다. "나만 가슴이 아파야지, 만일 내가 인색했다면 말이야."

내가 걸어서 떠나올 때, 다시 한번 안개가 걷히고 있었다. 만약 그 안개가, 내가 다시는 돌아오지 **않으리라는** 것과 비디가 완전히 옳았음을 내게 보여주었다면, 그리고 아마도 실제로 그랬으리라고 짐작하는바 내가 할 수 있는 말은 단 하나뿐이었다. 안개도 완전히 옳았다는 것이다.

36장

허버트와 나의 빚은 늘어났다. 우리는 우리의 사정을 점검해 보고, 여유를 남겨두고, 또 그럴듯하게 모범적으로 장부 정리를 해두는 방식을 취하는 가운데 악화일로에 있었다. 좋든 궂든 세월은 제 방식대로 흘러갔고, 나는 성년에 이르렀다. 내가 미처 내 처지를 의식하기도 전에 그렇게 되리라고 예견했던 허버트의 말을 실현하면서.

허버트는 나보다 8개월 먼저 성년이 되었다. 성년에 이른 것 말고는 그에게 아무것도 없었기에, 이 사건은 바너드 여관에서 큰 화젯거리가 되지는 못했다. 그러나 우리는 많은 억측과 기대를 하면서 내 스물한 번째 생일을 기다렸는데, 그것은 우리 둘다 내 후견인이 그때는 뭔가 확실한 것을 말해주지 않을 수 없으리라고 여겼기 때문이다.

나는 미리 신경 써서 내 생일이 언제인지 리틀 브리튼에서 잘 알고 있도록 조치해 두었다. 생일 전날, 나는 웨믹으로부터 내가 그 경사스런 날 오후 5시에 재거스 씨를 방문하면 그가 기뻐할 거라는 내용을 통보하는 짤막한 공적인 편지를 한 통 받았다. 이 것은 우리에게 뭔가 중대한 일이 일어날 거라는 확신을 주었고, 시간을 딱 맞춰서 내 후견인의 사무실에 갔을 때 가슴은 유난히 도 두근거렸다.

바깥쪽 사무실에서 웨믹이 나에게 축하를 해주고는, 우연인

듯 내가 그 접힌 모양을 좋아하는 얇은 종이 한 장으로 자기 코의 옆면을 문질렀다. 그러나 그는 그것에 대해서는 아무 말도 하지 않고, 고개를 한 번 끄떡여 내 후견인의 방으로 들어가라고 지시해 주었다. 때는 동짓달이었고, 내 후견인은 양손을 상의 뒷자락 아래에 뒷짐 지고 굴뚝에 등을 기댄 채 벽난로 앞에 서 있었다.

"자, 핍." 그는 말했다. "오늘은 자네를 핍 씨라 불러야 하겠군. 축하합니다, 핍 씨."

우리는 악수를 했다―그는 언제나 유달리 악수를 짧게 하는 사람이었다―그리고 나는 그에게 감사를 전했다.

"앉아요, 핍 씨." 내 후견인이 말했다.

내가 자리에 앉고, 그가 원래의 자세를 그대로 유지하면서 자기 구두를 향해 눈살을 찌푸리자 나는 불리한 위치에 있다는 느낌이 들었다. 그리고 이것은 그 옛날 내가 비석 위에 얹혀 있었던 때를 생각나게 해주었다. 선반 위의 그 소름 끼치는 두 개의 석고상은 그와 멀지 않았는데, 그들의 표정은 마치 우둔한 중풍 환자들이 대화를 경청하려고 애쓰는 것처럼 보였다.

"자, 내 젊은 친구 양반." 내 후견인은 마치 내가 증인석에 앉은 증인이라도 되듯 말을 시작했다. "자네와 한두 마디 나누고자 하는데."

"그러시죠, 변호사님."

"자네 생각으로는," 재거스 씨는 몸을 앞으로 구부려 방바닥을 쳐다보고 난 다음, 고개를 뒤로 젖혀 천장을 쳐다보면서 말했다. "자네 생각으로는 얼마의 비용으로 생활하고 있다고 보는가?"

"얼마의 비율로요, 변호사님?"

"얼마의," 재거스 씨는 여전히 천장을 쳐다보면서 되풀이했다.

"비-용-으로?" 그런 다음 그는 온 방 안을 빙 둘러보더니, 손수건을 손에 들고 코로 반쯤 가져가다가 멈췄다.

내가 처한 상태를 너무나 자주 점검했으므로, 나는 그 결과에 대해 지닐 수 있었을지도 모르는 여하한 사소한 관념까지도 깡그리 잊어버린 터였다. 마지못해 나는 그 질문에는 전혀 대답할 수 없노라고 고백했다. 이 대답은 재거스 씨의 마음에 드는 모양이었는데, 그것은 그가 "그럴 줄 알았어!"라고 말하고는 만족스런 태도로 코를 풀었기 때문이다.

"자, 내가 **자네에게** 질문을 하나 했어, 내 친구." 재거스 씨는 말했다. "자네는 **나에게** 물어볼 게 뭐 없나?"

"물론 몇 가지 여쭤보면 크게 시름을 덜어줄 것 같습니다만, 변호사님. 저는 변호사님의 금지 사항을 기억하고 있습니다."

"한 가지는 물어봐도 돼." 재거스 씨가 말했다.

"오늘 제 은인을 제게 알려주실 겁니까?"

"아니. 다른 걸 물어봐."

"그 비밀을 제게 곧 알려주실 예정입니까?"

"그건 잠시 보류하고," 재거스 씨가 말했다. "다른 걸 물어봐."

나는 내 주위를 둘러보았지만, 이제는 이 질문을 피할 도리가 없을 것 같았다. "제가…… 뭐…… 받을 것이라도 있습니까, 변호사님?" 그 물음에 재거스 씨는 "그 이야기가 나올 줄 알았네!"라고 의기양양하게 대답하고 나서, 웨믹을 불러 아까 그 종잇장을 가져오라고 했다. 웨믹이 나타나 그것을 건네고 사라졌다.

"자, 핍 씨," 재거스 씨가 말했다. "부디 잘 듣길 바라. 자네는 여기서 꽤 시원시원하게 돈을 인출해 가고 있었더군. 자네 이름이 웨믹의 현금출납부에 꽤 자주 등장하니 말이야. 그래도 자넨 빚을 지고 있을 테지, 당연히?"

"유감이지만 그렇다고 말씀드려야만 할 것 같습니다, 변호사님."

"자넨 그렇다고 말해야만 한다는 걸 알고 있겠지, 안 그런가?" 재거스 씨는 말했다.

"네, 변호사님."

"자네가 진 빚이 얼마인지 묻지 않겠어, 자네도 모르고 있을 테니까 말이야. 그리고 가령 자네가 알고 있다 해도, 자넨 내게 말하지 않겠지. 액수를 줄여서 말하든가. 됐어, 됐다고, 내 친구." 재거스 씨는 내가 항변할 기미를 보이자 집게손가락을 흔들어 내 말을 막으며 소리 질렀다. "자넨 그렇지 않을 거라고 생각할 공산이 매우 크지만, 자넨 그리 할 거야. 미안한 말이지만, 내가 자네보다 더 잘 알고 있다고. 자, 이 종잇장을 자네 손으로 받아 봐. 받았지? 썩 잘했어. 자, 그걸 펴보고 그게 뭔지 내게 말해봐."

"이건 은행권입니다." 나는 말했다. "5백 파운드짜리요."[1]

"그건 은행권이야." 재거스 씨가 되풀이했다. "5백 파운드짜리지. 그리고 상당히 큰돈이라고 난 생각해. 자네도 그렇게 생각하나?"

"제가 어찌 달리 생각할 수가 있겠습니까!"

"아아! 하지만 물음에 대답해 봐." 재거스 씨가 말했다.

"확실히 그렇게 생각합니다."

"자네는, 확실히, 그 돈을 상당히 큰 금액의 돈이라고 생각하겠지. 자, 그 상당히 큰돈이, 핍, 자네 꺼야. 그건 오늘 자네에게 주는 선물이지, 자네가 받을 유산의 증거로 말이야. 그리고 해마다 그런 상당히 큰 금액의 금전으로, 그런데 더 높은 액수의 금

---

1 당시의 여러 가지 사정을 고려할 때 5백 파운드라는 금액은 웬만한 공무원의 연봉보다도 많은, 굉장히 큰돈이었다.

전은 안 되네, 자네는 유산 전체의 증여자가 나타날 때까지 그 돈으로 살아가야 해. 바꿔 말하면, 이제 자네의 돈 문제는 완전히 자네의 생각대로 처리될 것이며, 자네가 자금의 원전주原錢主와 직접 소통하여 더 이상 대리인 따위와는 소통할 일이 없을 때까지 분기마다 웨믹에게서 125파운드씩 인출하게 될 거야. 전에도 자네에게 말했듯이 나는 대리인에 불과해. 나는 내가 받은 지시 사항을 수행하고, 그 일에 대한 보수를 받고 있지. 나는 그 지시 사항들이 현명치 않다고 생각은 하지만, 그 지시 사항들의 장단점에 대해 내 의견을 제시하는 것에는 보수가 없거든."

나는 나를 대단히 후하게 대우해 주는 것에 대해 내 은인에게 감사한 마음을 표하려고 막 입을 열려는 참이었는데, 그때 재거스 씨가 나를 가로막았다. "나는 자네 말을 누구에게 전달하라고 돈을 받는 사람이 아니야, 핍." 냉정하게 말한 그는 마치 이 주제를 정리하듯 코트 자락을 움켜쥐었다. 그러고는 자신의 구두를 찡그린 채 내려다보며, 마치 그것들이 그에게 반역이라도 꾀하고 있는 듯한 표정을 지었다.

잠시 말을 끊었다가, 나는 넌지시 물어봤다.

"방금 질문이 하나 있었는데요, 재거스 변호사님. 제가 잠시 보류하기를 바라셨습니다. 그 질문을 다시 여쭤도 괜찮겠습니까?"

"무슨 질문인가?" 그가 말했다.

그가 결코 나를 도와주지 않으리라는 것을 내가 모를 리가 없었지만, 마치 그것이 완전히 새로운 질문인 양 새삼스레 묻는 것은 나로서는 당혹스런 노릇이었다. "가능성은 있는지요?" 나는 망설임 끝에 말했다. "저의 후원자, 말씀하신 원전주께서, 재거스 변호사님, 곧……." 여기서 나는 예민한 감정으로 말을 멈췄다.

"곧 뭐라고?" 재거스 씨가 물었다. "그 문장만으로는 질문이 아니라는 것을, 자네도 알겠지."

"곧 런던에 오시거나," 나는 정확한 말을 찾아 이리저리 궁리한 끝에 말했다. "아니면 어디 다른 곳으로 저를 부르실 예정인가요?"

"자, 그럼," 재거스 씨는 깊숙이 들어간 검은 눈으로 나를 처음으로 응시하면서 대답했다. "우리는 자네 마을에서 우리가 처음 만났던 날 저녁으로 되돌아가야겠군. 그때 내가 자네에게 뭐라고 말했던가, 핍?"

"말씀하셨습니다, 재거스 변호사님, 그분이 나타나는 것은 그때로부터 몇 년 뒤가 될 수도 있다고요."

"바로 그랬었지." 재거스 씨는 말했다. "그게 내 대답이야."

우리가 서로 한참 빤히 쳐다보고 있노라니, 나는 그에게서 뭔가를 알아내고 싶은 강한 욕망 때문에 내 숨결이 점점 가빠지는 것을 느꼈다. 그리고 내 숨결이 점점 가빠지는 것을 느끼면서, 또 내 숨결이 점점 가빠지는 것을 그가 알고 있다는 것을 느끼면서, 나는 그에게서 뭔가를 얻어낼 수 있는 가능성이 더 줄어드는 것을 느꼈다.

"아직도 지금부터 몇 년이 되리라고 생각하십니까, 재거스 변호사님?"

재거스 씨는 고개를 가로저었다. 질문 자체를 부정해서가 아니라 어떤 수로든 그로 하여금 질문에 대답하게 할 수 있다는 생각을 전적으로 부정하는 뜻에서였다. 그리고 그 고통스런 얼굴의 소름 끼치는 두 개의 석고상은, 내 시선이 그들에게로 향했을 때 마치 속을 태우던 긴장감이 고비에 다다라서 곧 재채기를 할 것만 같은 표정이었다.

"이봐!" 재거스 씨는 따뜻해진 그의 두 손등으로 다리 뒤쪽을 뜨뜻하게 덥히면서 말했다. "솔직히 말해주지, 내 친구 핍. 그건 내게 물어서는 안 될 질문이야. 그것이 내 **신용**을 훼손할 수도 있는 질문이라고 내가 자네에게 말해주면, 자네는 그 점을 좀 더 잘 이해할 수 있겠지. 이봐! 자네에게 좀 더 말해주지. 내가 좀 더 이야기를 해주겠다는 뜻이야."

그는 구두를 찡그리며 내려다보느라 몸을 아주 낮게 숙였고, 말이 멈춘 틈을 타 종아리를 문질렀다.

"그 사람이 나타나면," 재거스 씨는 몸을 똑바로 펴면서 말을 이었다. "자네와 그 사람이 자네의 문제를 해결하게 될 거야. 그 사람이 모습을 드러내면, 이 일에서의 내 역할은 끝나서 종결될 거고. 그 사람이 정체를 드러내면, 내가 이 일에 대해 어떤 것도 알 필요가 없을 거야. 그리고 그것이 내가 말하고 싶은 전부지."

그와 마주보던 나는 마침내 시선을 돌려 생각에 잠긴 채 방바닥을 쳐다보았다. 이 마지막 말로부터, 어떤 이유에서든 혹은 아무 이유 없이도 미스 해비셤이 그에게 나를 에스텔라와 맺어주려는 계획을 털어놓지 않았다는 생각이 떠올랐다. 그는 이에 불만을 품고 질투를 느끼는 것일지도, 혹은 그 계획 자체에 반대하며 전혀 관여하고 싶지 않은 것일지도 몰랐다. 다시 고개를 들었을 때 그는 줄곧 날카롭게 나를 바라보고 있었고, 그 순간에도 여전히 그렇게 쳐다보고 있었다.

"만일 그것이 변호사님께서 하실 말씀의 전부라면, 변호사님," 나는 말했다. "저로서는 더 이상 드릴 수 있는 말씀이 없습니다."

그는 고개를 끄덕여 동의해 주고는, 도둑조차 두려워하는 그의 시계를 꺼내더니 어디서 저녁 식사를 하겠느냐고 내게 물었다. 나는 내 방에서 허버트와 함께 하겠다고 대답했다. 자연스럽게 이어지는 순서로, 나는 그에게 우리 식사에 자리를 함께해 주는 호의를 베풀어주겠느냐고 물었더니, 그는 그 초대를 즉시 수락했다. 그러나 그는 내가 그를 위해 특별한 준비를 하지 못하게끔 함께 집에 걸어가자고 주장했다. 그리고 그에게는 우선 써야 할 편지가 한두 통 있었고, (물론) 손도 씻어야 했다. 그래서 나는 바깥 사무실로 나가 웨믹과 이야기나 나누고 있겠다고 말했다.

사실은 내 호주머니에 5백 파운드가 들어왔을 때 전에도 종종 머리에 떠오르던 한 가지 생각이 떠올랐는데, 나에겐 웨믹이야말로 그런 생각과 관련해서 논의할 수 있는 안성맞춤인 인물로 보였다.

그는 이미 금고를 잠가놓고 퇴근할 준비를 하고 있었다. 그는 그의 책상을 떠나서, 번드르르한 사무용 촛대 두 개를 가지고 나와 바로 촛불을 끌 수 있도록 문 가까이에 있는 석판 위에 촛불 끄는 도구와 나란히 세워놓았다. 그는 재를 긁어모아 난롯불을 약하게 줄여놓았으며 모자와 큼직한 외투도 준비해 놓고, 일과 후의 운동으로서 금고 열쇠로 가슴 전체를 골고루 두드리고 있었다.

"웨믹 씨," 나는 말했다. "당신의 의견을 묻고 싶은 일이 있어요. 나는 친구 한 사람을 도와주고 싶은 마음이 굴뚝같답니다."

웨믹은, 마치 자신의 의견은 그런 종류의 어떤 치명적인 우둔함에 대해서도 무감각하다는 듯이 우체통 같은 입을 꽉 다물고 고개를 설레설레 내저었다.

"이 친구는 말이죠." 나는 말을 이었다. "무역계에서 성공하고자 애쓰고 있지만, 돈이 없어 사업 시작에 어려움을 겪으며 낙심하고 있어요. 이제 어떻게든 그를 도와서 사업을 시작하게 하고 싶어요."

"현금으로요?" 웨믹은 어떤 톱밥보다도 더 메마른 어조로 말했다.

"**약간의** 현금으로요." 집에 좌우대칭적으로 꾸려놓은 청구서 묶음에 대한 불안한 생각이 머리를 스쳐서 나는 이렇게 대꾸했다. "**약간의** 현금을 대주고, 형편에 따라 내 유산 약간을 미리 써서라도 말이에요."

"핍 씨," 웨믹이 말했다. "괜찮으시다면 당신과 함께 내 손가락으로 저 윗녘 첼시 리치까지 여러 다리의 이름들을 대충 훑어보고 싶습니다. 봅시다. 런던교, 하나. 사우스워크교, 둘. 블랙프라어스교, 셋. 워털루교, 넷. 웨스트민스터교, 다섯. 복스홀교, 여섯." 그는 금고 열쇠 손잡이를 손바닥에 올려놓고 각각의 다리를 차례로 꼽았다. "선택하실 다리가, 보시다시피 여섯 개나 되네요."

"무슨 말씀인지 모르겠는데요." 내가 말했다.

"당신의 다리를 선택해 보세요, 핍 씨." 웨믹이 대답했다. "그리고 그 다리 위로 걸어가서 다리 중앙의 궁형 너머 템스 강으로 당신의 돈을 던져보세요. 그러면 그 돈은 끝이라는 걸 아실 겁니다. 돈으로 친구를 도와줘 보세요, 그러면 그 돈 역시 끝이라는 걸 아실 겁니다. 허나 그건 유쾌하지도 않고 이익도 덜한 끝장이죠."

그는 이렇게 말하고 나서 어찌나 입을 크게 벌렸던지, 그 입에 신문이라도 집어넣을 수 있을 것 같았다.

"정말 맥 빠지게 하는 말씀이네요." 나는 말했다.

"그러려고 드린 말씀이에요." 웨믹이 말했다.

"그럼 당신의 의견은," 나는 약간 분개하여 물었다. "사람은 결코……."

"……친구에게 동산을 투자해서는 안 된다는 거냐?" 웨믹이 말했다. "두말하면 잔소리죠. 자기 친구를 제거하고 싶지 않은 이상 말입니다—그렇다면 문제는 친구를 제거하는 데 동산의 값 어치를 얼마나 쓰느냐 하는 것이 되겠죠."

"그럼 그게," 내가 말했다. "당신의 신중한 의견인가요, 웨믹씨?"

"그게," 그가 대답했다. "이 사무실에서의 제 신중한 의견입니다."

"아아!" 여기서 빠져나갈 구멍을 찾은 것 같았기 때문에 나는 그를 압박하며 말했다. "하지만 월워스에서도 당신의 의견은 그럴까요?"

"핍 씨," 그는 진지하게 대답했다. "월워스와 이 사무실은 별개의 장소입니다. 저의 노부와 재거스 씨가 별개의 인물인 것과 마찬가지로요. 이 둘을 서로 혼동해서는 안 되죠. 저의 월워스에서의 견해는 월워스에서만 취할 수 있으며, 이 사무실에서 저는 사무적인 견해만 취할 수 있답니다."

"좋습니다." 나는 크게 안도하며 말했다. "그럼 월워스로 찾아뵙겠습니다. 꼭 가겠어요."

"핍 씨," 그가 대답했다. "사적이고 개인적으로 그곳에 오시는 것은 환영입니다."

우리는 이 대화를 낮은 목소리로 나눴는데, 내 후견인의 귀가 더할 나위 없이 예리하다는 것을 알고 있었기 때문이다. 재거스 씨가 이제 수건으로 손을 닦으면서 사무실 문간에 나타났으므로, 웨믹은 큰 외투를 걸치고 촛불을 끄기 위해 기다리고 있었다. 우리 셋은 모두 함께 거리로 들어섰다. 문 앞 계단에서 웨믹은 자기가 갈 방향으로 몸을 돌렸고, 재거스 씨와 나는 우리가 갈 방향으로 향했다.

　나는 그날 저녁 재거스 씨에게, 제라드 가의 연로한 부친이든 '미사일' 대포든, 혹은 그의 눈살을 조금이라도 펴줄 무언가나 누군가든 있었으면 하고 바라지 않을 수 없었다. 스물한 번째 생일을 맞이한 날, 내 후견인이 만들어놓은 이런 경계심 많고 의심스러운 세상에서는 성년이 된다는 것 자체가 별 의미 없는 일처럼 보인다는 건 스물한 번째 생일에 떠올리는 생각치고는 언짢았다. 그는 웨믹보다 천 배나 더 많이 알고 있고 더 똑똑했다. 그렇지만 나는 오히려 웨믹을 천 배나 더 식사에 초대하고 싶었다. 게다가 재거스 씨는 나만 심히 우울하게 만든 것이 아니었다. 왜냐하면 그가 가고 난 뒤에 허버트가, 시선을 난롯불에 고정시킨 채 자기가 무슨 중죄를 저질렀는데 그 자세한 내용을 잊어버린 것이 틀림없다고 스스로 말했기 때문이다. 그는 그토록 낙심하고 죄의식을 느꼈던 것이다.

37장

일요일이 웨믹 씨의 월워스식 견해를 듣기에 가장 좋은 날이라고 생각하고, 나는 그다음 일요일 오후 시간을 바쳐서 웨믹의 성으로 순례를 갔다. 성을 둘러싼 담 앞에 도착해 보니, 영국 국기가 펄럭이고 도개교는 올라가 있었다. 그러나 나는 이런 도전과 저항의 표시에도 단념하지 않았다. 내가 대문의 초인종을 울리자 웨믹의 노부가 아주 온화한 태도로 나를 맞아주었다.

"우리 아들은, 나리," 노인은 도개교를 다시 고정시킨 뒤 말했다. "어쩌면 나리께서 들르실지도 모른다는 생각을 염두에 두고서 오후 산책을 나갔다가 곧 돌아오겠다는 말을 남겨놨답니다. 그 앤 산책을 아주 규칙적으로 합니다, 우리 아들 말입니다. 매사에 아주 규칙적이랍니다, 우리 아들 말입니다."

나는 웨믹 자신이 그랬을 것처럼 노신사에게 고개를 끄덕여주었다. 그리고 우리는 안으로 들어가 난롯가에 앉았다.

"우리 아들을 아시게 된 것은, 나리," 노인은 양손을 불길에 따뜻하게 쬐면서 새된 음성으로 말했다. "그 애의 사무실에서겠죠, 아마?" 나는 고개를 끄덕였다. "하하! 내가 듣기로는 우리 아들이 직장에서 훌륭한 일꾼이라죠, 나리?" 나는 세게 고개를 끄덕였다. "맞아요. 사람들이 내게 그렇게 말한답니다. 그 애 직장이 법조계라죠?" 나는 더 세게 고개를 끄덕였다. "그게 우리 아들의 한층 더 놀라운 점이죠." 노인은 말했다. "왜냐하면 우리 아들은 법조인이 아니라 포도주 통 제조인이 되게끔 키워졌거든요."

이 노신사가 재거스 씨의 명성에 대해 얼마나 아는지 알고 싶어서, 나는 그에게 그 이름을 큰 소리로 말해보았다. 그는 진심 어린 마음으로 웃으며 매우 쾌활한 태도로 대답함으로써 나를 몹시 큰 혼란에 빠뜨렸다. "아니, 아무렴요. 나리 말씀이 옳습니다." 그리고 이 시간까지도 나는 그가 무슨 뜻으로 말했는지, 혹은 내가 무슨 농담을 한 것으로 그가 여겼던 건지 눈곱만큼도 짐작이 가지 않는다.

내가 노인의 흥미를 끌 다른 시도를 하지 않고 거기 앉아서 그에게 계속 고개만 끄덕여 줄 수만은 없었기 때문에, 나는 노인 자신의 생업이 '포도주 통 제조인'이었는지 큰 소리로 물어보았다. 내가 목소리를 짜내어 그 용어를 여러 차례 말해주고 또 노신사와 그것을 연관지어 주기 위해서 그의 가슴을 가볍게 두들김으로써, 나는 마침내 내 뜻을 알아듣게 하는 데 성공했다.

"아니죠." 노신사는 말했다. "도매상점을 했어요, 도매상점이요. 처음엔 저쪽 위에서 했습니다." 그가 굴뚝 위쪽을 뜻하는 것으로 보였지만, 나는 그가 리버풀을 가리키려고 했던 것으로 믿는다. "그다음엔 이곳 런던 시내에서 했어요. 그렇지만 질환이 생겨가지고…… 제가 귀가 먹어설랑, 나리……."

나는 몸짓으로 굉장히 놀랐다는 표현을 해보였다.

"……예, 귀가 잘 안 들려요. 내게 그런 질환이 생기자 우리 아들은 법조계에 발을 들여놓고 나를 부양하며, 이 우아하고 아름다운 집을 조금씩 조금씩 조성한 거랍니다. 허나 나리께서 말씀하신 주제로 돌아가자면, 아시다시피," 노인은 다시 진심 어린 마음으로 웃으며 말을 이었다. "제가 드릴 말씀은요, 아니, 아무렴요. 나리 말씀이 옳습니다."

나는 나름대로 머리를 굴려 보았지만, 내가 아무리 기발한 말을 한다 한들 지금 저 노인이 상상 속 농담에서 느낀 즐거움의 절반이라도 줄 수 있을까 싶어 섬뜩하게 생각되던 참이었다. 바로 그때 굴뚝의 한쪽 벽에서 갑자기 찰칵하는 소리가 나며 위에 '존'이라고 쓰어 있는 조그만 나무 명패가 유령처럼 떨어져 열리는 바람에 나는 깜짝 놀랐다. 내 시선을 따라오던 노인은 대단히 의기양양하게 외쳤다. "우리 아들이 집에 왔습니다!" 우리 둘은 도개교로 나갔다.

해자를 가로질러 굉장히 쉽게 악수를 나눌 수 있었는데도, 웨믹이 해자의 건너편에서 손을 흔들어 깍듯이 인사하는 모습은 아무리 돈을 내고 본다 해도 그럴만한 가치가 있었다. 웨믹의 노부는 도개교를 작동시키는 일을 너무나 좋아했기 때문에, 나는 그를 도와주지 않고 웨믹이 건너와서 그와 함께 온 숙녀 스키핀스 양에게 나를 소개해 줄 때까지 잠자코 서 있었다.

스키핀스 양은 무뚝뚝한 인상이었고, 그녀의 동행처럼 간이우체국에서 근무하고 있었다.[1] 그녀는 웨믹보다 두세 살쯤 아래인 것 같았으며 휴대용 동산을 소유하고 있는 것으로 판단되었다. 허리 위쪽 앞뒤로 재단한 옷의 매무새가 그녀의 몸매를 소년들이 날리고 노는 연과 아주 흡사하게 만들었다. 그리고 (누가 내 의견을 묻기라도 했다면) 아마도 나는 그녀의 웃옷은 약간 지나치게 튄다 싶을 정도로 오렌지색이고, 그녀의 장갑은 약간 지나치게 진하다 싶을 정도로 초록색이라고 단언했을 것이다. 그러나 그녀는 착한 부류의 사람처럼 보였으며, 노인장에게 지극한 호의를 보여주었다. 나는 얼마 되지 않아서 그녀가 이 성을 자주

---

[1] 스키핀스 양이 간이우체국에서 근무한다는 말이지만, 동시에 이 여자의 입이 웨믹에게는 못 미쳐도 그 크기가 만만치 않다는 것을 빗대어 표현한 것이다.

찾아오는 방문객이라는 사실을 알게 되었다. 우리가 안으로 들어가고 나서 나는 웨믹이 그의 귀가를 노부에게 알리는 독창적인 장치에 대해 그를 칭찬했는데, 그는 나에게 굴뚝의 다른 쪽을 잠깐 주의해서 보라고 청하고는 방에서 사라졌다. 이윽고 찰칵하는 소리가 또 나더니 '스키핀스 양'이라고 쓰여 있는 또 하나의 조그만 문이 떨어져 열리는 것이었다. 다음엔 스키핀스 양의 문이 닫히고 존의 문이 떨어져 열렸다. 그다음엔 스키핀스 양과 존의 문이 둘 다 함께 떨어져 열리더니, 마지막엔 둘이 함께 닫혀버렸다. 웨믹이 이 기계장치들을 작동시키고 방으로 돌아왔을 때, 나는 이 장치들에 대해 크게 감탄했다고 전했다. 그러자 그가 말했다. "글쎄요, 아시겠지만 저것들은 저의 노부에게 즐거우면서도 유용한 것들이랍니다. 그리고 정말로, 선생, 저 문을 여는 비밀을 아는 사람은 오직 저의 노부와 스키핀스 양과 저뿐이라는 사실을 말씀드리는 것은 가치 있는 일이죠!"

"그리고 웨믹 씨가 저것들을 만들었어요." 스키핀스 양이 덧붙였다. "자기 머리로 고안해서 직접 자기 손으로요."

스키핀스 양이 보닛[2]을 벗고 있는 동안(그녀는 손님이 있다는 것을 나타내는 가시적인 표시로 저녁 내내 초록색 장갑을 끼고 있었다), 웨믹은 나보고 자기와 함께 집을 한 바퀴 산책하고 연못의 조그만 섬이 겨울에는 어떤 모습인지 보자고 권유했다. 그가 이런 권유를 한 것이 나에게 월워스식 견해를 들려주기 위해서라고 생각했고, 우리가 성 밖으로 나오자마자 나는 그 기회를 잡았다.

나는 이 문제를 신중하게 생각한 끝에, 마치 처음 언급하는 것

---

2 턱 밑에서 끈을 매게 되어 있는 여자와 어린이용의 챙 없는 모자.

처럼 조심스럽게 화제를 꺼냈다. 나는 웨믹에게 내가 허버트 포 킷을 얼마나 염려하는지 알려준 다음, 우리가 처음에 어떻게 만 났고 어떻게 싸웠는지를 늘려주였다. 나는 허버드의 집안이며 그의 성격, 그리고 그에게는 불확실하고 불규칙적으로 아버지에 게서 받는 생활비에 의존하는 것밖에는 아무 수입도 없다는 것 등을 대강 이야기했다. 나는 내가 경험도 없고 무지하던 시절 그 와의 우정에서 얻었던 이점들을 넌지시 비치고 나서, 내가 아무 래도 그에게 부족한 보답만 했던 건 아닌지 걱정이며, 나와 내 상속 재산이 없다면 그가 오히려 더 잘해낼 수 있었을 것이라고 실토했다. 미스 해비셤을 배후에 아주 멀리 두기는 했지만 나는 여전히 그의 상속에 대한 전망을 놓고 내가 그와 경쟁을 벌였을 가능성을 넌지시 비치고, 그가 관대한 마음을 지닌 사람이라 여 하한 비열한 불신이나 보복이나 음모 따위와는 거리가 아주 먼 사람이 확실하다고도 넌지시 말했다. (내가 웨믹에게 말한) 이 모 든 이유들 때문에, 그리고 그가 내 젊은 동료이자 친구이며 내가 그를 무척 사랑하기 때문에, 나는 나 자신의 행운이 그에게 약간 의 빛을 비춰주기를 원하며, 또 그래서 나는 허버트의 현 수입 에 약간의 도움을—이를테면 충분한 희망과 용기를 지닐 수 있 도록 1년에 백 파운드씩—주고, 차차 돈을 들여 소규모의 합명 회사 같은 것을 차려주고 싶은데, 그러려면 내 자본을 어떻게 운 용하는 것이 최선일지, 인간과 세상사를 겪은 웨믹의 경험과 견 문에서 조언을 구한다고 말했다. 나는 마지막으로, 이 일이 반드 시 허버트 모르게 진행되어야 하며 그가 낌새를 느끼지 못하도 록 항상 조심해야 한다고, 이 세상에서 내가 조언을 구할 수 있 는 사람은 오직 웨믹 씨뿐이라는 점을 이해해 달라고도 간청했 다. 나는 그의 어깨에 내 손을 얹고 이렇게 말하며 마무리 지었다. "이게 틀림없이 당신을 성가시게 할 줄 알고 있지만, 나는 당신에게 내 비밀을 털어놓을 수밖에 없습니다. 그러나 그건 당신의 잘못이기도 해요, 나를 이곳에 데려오셨으니 말입니다."

웨믹은 잠시 동안 말이 없다가, 놀랍다는 듯이 말했다. "글쎄요, 아시겠지만 핍 씨, 한 가지 꼭 말씀드려야겠어요. 선생은 굉장히 좋은 분입니다."

"그러면 내가 좋은 사람이 되게끔 도와주시겠다고 말씀하세요." 내가 말했다.

"아이고, 이런," 웨믹은 고개를 저으며 대답했다. "그건 제 업무가 아닌데 말이죠."

"이곳은 웨믹 씨가 업무를 보는 사무실도 아니고요." 내가 말했다.

"맞습니다." 그가 대답했다. "정곡을 찌르셨네요, 핍 씨. 숙고해 보겠습니다. 그리고 저는 당신이 하시고자 하는 모든 것은 차차로 이뤄지리라 생각합니다. 스키핀스가(스키핀스 양의 오빠인데) 회계사 겸 대행자랍니다. 제가 그를 찾아보고 일을 처리해 보겠어요."

"감사하기 이를 데 없습니다."

"오히려," 그는 말했다. "제가 감사하죠. 비록 우리가 순전히 사적이고 개인적인 자격으로 만나고는 있지만 여전히 우리 주위에 뉴게이트의 거미줄이 **있다고** 말할 수 있는데, 이 일이 그 거미줄을 털어버리니까 말입니다."

같은 취지로 좀 더 대화를 나눈 뒤에 우리는 스키핀스 양이 차를 준비하고 있는 성 안으로 돌아왔다. 토스트를 만드는 무거운 책무는 노인장에게 맡겨졌는데, 이 훌륭한 노신사는 그 일에 어찌나 열중했던지 내가 보기에 그의 두 눈을 녹여버릴 위험에 처해 있는 것만 같았다. 우리가 준비하고 있는 것은 그냥 이름뿐인 식사가 아니라 그야말로 활기찬 진짜 식사였다. 노인장이 버터 바른 토스트를 얼마나 선로 너미져럼 준비에 놓았던지, 나는 토스트가 벽로의 맨 위 가름대에 걸려 있는 쇠 받침대 위에서 지글지글하고 있을 때 그 너머로 그의 모습을 거의 볼 수 없을 정도였다. 한편 스키핀스 양은 어찌나 큰 잔으로 차를 끓여 내놨던지, 집 뒤의 돼지마저도 몹시 식욕이 돋아서 자기도 이 식사에 한몫 끼겠다는 욕망을 나타내며 자꾸만 꿀꿀거렸다.

정확한 시각에 깃발이 올라가고 대포가 발사되었다. 그래서 나는 마치 성을 둘러싼 해자의 너비와 깊이가 10미터나 되듯이, 월워스의 모든 외부로부터 차단되어 아늑할 대로 아늑한 느낌이 들었다. 때때로 존과 스키핀스 양의 작은 문들이 떨어져 열리는 것 말고는 성의 평온함을 방해하는 건 아무것도 없었다. 그 작은 문들은 무슨 발작성 병에 걸린 환자 같아서, 그 불규칙한 움직임에 적응할 때까지 나 역시 불안을 느꼈다. 나는 스키핀스 양이 차를 정연하게 준비하는 품을 보고, 그녀가 매주 일요일마다 여기서 차를 끓여준다고 추측했다. 나는 또 그녀가 착용하고 있는, 매우 곧은 콧날을 가지고 못마땅하게 생긴 여인의 옆모습과 초승달을 묘사한 고상한 브로치는 웨믹에게서 받은 휴대용 동산 중 하나가 아닐까 하고 생각했다.

우리는 토스트를 다 먹었고, 그에 비례하여 차도 많이 마셨다. 모두가 먹고 마신 뒤에 우리가 얼마나 후끈 달아올랐고 기름져 있는지 보는 것만으로도 매우 즐거웠다. 특히 노인장은 금방 기름을 바르고 나온 어느 야만족의 늙은 추장처럼 멋져 보일 정도였다. 잠깐 휴식을 취한 뒤 스키핀스 양은—일요일 오후에는 가족의 품으로 돌아가는 듯한 어린 하녀가 없었으므로—다소 경박한 숙녀 같은 서툰 솜씨로 식기들을 설거지했는데, 그런 솜씨는 우리 중 어느 누구에게도 거슬리지 않았다. 그런 다음 그녀는 장갑을 다시 꼈다. 그리고 우리가 난롯가에 둘러앉자 웨믹이 말했다. "자, 아버님, 저희에게 신문 좀 읽어주세요."

그의 노부가 안경을 꺼내는 동안 웨믹은 이것이 습관에 따른 것이며, 신문을 큰 소리로 읽는 것이 노신사에게 무한한 만족감을 준다고 설명해 주었다. "사과의 말씀은 드리지 않겠습니다," 웨믹이 말했다. "왜냐하면 아버님은 많은 즐거움을 누리실 수가 없으니까요—그렇죠, 아버님?"

"좋다, 존, 좋아." 노인은 자기에게 말을 걸었다는 것을 알고 대답했다.

"아버님이 신문에서 눈을 뗄 때 그저 가끔 고개를 끄덕여 주세요." 웨믹이 말했다. "그러면 왕처럼 기뻐하실 겁니다. 우리는 열심히 주의를 기울이고 있어요, 아버지."

"알았다, 존, 알았어!" 기분 좋은 노인이 대답했다. 노인이 너무나 바쁘고 너무나 즐거워했으므로, 그 정경은 정말이지 참 아름다웠다.

노인장의 신문 읽기는 나에게 웝슬 씨 대고모의 야학 수업을 생각나게 했는데, 그의 신문 읽기는 한결 즐겁고 독특해서 마치 열쇠 구멍을 통해서 들려오는 것만 같았다. 노인장이 촛불을 자기 가까이에 두고 싶어 하고, 또 줄곧 자신의 머리나 신문을 촛불에 들이밀려고 하는 바람에 화약 공장만큼이나 많은 감시가 필요했다. 그러나 웨믹도 이에 못지않게 끈기 있고 살갑게 지켜보았고, 노인장은 자신이 여러 차례 구조된 것을 전혀 모른 채 신문을 계속해서 읽었다. 노인이 우리를 쳐다볼 때마다 우리는 모두 아주 흥미진진하고 놀라운 표정을 지어주고, 그가 다시 읽기 시작할 때까지 고개를 끄덕여 주었다.

웨믹과 스키핀스 양이 나란히 앉아 있었고 나는 그늘진 구석에 앉아 있었다. 나는 웨믹 씨의 입이 시시히 괴우로 길게 벌어지는 것을 볼 수 있었는데, 이 동작은 그가 천천히 그리고 조금씩 그의 팔을 스키핀스 양의 허리에 슬그머니 감으려 한다는 것을 강력하게 암시했다. 조금 있다가 나는 그의 한쪽 손이 스키핀스 양의 다른 쪽 옆구리에 나타나는 것을 보았다. 그러나 바로 그 순간 스키핀스 양은 초록색 장갑을 낀 손으로 적절히 그를 제지하고, 마치 한 벌의 옷이라도 되듯이 그의 팔을 풀어서는 지극히 조심스레 자기 앞 식탁 위에 올려놓았다. 이렇게 하는 동안 스키핀스 양이 보여준 침착성은 내가 이제껏 본 가장 인상 깊은 광경들 중 하나였다. 만일 내가 그녀의 동작이 방심한 상태에서 나왔다고 생각할 수 있었다면, 나는 스키핀스 양이 그 동작을 기계적으로 했다고 여겼을 것이다.

이윽고 나는 웨믹의 팔이 다시 사라지기 시작해 점차 시야에서 없어지는 것을 알아차렸다. 그 직후 그의 입이 다시 넓어지기 시작했다. 나로서는 아주 매혹적이면서도 거의 괴롭기까지 한 긴장의 시간이 지난 뒤, 그의 손이 스키핀스 양의 다른 쪽 옆구리에 나타나는 것을 보았다. 그 즉시 스키핀스 양은 침착한 권투 선수처럼 솜씨 있게 그 손을 가로막고, 아까처럼 허리띠나 권투 장갑을 풀듯 그 손을 풀어서 식탁 위에 올려놓았다. 식탁이 덕행의 길을 상징하는 것으로 본다면, 노인장이 신문을 읽는 내내 웨믹의 팔은 덕행의 길을 벗어났다가 스키핀스 양에 의해 다시 그 길로 되돌아가곤 했다고 말해도 무방할 것이다.

마침내 노인장은 신문을 읽다가 스르르 가벼운 잠에 빠졌다. 이때를 틈타서 웨믹은 작은 주전자 하나, 유리잔 쟁반 하나, 그리고 검은 술병 하나를 꺼내놓았는데, 술병에는 도자기로 마감 처리한 코르크 마개가 있었으며 안색이 불그레하고 사교적인 모습을 지닌 어느 고위 성직자가 그려져 있었다. 이 도구들을 활용하여 우리는 모두 따뜻한 음료를 마셨는데, 금방 잠에서 깨어난 노인장도 함께 마셨다. 스키핀스 양은 음료를 섞었고, 나는 그녀와 웨믹이 잔 하나로 같이 마시는 것을 알아차렸다. 물론 나는 스키핀스 양을 집에 데려다주겠다고 나설 만큼 어리석지 않았기에, 이런 상황에서는 내가 먼저 자리를 뜨는 것이 상책이라고 생각했다. 그래서 나는 즐거운 저녁 시간을 보낸 후 노인장에게 진심 어린 작별 인사를 하고 그 집을 떠났다.

일주일이 다 가기도 전에, 나는 웨믹으로부터 발신지가 월워스로 되어 있는 짧은 편지 한 통을 받았다. 편지에는 그가 우리의 사적이고 개인적인 자격에 관련된 그 문제에서 약간의 진척을 보았다고 생각하며, 내가 그 문제로 다시 자기를 찾아와 줬으면 좋겠다고 적혀 있었다. 그래서 나는 월워스에 다시 갔으며, 또 가고, 또 갔다. 그리고 나는 시내에서도 몇 차례 약속을 잡아 그를 만났지만, 리틀 브리튼이나 그 근처에서는 이 문제에 대해 그와 어떠한 연락도 취한 적이 없었다. 그 결과 우리는 사업을 시작한 지 오래되지 않은 훌륭한 젊은 상인 내지는 선박 중개업자 한 사람을 찾아냈는데, 그는 지적인 도움과 자본을 구하고 있었으며 적당한 때가 되고 수입이 생기면 동업자를 원하게 될 사람이었다. 그와 나 사이에는 허버트를 대상으로 하는 비밀 계약이 체결되었다. 그래서 나는 그에게 내 돈 5백 파운드의 절반을 계약금으로 지불하고, 다른 잡다한 지불 액수에 대해서도 약속했다. 일부는 일정한 날짜에 내 수입에서 지불하고, 또 일부는 내가 재산 상속을 받으면 지불하기로 했다. 스키핀스 양의 오빠가 이 협상을 처리했다. 웨믹은 이 일을 시종 암암리에 도왔지만, 전혀 전면에 나타나지는 않았다.

　모든 일이 매우 능숙하게 처리되어서, 허버트는 내가 이 일에 관여하고 있다는 의심을 조금도 하지 않았다. 어느 날 오후에 그가 집에 돌아와 대단한 소식을 전했는데, 자기가 우연히 클래리커라는(그 젊은 상인의 이름이었다) 사람을 만났고, 그가 자기에게 특별한 호감을 보여줘서 마침내 좋은 기회가 찾아왔다고 믿는다는 것이었다. 나에게 말하던 그때 그 밝은 얼굴을 정녕 잊지 못할 것이다. 나날이 그의 희망이 점점 더 확고해지고 그의 얼굴이 점점 더 밝아질수록, 그는 틀림없이 나를 점점 더 인정이 많은 친구라고 생각했을 것이다. 왜냐하면 그가 그토록 행복해하는 모습을 볼 때, 나는 성공했다는 기쁨의 눈물을 참느라고 무던히 애를 먹었기 때문이다. 드디어 일이 다 종결되어 그가 클래리커 상사에 들어간 날, 저녁 내내 기쁨과 성공으로 상기된 그와 이야기를 나눈 뒤 내가 잠자리에 들었을 때, 나는 내가 상속받을 유산으로 누군가에게 뭔가 좋은 일을 했다는 생각에 진정으로 진심 어린 눈물을 흘렸다.

　내 인생의 중대한 사건, 인생의 전환점이 이제 내 앞에 펼쳐지고 있다. 그러나 그것에 대한 이야기로 나아가기 전에, 그리고 그것이 수반한 모든 변화들에 대한 이야기로 넘어가기 전에, 나는 에스텔라에 대한 이야기로 한 장을 할애해야만 하겠다. 그토록 오랫동안 내 마음을 꽉 채웠던 주제에 할애하는 것치고는 결코 많은 분량은 아니다.

38장

혹시 내가 죽은 뒤에 리치먼드의 녹지 근처에 있는 그 해묵은 고택에 귀신이 출몰하기라도 한다면, 그것은 필시 내 귀신이리라. 오, 에스텔라가 그 집에 살고 있는 동안, 설레는 내 영혼은 얼마나 수없이 많은 낮과 밤마다 그곳을 빈번히 들락거렸던가! 내 몸뚱이가 어디에 있었든지 간에, 내 영혼은 언제나 그 집 주위를 배회하고, 배회하고, 또 배회하고 있었다.

에스텔라와 함께 살게 된 브랜들리 부인이라는 사람은 에스텔라보다 몇 살 위인 딸 하나를 둔 미망인이었다. 어머니는 젊어 보였고, 딸은 늙어 보였다. 어머니의 안색은 연분홍색이었고, 딸의 안색은 누런색이었다. 어머니는 천박함을 자처했고, 딸은 경건함을 자처했다. 그들은 소위 높은 신분에 속했으며, 수많은 사람들을 방문하기도 하고 수많은 사람들이 찾아오기도 했다. 그들과 에스텔라 사이에는 감정의 공감대가, 있다고 하더라도 거의 없었다. 그러나 에스텔라에게는 그들이 필요하고 또 그들에게는 에스텔라가 필요하다는 상호 이해만은 공유하고 있었다. 브랜들리 부인은 미스 해비셤이 은둔 생활을 하기 전 그녀의 친구였다.

브랜들리 부인의 집 안팎에서 나는 에스텔라가 나에게 끼친 온갖 종류의 고통을 온갖 수준으로 겪었다. 그녀의 총애를 받지 못하는 처지에 있으면서도 그녀와 친밀한 사이라는 우리 관계의 성격 때문에 내 마음은 더욱 혼란스러웠다. 에스텔라는 나를 이용해서 다른 구애자들을 희롱했으며, 그녀와 나 사이의 친밀함을 이용해서 그녀를 향한 나의 헌신적인 애정을 끊임없이 경멸했다. 가령 내가 그녀의 비서나 집사나 이복형제나 가난한 친척이었다손 치더라도—가령 내가 그녀와 결혼을 약속한 미래 남편의 남동생이었다손 치더라도—내가 그녀와 가장 가까이 지내던 때조차 나는 내 희망과 이보다 더 멀리 떨어져 있을 순 없었을 것이다. 내가 그녀를 이름으로 부르고 또 그녀가 나를 이름으로 부르는 소리를 듣는 특권도 그런 상황에서는 나의 시련을 악화시킬 뿐이었다. 그리고 내 생각에 그것이 십중팔구 그녀의 다른 연인들을 거의 미치게 만든 한편, 내가 역시 확실히 아는 바는 그것이 나도 거의 미치게 만들었다는 것이다.

그녀에게 구애하는 자들은 끝이 없었다. 확실히 나는 질투심에서 그녀에게 접근하는 사람들을 모두 그녀의 구애자라고 생각했다. 그러나 내가 질투해서 생기는 구애자들 말고도 구애자들은 넘치게 많았다.

나는 리치먼드에서 그녀를 자주 보았고, 런던 시내에서 그녀에 대한 소문을 자주 들었으며, 자주 그녀와 브랜들리 모녀를 물가에 데려가곤 했다. 소풍, 축제, 연극, 가극, 음악회, 파티 등 온갖 즐거운 일들이 있었으며, 이런 일이 있을 때마다 나는 그녀를 졸졸 따라다녔다. 그런데 이것들은 모두 내게는 정신적 고통일 뿐이었다. 나는 그녀와의 만남에서 단 한 시간의 행복도 누려보지 못했다. 그럼에도 불구하고, 내 마음은 하루 스물네 시간 내내 죽을 때까지 그녀와 함께 지내는 행복에 줄곧 사로잡혀 있었다.

우리가 교류하던 이 기간 내내—곧 드러나겠지만 그때 내가 생각하기에 꽤 오랜 시간 지속되었다—그녀는 습관적으로 우리의 관계가 우리에게 강요된 것이라는 사실을 나타내는 어조로 되돌아가곤 했다. 그러다가도 그녀가 이런 어조나 다른 많은 어조를 갑자기 딱 멈추고는 나를 동정하는 듯하던 때도 있었다.

"핍, 핍." 어느 날 저녁 우리가 리치먼드 집의 어두워져 가는 창가에 따로따로 앉아 있을 때, 그녀는 그렇게 원래의 어조를 멈추고 말했다. "내 경고를 전혀 안 받아들일 거야?"

"무슨 경고를?"

"나에 관한 경고 말이야."

"너한테 매혹되지 말라는 경고, 그거 말이야, 에스텔라?"

"그거 말이냐고? 만일 내 말뜻을 모른다면 넌 눈이 먼 거야."

사랑이란 흔히 눈이 멀었다고들 한다고, 나는 말했어야 했다. 그녀가 미스 해비셤의 뜻을 따를 수밖에 없다는 것을 알면서도 그런 그녀에게 내 마음을 강요하는 것은 비열한 짓이라는 생각—그리고 이 생각은 나에게 정신적 고통을 적잖이 주었다—이 나를 짓누르지만 않았다면 말이다. 내가 항상 두려워한 것은 그녀 쪽에서 이 사실을 알고서 자기 자존심 때문에 나를 심히 불리한 처지에 몰아넣고, 나를 자기 가슴속에서 반항적인 투쟁의 대상으로 삼은 것은 아닌지 하는 것이었다.

"아무튼," 나는 말했다. "이번에야말로 아무런 경고도 받지 않았거든. 이번에는 네가 나보고 와달라고 편지를 보냈으니까."

"그건 사실이야." 에스텔라는 언제나 나를 오싹하게 하는 싸늘하고 무심한 미소를 지으며 말했다.

잠시 바깥 저녁노을을 바라보고 나서, 그녀는 말을 이었다.

"미스 해비셤이 새티스에서 하루 동안 나와 지내기를 바라는 때가 돌아왔어. 네가 나를 그곳에 데려다줬다가 다시 데리고 와야 해, 너만 괜찮다면 말이야. 그녀는 내가 혼자 여행하는 것을 꺼려하는 편인 데다가 내 하녀를 데려가는 것도 싫어해. 그런 사람들의 입방아에 오르는 것에 민감한 혐오증이 있거든. 너를 데려다줄 수 있겠니?"

"데려다줄 수 있겠냐니, 에스텔라!"

"그럼, 그럴 수 있다는 거지? 모레 가자, 너만 괜찮다면. 넌 내 지갑에서 모든 비용을 지불하면 돼. 그게 네가 가는 조건이라는 거 알지?"

"그리고 복종해야겠지." 내가 말했다.

이것이 그날의 방문이나 그와 비슷한 다른 방문들을 위한 준비로 내가 지시받은 전부였다. 미스 해비셤은 결코 나에게 편지를 쓴 적도 없었고, 더구나 나는 그녀의 필적을 본 적도 전혀 없었다. 우리는 다음다음 날 내려갔다. 그녀는 내가 그녀를 처음 보았던 그 방에 있었고, 새티스 하우스에 아무런 변화도 없었다는 것은 덧붙일 필요도 없다.

미스 해비셤은 내가 마지막으로 두 사람을 함께 보았던 때보다도 훨씬 끔찍이 에스텔라를 좋아했다. 나는 '끔찍이'라는 말을 일부러 반복하겠는데, 그것은 그녀의 표정과 포옹하는 힘에는 뭔가 확실히 끔찍한 데가 있었기 때문이다. 그녀는 에스텔라의 아름다운 모습을 열심히 쳐다보았고, 그녀의 말과 몸짓에 온 신경을 기울였다. 그녀는 에스텔라를 쳐다보는 동안 마치 자기가 키워낸 아름다운 양녀를 게걸스레 먹고 있기라도 하듯 떨리는 손가락들을 우물우물 씹으며 앉아 있었다.

그녀는 에스텔라에게서 눈을 돌려 내 가슴속을 파고들어와 가슴의 상처를 면밀히 조사하는 것 같은 매서운 시선으로 나를 쳐다보았다. "저 애가 너를 어떻게 대하지, 핍? 저 애가 너를 어떻게 대하냐고." 그녀는 에스텔라가 듣는 데서까지 마녀처럼 열성적으로 반복해 물었다. 그러나 우리가 밤에 스러지려 하는 난롯가에 앉았을 때, 그녀는 몹시 섬뜩했다. 왜냐하면 그때 그녀는 자기 팔로 에스텔라의 손을 끌어다가 자기 손으로 꼭 잡고서, 에스텔라가 정기적으로 보낸 편지에서 말했던 것을 되짚어 언급함으로써 그녀가 매혹시킨 남자들의 이름과 신분을 대도록 강요했고, 또 그녀는 치명적인 상처와 병을 지닌 사람의 강렬한 마음으로 이 명부를 골똘히 생각하면서 목발 지팡이에 다른 한 손을 올려놓고 그 위에 턱을 괸 채 앉아서 희미하게 빛나는 두 눈으로 나를 응시하고 있었는데, 그 모습이 영락없이 유령 같았기 때문이다.

비록 이것이 나를 비참하게 만들었고 또 이것이 일깨운 종속감과 심지어 비하감까지도 쓰라리게 맛보았지만, 깨달은 바도 있었다. 에스텔라는 미스 해비셤이 남자들에게 복수하도록 만들어진 존재였으며, 그녀가 그 복수를 충분히 수행하기 전까지는 나에게 넘겨지지 않을 운명이었다. 나는 이 사실을 통해 그녀가 미리 내 상대로 정해진 이유를 깨달았다. 미스 해비셤은 에스텔라를 세상에 내보내 구애자들을 매혹시키고, 괴롭히고, 상처 입히도록 했으며, 그녀를 보내면서도 그 누구도 그녀를 차지할 수 없다는 악의적인 확신을 품고 있었으니, 그녀에게 판돈을 걸었던 모든 사람들은 필연적으로 패배할 운명이었기 때문이다. 나는 이것이야말로 미스 해비셤의 왜곡된 계략 속에서 나 또한 고통받고 있는 이유라는 것을 깨달았다. 심지어 결국 그녀가 내 것이 될 운명이라 해도, 그 과정에서 나 역시 변태적인 술책에 의해 끝없는 시련을 겪어야 했다. 나는 이 모든 것이 내가 오랫동안 밀려나 있던 이유이자 나의 후견인이 이 계획을 공식적으로 인정하기를 꺼렸던 이유라는 것을 깨달았다. 한마디로 나는 그 순간 내 눈앞에 있는 미스 해비섬을 통해 그녀의 본질을 있는 그대로 보았으며, 늘 그래왔듯이 그녀를 둘러싼 어두운 그림자와 빛이 들지 않는 병든 저택의 또렷한 형상을 보았다.

그녀의 방을 밝히는 촛불들은 벽의 촛대에 꽂혀 있었다. 그것들은 바닥에서 높이 달려 있었고, 좀처럼 환기가 되지 않는 공기 속에서 인공적인 빛 특유의 둔탁한 불빛을 내며 타고 있었다. 촛불들과 그것들이 만드는 엷은 어둠, 멈춘 괘종시계, 탁자와 방바닥에 떨어져 있는 웨딩드레스 용품들, 난로 불빛에 의해 천장과 벽에 크게 확대되어 유령 같은 그림자를 드리우는 그녀의 흉한 모습을 둘러보면서, 나는 이 모든 것에서 내가 마음속으로 도출했던 해석이 돌고 돌아 다시 나에게 되던져지는 것을 발견했다. 내 생각은 층계참 건너 식탁이 펼쳐져 있는 그 큰 방으로 옮겨갔다. 그리고 나는 그 해석이, 말하자면 식탁의 중앙 장식물에 드리워진 거미줄에, 식탁보 위를 기어다니는 거미들에, 벽 판자 뒤에서 자기들의 조그만 심장을 빠르게 콩닥거리며 지나다니는 생쥐들의 흔적에, 그리고 방바닥을 더듬거리며 기어가다 멈췄다 하는 딱정벌레에 새겨져 있다는 걸 깨달았다.

이번 방문에서 뜻밖에도 에스텔라와 미스 해비섬 사이에 약간 날카로운 말들이 오가는 일이 벌어졌다. 그들이 맞서는 모습을 본 것은 이번이 처음이었다.

방금 설명했듯이 우리는 벽난롯가에 앉아 있었다. 그리고 미스 해비섬은 여전히 에스텔라의 팔을 자기 팔에 끌어다놓고 그녀의 손을 꼭 쥐고 있었는데, 그때 에스텔라가 자기 몸을 조금씩 떼기 시작했다. 그녀는 앞서도 이미 여러 차례 거만한 태도로 짜증스런 표정을 보였고, 미스 해비섬의 그 맹렬한 애정을 받아들이거나 그것에 보답하기보다는 오히려 참고 있는 것에 가까워 보였다.

"뭐야!" 미스 해비셤이 에스텔라에게 눈빛을 쏟으며 말했다. "나에게 싫증 난 거니?"

"그냥 제 자신에게 약간 싫증이 난 것뿐이에요." 에스텔라는 팔을 풀며 대답하고는, 커다란 벽로 선반 쪽으로 옮겨가 그곳에 서서 난롯불을 내려다보고 있었다.

"솔직히 말해, 이 배은망덕한 계집애야!" 미스 해비셤은 지팡이로 방바닥을 격렬하게 내리치면서 외쳤다. "넌 나에게 싫증 난 거야."

에스텔라는 더할 나위 없이 침착하게 그녀를 쳐다보고는, 다시금 난롯불을 내려다보았다. 그녀의 우아한 몸짓과 아름다운 얼굴은 상대방의 격렬한 흥분에 대한 냉정한 무관심을 표출하고 있었는데, 그것은 가히 잔인할 정도였다.

"이 목석같은 것아!" 미스 해비셤이 버럭 고함쳤다. "이 냉정하기 짝이 없는 것 같으니라고!"

"뭐라고요?" 에스텔라는 커다란 벽로 선반에 몸을 기대고 무관심한 태도를 유지한 채 그저 눈만 움직이면서 말했다. "냉정하다고 저를 나무라시는 거예요? 어머니가요?"

"네가 안 그렇다는 거니?" 사나운 응수였다.

"이걸 아셔야 해요." 에스텔라가 말했다. "지금의 저는 어머니가 만드신 거예요. 칭찬도 다 가지시고, 비난도 다 가지세요. 성공도 다 가지시고, 실패도 다 가지세요. 요컨대, 저를 가지시라고요."

"오, 저 애 좀 봐, 저 애 좀 봐!" 미스 해비셤은 통렬하게 외쳤다. "저 애 좀 봐, 자기가 자란 집에서 저렇게 무정하고 배은망덕하게 굴다니! 저것이 처음 상처받고 피를 흘릴 때 내가 이 불쌍한 품 안에 받아들여, 이 집에서 여러 해 동안 아낌없이 애정을 쏟아 길렀건만!"

"적어도 저는 그 입양 계약에 참여하지 않았어요." 에스텔라가 말했다. "그 계약이 맺어질 때 저는 두 발로 걷고 말할 수는 있었지만, 그것이 고작이었으니까요. 그런데 어머니, 대체 뭘 갖고 싶으세요? 어머니는 제게 아주 잘해주셨고, 저는 모든 것을 어머니께 신세 졌어요. 어머니는 뭘 원하세요?"

"사랑이다." 상대방이 대꾸했다.

"그건 받고 계시잖아요."

"못 받고 있어." 미스 해비섬이 말했다.

"양모님." 에스텔라는 느긋하고 우아한 태도를 하나도 잃지 않고, 상대방이 그러듯이 목소리를 전혀 높이지도 않고, 또 노여움이나 무른 감정에 전혀 휩쓸리지도 않고 응수했다. "양모님, 저는 모든 것을 어머니께 신세 지고 있다고 말씀드렸어요. 제가 소유하고 있는 모든 것은 그냥 다 어머니 꺼예요. 어머니가 제게 주신 것은 모두 요구만 하시면 다시 가져가실 수 있어요. 그 이상 저는 아무것도 가진 게 없어요. 그러니까 어머니가 제게 주시지 않은 것을 달라고 요구하신다면, 저는 제가 가진 감사하고 순종하는 마음을 다한다 해도 그럴 수 없어요."

"내가 자기한테 사랑을 베푼 적이 없다고 하다니!" 미스 해비섬은 나를 사납게 돌아보며 외쳤다. "내가 질투에서도 떼어낼 수 없고 모진 고통에서도 떼어낼 수 없는 뜨거운 사랑을 항상 베풀어 주었건만, 저 애가 나한테 이렇게 말하다니! 나보고 미쳤다고 해라, 미쳤다고!"

"왜 하필 어머니가 미쳤다고 말해야 하죠?" 에스텔라가 대답했다. "양딸인 제가, 모든 사람들 중에서 어머니한테 말이에요? 어머니가 어떤 굳은 의도를 지니고 계신지 저의 반만큼이라도 아는 사람이 누가 있겠어요? 어머니가 무슨 한결같은 기억을 지니고 계신지 저의 반만큼이라도 아는 사람이 누가 있겠어요? 바로 이 난롯가에서 지금까지도 거기 어머니 곁에 있는 작은 걸상에 앉아서, 어머니의 얼굴이 낯설고 저를 두렵게 했던 때 어머니의 가르침을 받고 어머니의 얼굴을 우러러봤던 전데요!"

"쉽게 잊어버리다니!" 미스 해비셤은 앓는 소리를 내며 말했다. "그 시절을 쉽게 잊어버리다니!"

"아니에요, 잊지 않았어요." 에스텔라가 응수했다. "잊지 않고, 제 기억 속에 새겨뒀어요. 제가 언제 어머니의 가르침을 거스르는 것을 보신 적 있으세요? 제가 언제 어머니의 훈계에 무심한 것을 보신 적 있으세요? 제가 언제 여기에," 그녀는 손으로 가슴을 어루만졌다. "어머니가 물리치신 것을 받아들인 적이 있었나요? 저를 공정하게 대해주세요."

"저렇게 거만스럽기는, 저렇게 거만스럽기는!" 미스 해비셤은 양손으로 흰 머리를 쓸어 넘기며 신음하듯 말했다.

"누가 거만하라고 가르쳤는데요?" 에스텔라가 대답했다. "제가 가르침을 잘 따를 때 누가 저를 칭찬해 줬는데요?"

"너무 무정해, 너무 무정해!" 미스 해비셤은 아까와 같은 동작을 하며 신음하듯 말했다.

"저보고 무정하라고 누가 가르쳤는데요?" 에스텔라가 대꾸했다. "제가 가르침을 잘 따를 때 누가 저를 칭찬해 줬는데요?"

"그렇다고 **나한테까지** 거만하고 무정하게 굴다니!" 미스 해비셤은 양팔을 쭉 뻗으며 아주 날카롭게 비명을 질렀다. "에스텔라, 에스텔라, 에스텔라, **나한테까지** 거만하고 무정하게 굴 거니!"

에스텔라는 잠시 침착하면서도 놀란 것 같은 표정으로 그녀를 쳐다보았지만, 달리 마음이 동요된 것 같지는 않았다. 그 순간이 지나자 에스텔라는 다시 난롯불을 내려다보았다.

"전 알 수가 없어요." 에스텔라는 침묵 끝에 눈을 쳐들며 말했다. "멀리 떨어져 있다가 어머니를 뵈러 왔는데, 왜 이렇게 비이성적이신지 말이에요. 저는 어머니가 겪으신 부당한 대우와 그 원인들을 결코 잊은 적이 없어요. 저는 어머니와 어머니의 가르침에 결코 충실하지 않은 적이 없어요. 저는 제 자신을 비난할 만한 약점을 한 번도 보인 적이 없어요."

"내 사랑에 응하는 것이 약점이 된다는 거니?" 미스 해비셤은 고함을 질렀다. "하지만 그래, 아무렴, 저 애는 그렇다고 하겠지!"

"제가 막 생각을 해보니까," 에스텔라는 또 한순간 침착하면서도 놀란 표정을 짓다가 생각에 잠긴 태도로 말했다. "왜 이런 일이 일어나는지 조금 이해하겠어요. 만일 어머니가 당신의 양녀를 완전히 어두운 이 방들에 가둬서 키우시고, 그 양녀가 햇빛 아래에서 어머니의 얼굴을 한 번도 본 적 없고 그런 햇빛이 있는지조차 전혀 모르게 하셨다면……. 만일 어머니가 그렇게 하시고 나서는 한 가지 목적을 위해 그 양녀가 햇빛을 이해하고 또 햇빛에 관한 모든 것을 알고 있기를 바라신다면, 그때도 어머니는 실망하고 화를 내셨을까요?"

미스 해비셤은 머리를 양손으로 감싼 채 나지막한 신음 소리를 내며 의자에 앉아 몸을 흔들 뿐 아무 대답도 하지 않았다.

"혹은," 에스텔라는 말을 이었다. "이게 사실에 더 가까울 텐데요……. 만약 어머니가 양녀의 지성이 싹트기 시작한 순간부터 온 힘을 다해 햇빛이라는 것이 존재한다고 가르쳤지만, 그것이 그녀의 적이며 파괴자라고 가르쳤다면요. 그것이 어머니를 황폐하게 만들었고 양녀 또한 황폐하게 만들 것이므로, 그녀는 언제나 햇빛에 등을 돌려야 한다고 가르쳤다면요. 그런데도 어머니가 어떤 목적을 위해 양녀가 자연스럽게 햇빛을 받아들이길 바란다면, 그런데도 그녀가 그럴 수 없다면, 그때도 어머니는 실망하고 화를 내셨을까요?"

미스 해비셤은 경청하며 앉아 있었다(혹은 내가 그녀의 얼굴을 볼 수 없어 그렇게 보였거나). 그러나 여전히 아무 대답도 하지 않았다.

"그러니까," 에스텔라는 말했다. "저는 만들어진 대로 받아들여져야 해요. 성공도 저의 것이 아니고, 실패도 저의 것이 아니에요. 그렇지만 이 두 가지가 합쳐져서 저를 이루고 있는 거예요."

미스 해비셤은, 어떻게 그랬는지는 나도 잘 모르겠는데, 방바닥에 빛바랜 신부 용품의 잔재들이 흩어져 있는 사이에 내려 앉아 있었다. 나는 그 순간을 이용해서—나는 처음부터 그런 순간을 찾고 있었다—에스텔라에게 손짓으로 미스 해비셤에게 주의를 기울이라고 부탁을 하고 방을 떠났다. 내가 방을 떠날 때 에스텔라는 내내 그랬던 것처럼 커다란 벽로 선반 곁에 여전히 서 있었다. 미스 해비셤의 흰 머리카락은 방바닥에 널린 다른 신부 용품 잔해들 사이를 부유하듯 흩어져 있었는데, 차마 눈 뜨고 볼 수 없는 광경이었다.

나는 우울한 심정으로 달빛 속에 한 시간가량 안마당 주변과 양조장 주변과 황폐한 정원 주변을 거닐었다. 내가 마침내 용기를 내어 방으로 돌아왔을 때, 에스텔라는 미스 해비셤의 무릎 앞에 앉아서 해질 대로 해져 조각이 난 헌 옷가지 중의 하나를 꿰매고 있었다. 그래서 그 이후로 나는 성당에 걸려 있는 빛바랜 누더기 같은 낡은 깃발을 보노라면 종종 그 헌 옷가지들이 생각나곤 했다. 조금 뒤에 에스텔라와 나는 옛날처럼 카드놀이를 했다. 다만 이제 우리의 솜씨가 좋아져서 프랑스식으로 게임했다. 이렇게 저녁은 서서히 지났고, 나는 삼사리에 들었다.

나는 안마당 건너편에 있는 별채에 누웠다. 새티스 하우스에 누워 잠을 청하는 것은 이번이 처음이었다. 그래서일까 잠이 영 오지 않았다. 수많은 미스 해비셤들이 나타나 나를 괴롭혔다. 그녀는 베개 이쪽에도 있었고 저쪽에도 있었고, 침대 머리맡에도 있었고 침대 발치에도 있었고, 옷 갈아입는 방의 반쯤 열린 문 뒤에도 있었고 그 방 안에도 있었고, 머리 위의 방에도 있었고 아래층 방에도 있었다—그야말로 어디에나 다 있었다. 마침내 밤이 새벽 2시를 향해 느리게 기어가고 있을 때 나는 이곳에 누워 있을 수 없다는 절박한 기분이 들어 더 이상 견딜 수 없었다. 그래서 자리에서 일어나 옷을 주섬주섬 입고 밖으로 나와, 바깥 마당으로 가서 마음을 진정시키기 위해 산책이나 할까 하고 안마당을 가로질러 석조 복도에 들어섰다. 그러나 복도에 들어서 자마자 나는 촛불을 꺼버렸는데, 그건 미스 해비셤이 나지막하게 훌쩍이며 유령 같은 모습으로 복도를 따라 걸어가는 것이 보였기 때문이다. 나는 얼마간 떨어진 채로 따라가서 그녀가 계단을 올라가는 모습을 보았다. 그녀는 맨 양초를 손에 들고 있었는데, 아마도 그녀 방의 벽촛대들 중 하나에서 뽑아온 양초였을 것이다. 촛불에 비친 그녀는 실로 이승의 사람처럼 보이지 않았다. 내가 계단 아래에 서 있던 순간, 그녀가 문을 여는 모습을 보지 못했음에도 나는 결혼 피로연이 차려진 그 방의 곰팡내 나는 공기를 느꼈고, 그녀가 방에서 걸어 다니는 소리를 들었으며, 그녀가 자기 방으로 건너갔다가 다시 그 피로연 방으로 건너오는 소리도 들었는데, 그녀가 나지막하게 훌쩍거리는 소리는 결코 멈추지 않았다. 한참 후 나는 어둠 속에서 빠져나가려고도 해보고 침실로 돌아가려고도 해봤지만, 몇 줄기 새벽빛이 비쳐들어 내 손을 어디다 짚어야 할지 보여주기 전까지는 아무것도 할 수가 없었다. 그 사이 내내, 계단 아래에 갈 때마다 나는 그녀의 발소리를 들었고, 그녀의 촛불이 위층을 왔다 갔다 하는 것을 보았으며, 그녀의 끊이지 않는 흐느낌을 들었다.

그다음 날 우리가 떠나기 전까지 미스 해비셤과 에스텔라 사이의 갈등이 다시 불거지는 일은 없었고, 내가 기억하기로는 비슷한 상황에서도 다시 반복되지 않았다. 또한 미스 해비셤이 에스텔라를 대하는 태도에도 별다른 변화는 없었는데, 다만 이전과는 달리 그 속에 두려움 같은 것이 스며든 듯했다.

벤틀리 드러믈의 이름을 적어놓지 않고 내 인생의 이 장을 넘기는 것은 불가능한데, 그렇지만 않으면 나는 아주 기꺼이 넘겨버리고 싶다.

'피리새들'이 대집회를 열고, 아무도 어느 누구와도 마음이 맞지 않아서 여느 때와 마찬가지로 좋은 기분이 고조되고 있던 어느 날, 사회를 보는 '피리새'는 드러믈 씨가 아직 한 여인을 위해 건배를 하지 않았으므로 '작은 숲' 전 회원이 지켜야 할 클럽의 규약을 위반하고 있다고 환기시켰다. 그러니까 사교회의 엄숙한 규약에 따라 그날은 그 짐승 같은 녀석이 건배를 할 차례였던 것이다. 내가 생각하기에 술병이 돌고 있는 동안 그가 꼴사나운 태도로 나를 곁눈질하는 것 같았는데, 우리 사이에 애정이라고는 없었으므로 그럴 수도 있다고 생각했다. 그러나 그가 갑자기 자리에서 일어나 모두에게 "에스텔라를 위하여!"라고 건배를 제안하자 내 속은 분노와 놀라움으로 끓어올랐다.

"어느 에스텔라를 말하는 건데?" 나는 말했다.

"신경 끄지 그래." 드러믈이 응수했다.

"어느 에스텔라냐고." 나는 물었다. "넌 그녀가 어디 사는 누구인지 말할 의무가 있어." 그는 '피리새' 회원으로서 그럴 의무가 있었다.

"리치먼드의 에스텔라입니다, 신사 여러분." 드러믈은 나를 아랑곳하지 않고 말했다. "그리고 비길 데 없는 미녀랍니다."

비길 데 없는 미녀들을 많이도 아는군, 비열하고 비천한 백치 주제에! 나는 허버트에게 속삭였다.

"나도 그 숙녀를 알지." 건배가 끝났을 때 허버트가 식탁 건너로 말했다.

"네가 **안다고**?" 드러믈이 말했다.

"그리고 **나도** 알고 있지." 나는 진홍색이 된 얼굴로 덧붙였다.

"자네도 **안다고**?" 드러믈이 말했다. "**오, 하느님 맙소사!**"

그 둔한 녀석이 할 줄 아는 말대꾸는—유리잔이나 사그릇 따위를 던지는 것 말고는—이런 말이 고작이었다. 그러나 나는 그말이 재치 있고 가시 돋친 말이라도 되는 듯 대단히 격앙하여 자리에서 즉시 일어나, 이 '작은 숲에 내려와'서—우리는 언제나 위엄 있는 의회식 말투로써 이 '작은 숲에 내려온다'라는 표현을 썼다—자기가 전혀 알지도 못하는 숙녀를 위해 축배를 제의한다는 것은 명예로운 피리새로서 뻔뻔한 행위라고 간주하지 않을 수 없다고 말했다. 이 말에 드러믈 군은 자리에서 벌떡 일어나 그게 무슨 뜻이냐고 물었다. 그래서 나는 그에게 내가 어디 사는지 알고 있으리라[1] 믿는다고 극단적으로 대답했다.

이후, 기독교 국가에서 피를 흘리지 않고 이 일을 해결하는 것

---

1 상대방에게 결투 의사를 밝힐 때 쓰는 표현의 변용. 여기서는 핍이 드러믈에게 결투를 신청했다는 것을 의미한다.

이 과연 가능한가에 대한 논쟁이 피리새들 사이에서 분분했다. 논의가 점점 격렬해져, 최소 여섯 명의 명예로운 회원이 토론 중 다른 여섯 명에게 자신이 어디 사는지 잘 알 거라고 선언하는 사태까지 벌어졌다. 그러나 결국 작은 숲이 명예 법정과 같은 역할을 하기로 하여, 드러믈이 그 숙녀와 알고 지낸다는 최소한의 증명을 가져올 경우 핍은 신사이자 피리새로서 '순간의 격정에 휩쓸린 것'에 대해 유감을 표명해야 한다고 결정되었다. 이 일이 지체되어 우리의 명예가 손상되는 사태를 방지하기 위해 바로 다음 날 증명서를 제출하도록 결정되었고, 드러믈은 다음 날 에스텔라의 손글씨로 쓰인 세련되고 짧은 공인서를 들고 나타났다. 서류에는 그녀가 그와 여러 차례 춤을 춘 적이 있다는 내용이 담겨 있었다. 이에 따라 나는 '순간의 격정에 휩쓸린 것'에 대해 유감을 표할 수밖에 없었고, 동시에 결투를 신청한다는 내 주장 역시 더는 지킬 수 없는 주장이므로 포기하겠다고 말했다. 그후 드러믈과 나는 한 시간 동안 서로 코를 씰룩거리며 험악한 기운을 내뿜었고, 작은 숲의 다른 회원들은 무차별적인 반론에 빠져 갑론을박하다가 결국 "회원 사이의 우호적인 분위기가 놀라운 속도로 진작되었다"라고 공식적으로 선언되었다.

나는 이 일을 가볍게 이야기하지만, 나에게는 결코 가벼운 일이 아니었다. 왜냐하면 에스텔라가 그 하찮고 서툴며 뚱하고 무뚝뚝한 멍청이에게 조금이라도 호의를 보였다는 사실을 생각하는 것만으로도 이루 말할 수 없는 고통을 느꼈기 때문이다. 지금 이 순간에도 나는, 그것이 내 사랑의 순수한 이타심과 진정한 헌신에서 비롯된 것이라고 믿는다. 그녀가 그런 하찮은 인간에게까지 몸을 낮추는 것을 도저히 참을 수 없었기 때문이다. 물론 그녀가 누구에게 마음을 주었든 나는 괴로웠겠지만, 적어도 더 나은 사람이었다면 그 고통의 종류와 정도는 달랐을 것이다.

드러믈이 그녀를 바싹 쫓아다니기 시작했고, 또 그녀가 그렇게 하도록 허락해 줬다는 사실을 알아내는 건 식은 죽 먹기였다. 시간이 조금 흐른 뒤 그는 항상 그녀를 졸졸 쫓아다녔으며, 그와 나는 매일 마주쳤다. 그는 둔하고 고집스런 태도로 에스텔라를 붙잡고 늘어졌고, 에스텔라도 그를 붙잡고 있었다. 그녀는 어떤 때는 그를 격려해 주다가도 어떤 때는 실망시키는가 하면, 어떤 때는 그에게 거의 아첨을 부리다가도 어떤 때는 그를 내놓고 멸시하기도 하고, 어떤 때는 그를 매우 잘 알고 있는 것 같다가도 어떤 때는 그가 누구인지 거의 기억도 못 하는 척하기도 했다.

그러나 재거스 씨가 그를 일컬은 대로, 이 거미는 웅크리고 기다리는 데 이골이 나 있었으며 제 종족의 참을성을 지니고 있었다. 게다가 그에게는 그의 돈과 저명한 가문에 대한 멍텅구리 같은 자신감이 있었는데, 이는 때때로 그에게 유리하게 작용하여 집중력과 결단력을 대신해 주기도 했다. 그래서 끈기 있게 에스텔라를 지켜보는 이 거미는 보다 영리한 다른 많은 곤충들보다 오래 망을 보고 있다가, 종종 때가 오면 곧바로 몸을 풀고 낙하하곤 했다.

에스텔라가 다른 모든 미녀들보다 더 아름답게 빛났던 리치먼드의 어느 사교 무도회에서(당시에는 대부분의 지역에서 사교 무도회가 열리곤 했다), 이 어줍은 드러믈이 그녀에게 너무나 귀찮게 달라붙어 있는 데다 그녀도 그걸 너그럽게 봐주고 있는 터라, 나는 그녀에게 그 녀석에 대해 한마디 해야겠다고 결심했다. 나는 곧 적절한 기회를 잡았는데, 그것은 그녀가 브랜들리 부인이 데리러 오기를 기다리고 있던 순간이었다. 그녀는 떠날 준비를 마친 채 꽃들 사이에 조용히 앉아 있었고 나는 그녀와 단둘이 있을 수 있었는데, 이런 자리를 왕래할 때 내가 언제나 그들과 동행했기 때문이다.

"피곤해, 에스텔라?"

"조금, 핍."

"당연히 그렇겠지."

"오히려 당연히 그렇지 않을 거라고 말해줘. 잠자리에 들기 전에 새티스 하우스에 편지를 써야 되거든."

"오늘 밤의 승리를 자세히 이야기하는 편지?" 나는 말했다. "그건 확실히 아주 형편없는 승리인데, 에스텔라."

"무슨 뜻이야? 난 무슨 승리가 있었다는 건지도 모르겠는데."

"에스텔라." 나는 말했다. "저쪽 구석에 있는 저 친구 좀 봐, 이쪽으로 우리를 건너다보고 있잖아."

"왜 내가 그를 봐야 해?" 에스텔라는 그 친구 대신 나를 쳐다보며 대답했다. "저쪽 구석에 있는 저 친구를—네 표현을 빌리자면—내가 쳐다봐야 할 이유가 뭐야?"

"진심으로, 그게 바로 내가 너에게 묻고 싶은 질문이야." 나는 말했다. "왜냐하면 그가 오늘 밤 내내 네 주위를 맴돌고 있었으니까 말이야."

"나방과 온갖 종류의 귀찮은 벌레들은," 에스텔라는 그를 한 번 흘긋 보면서 대꾸했다. "밝게 비치는 촛불 주위를 맴도는 법이야. 촛불이 그걸 피할 수 있겠어?"

"못 피하지." 나는 대답했다. "허나 에스텔라는 피할 수 있지 않아?"

"글쎄!" 그녀는 잠시 후 소리 내어 웃으며 말했다. "어쩌면. 그럴 수도 있겠지. 네 좋을 대로 생각해."

"그렇지만, 에스텔라, 내 말 좀 들어봐. 드러믈처럼 그렇게 일반적으로 멸시받는 남자를 네가 격려해 주는 게 나를 비참하게 만들어. 그가 멸시받는다는 건 너도 알잖아."

"그래서?" 그녀는 말했다.

"그가 외모만큼이나 내면도 볼품없다는 건 너도 알지. 머리가 모자라고, 성마르고, 음울하고, 어리석은 녀석이라는 것도."

"그래서?" 그녀는 말했다.

"그에게는 돈과 멍청한 조상들의 허울뿐인 족보를 제외하고는 마음에 들 만한 게 아무것도 없다는 건 너도 알 테지. 자, 안 그러니?"

"그래서?" 그녀는 또 이렇게 말했다. 그리고 이런 말을 할 때마다 그녀는 사랑스런 눈을 더 크게 떴다.

그 외마디 대답 이상을 얻지 못하는 어려움을 극복하기 위해서, 나는 그녀에게서 그 말을 가로채 강조하여 반복했다. "그래서! 그러니까, 그래서 그게 나를 비참하게 만든다고."

그런데, 그녀가 나를—다름 아닌 나를—비참하게 만들고자 드러믈에게 호의를 보이는 것이라고 내가 믿을 수만 있었다면, 나는 이 문제에 대해 한결 나은 심정이었을 것이다. 그러나 그녀는 그녀 나름의 습관적인 태도로 나를 완전히 관심 밖으로 따돌렸기 때문에, 나는 전혀 그런 식으로는 믿을 수가 없었다.

"핍." 에스텔라는 방 건너편을 흘긋 쳐다보며 말했다. "내 행동이 너에게 미치는 영향에 대해 바보같이 굴지 마. 그건 다른 사람들에게 영향을 미칠 수도 있고, 으레 그러기 마련이거든. 이건 논의할 가치도 없는 문제야."

"아냐, 그럴 가치가 있어." 나는 말했다. "그건 내가 사람들이 '저 여자는 자기의 품위와 매력을 한낱 촌놈, 사람들 중에 가장 비천한 놈에게 내던지고 있군'이라고 말하는 것을 견딜 수 없기 때문이야."

"난 견딜 수 있어." 에스텔라가 말했다.

"오! 그렇게 거만 떨지 말고, 에스텔라, 그렇게 고집 좀 부리지
마."

"이번엔 나를 거만하고 고집스럽다고 하네!" 에스텔라는 양
손을 벌리며 말했다. "아까는 촌놈한테 몸을 낮춘다고 비난하더
니!"

"네가 그랬다는 건 의심의 여지가 없어." 나는 다소 허둥지둥
말했다. "바로 오늘 밤에도 네가 그 녀석에게, 나한테는 전혀 보
여주지 않는 그런 표정과 미소를 짓는 걸 내가 보았으니까."

"그럼 너는," 에스텔라는, 화난 것은 아니지만 갑자기 몸을 돌
려 진지한 표정으로 말했다. "내가 널 속여 함정에 빠뜨리길 원
하니?"

"네가 그를 속여 함정에 빠뜨린다는 말이야, 에스텔라?"

"그럼, 그리고 다른 많은 사람들한테도 그래. 너만 빼고 모두
한테 말이야. 브랜들리 부인이 온다. 더 이상 말 못 하겠어."

그토록 내 마음을 가득 채우고 그토록 자주 마음을 아프게 했
던 주제에 한 장을 할애했으니, 나는 아무런 제약도 받지 않고
그보다 더 오랫동안 나에게 드리워져 있던 사건으로 넘어가겠
다. 그런데 이 사건은 이 세상에 에스텔라가 있다는 것을 알기도
전에, 그리고 그녀의 어린 지성이 미스 해비셤의 파괴적인 손으
로부터 비뚤어진 첫 가르침을 받던 시절부터 준비되기 시작했던
사건이다.

동양의 한 이야기에서, 정복의 쾌감에 도취한 왕의 침상을 덮
칠 무거운 석판은 오랜 시간 동안 채석장에서 다듬어졌다. 그것

을 지탱할 밧줄을 설치할 터널은 수 킬로미터나 되는 암석을 뚫어 만들어졌고, 석판은 천천히 들어 올려져 천장에 꼭 맞춰졌으며, 밧줄은 석판에 연결되어 수 킬로미터의 터널을 지나 커다란 쇠고리에 걸렸다. 많은 노력을 기울여 모든 준비가 끝나고 마침내 그 시간이 왔을 때, 한밤중에 잠자는 술탄을 깨우고 그의 손에 밧줄을 끊어낼 날카로운 도끼를 쥐여주니, 그가 도끼로 밧줄을 내리치자 밧줄이 끊어지며 쏜살같이 돌진했고 천장이 무너져 내렸다.[1] 내 경우도 그러했다. 멀고 가까운 모든 곳에서 오랜 시간 준비된 일들이 마침내 완수되었고, 순간적으로 일격이 가해져 나를 둘러싼 요새의 지붕이 내 위로 무너져 내리고 말았다.

1 영국 작가 제임스 케네스 리들리의 『수호신들의 이야기Tales of the Genii』(1764)에서의 인유. 『천일야화Arabian Nights』에 나오는 이야기를 모작한 이 책의 여섯 번째 이야기인 「마법사들, 혹은 인도의 술탄 미스나The Enchanters; or, Misnar the Sultan of India」를 보면, 술탄 미스나가 두 명의 마법사들에게 왕위를 빼앗기고 동굴에 숨어 살다가, 밧줄로 길게 연결된 석판을 떨어뜨려 왕궁에 있는 두 마법사들을 죽인다는 내용이 나온다.

39장

내 나이는 스물셋이 되었다. 유산 상속 문제에 대해 내 의문을 풀어줄 별다른 말은 한마디도 듣지 못한 가운데 내 생일로부터 벌써 일주일이 흘렀다. 우리는 1년여 전에 바너드 여관을 떠나 템플²에 살고 있었다. 우리의 셋방은 템스 강 아래쪽 가든코트에 있었다.

포킷 씨와 나는 비록 최상의 관계를 유지하고는 있었지만, 원래의 사제 관계는 얼마 전에 이미 끝났다. 나는 여전히 어떤 일도 착수하지 못했는데, 이런 상황은 내 생각에 내가 가진 재산에 대한 소유권이 불안하고 불완전한 데서 비롯된 것이었다. 하지만 독서를 좋아해서 규칙적으로 하루에 아주 많은 시간 동안 책을 보았다. 허버트와 관련한 일은 아직 진행 중에 있었고, 나와 관련된 모든 것은 바로 앞장의 끝 부분까지 내가 기록해 놓은 그대로였다.

허버트는 일이 있어서 마르세유로 여행을 가고 없었다. 나는 혼자였으며, 혼자라는 것이 따분하게 느껴졌다. 의기소침하고 조마조마한 상태로 내일이나 다음 주에는 내 앞길이 분명해질 것이라고 오랫동안 기대하다가 또 오랫동안 실망해 왔기에, 나는 내 친구의 즐거운 얼굴과 재빠른 반응이 몹시도 그리웠다.

---

2 템스 강 북쪽에 있는 지역으로 당시 두 개의 기숙 법학원이 있었으며, 자연히 변호사와 법학도가 많이 사는 조용한 곳이었다.

지독한 날씨였다. 폭풍이 불며 비가 내리고, 또 폭풍이 불며 비가 내리고, 모든 거리는 여기저기 다 온통 깊은 진흙탕이었다. 매일매일 거대하고 두터운 장막이 동쪽에서부터 런던 위를 휩쓸고 지나갔고, 그 장막은 마치 동쪽 하늘에는 영원히 구름과 바람만이 존재하는 듯 여전히 몰아쳤다. 바람이 얼마나 거셌던지 도시에서는 높은 건물의 지붕에서 연판이 뜯겨 나가고, 시골에서는 나무들이 뿌리째 뽑히고 풍차의 돛이 날아가 버렸다. 해안에서는 난파와 익사 사고 소식이 잇따라 들려왔다. 거센 비바람이 몰아치는 가운데, 내가 막 책을 펼쳐 들었을 때의 하루는 그중에서도 최악의 날이었다.

　그 이후로 템플의 이 지역은 많은 변화가 이루어져서, 이제는 그 당시처럼 그렇게 외진 곳도 아니고, 강 쪽으로 그렇게 노출되어 있지도 않다. 우리가 살던 곳은 마지막 집의 꼭대기 층이었고, 그날 밤 강을 따라 몰아치는 바람이 집을 흔들었다. 마치 대포가 발사되거나 바다가 요동치는 것 같았다. 거센 빗줄기가 함께 몰아쳐 창문을 때릴 때, 흔들리는 창을 올려다보며 마치 폭풍에 시달리는 등대에 갇힌 듯한 기분이 들었다. 때때로 굴뚝에서 연기가 역류하며 흘러나왔는데, 마치 연기조차도 이런 밤에는 밖으로 나가기를 꺼리는 듯했다. 문을 열어 계단을 내려다보면 계단의 램프가 바람에 꺼졌고, 두 손으로 얼굴을 가리고 칠흑같이 어두운 창밖을 들여다보면(이런 바람과 빗속에서는 창을 조금이라도 여는 것조차 불가능했다) 마당의 램프도 꺼져 있었으며, 다리와 강변의 램프들은 떨고 있었고, 강 위의 바지선에서 피워 올리던 석탄불도 빗속에서 작열하는 비말처럼 바람에 휩쓸려 사라지고 있었다.

　나는 11시에 책을 덮을 요량으로 탁자 위에 시계를 올려놓고 책을 읽었다. 내가 책을 덮었을 때 성바오로 성당의 시계와 시내의 많은 교회의 모든 시계들이―어떤 것들은 먼저, 어떤 것들은 함께, 어떤 것들은 뒤이어―그 시각을 알리는 종을 쳤다. 그 소리는 바람 때문에 이상하게 일그러져 들려왔다. 나는 귀를 기울이면서 바람이 얼마나 그 소리를 공격하여 찢어놓았는지 생각하고 있었는데, 바로 그때 계단에서 발자국 소리가 들려왔다.

어떤 신경과민과 어리석음이 나를 흠칫 놀라게 했는지, 그리고 어떻게 그것을 죽은 누나의 발소리와 끔찍하게 연결시켰는지는 중요하지 않았다. 그 놀라움은 한순간에 지나갔고, 나는 다시 귀를 기울였다. 그제야 나는 계단 램프가 꺼졌다는 것을 떠올리고, 내가 쓰던 독서용 램프를 집어 들어 계단 위로 나갔다. 내 램프를 본 순간 아래에 있던 누군가가 걸음을 멈췄는지, 주위가 쥐 죽은 듯 조용해졌다.

"거기 아래에 누구죠, 아무도 없어요?" 나는 내려다보며 소리를 질렀다.

"있습니다." 아래 어둠에서 어떤 목소리가 대답했다.

"몇 층에 가시는데요?"

"맨 위층으로 갑니다. 핍 씨라고."

"그건 내 이름인데요. 문제라도 있나요?"

"아무 문제도 없습니다." 그 목소리가 대답했다. 그리고 그는 계속 올라왔다.

나는 램프를 계단 난간 너머로 내밀어 실내를 비춰주고 있었고, 그는 천천히 그 불빛 안으로 들어왔다. 책을 비추기 위해 갓을 씌운 램프였기에 빛의 범위가 매우 좁았고, 그는 잠깐 그 안에 들어왔다가 이내 어둠 속으로 사라졌다. 그 짧은 순간 나는 낯선 얼굴을 보았고, 그 얼굴이 나를 바라보며 어딘가 감동받고 기뻐하는 듯한, 이해할 수 없는 표정을 띠고 있음을 알아차렸다.

그 사람이 움직이는 대로 램프를 옮겨주면서, 나는 그가 바다의 항해자처럼 텁수룩하기는 하지만 든든한 옷차림을 하고 있다는 것을 알았다. 그의 머리는 긴 철회색에다 나이는 예순쯤이었고, 튼튼한 두 다리로 힘깨나 쓸 사람이었으며, 거친 날씨에 노출된 살갗은 그을리고 단단해 보였다. 그가 마지막 한두 계단에 올라와 램프 불빛이 우리 모두를 비쳤을 때, 깜짝 놀라 바보 같은 표정을 짓던 나는 그가 자신의 양손을 내밀고 있는 것을 보았다.

"아니, 무슨 용건이십니까?" 나는 그에게 물었다.

"내 용건 말입니까?" 이렇게 되묻고, 그는 잠시 멈췄다. "아아! 그렇지. 내 용건을 설명하죠, 양해해 준다면 말입니다."

"들어오시겠습니까?"

"그럽시다." 그는 대답했다. "들어가고 싶군요, 신사분."

나는 다소 무뚝뚝하게 그에게 질문을 던졌는데, 그의 얼굴에 여전히 빛나고 있는 밝은 만족감 어린 표정이 불쾌했기 때문이다. 마치 내가 그에게 반응해 주기를 기대한다는 듯 보였으므로 나는 그 표정을 불쾌하게 여겼다. 그러나 나는 그를 방으로 안내하고 방금 전까지 들고 있던 램프를 탁자 위에 내려놓은 뒤, 최대한 정중한 태도로 그에게 용건을 설명해 달라고 요청했다.

그는 방 안을 둘러보았다. 마치 자신이 이곳과 어떤 관계가 있다는 듯 경이로운 기쁨에 찬 표정으로 신기해하며 바라본 다음, 그는 거친 외투와 모자를 벗었다. 그러자 나는 그의 머리가 깊게 주름지고 벗겨져 있으며, 길고 철회색으로 바랜 머리카락이 머리 양옆에만 남아 있다는 것을 알 수 있었다. 하지만 여전히 그의 정체를 조금도 이해할 수 없었다. 오히려 다음 순간, 그는 다시 두 손을 내밀고 나를 향해 다가왔다.

"무슨 뜻이죠?" 나는 그가 미친 게 아닌지 반신반의하면서 말했다.

그는 손을 멈추고 나를 쳐다보더니, 천천히 오른손으로 자기 머리를 비볐다. "거 실망스럽구먼." 그는 거칠고 쉰 목소리로 말했다. "이렇게 오랫동안 기대해 왔고 이렇게 멀리 온 사람에겐. 허나 그건 당신 탓도 아니고, 우리 누구의 탓도 아니죠. 잠시 후에 말하겠습니다. 제게 잠시만 시간을 주시죠."

그는 벽난로 앞에 놓인 의자에 앉더니 힘줄이 불거지고 그을린 자신의 큼직한 양손으로 이마를 가렸다. 그때 나는 주의 깊게 그를 쳐다보다가 움찔 물러섰다. 그러나 여전히 나는 그를 알아보지 못했다.

"가까이에 아무도 없겠죠." 그는 어깨 너머로 쳐다보며 말했다. "누가 있는 겁니까?"

"왜 당신과 같은 낯선 사람이 이런 밤중에 내 방에 들어와서 그런 질문을 하는 겁니까?" 나는 물었다.

"당신은 담력 있는 사람이로군요." 그는 침착하고 애정 어린 태도로 나에게 고개를 흔들며 대답했는데, 참 영문을 알 수 없는 동시에 화나게 하는 태도였다. "나는 당신이 담력 있는 사람으로 자란 걸 보니 기쁩니다! 허나 나를 잡지는 마십시오. 그렇게 한 것을 나중에 후회할 테니."

나는 그가 눈치챈 내 의도를 단념했다. 왜냐하면, 그를 알아보았기 때문이다! 여전히 그의 얼굴에서 단 하나의 특징도 떠올릴 수 없었지만, 나는 분명 그를 알고 있었다! 만약 바람과 빗줄기가 우리 사이의 세월을 날려버리고, 모든 장애물을 쓸어가 버리고, 우리가 처음 마주했던 그 교회 묘지로 우리를 다시 데려다 놓았다 해도, 나는 지금 불가에 앉아 있는 이 남자가 그때의 그 죄수라는 사실을 이보다 더 명확히 알아볼 수는 없었을 것이다. 그가 호주머니에서 줄을 꺼내 나에게 보여줄 필요도 없었고, 목에 두른 손수건을 풀어 머리에 동여맬 필요도 없었으며, 팔로 자기 몸을 꼭 껴안고 와들와들 떨며 방을 가로질러 가다가 내가 자기를 알아보도록 뒤돌아볼 필요도 없었다. 나는 그가 나에게 그런 신호를 하나라도 주기 전에 그를 알아보았다. 비록 조금 전만 해도 나는 그의 정체를 어렴풋하게나마 짐작도 못 했지만.

그는 다시 나에게 다가와 두 손을 내밀었다. 나는 너무 놀라 얼이 빠진 채 어떻게 해야 할지 몰랐고, 결국 마지못해 내 손을 그에게 내주었다. 그는 힘껏 내 손을 붙잡더니 그것을 입술에 가져가 입 맞추고는, 여전히 놓지 않고 꼭 쥐고 있었다.

"넌 고결하게 행동했어, 친구." 그는 말했다. "고결했다고, 핍! 그리고 나는 그걸 결코 잊은 적이 없었어!"

나를 껴안기라도 하려는 것처럼 그의 태도가 바뀌었으므로, 나는 그의 가슴에 손을 얹어 그를 밀어냈다.

"멈춰요!" 나는 말했다. "물러나세요! 내가 꼬마였을 때 했던 일에 대해 감사한 마음을 갖고 계시다면, 당신이 더 나은 삶을 살며 보답하셨길 바랍니다. 저에게 감사 인사를 전하려고 오신 거라면, 그럴 필요는 없었어요. 그래도 어떻게든 저를 찾아오셨다면 그 마음속에는 분명 선한 의도가 있을 테니, 당신을 내치지는 않겠습니다. 하지만 분명히 이해하셔야 할 것이 있는데, 저는……."

나를 뚫어지게 바라보는 그의 이상한 태도에 주의가 확 끌린 나머지 내가 하려는 말이 혀에서 사라져 버렸다.

"네가 말하기를," 우리가 말없이 서로 마주하게 되었을 때 그는 말했다. "내가 분명히 이해해야만 할 것이 있다고 했는데. 뭐지, 내가 분명히 이해해야만 하는 것이?"

"그건 내가, 그 옛날 우연한 만남을 지금의 이런 상황에서 다시 이어가고 싶지 않다는 거죠. 나는 당신이 회개하고 본연의 삶을 되찾았다고 믿게 되어 기쁩니다. 당신에게 이렇게 말하게 되어 기쁘다고요. 내가 감사를 받을 만하다고 여기고, 이렇게 나에게 감사를 표하기 위해 와줘서 기쁩니다. 그렇지만, 역시 우리의 길은 다른 길입니다. 당신은 비에 젖고 지쳐 보이는군요. 가기전에 뭘 좀 마시겠습니까?"

그는 목도리를 느슨하게 고쳐 맨 다음 그 목도리의 긴 끝을 물어뜯으면서, 나를 날카롭게 주시하고 서 있었다. "생각해 보니, 가기 전에 뭘 좀 **마셔야 할 것 같군**, 고마워." 그는 여전히 목도리 끝을 입에 물고 여전히 나를 주시하면서 대답했다.

벽에 붙여 놓은 곁탁자 위에 이미 준비된 음료 쟁반이 있었다. 나는 그것을 벽난로 가까운 테이블로 가져오고, 그에게 무엇을 마시겠냐고 물었다. 그는 술병을 쳐다보지도 않고 말도 없이 술병 하나에 손을 댔다. 나는 그에게 따뜻한 럼주와 물을 섞어 건넸다. 손을 떨지 않으려 애쓰며 잔을 준비했지만, 아마 그 자신도 잊은 듯 질질 끌리는 목도리 끝을 입에 문 채 나를 바라보는 그의 눈빛은 내 손을 더욱 떨리게 만들었다. 마침내 그에게 잔을 내밀었을 때, 나는 놀랍게도 그의 눈에 눈물이 그렁그렁 맺혀 있는 것을 보았다.

이때까지 나는 그가 가주기를 바란다는 것을 감추지 않으려고 계속 서 있었다. 그러나 그 사람의 부드러워진 모습에 내 마음도 누그러져서 자책감 같은 것이 들었다. "내가 바라는 건," 나는 술잔에 내가 마실 것을 아무거나 급히 부은 뒤 의자를 탁자에 끌어다 놓으면서 말했다. "조금 전에 내가 당신에게 모질게 이야기 했다고 생각하지 말아달라는 겁니다. 그렇게 할 의도는 전혀 없었습니다만, 만일 그랬다면 미안합니다. 나는 당신이 건강하고 행복하기를 빕니다!"

내가 술잔을 입술에 대려니까, 그는 입을 벌렸을 때 떨어진 자신의 목도리 끝을 놀라서 흘끔 쳐다보고는 잔을 쥔 손을 내밀었다. 나도 그에게 내 술잔을 내밀었고, 그러자 그는 술을 마시고서 소맷자락으로 눈과 이마를 훔쳤다.

"어떻게 살고 계신가요?" 나는 그에게 물었다.

"나는 저 먼 신세계에서 목양업자, 목축업자도 해보고, 그 밖의 다른 사업들도 했어." 그는 말했다. "여기서부터 험한 바닷길로 수천 킬로미터나 되는 곳이지."

"사업은 잘되셨겠죠?"

"굉장히 잘됐지. 나와 함께 나간 사람들 중에도 역시 잘된 사람은 있지만, 어떤 사람도 나만큼 잘되진 못했어. 나는 그것으로 유명하지."

"그 말을 들으니 기쁘네요."

"나는 네가 그렇게 말하리라고 기대했어, 내 사랑하는 친구."

나는 그가 하는 말이나 그 어조를 이해하려고 애쓰지 않고, 내 마음에 막 떠오른 문제로 화제를 돌렸다.

"예전에 아저씨가 저에게 보내셨던 심부름꾼을 만나보신 적이 있어요?" 나는 물어보았다. "그가 그 심부름을 한 후에 말이에요."

"전혀 못 봤어. 그럴 수도 없었고."

"그는 성의를 다해 찾아왔고, 저에게 1파운드짜리 지폐 두 장을 주고 갔어요. 저는 그때, 아시다시피 가난한 소년이었고, 가난한 소년에게 그 돈은 적잖은 돈이었죠. 그렇지만 아저씨처럼, 그이후 저도 일이 잘 풀렸습니다. 그러니 제가 그 돈을 갚게 해주세요. 누군가 다른 가난한 소년이 쓰도록 주세요." 나는 지갑을 꺼냈다.

그는 내가 지갑을 테이블 위에 놓고 여는 모습을 지켜보았고, 내가 그 안에서 두 장의 1파운드 지폐를 골라내는 것도 지켜보았다. 그것들은 깨끗한 신권이었으며, 나는 그것을 펴서 그에게 건넸다. 여전히 나를 바라보며, 그는 지폐 두 장을 포개어 길게 접더니 한 번 비틀어 램프의 불꽃으로 태우고, 남은 재를 쟁반 위에 떨어뜨렸다.

"아주 당찬 질문일지 모르지만," 그런 다음 그는 마치 찡그린 듯한 미소를, 혹은 미소를 닮은 찡그림을 지으며 말했다. "너와 내가 저 밖의 쓸쓸하고 추운 습지에서 만난 이후, **어떻게** 지냈는 지 물어봐도 되겠어?"

"어떻게요?"

"아아!"

그는 잔을 비우고 자리에서 일어나, 거친 갈색 손을 벽난로 선반에 얹고 벽난롯불 옆에 섰다. 그리고 한쪽 발을 벽난로 철망에 올려놓고 말리며 불을 쬐었다. 젖은 장화에서 김이 나기 시작했다. 그러나 그는 장화도 난롯불도 쳐다보지 않고, 꾸준히 나만을 쳐다보았다. 내가 후들후들 떨기 시작한 것은 바로 이때부터였다.

나는 입술을 떼어 무슨 말을 하려고 했으나, 소리가 나오지 않았다. 그래서 나는 부자연스럽게 입을 열어 (명확하게 말할 수는 없었지만) 내가 다소의 재산을 물려받을 사람으로 선택되었다고 그에게 말해주었다.

"이 악당 나부랭이가 물어봐도 될까, 그게 무슨 재산인지?" 그는 말했다.

나는 더듬더듬 말했다. "전 모르겠습니다."

"이 악당 나부랭이가 물어봐도 될까, 그게 누구 재산인지?" 그는 말했다.

나는 다시 더듬더듬 말했다. "전 모르겠습니다."

"그럼 미안하지만, 내가 알아맞혀 봐도 될까?" 죄수가 말했다. "네가 성년이 된 이후 네 수입이 얼마나 되는지! 자, 그 첫 번째 숫자로 말하자면, 5지?"

내 심장이 마치 고장 난 망치처럼 쿵쾅쿵쾅 뛰는 가운데, 나는 의자에서 일어나 등받이에 손을 얹은 채 그를 사나운 눈초리로 쳐다보았다.

"후견인에 관해서는," 그는 말을 계속했다. "네가 미성년자일 동안에는 틀림없이 어떤 후견인이나 그와 비슷한 사람이 있었을 테지, 아마. 어떤 변호사였을 테지, 아마. 자, 그 변호사 이름의 첫 글자를 말하자면, J일 테지?"

내 처지에 대한 모든 진실이 나에게 섬광처럼 다가왔다. 그리고 그것이 야기한 실망, 위험, 창피, 그리고 온갖 종류의 결과 등등이 너무나 많이 밀어닥치는 바람에, 나는 그것들로 기가 푹 꺾여버려 매번 숨을 쉴 때마다 버둥질을 쳐야만 했다.

"이렇게 생각해 봐." 그는 다시 말을 이었다. "이름이 J로 시작하는, 아마 재거스일지도 모르는 그 변호사를 고용한 사람, 그 사람이 바다를 건너 포츠머스[1]에 도착했고, 그곳에 내려 너에게 오고 싶어 했었다고 말이야. 너는 조금 전에 '그래도 어떻게든

---

1 런던의 남서쪽에 위치한 군항.

저를 찾아오셨다면'이라고 말했지. 글쎄! 내가 널 어떻게 찾아냈 느냐고? 그건 말이야, 내가 포츠머스에서 런던에 있는 어떤 사 람에게 네 상세한 주소를 알려달라고 편지를 보냈지. 그 사람 이 름? 뭐였더라, 웨믹이던가."

비록 그게 내 목숨을 구해주는 말이었다 할지라도, 나는 단 한 마디도 할 수가 없었다. 나는 의자 등받이에 한 손을 올리고, 다 른 손으로 가슴을 움켜쥐며 숨이 막힐 것 같은 느낌으로 서 있 었다―그리고 미친 듯한 눈빛으로 그를 바라보면서 그렇게 서 있었다. 그러다 큰 파도가 일어 방이 흔들리고 빙글빙글 돌기 시 작하여 나는 의자를 꼭 붙잡았다. 그 순간 그가 나를 붙잡아 안 락의자로 끌고 간 뒤 방석을 받혀 앉혀놓고는 내 앞에 한쪽 무 릎을 꿇었다. 이런 동작으로 인해 내가 이제 잘 기억해 내고 무 서워 몸서리치던 그 얼굴이 내 앞에 아주 가까이 다가왔다.

"그래, 핍, 애야, 내가 너를 신사로 만들어준 거야! 그렇게 한 사람이 바로 나야! 나는 그때 맹세했단다, 내가 1기니라도 벌면 그 돈은 반드시 너한테 주겠다고 말이다. 나는 나중에 맹세했단 다, 내가 투기를 해서 부자라도 된다면 너를 반드시 부자가 되 게 하겠다고 말이다. 나는 험악하게 살았다, 네가 평탄하게 살도 록 말이다. 나는 열심히 일을 했다, 네가 일을 하지 않아도 되도 록 말이다. 그게 뭐 대수냐고, 애야? 너한테 부담감을 느끼게 하 려고 내가 이런 이야기를 하냐고? 천만에. 내가 이 이야기를 들 려주는 건, 네가 목숨을 구해준, 그 똥 더미에서 쫓기던 개 같은 놈이 크게 출세하여 신사를 길러낼 수 있다는 사실―그리고 핍, 네가 그 신사라는 사실을 네게 알려주려는 것이란 말이다!"

내가 그 사람에 대해 지닌 혐오감, 내가 그에 대해 지닌 두려 움, 내가 그에게서 움츠러들게 만든 강한 반감은, 그가 그 어떤 무서운 짐승이었다 해도 이보다 더 심할 수는 없었을 것이다.

"내 말 좀 들어봐라, 핍. 나는 네 두 번째 아버지다. 너는 내 아들이고. 나에겐 어느 아들보다도 더 소중하다. 나는 오로지 네가 쓰게 하려고 돈을 떼어두었다. 내가 어느 외딴 오두막에 고용된 목동이 되어, 남자와 여자의 얼굴이 어떻게 생겼는지 거의 잊어버릴 정도로 양들의 얼굴만 보며 지낼 때도, 나는 네 얼굴을 떠올렸다. 나는 그 오두막에서 점심이나 저녁을 먹을 때 종종 칼을 내려놓고, '여기에 그 소년이 또 나타나서, 내가 먹고 마시는 동안 나를 쳐다보고 있구나!'라고 말하곤 했단다. 나는 그곳에서 여러 번이나 그 안개 낀 습지에서 너를 봤을 때처럼 똑똑히 너를 보았단다. '하느님, 저를 쳐 죽이소서!' 나는 매번 그렇게 말하고—밖으로 나가 탁 트인 하늘 아래에서 그렇게 말했단다—'하지만 내가 자유를 얻고 돈을 벌면, 나는 그 소년을 신사로 만들겠습니다!' 그리고 나는 그걸 해냈단 말씀이야. 자, 너를 보거라, 애야! 여기 네 셋집을 보거라, 귀족에게도 어울리겠다! 귀족? 아아! 귀족들과 돈을 걸고 내기를 한다 해도 네가 그들을 이길 거다!"

그는 열기에 들며 승리를 만끽했고 내가 거의 기절할 뻔했다는 사실을 알고 있었기 때문에, 내가 이 모든 말을 어떻게 받아들이는지는 눈치채지 못했다. 그나마 그것이 약간의 위안이었다.

"내 말 좀 들어봐라!" 그는 말을 계속했다—그가 내 호주머니에서 시계를 꺼내고 내 손가락의 반지를 자기 쪽으로 돌리는 동안 나는 마치 그가 뱀이라도 되듯이 그의 손길로부터 물러섰다—"금시계가 멋지구나. **이건** 신사의 시계겠지, 아마! 삥 둘러 루비를 박은 다이아몬드 반지로구나. **이건** 신사의 반지겠지, 아마!

네 내의를 보거라, 고상하고 아름답구나! 네 양복을 보거라. 이보다 좋은 건 구할 수 없겠구나! 그리고 너의 책들도 보거라." 그는 방 안을 둘러보며 말했다. "책꽂이에 수백 권이 산처럼 쌓였구나! 네가 저 책들을 읽겠지, 그렇지? 내가 들어올 때도 너는 책을 읽고 있었던 게로구나. 하, 하, 하! 나에게 책 좀 읽어다오, 애야! 그 책들이 내가 못 알아듣는 외국어로 되어 있다고 해도, 나는 알아듣는 거나 진배없이 자랑스러울 거다."

또다시 그는 내 두 손을 잡고 자기 입술에 갖다 댔는데, 그러는 동안 내 몸 안의 피는 차갑게 식었다.

"말해도 괜찮다, 핍." 그는 다시금 소맷자락으로 눈과 이마를 훔치고 나서 말했다. 그때 그의 목구멍에서 내가 잘 기억하고 있는 그 짤까닥하는 소리가 났다. 그리고 그가 대단히 진지했기 때문에 오히려 그만큼 더 나에겐 무섭게 여겨졌다. "네가 침묵을 한다고 해서 나을 게 없다, 애야. 너는 나처럼 천천히 이 순간을 바라오지 않았고, 나처럼 준비되지도 않았어. 하지만 혹시라도 내가 아닐까 생각해 본 적은 없었니?"

"오, 예, 예, 예." 나는 대답했다. "전혀, 전혀 없었습니다!"

"자, 너도 알다시피 그건 **나였다**, 그것도 단독으로 말이다. 이 일엔 나 자신과 재거스 씨 말고는 아무도 관련이 없단다."

"그 밖의 다른 사람은 하나도 없었습니까?" 내가 물었다.

"그래." 그는 놀란 눈치로 말했다. "누가 또 있었겠니? 그런데 애야, 너는 멋지게 성장했구나! 어딘가에 빛나는 눈을 가진 아가씨가 있겠지, 응? 어딘가에 네가 생각만 해도 사랑스러운 애인이 있지 않아?"

오, 에스텔라, 에스텔라!

"그 아가씨는 네 것이 될 거다, 애야, 돈으로 살 수만 있다면 말이다. 너와 같은 신사, 너와 같이 잘 자리 잡은 신사가 자신의 힘으로 아가씨를 차지하지 못할 리가 없겠지만, 돈이 너를 뒷받침해 줄 거다! 네게 들려주던 이야기를 끝내도록 하마, 애야. 그 오두막에서 고용살이를 하던 시절에 나는 내 주인이(그는 죽었는데, 나와 같은 처지에 있던 사람이었다) 남겨준 돈을 물려받았고, 자유의 몸이 되어 내 자신을 위해 일하게 되었단다. 내가 한 모든 일 하나하나는 너를 위해서 한 거란다. 나는, 내가 돈을 벌고자 하는 일이 무엇이었든지 간에 이렇게 말했단다. '하느님, 그게 그를 위한 일이 아니라면 그 일을 망하게 하소서!'라고 말이다. 그 모든 일이 놀랄 만큼 잘되었단다. 방금 네게 말했던 것처럼, 난 그것으로 유명하지. 내가 고국으로 재거스 씨에게 송금한 것은 내가 물려받은 돈과 첫 몇 해의 수익금이었단다—모두가 널 위해서였지—그때 그가 내 편지에 응하여 너를 처음 찾아간 거란다."

아아, 그가 찾아오지 않았더라면! 그가 나를 대장간에 내버려 두었더라면, 만족은 못 했을지라도 이에 비하면 행복했으련만!

"그리고 말이다, 애야, 내 말 들어봐라, 내가 신사를 만들어낸다는 것을 은밀히 알고 있는 것은 내게 하나의 보상이었단다. 저 식민지 개척자 놈들의 순종 말들이 내가 걸어가고 있을 때 흙 먼지를 날리면, 내가 뭐라고 한 줄 아니? 나는 혼잣말을 했단다, '나는 네놈들이 결코 될 수 없는 훌륭한 신사를 만들고 있다!'라고 말이다. 그놈들 중에 한 놈이 다른 놈에게 '저 작자는 몇 해 전에 죄수였어. 지금은 운이 좋다고 해도 무식한 상놈이지'라고 말하면, 내가 뭐라고 한 줄 아니? 나는 혼잣말을 했단다, '내 비록 신사도 아니고 배운 것도 전혀 없지만, 나는 유식한 신사의 소유자다. 네놈들은 모두 가축과 땅을 소유하고 있지만, 너희 중에 잘 기른 런던 신사를 소유한 놈이 있느냐?'라고 말이다. 이런 식으로 난 견디고 살았단다. 그리고 이런 식으로, 난 틀림없이 어느 날 가서 내 아이를 만나고, 그 아이의 집에서 나를 알리겠다고 항상 마음을 다잡았단다."

그는 내 어깨에 손을 얹었다. 나는 어쩐지 그의 손이 피로 더럽혀져 있을지도 모른다는 생각에 진저리를 쳤다.

"쉽진 않았단다, 핍, 내가 그 지역을 떠나는 게 말이다. 그리고 안전하지도 않았다. 그러나 나는 그걸 포기하지 않았지. 그리고 그 일이 어려우면 어려울수록 나는 더욱 강인해졌단다. 왜냐하면 내 의지는 굳건했고, 마음을 단단히 먹었었거든. 마침내 나는 해냈다. 얘야, 해냈어!"

나는 내 생각을 추스르려 했지만 정신이 멍해졌다. 내내 나는 그보다는 바람과 빗소리에 더 귀를 기울이는 듯 느껴졌고, 지금도 그 시끄러운 소리들 속에서 그의 조용한 목소리를 따로 구분할 수가 없다.

"나를 어디에 머물게 할 게냐?" 이내 그가 물었다. "난 어딘가에서 좀 쉬어야겠다, 얘야."

"주무시게요?" 내가 말했다.

"그래. 오랫동안 푹 좀 자게 말이다." 그는 대답했다. "몇 달 동안이나 바다에 시달리고 바닷물에 젖었었으니까."

"내 친구이자 동료가," 나는 안락의자에서 일어나며 말했다. "떠나 있어요. 그의 방을 쓰세요."

"그가 내일 돌아오진 않겠지, 그렇지?"

"예." 최대한의 노력에도 불구하고 나는 거의 기계적으로 대답했다. "내일은 안 올 겁니다."

"왜냐하면, 이것 봐라, 얘야." 그는 목소리를 낮추고, 인상적인 태도로 그의 장지를 내 가슴에 얹으며 말했다. "주의가 필요하니까."

"무슨 뜻입니까? 주의라니요?"

"제길……, 죽음 말이야!"

"뭐가 죽음이라는 겁니까?"

"나는 종신형으로 유배되었단다. 탈출해서 돌아오는 건 죽음이지. 최근 몇 년간 탈출 귀향자들이 너무 많아서, 잡히면 분명 교수형감이야."

더 이상 말이 필요 없었다. 이 불쌍한 남자는 가련한 나에게 여러 해 동안 금사슬과 은사슬을 마구 주고 나서 이제 목숨을 걸고 찾아온 것이고, 이제는 내가 그의 목숨을 지키고 있는 셈이었다! 만일 내가 그를 혐오하지 않고 사랑했더라면, 만일 내가 몹시 강한 거부감으로 그에게서 움츠러들지 않고 더없이 강한 감탄과 애정으로 그의 마음에 이끌렸더라면, 상황은 이보다 더 나쁘지 않았을 것이다. 오히려 더 좋았을 것이다. 왜냐하면 그를 보호해 주는 일이 자연스럽고도 부드럽게 내 가슴에 전해졌을 것이기 때문이다.

나의 첫 번째 배려는 덧문을 닫아서 불빛이 밖에서 보이지 않도록 하고, 방문들을 닫고 단단히 걸어 잠가놓는 것이었다. 내가 그러는 동안 그는 탁자 앞에 서서 럼주를 마시고 비스킷을 먹고 있었다. 그가 이렇게 먹고 마시는 것을 보고, 나는 습지에서 음식을 먹던 내 죄수의 모습을 다시금 떠올렸다. 마치 그가 막 몸을 웅크리고 앉아서 자기 다리에 줄질을 할 것만 같았다.

나는 허버트의 방에 들어가서 우리가 이야기를 나눈 방을 제외하고는 계단과 연결되는 출입구를 모두 차단한 뒤, 그에게 잠자리에 들 거냐고 물었다. 그는 그러겠다고 대답하고 나서는, 아침에 입을 '신사용 내의'를 좀 달라고 부탁했다. 나는 그것을 꺼내다가 그를 위해 준비해 놓았다. 그가 또 내 양손을 잡고 잘 자라는 인사를 할 때, 내 피는 다시 싸늘해졌다.

나는 어떻게 그랬는지도 모르게 그에게서 도망치듯 빠져나와서, 우리가 같이 있던 방의 난롯불을 손본 다음 잠자리에 들기가 두려워 난롯가에 앉았다. 한 시간 남짓 너무 어리벙벙하여 생각을 할 수가 없는 상태였다. 그러다 마침내 생각을 하게 되어서야 비로소 나는, 내가 어떻게 난파를 당했으며, 내가 승선하여 항해하던 배가 얼마나 산산조각이 나버렸는지를 완전히 이해하기 시작했다.

나에 대한 미스 해비셤의 의도는 모두 한낱 꿈에 지나지 않았다. 에스텔라는 내 짝으로 마련된 적이 없었다. 나는 그저 하나의 편리한 도구로서, 탐욕스런 친척들을 위한 하나의 자극제로서, 다른 연습감이 가까이에 없을 때 쓰는 기계심장을 지닌 하나의 연습용 모형으로서, 새티스 하우스에서 괴로움을 겪었을 뿐이었다. 이것이 내가 처음으로 느낀 쓰라린 고통이었다. 그러나 가장 모질고 심한 고통은―내가 매형 조를 저버린 것이, 나도 모를 수많은 범죄를 저지른 데다 자칫하면 내가 생각하며 앉아 있는 이 방에서 끌려 나가 올드 베일리 문 앞에서 교수형을 당할지도 모르는 바로 저 죄수 때문이라는 사실이었다.

아무리 생각해 봐도 나는 이제 조에게 돌아가거나 비디에게 돌아갈 수는 없었다. 그 이유는 단순히, 내가 생각하기로는, 내가 그들에게 비열한 행동을 했다는 의식이 어떤 생각보다도 더 강했기 때문이다. 이 세상의 어떤 지혜도 내가 그들의 순박함과 충실함에서 받았던 위안을 줄 수는 없었을 것이다. 그러나 나는 내가 저지른 짓을 정녕 결코 되돌릴 수는 없었다.

바람이 사납게 불고 비가 들이칠 때마다 나는 추적자들의 소리를 들었다. 두 번이나 분명 바깥문에서 노크 소리와 속삭임이 들렸다고 맹세할 수 있을 정도였다. 이런 공포가 나를 엄습한 가운데, 나는 이 사람이 다가온다는 신비로운 경고들이 있었다고 상상하거나 회상하기 시작했다. 지난 몇 주 동안 거리에서 그와 닮은 것 같은 얼굴들을 지나쳤다고 상상하기도 했고, 그가 바다를 건너 점점 더 가까이 다가옴에 따라 이런 닮은 얼굴의 숫자가 더 많아졌다고 상상하기도 했다. 그리고 그의 사악한 영혼이 어떻게든 손을 써서 이 전령들을 내 영혼한테 보냈으며, 이제 이 폭풍우가 내리는 밤에 그의 말대로 찾아와서 나와 함께 있다고 상상했다.

이런 생각들과 더불어 다른 회상이 밀려왔는데, 그건 내가 나의 어린 눈으로 그의 지독하게 폭력적인 모습을 보았으며, 다른 죄수가 그가 자기를 살해하려 했다고 거듭 말하는 것을 들었으며, 도랑에서 그가 야수처럼 물어뜯으며 싸우는 모습을 보았다는 기억이었다. 그런 기억들을 떠올리며 나는 난롯불이 비추는 빛 속에서 한 가지 어렴풋한 공포를 느꼈는데, 그것은 날씨가 험하고 외로운 밤에 문을 걸어 잠그고 여기 그와 함께 있는 것이 안전하지 않을지도 모른다는 공포였다. 그리고 이 공포는 점점 커져 마침내 방을 가득 채웠고, 결국 나는 촛불을 들고 그 방으로 들어가 나를 짓누르는 이 두려운 존재를 직접 쳐다보지 않을 수 없었다.

그는 머리에 손수건을 둘둘 감고 있었으며, 잠결에도 이를 악물고 얼굴을 찌푸리고 있었다. 그러나 그는 잠들어 있었고, 비록 베개 위에 권총 한 자루를 두긴 했지만 조용히 자고 있었다. 이를 확인하고 나는 그의 방문 열쇠를 가만히 옮겨 바깥에서 돌려

잠근 다음, 난롯가에 다시 앉았다. 나는 점점 의자에서 미끄러져서 바닥에 누웠다. 잠결에서도 나는 내가 비참하다는 인식을 떨쳐내지 못했는데, 잠에서 깨어보니 동쪽 편에 있는 교회들의 시계가 5시를 치고 있었고, 촛불들은 다 타버렸고, 난롯불은 죽어 있었으며, 비바람은 칠흑 같은 어둠을 더욱 짙게 만들고 있었다.

여기까지가 핍의 유산 상속의 두 번째 단계다.

40장

내가 두려워하는 방문자의 안전을 (내가 할 수 있는 한) 확보하기 위해서 예방책들을 강구해야 했던 것은 다행스러운 일이었다. 왜냐하면 내가 잠에서 깼을 때 이 생각이 나를 압박하여, 다른 혼란스러운 생각들이 밀려들지 못하도록 막아주었기 때문이다.

내 셋방에다 그를 숨겨두는 것이 불가능하다는 것은 자명했다. 그럴 수도 없었을뿐더러, 그렇게 하려고 시도한다는 것은 아무래도 의심을 초래할 수 있었다. 솔직히 당시에는 이미 그 악심덩이 같은 하인 녀석은 부리지 않고 있었지만, 신경질적인 한 노파가 조카딸이라고 부르는 바지런한 넝마 자루 같은 여자의 도움을 받아 나를 뒷바라지하고 있었고, 그래서 방 하나를 그들에게 비밀로 해둔다는 것은 호기심과 과장된 소문을 야기할 노릇이었다. 그들은 둘 다 시력이 약했는데, 나는 그들이 상습적으로 열쇠 구멍을 들여다봐서 그렇다고 오랫동안 여겨왔다. 그리고 그들은 필요 없을 때도 항상 가까이에 있었는데, 실로 그것이 도벽을 제외한 그들의 유일하게 확실한 특성이었다. 이 사람들에게 의심을 사지 않게끔, 나는 우리 숙부님이 뜻밖에 시골에서 올라오셨다고 아침에 알리기로 결심했다.

나는 어둠 속에서 불을 밝힐 도구를 더듬더듬 찾고 있는 동안 이런 방침을 결정했다. 결국 불 밝힐 도구가 손에 잡히지 않아

서, 나는 인접한 수위실로 나가 그곳 수위에게 램프를 가지고 와
달라고 할 수밖에 없었다. 그런데 나는 어두운 계단을 더듬어 내
려가다가 뭔가에 걸려 넘어졌는데, 그것은 구석에 웅크리고 있
는 한 남자였다.

　내가 남자에게 거기서 무엇을 하느냐고 묻자 그는 아무 대답
도 하지 않고 말없이 나를 피했다. 나는 수위실로 달려가 수위에
게 빨리 와달라고 재촉하고, 그와 함께 돌아오는 길에 무슨 일인
지 이야기해 줬다. 바람은 여전히 맹렬했으므로 우리는 계단의
꺼진 램프를 다시 켜다가 수위의 램프까지 꺼뜨릴 위험에 빠지
고 싶지는 않았다. 대신 계단을 아래에서 위까지 샅샅이 살펴보
았지만, 아무도 없었다. 바로 그때, 그 사람이 내 방에 슬그머니
들어갔을지도 모른다는 생각이 번쩍 들었다. 그래서 나는 수위
의 램프로 내 촛불에 불을 붙인 다음, 그를 문간에 세워놓고 나
의 두려운 방문자가 누워 자고 있는 방을 포함해 방들을 살펴보
았다. 모든 것이 조용했고, 확실히 방 안에 다른 사람은 없었다.

　연중 하고많은 밤들 가운데 하필 그날 밤에 계단에 잠복자가
있었다는 것이 마음에 걸렸다. 그래서 나는 뭔가 희망적인 설명
을 유도해 낼 수 있으리라 기대하고, 문간에서 수위에게 술 한
모금을 건네면서 간밤에 외식하고 돌아오는 듯한 어떤 신사라도
들여보낸 적이 있는지 물었다. 그는 그렇다고 말하고, 그날 밤
각기 다른 시각에 세 사람이 있었다고 했다. 한 사람은 파운틴코
트에 살고 나머지 두 사람은 레인에 사는데, 수위는 그들이 모두
각자 집으로 가는 것을 보았다고 했다. 한편 내 셋방 건물에 사
는 다른 유일한 사람은 몇 주 동안 시골에 내려가 있으며 그날
밤에는 분명히 돌아오지 않았는데, 그건 우리가 계단을 올라오
면서 그의 방문에 봉인이 그대로 붙어 있는 것을 보았기 때문이

었다.

"간밤에 날씨가 워낙 나빠서 말입니다, 나리." 수위는 나에게 술잔을 돌려주면서 말했다. "수위실 문으로 들어온 사람은 거의 없습니다. 제가 말씀드린 그 세 신사 분들 외에, 낯선 분 하나가 나리를 찾아온 11시 이후에는 다른 사람이 온 기억은 없습니다."

"우리 숙부님입니다." 나는 중얼거렸다. "맞습니다."

"그분을 만나보셨습니까, 나리?"

"예. 아, 그럼요."

"함께 온 사람도 역시 만나보셨겠지요?"

"함께 온 사람이라니요!" 나는 그 말을 되풀이했다.

"저는 그 사람도 그분과 함께 온 줄로 알았는데요." 수위가 대답했다. "그분이 제게 뭔가를 물어보려고 멈췄을 때 그 사람도 멈췄고, 그분이 이쪽으로 가실 때 그 사람도 이쪽으로 가던데요."

"어떤 부류의 사람이었나요?"

수위는 각별히 주의해서 보지는 않았다고, 하지만 뭐랄까 노동자 같았다고 말하며 자기가 확신하는 바로는 그가 검정 외투 속에 흙색 옷을 입고 있었다고 했다. 수위는 이 문제를 나보다 한층 가볍게 여겼는데, 나처럼 그 일에 무게를 둘 하등의 이유가 없었기에 당연한 일이었다.

불필요한 설명을 늘이지 않는 것이 좋겠다고 생각하여 수위를 돌려보내고 나니, 이 두 가지 사건이 동시에 일어났다는 사실 때문에 마음이 몹시 불안해졌다. 따로 떼어놓고 보면 단순한 해석이 얼마든지 가능했다. 이를테면 수위실 문을 지나지 않은 누군가가 우리 집 계단으로 잘못 올라와 잠들었을 수도 있고, 내 정체불명의 방문자가 길을 안내해 줄 사람을 데려왔을 수도 있었다. 하지만 두 사건이 하나로 엮이자, 불신과 두려움에 쉽게 휩싸이게 된 지금의 내게는 몹시 불길하게 느껴졌다.

나는 난롯불을 피웠다. 난롯불은 아침 이맘때면 늘 그러듯 가냘프고 희미한 불길로 타올랐고, 나는 그 앞에서 꾸벅꾸벅 졸았다. 시계가 6시를 쳤을 때 마치 밤새 졸고 있었던 것 같은 느낌이 들었다. 해가 나기까지 아직 한 시간 반이나 남아 있어서, 나는 다시 꾸벅꾸벅 졸았다. 귓가에 끝도 없는 공허한 대화가 맴돌아서 불쾌하게 졸음에서 깨기도 했고, 굴뚝에서 바람이 자아내는 천둥 같은 소리를 듣기도 했다. 그러다 마침내 깊은 잠에 빠졌고, 아침 햇살이 나를 화들짝 깨웠다.

그동안 나는 내 처지를 차분히 돌아볼 겨를이 없었고, 여전히 그럴 수 없었다. 내 정신은 그것을 감당할 기력이 없었다. 나는 온통 뒤죽박죽인 상태에 있었으므로, 크게 낙심하고 고뇌에 지쳐 있었다. 앞으로의 계획을 세우는 것으로 말하자면, 차라리 코끼리를 만들어내는 것이 나았을 것이다. 덧문들을 열고 온통 납빛에 싸인 비 내리는 황량한 아침을 내다볼 때, 이 방 저 방을 무기력하게 걸어 다닐 때, 그리고 세탁부가 나타나기를 기다리며 다시 난롯불 앞에 앉아 오들오들 떨고 있을 때 나는 내가 얼마나 비참한지를 생각해 보았으나, 왜 혹은 얼마나 오랫동안 그랬는지, 또는 내가 그런 생각을 하고 있는 오늘이 무슨 요일인지, 또는 심지어 그런 생각을 하는 내가 누구인지도 거의 알지 못했다.

드디어 노파와 그녀의 조카딸이 들어왔다—조카딸의 머리는 그녀의 먼지투성이인 빗자루와 쉽게 구분할 수 없었다—그리고 그들은 나와 난롯불을 보고 놀란 눈치였다. 그들에게 나는 우리 숙부님이 간밤에 찾아와서 지금 잠들어 있다고 알려주고, 또 그에 따라 아침 식사 준비를 어떻게 조정해야 할지 일러주었다. 그런 다음 그들이 가구를 두들기고 다니며 소란을 피우는 동안, 나는 세수하고 옷을 차려 입었다. 그러고 나서, 일종의 꿈인가 몽유병 같은 상태에서 나도 모르게 다시금 난롯가에 앉아―'그분'이―아침 식사를 하러 나오기를 기다리고 있었다.

이윽고 방문이 열리고 그가 나왔다. 그의 모습은 차마 봐줄 수가 없었다. 게다가 밝은 빛에서 보니 꼴이 더욱 흉하다는 생각이 들었다.

"저는 아직까지," 그가 식탁 앞에 앉을 때 나는 나지막하게 말했다. "아저씨를 무슨 이름으로 불러야 할지도 모르겠습니다. 일단 우리 숙부님이라고 알려놨습니다."

"바로 그거다, 얘야! 나를 숙부라고 불러라."

"승선하셨을 때 무슨 가명을 쓰셨을 텐데요?"

"그렇단다, 얘야. 프로비스라는 이름을 썼다."

"그 이름을 쭉 쓰실 생각이세요?"

"암, 그럴 거다, 얘야, 그 이름이 다른 이름만큼 좋거든. 네가 다른 이름을 더 좋아하지 않을 때의 얘기지만 말이다."

"본명은 어떻게 되세요?" 나는 속삭이는 말로 물었다.

"매그위치란다." 그도 같은 어조로 대답했다. "세례명은 에이블이고."

"무슨 일을 하셨죠?"

"악당이었단다, 얘야."

그는 아주 진지하게 대답했고, 마치 어떤 전문직을 의미하는 양 그 낱말을 썼다.

"엊저녁에 템플에 들어오실 때요……." 나는 이렇게 말하면서도 그것이 정말 엊저녁 일이었는지 잠시 망설였는데, 너무나 오래된 일처럼 느껴졌기 때문이다.

"왜 그러냐, 얘야?"

"수위실 문으로 오셔서 수위에게 여기로 오는 길을 물으실 때, 누구와 함께 계셨어요?"

"나하고? 아니다, 얘야."

"그렇지만 거기에 누가 있긴 있었나요?"

"난 특별히 주의해서 보진 않았다." 그는 모호하게 말했다. "이곳의 길을 잘 모르기도 하고. 그런데 역시 내 뒤를 따라서 들어온 사람이 하나 **있었지** 싶구나."

"런던에는 알려져 있나요?"

"안 그랬으면 좋겠구나!" 이렇게 말한 그가 집게손가락으로 자신의 목을 한 번 쿡 찔렀는데, 그런 모습에 나는 열이 오르고 속이 느글거렸다.

"예전에는 런던에 알려져 있었나요?"

"별로 알려질 것도 없었단다, 얘야. 난 주로 지방에 있었으니까."

"아저씨는…… 재판을…… 런던에서 받았나요?"

"언제 말이냐?" 그는 매서운 표정으로 말했다.

"마지막 재판 말이에요."

그는 고개를 끄덕였다. "그렇게 해서 재거스 씨를 처음 알게 되었단다. 그가 내 변호를 맡았었지."

무슨 죄로 재판을 받았느냐고 묻고 싶은 말이 내 입술까지 올라왔으나, 그는 나이프를 들어 한 번 휘두르며 "그리고 내가 저지른 일은 모두 처리됐고, 죗값도 다 치렀단다!"라고 말하고는 아침을 먹기 시작했다.

그는 매우 불쾌한 태도로 게걸스럽게 먹었다. 모든 행동이 거칠고 시끄럽고 탐욕스러웠다. 내가 습지에서 그가 먹는 모습을 보았던 이후로 그의 이빨 몇 개가 빠져 있었다. 그는 입안에서 음식을 굴리면서도 강한 어금니 쪽으로 머리를 볼녀가며 씹었는데, 그럴 땐 꼭 굶주린 늙은 개같이 보였다. 비록 내가 식욕이 당겨서 식사를 시작했다고 하더라도, 그가 내 식욕을 완전히 빼앗아가서 나는 그냥 앉아만 있었을 것이다. 극복할 수 없는 혐오감으로 그를 물리친 채, 우울하게 식탁보만 바라보면서.

"나는 대식가란다, 애야." 그는 식사를 끝내고 나서 예의 바르게 변명했다. "허나 나는 늘 그랬단다. 만일 내가 약간이나마 소식가의 체질이었더라면, 나는 아마 말썽을 덜 일으켰을 게다. 마찬가지로 나는 담배를 꼭 피워야 한다. 내가 저쪽 세계에서 처음 목동으로 고용되었을 때, 담배를 피우지 못했다면 우물쭘(우울증)으로 미친 양이 되어버렸으리라고 믿는다."

그렇게 말하면서 그는 식탁에서 일어나, 입고 있는 짧고 두터운 털외투의 가슴에 손을 넣어 짧은 검정색 담뱃대와 일명 '검둥이 머리'[1]라고 불리는 푸석푸석한 담배 한 움큼을 꺼냈다. 그는 담뱃대에 담배를 채우고는, 남은 담배를 마치 호주머니가 서랍이라도 되듯이 다시 집어넣었다. 그런 다음 그는 부젓가락으로 벽난로에서 불붙은 석탄 하나를 집어 담뱃대에 불을 붙이고 나서, 등을 불쪽으로 향하고 벽난로 앞 깔개 위에 돌아선 다음 그가 즐겨서 하는 행동으로서 두 손을 내밀어 내 손을 잡았다.

"그러니까 이게," 그는 담배를 뻐끔뻐끔 피우는 동안 내 두 손을 자기 손에 쥐고 위아래로 흔들며 말했다. "그러니까 이게 내가 만든 신사로구나! 정말 진짜 신사로구나! 너를 바라보는 것

---

1 보통은 단맛을 가미하여 압축한 씹는담배를 말하지만, 여기서는 짙은 빛깔의 잎 담배를 의미한다.

만으로도 좋다, 핍. 내가 요구하는 조건은 오직 곁에 서서 너를 쳐다보는 거다, 얘야!"

나는 가능한 한 빨리 내 손을 뺐다. 그리고 서서히 내 처지를 곱씹을 수 있을 만큼 마음이 진정되는 것을 느꼈다. 귀에 거슬리는 그의 목소리를 들으며, 또 양옆에만 철회색 머리가 난 그의 주름진 대머리를 올려다보며 앉아 있는 동안, 나는 내가 어떤 사슬에 얼마나 단단히 매여 있는지 이해할 수 있게 되었다.

"나는 우리 신사가 거리의 진창에 발을 딛는 꼴을 볼 수 없다. **그의** 구두에는 진흙이 묻어선 안 된다. 우리 신사에게는 말이 있어야 돼, 핍! 타고 다닐 말들, 마차를 끌 말들, 그리고 하인들도 타서 마차를 끌 말들이 있어야 돼. 식민지 개척자 놈들도 말이 있는데(젠장, 그들 말마따나 그것도 순종으로 말이다!) 우리 런던 신사가 말이 없어 되겠냐? 안 되지, 안 돼. 우리 지금과는 다른 모습을 보여주자고, 핍, 응?"

그는 지폐로 터질 듯한 크고 두툼한 돈지갑을 호주머니에서 꺼내 식탁 위에 던져놓았다.

"그 지갑에 든 돈은 쓸 만할 거다, 얘야. 그건 네 꺼다. 내가 가진 건 모두 내 것이 아니다. 그건 다 네 꺼야. 그깟 돈에 겁내지 마라. 그 돈 말고도 아직 많단다. 내가 고국에 돌아온 건 우리 신사가 **신사답게** 돈을 쓰는 것을 보기 위해서란다. 그게 **내** 즐거움이 될 게다. 내 즐거움은 우리 신사가 돈을 쓰는 걸 보는 거란 말이다. 이 빌어먹을 놈들아!" 그는 방을 빙 둘러보고 큰 소리 나게 한 번 손가락을 꺾고는 말을 마쳤다. "가발 쓴 재판관부터 흙먼지 일으키는 식민지 개척자까지 너희 모든 빌어먹을 놈들아, 너희들을 다 합쳐놓은 것보다도 더 훌륭한 신사를 보여주마!"

"그만하시죠!" 나는 공포와 반감에 거의 격앙되어 말했다. "드리고 싶은 말씀이 있어요. 앞으로 어떻게 되는 건지 알고 싶어요. 아저씨가 어떻게 위험을 모면하실 수 있는지, 얼마나 오래 머무르실 건지, 무슨 계획을 가지고 계신지 알고 싶어요."

"이것 봐라, 핍." 그는 갑자기 차분해진 태도로 내 팔에 손을 얹으며 말했다. "무엇보다도, 이것 봐라. 조금 전엔 내가 내 자신을 잊었구나. 내가 천박하게 말했어. 바로 그랬던 거다. 천박했어. 이것 봐라, 핍. 눈감아 다오. 앞으론 천박하게 굴지 않으마."

"우선," 나는 반쯤 신음하는 소리로 말을 다시 시작했다. "어떻게 조심해야 아저씨가 발각되어 붙잡히는 것을 막을 수 있을까요?"

"아니다, 얘야." 그는 이전과 같은 어조로 말했다. "그게 먼저가 아니다. 천박함부터 따져야지. 신사를 만들기 위해 그렇게 여러 해를 보냈는데, 뭐가 신사에게 합당한지 내가 모를 리가 없지. 이봐, 핍. 난 천박했다. 그게 바로 나였어. 천박했어. 눈감아 다오, 얘야."

어딘가 섬뜩하면서도 우스꽝스러운 느낌이 들어 나는 짜증 섞인 웃음을 터뜨리며 대답했다. "이미 눈감아 드렸어요. 제발, 그 말씀은 그만하세요!"

"그래, 허나 이것 봐라." 그는 주장했다. "얘야, 내가 이렇게 멀리 온 건 천박하게 굴려는 게 아니다. 자, 계속해라, 얘야. 네가 말하던……."

"아저씨가 초래한 위험에서 어떻게 스스로를 보호하실 건가요?"

"글쎄다, 얘야, 위험이 그렇게 크진 않다. 누가 또 나를 밀고하지만 않는다면, 크게 대수로운 위험은 아니지. 재거스가 있고, 웨믹이 있고, 네가 있다. 그 밖에 누가 날 밀고하겠니?"

"혹시라도 거리에서 아저씨를 알아볼 사람은 없나요?" 내가 물었다.

"글쎄다," 그는 대답했다. "많지 않을 게다. 또한 보터니 만[1]에서 돌아온 '에이 엠A.M.'이란 이름으로 내 자신을 신문에다가 광고할 의향도 없단다. 이미 여러 해가 흘러갔는데, 누가 밀고해서 득을 보겠니? 하지만 이것 봐라, 핍. 위험성이 50배나 더 컸다 해도, 난 말이다, 잘 들어둬라, 똑같이 너를 보러 왔을 거다."

"그런데 얼마나 오래 머무르실 건가요?"

"얼마나 오래?" 그는 입에서 검은색 담뱃대를 떼고 아래턱을 떨어뜨린 채 나를 응시하며 말했다. "난 안 돌아간다. 영원히 돌아온 거야."

"어디서 사실 건데요?" 나는 말했다. "어떻게 하시려고요? 어디가 안전할까요?"

"얘야." 그는 대답했다. "돈만 주면 살 수 있는 변장용 가발도 있고, 머리 분가루도 있고, 안경과 검은 양복도 있고, 짧은 바지도 있단다. 다른 사람들도 무사히 해낸 일이니, 또 다른 사람들도 다시 해낼 수 있는 거다. 어디서 어떻게 살 거냐 하는 것에 대해선, 얘야, 네 의견을 좀 말해다오."

"이제 상황을 간단하게 보시네요." 나는 말했다. "그러나 잡히면 죽음이라고 단언하셨던 엊저녁에는 아주 심각하셨는데 말이죠."

"지금도 잡히면 죽음이라고 나는 단언한다." 그는 담뱃대를 다시 입에 물며 말했다. "그것도 여기서 멀지 않은 거리의 한복판에서, 밧줄로 목이 매달려 죽는 거라고. 그리고 너도 그게 아주

---

1 호주 남동부의 뉴사우스웨일스 주에 위치한 만으로, 유형수들이 내렸던 곳.

심각한 일이라는 걸 완전히 이해해야 한다. 하지만 어쩌겠니, 일단 저질러진 일인데? 난 여기에 있다. 이제 돌아간다는 건 현재 입장을 고수하는 거나 마찬가지로 위험하거나, 더 위험하단다. 게다가 핍, 나는 몇 년이고 몇 년이고 네 곁에 있을 작정이기 때문에 여기에 온 거란다. 내가 대담하게 무엇을 할 건지에 대해 말하자면, 지금의 나는 깃털이 처음 난 이래로 온갖 덫에 도전해 온 늙은 새여서, 허수아비 위에 내려앉는 것도 두려워하지 않는단다. 그 허수아비 속에 죽음이 숨어 있다고 치자, 있다면 나오라고 해라, 그러면 나는 용감히 맞설 거다. 그럼 그때 죽음을 믿지, 그 전에는 안 믿겠다. 자, 우리 신사를 다시 쳐다보게 해다오."

다시 한번 그는 내 양손을 잡고, 감탄하는 주인 같은 태도로 나를 살펴보았다. 내내 크게 만족스런 표정으로 담배를 피우면서.

그를 위해 바로 가까이에 어느 조용한 숙소를 얻어놓고, 허버트가 돌아오면 그를 그곳으로 옮겨가게 하는 것이 상책일 것 같았다. 허버트는 2, 3일 후면 돌아올 예정이었다. 비록 그와 비밀을 공유함으로써 내가 얻게 될 그 무한한 위안을 논외로 할 수 있다 하더라도, 불가피하게 필요한 문제로서 허버트에게 비밀을 털어놓아야 한다는 것은 나에게 명백한 일이었다. 그러나 그 점이 프로비스 씨에게는(나는 그를 그 이름으로 부르기로 결심했다) 결코 그렇게 명백하지 않아서, 그는 허버트를 만나보고 그의 인상에 대해 호의적인 판단이 설 때까지는 그의 동참에 동의하기를 유보했다. "그리고 그런다손 치더라도, 애야," 그는 호주머니에서 번질번질하고 걸쇠로 잠긴 작은 검은색 성서를 꺼내며 말했다. "우린 그에게 맹세를 시켜야 한다."

내 무서운 후원자가 세상을 떠돌며 이 작고 검은 책을 오직 위급한 상황에서 사람들에게 맹세를 시키기 위해서만 가지고 다녔다고 단언할 수는 없겠으나, 그가 이 책을 다른 용도로 사용하는 것을 한 번도 본 적이 없다는 것은 확실히 말할 수 있다. 이 책 자체는 마치 법정에서 훔쳐온 듯한 모습이었고, 어쩌면 책의 출처를 알고 있었던 것과 그 자신이 비슷한 방식으로 썼던 경험이 결합되어, 일종의 법적인 주문이나 부적 같은 효험을 가진다고 믿었던 것일지도 모른다. 그가 이 책을 처음 꺼냈을 때, 나는 오래전 교회 묘지에서 그가 나에게 충성을 맹세하게 했던 일과 어젯밤 그가 홀로 있을 때마다 결심을 맹세한다고 말했던 것을 떠올렸다.

이때 그는 싸구려 선원복을 입고 있었는데, 마치 앵무새나 엽궐련 몇 개쯤을 팔러 다니는 듯한 인상이었으므로 나는 다음으로 그가 어떤 옷을 입어야 할지 논의했다. 그는 변장용 차림으로는 '짧은 바지'가 그만이라는 터무니없는 믿음을 지니고 있었으며, 마음속으로 자신이 입을 옷으로서 사제와 치과의사 복장의 중간쯤 되는 차림을 상상하고 있었다. 나는 상당한 어려움을 겪고 나서야 비로소 좀 더 부유한 농장주 같은 옷차림으로 꾸미도록 그를 설득했다. 그리고 우리는 그의 머리를 짧게 깎고 분을 약간 바르기로 조정했다. 마지막으로, 그가 아직 세탁부나 그녀의 조카딸의 눈에 띄지 않았으므로 옷을 갈아입을 때까지는 계속 눈에 띄지 않도록 피해 있기로 했다.

이러한 예방 조치를 결정하는 것은 단순한 일처럼 보일지도 모르나 내가 혼란스럽고 심지어 정신이 산란한 상태였기에 상당한 시간이 걸렸고, 결국 오후 2, 3시가 되어서야 실행에 옮길 수 있었다. 내가 외출하는 동안 그는 방에 갇혀 있어야 했으며, 어떤 경우에도 문을 열어서는 안 되었다.

내가 아는 바로는 에식스 가에 꽤 괜찮은 하숙집이 하나 있었는데, 그 집 뒤편은 템플을 바라보고 있었고 우리 집 창문에서는 엎어지면 코 닿을 위치였다. 그래서 나는 우선 그 집으로 갔는데, 천만다행으로 우리 숙부 프로비스 씨가 쓸 3층 방을 얻게 되었다. 그런 다음 이 가게 저 가게를 돌아다니며 그의 외모를 바꾸는 데 필요한 것들을 구입했다. 이런 일들을 처리한 후 나는 나 자신의 용무를 위해 리틀 브리튼으로 걸어갔다. 재거스 씨는 책상에 앉아 있었다. 그러나 내가 들어서는 것을 보고는 즉시 자리에서 일어나 벽난로 앞에 섰다.

"자, 핍," 그는 말했다. "조심하라고."

"그러겠습니다, 변호사님." 나는 대답했다. 왜냐하면 오는 동안 내가 무슨 말을 할지 잘 생각해 두었기 때문이다.

"위험한 일에 말려들지 마." 재거스 씨는 말했다. "그리고 어느 누구도 위험하게 하지 말고. 알아듣겠지, 어느 누구도 말이야. 내게 아무 말도 하지 마. 아무것도 알고 싶지 않아. 궁금하지 않거든."

물론 나는 재거스 씨가 그 사람이 온 사실을 알고 있다는 것을 알아차렸다.

"제가 원하는 것은 단지, 재거스 변호사님," 나는 말했다. "제가 들은 바가 사실인지를 확인하는 겁니다. 그것이 사실이 아니리라는 희망은 없습니다만, 적어도 그것을 확인해 볼까 해서요."

재거스 씨는 고개를 끄덕였다. "그런데 자네는 '들었다'고 했나, '전해 들었다'고 했나?" 그는 머리를 한쪽으로 갸우뚱한 채 묻고는, 나를 쳐다보지 않고 귀를 기울이며 바닥만 바라보고 있었다. "'들었다'는 것은 직접 말로 의사소통했음을 암시하는 것 같군. 자네도 알다시피 뉴사우스웨일스에 있는 사람과 직접 말로 의사소통을 할 순 없잖은가."

"그럼 '전해 들었다'고 하겠습니다, 재거스 변호사님."

"좋아."

"저는 에이블 매그위치라는 사람에게서 자기가 그토록 오랫동안 저에게 알려지지 않았던 은인이라는 사실을 전해 들었습니다."

"그게 그 사람이야." 재거스 씨는 말했다. "……뉴사우스웨일스에 있는."

"그리고 그 사람뿐인가요?" 내가 물었다.

"그리고 그 사람뿐이야." 재거스 씨가 말했다.

"저는 그렇게 비합리적이진 않습니다, 변호사님. 저의 오해와 그릇된 추단에 대해 변호사님께 조금이라도 책임이 있다고 여길 정도로 말입니다. 그러나 저는 항상 은인이 미스 해비셤이라고 추측했습니다."

"자네 말대로, 핍," 재거스 씨는 차가운 시선으로 나를 바라보고 집게손가락을 물어뜯으며 대답했다. "나에겐 그에 대한 책임이 전혀 없어."

"그렇지만 그런 것처럼 보이던데요, 변호사님." 나는 우울한 심정으로 항변했다.

"티끌만 한 증거도 없어, 핍." 재거스 씨는 고개를 가로젓고 옷자락을 걷어 올리며 말했다. "매사를 겉모습만 보고 판단하면 안 돼. 증거에 입각해서 판단하라고. 그 이상 좋은 법칙은 없어."

"더 이상 드릴 말씀이 없습니다." 나는 잠깐 잠자코 서 있다가 한숨을 쉬며 말했다. "제가 들은 정보를 확인했으니, 이제 됐습니다."

"그리고 매그위치가―뉴사우스웨일스에 있는―마침내 자신

의 정체를 밝혔으니," 재거스 씨는 말했다. "자네는 완전히 이해하겠지, 핍. 내가 자네와 연락을 취하는 동안 얼마나 엄격했었고, 항상 얼마나 엄정한 사실의 노선을 고수했었는지 말이야. 엄정한 사실의 노선에서 조금도 벗어난 적이 없었지. 자네도 그건 확실히 알지?"

"확실히 압니다, 변호사님."

"나는 말이야―뉴사우스웨일스에 있는―매그위치에게 통보했어. 그가―뉴사우스웨일스에서―나에게 처음 편지를 보냈을 때, 내가 엄정한 사실의 노선을 일탈하기를 만에 하나라도 기대해서는 안 된다는 주의 사항을 말이지. 나는 또한 그에게 다른 주의 사항도 통보했어. 그 편지에서 자네를 여기 영국에서 만나 보겠다는 막연한 생각이 있음을 모호하게 암시하는 것 같았거든. 그래서 나는 경고했지. 나에게 그런 말을 더 이상 해서는 안 되며, 그가 사면될 가능성은 전혀 없고, 그는 수명을 다할 때까지 종신형으로 국외추방된 것이며, 그래서 그가 이 나라에 나타나는 것은 중죄 행위에 해당되어 법률상 극형을 당하게 될 거라고 말이야. 나는 매그위치에게 그런 경고를 해줬어." 재거스 씨는 나를 지그시 쳐다보며 말했다. "나는 뉴사우스웨일스로 그렇게 써 보냈지. 그는 확실히 그에 따라 행동했을 거야."

"확실히 그랬겠죠." 나는 말했다.

"웨믹에게서 들었는데." 재거스 씨는 여전히 나를 지그시 쳐다보며 말을 이었다. "그가 편지 한 통을 받았는데, 포츠머스 발신 도장이 찍혀 있고, 발신인은 식민지 주민인데 이름이 퍼비스라던가, 아니면……."

"아니면 프로비스였을 텐데요." 내가 넌지시 말했다.

"아니면 프로비스랬지……. 고맙군, 핍. 혹시 그 이름이 프로비스인가? 아마 자네는 그 이름이 프로비스라는 걸 알고 있겠지?"

"네." 나는 말했다.

"자넨 그게 프로비스란 걸 아는군. 포츠머스 발신 도장이 찍힌 프로비스라는 식민지 주민이 보낸 편지는 매그위치를 대신하여 자네의 상세한 주소를 묻고 있었다더군. 웨믹이, 내가 알기로는 상세한 주소를 답신 우편으로 보냈다던데. 아마도 프로비스를 통해서겠지? 자네가—뉴사우스웨일스에 있는—매그위치에 대한 설명을 전해 들은 것 말이야."

"프로비스를 통해 전해 들었습니다." 나는 대답했다.

"잘 가, 핍." 재거스 씨가 손을 내밀며 말했다. "자넬 만나서 반가웠어. 우편으로—뉴사우스웨일스에 있는—매그위치에게 편지를 써 보내거나 프로비스를 통해서 그와 연락할 때, 부디 우리의 오랜 거래에 관한 명세서와 증빙 서류는 차액과 함께 자네에게 전달될 것이라고 얘기해 주면 좋겠군. 아직 잔고가 남아 있으니까. 잘 가라고, 핍!"

우리는 악수를 했다. 그는 내가 안 보일 때까지 오래도록 나를 지그시 쳐다보았다. 내가 문간에서 돌아섰을 때도 그는 여전히 나를 지그시 바라보고 있었고, 그동안 선반 위의 두 석고상은 눈꺼풀을 열고 부푼 목으로 억지로 이렇게 소리를 지르려고 애쓰는 것 같았다. '오, 그는 참 대단한 사람이야!'

웨믹은 외출 중이었다. 그런데 그가 책상머리에 앉아 있었다 하더라도 그가 나를 위해 해줄 수 있는 일은 아무것도 없었다. 나는 곧장 템플로 돌아갔는데, 그 무서운 프로비스는 물 탄 럼주를 마시고 '검둥이 머리' 담배를 피우며 무사하게 있었다.

이튿날 내가 주문했던 옷들이 모두 집으로 배달되어 그는 그 옷들을 입어보았다. 그가 어떤 옷을 입어보든 간에 전에 입었던 옷보다 그에게 덜 어울렸다(우울하게도 나에겐 그렇게 보였다). 내 생각에는, 그에게는 변장하려는 시도를 절망적으로 만드는 뭔가가 있는 것 같았다. 그에게 옷을 더 많이 입혀보고 더 좋은 옷을 입혀볼수록, 그는 더욱더 습지에서 몸을 구부리고 있던 그 탈옥수처럼 보였다. 내가 불안한 공상 속에서 그렇게 느낀 것은 아마도 그의 낯익은 얼굴과 태도가 점점 더 내게 익숙해졌기 때문일 수도 있지만, 나는 또한 그가 여전히 다리에 무거운 쇠고랑을 차고 다니는 듯이 다리를 질질 끌며, 머리끝부터 발끝까지 그의 온몸에는 죄수의 냄새가 깊이 배어 있다는 생각이 들었다.

게다가 그에게는 외로운 오두막 생활의 영향이 남아 있어서, 그로 하여금 어떤 옷으로도 누그러뜨릴 수 없는 야만스런 분위기를 자아내게 했다. 게다가 그는 오랜 세월을 낙인찍힌 채 살아왔으며, 이제는 숨어 다녀야 한다는 의식이 그 모든 것 위에 덮여 있었다. 그가 앉거나 서는 방식, 먹고 마시는 태도, 어깨를 움츠리고 마지못해 어슬렁거리는 모습, 커다란 뿔 손잡이가 달린 주머니칼을 꺼내 다리에 슥 닦은 후 음식을 써는 동작, 가벼운 잔이나 찻잔을 마치 투박한 깡통이라도 되는 양 어색하게 들어올리는 태도, 빵을 쐐기 자르듯 잘라내어 접시의 마지막 남은 육즙을 빙글빙글 돌려가며 마치 정량을 모두 먹어치우겠다는 듯 찍어 먹고, 손끝을 그 빵에 문질러 닦은 후 삼켜버리는 습관. 이 모든 행동거지와 하루에도 수없이 반복되는 자질구레한 행동 하나하나 속에서, 죄수, 중죄인, 노예였던 그의 정체가 너무도 분명하게 드러났다.

머리에 분가루를 바르겠다는 것이 그가 줄곧 고수한 생각이었으므로, 나는 짧은 바지를 못 입게 설득한 뒤에 분가루에 대해선 양보했다. 그러나 그가 분가루를 발랐을 때 그 효과를 비교하자면, 죽은 사람에게 입술연지를 바를 때 있을 법한 효과나 다름없었다. 억눌러 두는 것이 아주 바람직한 그의 모든 면들이 그 얇은 가면의 켜를 뚫고 나타나 머리 정수리에서 확 타오르는 것 같은 몰골이 아주 보기 흉했다. 분가루는 발라보자마자 포기하고, 그의 반백의 머리를 짧게 잘랐다.

이와 동시에, 나는 그가 내게 얼마나 무서운 수수께끼였는지를 말로는 표현할 수 없다. 저녁이 되면 그가 손마디가 울퉁불퉁한 손으로 안락의자의 팔걸이를 꽉 움켜쥔 채 잠들고, 깊은 주름이 패인 대머리가 가슴 앞으로 떨어지는 모습을 보고 있노라면 나는 그가 무슨 짓을 저질렀을지 궁금해졌고, 그의 모든 죄를 추궁하듯 머릿속에서 『뉴게이트 연감』에 실린 온갖 범죄를 그에게 덧씌우곤 했다. 그러다 보면 갑자기 강렬한 충동이 몰려와 벌떡 일어나 그에게서 달아나고 싶은 충동이 강하게 밀려왔다. 시시각각 그에 대한 내 혐오감이 너무나 커져서, 처음에는 그가 내게 베푼 모든 도움과 그가 감수한 위험에도 불구하고 나는 모든 고통이 시작되었을 때 이미 그 충동에 굴복했을지도 모른다. 하지만 오직 허버트가 곧 돌아올 것이라는 사실만이 나를 간신히 붙들어 놓았다. 한번은 실제로 밤에 잠자리에서 뛰쳐나와 내가 소유한 기타 모든 것들과 함께 그를 거기다 남겨두고 떠나서 급히 인도 파병 군대에 사병으로 입대할 작정으로 제일 후줄근한 옷을 입기 시작한 적도 있었다.

외로운 방에서 긴 저녁과 긴 밤을 보내며 비바람이 쉼 없이 몰아치는 동안, 유령이라도 과연 더 무서울 수 있었을까 싶다. 그러나 유령이라면 나 때문에 끌려가서 교수형을 당할 리가 없지만 그는 그럴 수 있다는 생각, 그리고 그럴 가능성이 크다는 두려움이 내 공포를 더욱 가중시켰다. 그가 잠들어 있지 않을 때나

낡고 해진 카드 한 벌로 혼자서 하는 복잡한 종류의 카드놀이를 하지 않을 때는—내가 그 전에도 후에도 본 적 없는 카드놀이였는데, 그는 휴대용 접칼을 탁자에 꽂는 방식으로 자신의 승패를 기록하곤 했다—나에게 책을 읽어달라고 요청했다. "외국어로 된 걸로, 애야!" 내가 그의 부탁에 응하여 읽으면, 그는 단 한마디도 이해하지 못하면서 마치 출품자와 같은 태도로 나를 관찰하며 벽난롯불 앞에 서 있고 나는 한쪽 손으로 얼굴을 가리고 그 손가락들 사이로 그의 모습을 보았는데, 그는 무언의 동작으로 가구에게 나의 능숙한 실력에 주목하라고 호소하는 듯했다. 자신이 신성모독적으로 창조한 흉측한 존재에게 쫓기는 상상의 학자[1]도 나를 만들어낸 사람에게 쫓기는 나보다 더 비참하지는 않았을 것이다. 그리고 그가 나를 칭찬하면 칭찬할수록, 그리고 나를 좋아하면 좋아할수록, 나는 한층 강한 혐오감으로 그에게서 뒷걸음질 쳤다.

이 모든 일이 마치 1년 동안 지속된 것처럼 서술하고 있다는 것을 나도 잘 알고 있다. 그러나 실제로는 고작 닷새 동안 지속되었을 뿐이다. 내내 허버트가 오기를 기다리고 있었던 터라, 나는 해가 진 뒤에 프로비스가 바람을 쐴 수 있게 잠깐 데리고 나갈 때를 빼놓고는 감히 외출도 하지 못했다. 마침내, 어느 날 저녁 식사가 끝나고 내가 완전히 녹초가 되어 잠이 들었을 때—왜냐하면 밤이면 밤마다 나는 초조했고 무서운 꿈으로 잠을 설쳤기 때문이다—계단에서 들려오는 반가운 발소리에 잠에서 깼다. 역시 잠들어 있었던 프로비스도 내가 내는 소리에 비틀거리

---

1 메리 울스턴크래프트 셸리가 저술한 괴기 공포소설 『프랑켄슈타인, 또는 현대의 프로메테우스Frankenstein, or The Modern Prometheus』(1818)의 주인공 프랑켄슈타인을 가리킨다. 그가 창조해 낸 괴물은 괴이하게도 치명적인 사고에도 죽지 않고 더욱 추하게 변하여 자기를 만든 프랑켄슈타인을 집요하게 쫓아다닌다.

며 일어났는데, 바로 다음 순간 나는 휴대용 접칼이 그의 손에서 번쩍이는 것을 보았다.

"조용히 하세요! 허버트예요!" 내가 말했다. 그리고 허버트가 1천 킬로미터 밖 프랑스의 경쾌하고 신선한 기운을 풍기며 뛰어 들어왔다.

"헨델, 내 다정한 친구, 잘 지냈니? 잘 지냈어? 잘 지낸 거야? 열두 달이나 나가 있다 온 것 같아! 아니, 정말 그랬던 것 같네, 네가 아주 야위고 핼쑥한 걸 보니까! 헨델, 내…… 아이고, 안녕 하세요! 죄송합니다."

달려온 그는 나와 악수를 하다가 프로비스를 보고 멈췄다. 허버트를 뚫어지게 주시하던 프로비스는 천천히 그의 휴대용 접칼을 집어넣고, 다른 쪽 호주머니에서 뭔가를 더듬어 찾고 있었다.

"허버트, 내 다정한 친구야." 허버트가 그를 이상하게 쳐다보고 있는 동안 나는 양쪽 여닫이문을 닫으며 말했다. "아주 이상한 일이 일어났어. 이분은…… 내 손님이셔."

"괜찮다, 얘야!" 프로비스는 걸쇠로 잠긴 작은 검은색 성서를 가지고 앞으로 다가서며 말했다. 그런 다음 그는 허버트에게 말 했다. "이걸 오른손에 들어라. 만일 어떤 방법으로든 자네가 밀 고를 한다면, 주님께서 자네를 그 자리에서 쳐 죽이시리라! 성서 에 입 맞춰라!"

"그분이 원하는 대로 해드려." 내가 허버트에게 말했다. 그래서 허버트는 친근하면서도 불안하고 놀란 모습으로 나를 쳐다보면 서 요구에 응했다. 그러자 프로비스는 즉시 그와 악수를 나누면 서 말했다. "이제 자네는 맹세를 했어, 자네도 알다시피 말이야. 그리고 만일 핍이 자네에게 신사답게 굴지 않는다면, 내 맹세 같 은 건 믿지도 말라고!"

41장

허버트와 나와 프로비스가 벽난로 앞에 앉아 있고 내가 비밀의 전모를 자세하게 얘기했을 때, 허버트가 얼마나 놀라고 불안해했는지를 묘사하는 것은 헛수고일 것이다. 다만 내가 느낀 감정들이 허버트의 얼굴에 그대로 비쳤으며, 그중에서도 이 남자에 대한 반감이 적지 않았다는 것만으로도 충분하다.

그 사람과 우리들 사이를 구분 지을 다른 상황이 없었다고 하더라도, 단 한 가지만으로 우리 사이를 구분 지을 수 있는 것은 내 이야기에서 그가 보인 의기양양한 면이었을 것이다. 그는 런던에 돌아온 이후 한 번 "천박하게" 행동했었다는 그 떨칠 수 없는 의식을—내 이야기가 끝나기가 무섭게 그는 허버트에게 그 이야기를 장황하게 떠벌렸다—제외하고는, 내가 지금의 처지를 불만스럽게 여길 수도 있다는 가능성 자체를 전혀 인식하지 못했다. 그가 나를 신사로 만들었다는 것, 그리고 자신의 넉넉한 재산을 바탕으로 내가 다른 사람을 도와주는 모습을 보기 위해 이곳에 왔다는 그의 가장 큰 자랑거리는 그를 위한 것 못지않게 나를 위한 것이기도 했다. 그리고 그것이 우리 둘에게 대단히 기분 좋은 자랑거리이며, 모름지기 우리 둘은 그것을 매우 자랑스러워해야 한다는 것이 그의 심중에 아주 확고하게 정립된 결론이었다.

"그렇지만, 이봐, 핍의 친구," 그는 한참 동안 사설을 늘어놓은 뒤에 허버트에게 말했다. "나는 내가 돌아온 뒤 한 번, 아주 잠시 동안, 내가 천박했단 걸 잘 알고 있어. 나는 핍에게도 내가 천박 했던 것을 알고 있다고 말했지. 하지만 그 점에 대해 마음 졸일 것 없어. 내가 자네들 둘에게 무엇이 합당한지를 모르고 있다면, 내가 핍을 신사로 만들지도 않았을 것이고 핍이 자네를 신사로 만들려고 하지도 않았을 거야. 애야, 그리고 핍의 친구, 자네들 둘은 내가 항상 저엄잖은(점잖은) 재갈을 물고 있으리라는 것을 믿어도 돼. 내가 천박함을 드러냈던 그 짧은 순간 이후 난 줄곧 재갈을 물고 있었고, 지금도 재갈을 물고 있으며, 앞으로도 항상 재갈을 물고 있을 거야."

허버트는 말했다. "물론입니다." 그러나 그는 그 말에서 별다른 위안을 얻지 못한 듯했고, 여전히 당혹스럽고 난처한 표정을 지었다. 우리는 그가 하숙집으로 돌아가고 우리 둘만 남겨두기를 간절히 바랐지만, 그는 대놓고 우리 둘만 남겨두고 가는 것을 질 투하며 밤늦게까지 앉아 있었다. 자정이 되어서야 비로소 나는 그를 에식스 가로 데리고 가 그가 무사히 어두운 방문으로 들어 가는 것을 보았다. 그가 들어가고 방문이 닫혔을 때, 나는 그가 도착한 날 밤 이후 처음으로 안심이 되는 순간을 경험했다.

계단에 있던 그 사람에 대한 불안한 기억을 결코 완전히 떨쳐 버리지 못한 가운데, 나는 어두워진 뒤에 내 손님을 데리고 나가 거나 다시 데리고 돌아올 때 늘 주위를 살폈으며 지금도 마찬가 지였다. 위험이 도사리고 있다고 의식할 때, 대도시에서 누군가 가 나를 지켜보고 있다는 의심을 떨쳐내기란 어려운 법이다. 하 지만 나는 내 시야에 보이는 사람들 중에 내 행동에 신경을 쓰 는 사람이 있다고는 믿을 수가 없었다. 지나가고 있던 몇 안 되 는 사람들은 제 갈 길로 가버렸고, 내가 다시 템플로 돌아올 때는 거리가 텅 비어 있었다. 아무도 우리와 함께 출입문으로 나가지 않았고, 아무도 나와 함께 출입문으로 들어오지 않았다. 분수대 옆을 가로질러 지나오면서, 나는 그의 불 켜진 뒤쪽 창문들이 환하고 조용한 것을 보았다. 그리고 우리 집 계단을 올라가기 전내가 사는 건물의 출입문에 잠시 서 있을 때, 가든코트는 마치 죽은 듯 고요했고 계단도 마찬가지였다.

허버트는 양팔을 벌려 나를 맞아주었는데, 나는 친구가 있다는 것이 얼마나 복된 일인지 전에는 그토록 절실하게 느껴본 적이 없었다. 그가 몇 마디 견실한 동정과 격려의 말을 해준 뒤, 우리는 자리에 앉아 그 문제를 상의했다. '어떻게 해야 하는가?'

프로비스가 차지했던 의자는 아직도 그 자리에 그대로 있었는데—그에게는 불안정한 방식으로 한 장소의 주변만 맴도는 수형 생활식 태도가 붙어 있어서, 담뱃대와 '검둥이 머리' 담배와 휴대용 접칼과 카드 한 벌과 기타 등등을 가지고, 마치 그 모든 것이 그를 위해 석판에 적혀 있기라도 한 것처럼 차례대로 그것들을 만지면서 그가 지켜야 할 습관들을 치렀다—여하간 그가 쓰던 의자가 그 자리에 그대로 있었는데, 허버트가 그 의자에 무심코 앉았다가 다음 순간 깜짝 놀라 벌떡 일어나더니, 그 의자를 밀쳐버리고는 다른 의자에 앉았다. 그 일이 있은 뒤로 그는 자기가 내 후원자에 대해 품고 있는 혐오감을 털어놓을 필요가 없었으며, 나 또한 내 혐오감을 털어놓을 필요가 없었다. 단 한 음절의 말도 필요 없이 우리의 속마음이 서로 통했던 것이다.

"어떻게," 허버트가 다른 의자에 무사히 앉자 나는 그에게 말했다. "어떻게 해야 하지?"

"가련하고 다정한 나의 헨델." 그는 양손으로 머리를 감싸 쥐며 대답했다. "너무 어안이 벙벙해서 아무 생각도 못 하겠다."

"나도 그랬어, 허버트, 처음 충격을 받았을 땐 말이야. 하지만 뭔가 조치를 취해야만 해. 그는 이곳저곳 새롭게 돈 쓸 일에 몰두해 있어. 말이며 마차며 온갖 사치스런 겉치레 같은 것들 말이야. 어떻게든 그를 막아야 해."

"네 말은 그런 것들을 네가 받아들일 수 없다는……."

"내가 어떻게 받아들일 수 있겠어?" 나는 허버트가 말꼬리를 흐릴 때 끼어들었다. "그를 생각해 봐! 그를 한번 보라고!"

한 차례 무의식적인 전율이 우리 둘을 덮치고 지나갔다.

"그런데 내가 겁내는 끔찍한 사실은, 허버트, 그가 나에게 애착을, 그것도 강한 애착을 가지고 있다는 거야. 이보다 더한 운명이 또 있을까!"

"가련하고 다정한 나의 헨델." 허버트는 되풀이했다.

"그런데," 나는 말했다. "어쨌든, 여기서 딱 끊고 그에게서 결코 한 푼도 더 안 받는다고 해도 내가 이미 그에게 얼마나 많이 신세를 졌는지 생각해 봐! 또 거기다가, 나는 빚을 많이 졌어─이제 상속 재산이 하나도 없는 나에겐 매우 많은 빚이지─그리고 나는 아무런 직업 교육도 받은 적이 없고, 아무짝에도 쓸모가 없어."

"아이고, 아이고, 아이고!" 허버트가 충고했다. "아무짝에도 쓸모가 없다고 하진 마."

"내가 무슨 쓸모가 있겠어? 내가 쓸모 있다고 여기는 딱 한 가지가 있는데, 그건 군인이 되는 거야. 그리고 나의 다정한 허버트, 너의 우정과 애정 어린 조언을 받으리란 기대가 없었다면, 나는 군인이 되었을지도 몰라."

두말할 나위 없이 나는 여기서 울음을 터뜨렸고, 물론 허버트는 내 손을 따뜻하게 꼭 잡아주는 것 말고는 내가 우는 것을 모르는 척해주었다.

"아무튼, 나의 다정한 헨델." 이내 그가 말했다. "군인이 되는 것은 도움이 안 될 거야. 만일 네가 이 후원과 호의를 거절하려 한다면, 내 생각에는 다소 막연하게나마 네가 이미 신세 진 것을 언젠가는 갚으리라는 희망을 가지고 그렇게 하는 게 좋겠다. 만일 네가 군인이 된다면, 그 희망은 별로 크지 못할 거란 말이야! 게다가 터무니없는 짓이야. 작기는 해도 클래리커 상사에 있는 것이 말도 안 되게 더 낫지. 너도 알다시피 나는 지금 동업자가 되기 위해 열심히 나아가고 있는 중이야."

불쌍한 녀석! 그는 누구 돈으로 사업하는지도 전혀 알아채지 못하고 있었다.

"그런데 또 다른 문제가 있어." 허버트가 말했다. "이 사람은 무식하면서도 고집이 엄청나고, 오랫동안 단 하나의 생각만 품고 살아온 것 같아. 게다가 내 생각엔(내가 잘못 판단한 걸 수도 있지만) 굉장히 무모하고 난폭한 사람 같아."

"나도 그건 알아." 나는 대답했다. "그 증거를 직접 봤거든." 그래서 나는 내 이야기에서 지금껏 언급하지 않았던 것, 즉 그가 다른 죄수와 싸우던 모습을 허버트에게 들려줬다.

"있잖아, 그렇다면," 허버트가 말했다. "이걸 생각해 봐! 그는 자신의 군은 생각을 실현하기 위해서 목숨을 걸고 이곳에 온 거야. 온갖 고생과 기다림 끝에 생각이 실현되려는 순간, 네가 그의 발밑 땅을 파내고 그의 생각을 망치고 그가 이뤄놓은 일을 아무 쓸모도 없게 만드는 거야. 그럼 너는 그가 실망한 나머지 무슨 짓을 저지를지도 모른다는 생각은 안 들어?"

"생각해 봤지, 허버트. 그리고 그가 도착한 그 숙명적인 날 밤 이후 그것에 대한 꿈도 꿨어. 내 머릿속에서 가장 선명하게 떠오르는 건, 그가 스스로 붙잡혀 가는 길을 택하는 모습이야."

"그렇다면, 넌 믿어도 돼." 허버트가 말했다. "그가 그렇게 할 위험이 대단히 크다는 걸 말이야. 그것이 그가 영국에 머물고 있는 한 너에게 미칠 힘이고, 네가 그를 버리면 그가 선택할 무모한 길일 거야."

나는 처음부터 나를 짓누르고 있던 이 끔찍한 생각, 다시 말해 그가 정말 그렇게 행동한다면 나는 마치 그를 죽음으로 몰아넣은 사람처럼 여겨지리라는 공포에 사로잡힌 나머지 의자에 가만히 앉아 있지 못하고 방 안을 이리저리 거닐기 시작했다. 그러는 사이에 나는 허버트에게 설령 프로비스가 자신도 모르게 정체가 드러나 체포된다 할지라도, 내가 아무리 결백할망정 그 원인이 나에게 있다는 사실이 나를 비참하게 만들 거라고 말했다. 그렇다. 비록 그가 붙잡히지 않고 내 가까이에 있어 내가 아주 비참해질지라도, 그리고 차라리 이런 일이 일어날 바엔 평생 대장간에서 일하고 싶은 심정이었을지라도 말이다!

그러나 '어떻게 해야 하나?' 하는 문제는 말로써 해결될 사안이 아니었다.

"첫 번째로 해야 할 제일 중요한 일은," 허버트는 말했다. "그를 영국에서 내보내는 거야. 네가 그와 함께 가야 할 거야. 그러면 그가 설득되어 떠날지도 몰라."

"그러나 내가 그를 어디로 데려가든지, 그가 돌아오는 것을 막을 수가 있을까?"

"나의 착한 헨델, 뉴게이트 감옥이 바로 옆 거리에 있는 상황에서, 네가 여기서 그에게 속마음을 전부 털어놓고 그로 하여금 무모한 행동을 저지르게 하는 게 훨씬 더 위험한 일이라는 건 너무 빤하지 않아? 어떻게 해서든지 그를 떠나게 할 구실만 생긴다면 좋을 텐데. 지금 당장 말이야."

"아니, 또 그 얘기구나!" 나는 마치 내 손에 이 사안의 절망감이 담겨 있기라도 한 것처럼 양손을 펼쳐 내밀며 허버트 앞에 멈춰 서서 말했다. "나는 그의 인생에 대해 아무것도 몰라. 밤마다 여기 앉아 그를 마주 보고 있으면, 내 행운과 불행에 너무도 깊이 얽혀 있으면서도 내게는 여전히 어린 시절에 이틀 동안 나를 겁에 질리게 했던 비참하고 비열한 인간이라는 것 말고는 아는 게 아무것도 없는 존재라는 사실이 날 미치게 만든다고!"

허버트는 자리에서 일어나 나와 팔짱을 끼었다. 그리고 우리는 양탄자를 유심히 바라보면서 함께 천천히 방 안을 이리저리 거닐었다.

"헨델," 허버트가 걸음을 멈추고 말했다. "너는 그에게서 더 이상 은혜를 받을 수 없다고 확신하고 있는 거지, 그렇지?"

"완전히 확신해. 네가 내 입장이라면, 분명 너도 그러겠지?"

"그리고 너는 그와 관계를 끊어야 한다고 확신하고 있는 거지?"

"허버트, 그건 물어보나마나 아니야?"

"그런데 너는 그가 너 때문에 목숨을 걸었던 것 때문에 그를 연민하고 또 연민하고 있으며, 가능하다면 그가 목숨을 내던지지 않도록 그를 구해줘야 한다고 여기고 있는 거야. 그렇다면 네 자신을 구출하기 위해 손가락 하나라도 까딱하기 전에, 우선 그를 영국 밖으로 내보내야만 해. 그 일이 끝나면, 그다음엔 네가 빠져나올 차례야. 그리고 우리는 함께 끝까지 가는 거야, 정다운 친구야."

오직 그것만 합의했는데도, 그렇게 합의하고 악수를 나눈 뒤 방 안을 이리저리 거니는 것이 다소 위안이 되었다.

"자, 허버트." 나는 말했다. "그의 지난 내력을 좀 알아내는 것 관련해서 말인데. 내가 알고 있는 단 한 가지 방법이 있어. 내가 단도직입적으로 그에게 물어보는 거지."

"그래. 그에게 물어봐." 허버트가 말했다. "우리가 아침 식탁에 앉아 있을 때 말이야." 그는 허버트와 헤어질 때 우리와 같이 아침을 먹으러 오겠다고 말했던 터였다.

이렇게 계획을 세운 뒤에 우리는 잠자리에 들었다. 나는 그에 관한 끔찍하게 뒤숭숭한 꿈을 꾸었으며, 잠에서 깨어나서도 개운치가 않았다. 잠에서 깨어나니 역시 밤에 자는 동안 잊어버렸던 공포, 즉 그가 돌아온 유형수라고 발각되었으면 어쩌나 하는 공포가 되살아났다. 깨어 있는 동안 나는 그 공포를 결코 떨쳐버리지 못했다.

그는 약속된 시간에 맞춰 와서 휴대용 접칼을 꺼내 들고 식사 자리에 앉았다. 그는 '자신의 신사가 당당하게 세상으로 나와서 진짜 신사답게 등장할 수 있도록 하기 위한 계획들'로 꽉 차 있었으며, 나더러 가지라고 두고 간 돈지갑의 돈을 빨리 쓰라고 재촉했다. 그는 우리의 셋방과 그의 하숙집을 임시 거처로 여겼다. 그래서 그는 하이드파크 근처에 '근사한 집' 한 채를 당장 물색해 보라고 충고했으며, 자신은 그 안에 '임시 침대' 하나 들여놓을 자리만 있으면 된다고 했다. 그가 아침 식사를 끝내고 접칼을 다리에다 닦고 있을 때, 나는 그에게 서두 없이 말했다.

"어젯밤 아저씨가 가신 뒤에, 저와 가족이 군인들과 함께 늪지에 갔을 때 아저씨가 거기서 싸움을 벌이고 있었다는 얘기를 제 친구에게 해줬어요. 기억나세요?"

"기억난다!" 그는 말했다. "그랬던 것 같구나!"

"우린 그 사람에 대해 좀 알고 싶어요. 그리고 아저씨에 대해서도요. 제가 어젯밤에 얘기할 수 있었던 것 이상으로 두 사람에 대해서, 특히 아저씨에 대해서 더 아는 게 없다는 게 이상하더라고요. 지금이 다른 때보다도 우리가 좀 더 서로를 알 수 있는 적당한 때가 아닐까요?"

"글쎄다!" 그는 잠시 생각한 끝에 말했다. "자넨 맹세했어, 알고 있지, 핍의 친구?"

"여부가 있겠습니까." 허버트가 대답했다.

"알다시피, 내가 말하는 어떤 것에 대해서도," 그는 강조해서 말했다. "그 맹세는 모든 것에 적용되는 거야."

"알고 있습니다."

"그리고 이것 봐! 내가 저지른 일은 무엇이든지 다 처리됐고, 죗값도 치렀단 말이야." 그는 또다시 강조했다.

"그러시겠죠."

그는 검정 담뱃대를 꺼내서 '검둥이 머리' 담배를 채워 넣으려고 했는데, 바로 그때 자기 손에 헝클어져 있는 담배를 보고는 그것이 자기 이야기의 실마리를 헝클어지게 할지도 모른다고 생각하는 듯했다. 그는 담배를 다시 집어넣고, 담뱃대를 상의 단춧구멍에 꽂은 다음 양쪽 무릎에 한 손씩 펴서 올려놓고는, 잠시 말없이 성난 눈길로 난롯불을 바라본 뒤에 우리를 빙 둘러보더니 다음과 같이 말했다.

42장

"얘야, 그리고 핍의 친구. 나는 너희들에게 내 인생을 노래나 이야기책처럼 들려주지는 않겠다. 그러나 너희들에게 그걸 짧고 간단하게 이야기해 준다면, 나는 당장 한마디로 표현할 수 있어. 감옥에 들어갔다 나왔다, 감옥에 들어갔다 나왔다, 감옥에 들어갔다 나왔다 했다고. 자, 알아들었겠지. 그것이 핍이 내 친구가 되고 나서 내가 배에 실려 추방되던 시절까지 내 인생 거의 대부분이었다.

나는 역시 모든 것을 꽤 잘해냈단다—교수형 당하는 것만 빼고 말이야. 나는 은제 찻주전자만큼 오래 감금된 적도 있었다. 이곳저곳으로 마차에 실려 끌려 다니기도 했고, 이 고을 저 고을에서 쫓겨나기도 했고, 차꼬에 채워져 망신을 당하기도 했고, 또 채찍질을 당하고 개에 물리고 혹사당하기도 했단다. 너희와 마찬가지로 나도 내가 어디서 태어났는지 모른다—설혹 많이 안다 해도 말이다. 내가 처음으로 내 자신을 의식하게 된 건 저 아래 에식스에서 먹고살려고 순무를 도둑질할 때였다. 누군가가—어떤 남자였는데 땜장이였던가—나한테서 도망치면서 불을 가지고 가는 통에 난 무지하게 추웠지.

난 내 성이 매그위치고 세례명이 에이블이라는 걸 알고 있었단다. 어떻게 그걸 알았냐고? 산울타리에 있는 새들의 이름이 되새, 참새, 개똥지빠귀라는 걸 아는 거나 마찬가지지. 다 거짓말일 수도 있다고 생각했지만, 새들의 이름이 사실이었으니 내 이름도 사실이겠거니 했어.

내가 기억할 수 있는 한, 뱃속이 빈 것만큼이나 겉에 걸친 것도 거의 없는 어린 에이블 매그위치를 보는 사람은 누구나 영락없이 그에게 흠칫 놀라 쫓아버리거나 잡아갔다. 나는 잡혀가고, 잡혀가고, 잡혀가고, 정기적으로 잡혀가며 자랄 정도였지.

사정이 이렇게 되다 보니, 내가 누가 봐도(그렇다고 내가 거울을 들여다봤다는 뜻은 아니다, 가구가 갖춰져 있는 집 안에 들어가 본 적이 많이 없었으니까 말이다) 가장 불쌍하기 이를 데 없는 누더기 차림의 어린 놈이었을 때, 나는 상습범이란 이름을 얻게 되었단다. '이 녀석은 지독한 상습범이랍니다.' 그들은 나를 가리키며 감옥 방문객들에게 말했지. '숫제 감옥에서 산다고 말할 수 있죠, 이 녀석은 말입니다.' 그런 다음 그들은 나를 쳐다보았고, 나도 그들을 쳐다보았지. 그리고 그들 중에 어떤 작자들은 내 머리통을 재기도 했고─차라리 내 밥통 둘레를 재는 게 나았을 텐데─또 어떤 작자들은 내가 읽지도 못하는 소책자들을 주고 내가 무슨 말인지 알아듣지도 못하는 이야기들을 늘어놓았지. 그들은 언제나 나에게 악마에 대해서 이러쿵저러쿵 지껄여 댔어. 그렇지만 제기랄, 내가 어쩔 수 있었겠나? 나는 뱃속에 뭔가를 처넣어야만 했지, 안 그래?─아, 내가 지금 또 천박하게 굴었구나. 그래도 난 합당한 행동이 어떤 건지 알아. 얘야, 그리고 핍의 친구야, 내가 천박해질까 봐 염려하지 마라.

방랑하며, 구걸하며, 도둑질하며, 할 수 있으면 때때로 일도 하며─물론 너희가 생각하는 것만큼 자주 한 건 아닌데, 너희라면 나에게 스스럼없이 일자리를 내줄 수 있었겠는지 스스로 생각해 보렴─밀렵자도 좀 해보고, 노동자도 좀 해보고, 짐마차꾼도 좀 해보고, 건초 만드는 일꾼도 좀 해보고, 행상인도 좀 해보고, 벌이는 안 되고 고생만 하는 대부분의 일들을 조금씩 하다 보니, 어른이 되더구나. 여행자 숙박소에서 수북한 간자(감자) 더미에 아래턱까지 숨기고 지내던 한 탈영병이 나에게 읽는 법을 가르쳐줬고, 한 번에 1페니씩 받고 자기 이름을 서명해 주던 어느 떠돌이 거인이 나에게 글씨 쓰는 법을 가르쳐줬지. 나는 이제 전처럼 자주 감옥에 갇히지는 않았지만, 여전히 감옥 열쇠를 닳게 하는 데 상당한 몫을 했단다.

엡섬[1] 경마장에서는, 20년도 더 전의 일이지만, 나는 어떤 놈을 하나 알게 되었다. 그놈의 해골바가지가 이 벽난로 시렁에 있다면, 나는 그걸 이 부지깽이로 바닷가재의 집게발처럼 으깨버리고 싶구나. 그놈의 본명은 컴피슨이었는데, 바로 그놈이, 애야, 어젯밤 내가 떠난 뒤에 네가 친구에게 사실대로 말한 대로, 내가 도랑에서 두들겨 패는 것을 네가 보았던 그놈이란다.

그 녀석, 아니 이 컴피슨이란 놈은 신사를 자처했는데, 사립 기숙학교를 다닌 적이 있어서 학식도 좀 있었지. 그놈은 말을 세련되게 했고, 지체 높은 사람들의 생활 방식에 빠삭했다. 얼굴도 잘생겼었지. 그놈을 히스풀이 무성한 들판에 있는 내가 아는 어느 매점에서 처음 만난 것은 큰 경마 경기 바로 전날 밤이었다. 내가 매점에 들어갔을 때 그놈과 다른 몇 명이 탁자들 사이에 앉아 있었는데, 매점 주인이(그는 나를 알고 있었고, 운동을 좋아하는 사람이었지) 그놈을 큰 소리로 불러내더니 이렇게 말하더구나. '내 생각엔 이 사람이 당신과 잘 어울릴 것 같군요.' 나를 두고 하는 말이었다.

1 영국 남부의 서리 주에 있는 도시로, 이곳에서 매년 6월에 4일간 경마가 개최된다.

컴피슨, 그놈이 나를 아주 빤히 쳐다봤고, 그래서 나도 그놈을 쳐다봤지. 그놈은 시곗줄 달린 회중시계에다가, 반지에다가, 브로치를 달고, 꽤 그럴듯한 옷을 입었더구나.

'외양을 보아하니, 운이 없었군요.' 컴피슨이 내게 말하더구나.

'그렇습니다, 나리, 전 경마에 많이 참여해 본 적이 없답니다.' (그때 나는 부랑죄로 킹스턴 교도소에 있다가 출감한 터였다. 그게 아니었다면 아마 다른 무슨 죄로 그랬겠지만, 그땐 그 죄목이었단다.)

'운이란 바뀌는 것이니까,' 컴피슨은 말했지. '아마 당신의 운도 바뀔 겁니다.'

나는 말했지. '나도 그랬으면 좋겠습니다. 그럴 여지가 있으니까.'

'당신은 뭘 할 수 있죠?' 컴피슨이 물었다.

'먹고 마시는 거죠, 만일 그런 것들이 있다면 말이죠.'

컴피슨은 껄껄 웃더니, 나를 다시 주의 깊게 쳐다보고는 나에게 5실링을 주면서 다음 날 밤에 만나자더구나. 같은 장소에서 말이다.

내가 다음 날 밤에 같은 장소로 컴피슨을 만나러 갔더니, 컴피슨은 나를 자기 수하 겸 짝패로 삼더구나. 그런데 우리가 짝패가 되어 하기로 한 컴피슨의 사업이 뭐냐고? 컴피슨의 사업은 사기, 필적 위조, 훔친 은행권 유통, 뭐 그런 것들이었지. 컴피슨이 머리를 써서 함정을 만들고 난 뒤, 거기서 자기는 발을 빼고 이익만 챙기고는 다른 사람을 집어넣는 수법을 쓰는 그런 온갖 종류의 계략이 바로 컴피슨의 사업이었던 거야. 그놈은 철제 줄만큼이나 인정머리가 없었고, 죽음처럼 차갑기 그지없었으며, 앞서 말한 그 악마의 대가리를 지니고 있었단다.

컴피슨과 함께한 작자가 또 하나 있었는데, 아서라고 불렸지.

세례명이 아니라 성이 그랬단다. 그 작자는 병으로 골골해서, 보기에 유령 같았지. 그 작자와 컴피슨은 몇 해 전에 어느 부유한 부인에게 못된 짓을 해가지고 큰돈을 벌어더란다. 그런데 컴피슨이 내기 도박과 노름을 해서 그 돈을 다 탕진해 버린 거지. 그래서 아서는 죽어가고 있었다. 그 작자가 가난뱅이로 죽어가는 데다가 알코올중독으로 정신착란 증세까지 있어서, 컴피슨의 마누라가(컴피슨이 거의 언제나 발로 걷어찼던 여잔데) 여유가 있을 때면 그에게 동정을 베풀어줬는데, 컴피슨이란 놈은 어느 것에도 어느 누구에게도 동정을 베푸는 법이 없었다.

　아서의 경고를 들을 수도 있었으련만, 나는 듣질 않았다. 그렇다고 내가 특별한 사람이었던 척은 하지 않겠다. 그래봤자 무슨 소용이 있겠니, 얘야, 그리고 핍의 친구야. 그래서 난 컴피슨과 함께 일을 시작했고, 그의 손안에 있는 가련한 도구가 되고 말았다. 아서는 컴피슨의 집(그 집은 브렌트퍼드 너머 가까이에 있었다) 꼭대기에서 살았는데, 컴피슨은 아서의 숙식비를 꼬박꼬박 계산했단다, 그가 다 나으면 일해서 갚을 경우를 대비해서 말이지. 그러나 아서는 곧 그 계산을 청산해 버렸지. 내가 두 번째인가 세 번째인가 그를 보았을 때였는데, 그가 밤늦게 플란넬 잠옷만 걸치고 머리카락은 온통 땀범벅이 된 채 컴피슨의 거실로 돌진해 내려와서는 컴피슨의 마누라에게 말하더라. '샐리, 그녀가 정말로, 지금, 위층 내 방에 있어요, 그런데 그녀를 쫓아버릴 수가 없어요. 그녀는 온통 흰 옷차림에다가,' 그가 계속 말했지. '머리엔 흰 꽃을 꽂고요, 무섭게 미쳐가지고 자기 팔에다 수의를 늘어뜨리고는, 그걸 아침 5시에 나에게 입히겠다고 말하고 있어요.'

　컴피슨이 그러더라. '아니, 이 바보야, 넌 그 여자가 살아 있다

는 걸 몰라? 그런데 어떻게 그곳에 올라가 있단 거야, 방문으로
도 창문으로도 들어오지 않고, 계단으로 올라가지도 않았는데
말이야.'

'어떻게 그녀가 와 있는지 나도 몰라.' 아서가 공포로 무섭게
떨면서 말했지. '하지만 그녀는 무섭게 미쳐서 내 침대 발치 구
석에 서 있다고. 그리고 가슴이 찢어진 자리 위에는—**네가** 찢어
놓은 거야!—핏방울이 맺혀 있단 말이야.'

컴피슨은 말은 배짱 좋게 했지만, 언제나 겁쟁이였지. '이 바보
같은 소리를 하는 병자랑 같이 올라가봐.' 그는 자기 마누라에게
말했어. '그리고 매그위치, 당신이 내 아내를 좀 도와줘, 알겠지?'
그렇지만 컴피슨 그놈은 결코 가까이 다가가지 않았다.

컴피슨의 마누라와 내가 그를 다시 침대로 데려가자, 몹시 무
섭게 헛소리를 하더구나. '아니, 저 여자를 좀 봐! 그녀가 나한
테 수의를 흔들어대고 있어! 그녀가 안 보여요? 그녀의 눈을
좀 봐요! 저렇게 미친 여자를 보면 두렵지도 않아요?' 그다음엔
이렇게 외치더구나. '그녀가 그 수의를 입힐 겁니다, 그러면 나는
끝장이에요! 그녀에게서 그걸 좀 빼앗아요, 빼앗으라고요!' 그러
고는 우리를 꽉 붙잡더니, 계속 그녀에게 말을 걸고 대답까지 하
는 바람에 마침내는 나도 그녀가 보인다고 거의 믿을 정도였다.

그런 모습에 이미 익숙한 컴피슨의 아내가 그의 정신착란 증
세가 가시도록 술을 약간 갖다 주니 곧 잠잠해지더구나. '아아,
그녀가 갔구나! 그녀의 감시인이 왔었나요?' 그가 묻더구나. '그
럼요.' 컴피슨의 아내가 대답했지. '그 감시인한테 그녀를 가둬놓
고 빗장을 걸으라고 말했나요?' '그럼요.' '그리고 그녀에게서 그
흉측한 수의를 빼앗아 가라고도 했나요?' '예, 예, 염려 마세요.'
'아주머니는 좋은 사람이에요.' 그는 말했지. '무슨 일이 있어도

날 버리지 마세요. 고마워요!'

그는 꽤 조용히 누워 있더니, 5분도 채 못 되어 비명을 지르며 벌떡 일어나서 큰 소리로 외쳐대는 거야. '여기 그녀가 나타났어요! 또다시 수의를 들고 있어요. 그걸 펼치고 있어요. 그녀가 구석에서 나오고 있어요. 침대로 오고 있어요. 날 좀 잡아주세요, 당신들 둘 다요—각각 한 쪽씩이요—그녀가 수의를 가지고 날 만지지 못하게 해줘요. 하하! 그녀가 아끼는 날 놓쳤어요. 그녀가 수의를 내 어깨 위로 던지지 못하게 해줘요. 그녀가 날 들어 올려 그걸로 내 몸을 감싸지 못하게 해줘요. 그녀가 날 들어 올리고 있어요. 내려줘요!' 그러더니 그는 자신의 몸을 힘껏 치켜 올렸다가, 죽고 말았단다.

컴피슨은 귀찮은 존재가 없어졌으니 쌍방한테 좋은 일이라고 느긋하게 받아들이더구나. 그놈과 나는 곧 바빠졌는데, 그놈이 (언제나 교활해서) 먼저 나로 하여금 내 책에다 대고 맹세하게 했다. 여기 이 작고 검은 책, 애야, 내가 네 친구를 맹세하게 했던 이 책에다 대고 말이다.

컴피슨이 계획을 세우고 내가 실행했던 일들은 깊이 이야기하지 않겠다—얘기하자면 일주일은 걸릴 거다—너희들에게 간단히 얘기해 주자면, 애야, 그리고 핍의 친구야, 그 녀석이 나를 자기의 흑인 노예로 만드는 그물에 처넣었던 거다. 나는 늘 그놈에게 빚을 지고 있었고, 늘 그의 지배하에 있었고, 늘 일만 했고, 늘 위험에 빠졌다. 그놈은 나보다 나이는 어렸지만 재간이 있었고, 학식도 있었으며, 나보다 5백 배는 더 뛰어났는데, 인정머리는 하나도 없었지. 내가 어렵게 지낼 때 함께했던 내 아내는……. 아니, 그 얘긴 그만두자! **그녀** 이야기는 하지 않는 게……."

그는 마치 자신의 기억의 책 속에서 읽던 곳을 놓치기라도 한 것처럼 당황한 태도로 주위를 둘러보았다. 그러더니 얼굴을 벽 난롯불 쪽으로 향한 채, 무릎 위의 양손을 더 넓게 펼쳐서는 무릎 위에서 들어 올렸다 다시 내려놓았다.

"그 이야기를 파고들 필요까지는 없지." 그는 다시 한번 사방을 둘러보며 말했다. "컴피슨과 함께하던 시기가 내가 이제껏 겪은 가장 어려운 시기였다. 그렇게 말하면, 다 말한 셈이지. 내가 컴피슨과 함께 일하는 동안 나 혼자 경범죄로 재판을 받았다는 이야기를 했던가?"

나는 아니라고 대답했다.

"그렇구나!" 그는 말했다. "나는 **재판을 받고**, 유죄 판결을 받았단다. 혐의를 받고 붙잡힌 것이 컴피슨과의 동업이 지속된 4, 5년 동안 두세 차례 있었는데, 그땐 증거가 부족했었지. 그런데 마침내 나와 컴피슨이 둘 다 중범죄로 구속되었단다—절취한 은행권 유통 혐의로 말이다—그리고 다른 죄도 있었고. 컴피슨이란 놈이 나에게 말했지. '각자 변호사를 구하고, 서로 연락하지 맙시다.' 그리고 그게 전부였다. 그런데 나는 너무나도 찢어지게 가난해서 내 등에 걸친 것만 빼고 가진 옷가지를 모두 판 끝에 겨우 재거스 변호사를 구할 수 있었단다.

우리가 피고석에 앉았을 때 내가 맨 먼저 알아차린 것은, 곱슬머리에 검정색 양복 차림을 하고 흰 손수건을 꽂고 있는 컴피슨이 얼마나 훌륭한 신사로 보이는가 하는 점과, 내가 얼마나 천박하고 불쌍한 놈으로 보이는가 하는 점이었다. 검사의 소추가 시작되고 증거가 간략하게 제시되었을 때, 이미 나는 모든 증거가 나에겐 얼마나 무겁게, 그리고 그놈에게는 얼마나 가볍게 작용하는지를 알아차렸지. 증인석에서 증언이 이뤄질 때도 항상 내가 먼저 나선 사람이었고, 나한테 돈이 건네졌고, 내가 모든 걸 꾸미고 이득을 챙긴 것처럼 보이게 되었어. 그러나 변론이 시작되었을 때 나는 그들의 계략을 한층 더 분명하게 알았다. 왜냐하면 컴피슨의 변호사가 이렇게 말했기 때문이지. '재판장님, 그리고 배심원 여러분, 여기 여러분 앞에, 여러분의 육안으로 확연히 구분할 수 있는 두 사람이 나란히 앉아 있습니다. 젊은 편인 한 사람은 교육을 잘 받았으며, 그런 인물로 회자될 사람입니다. 늙은 편인 또 한 사람은 교육을 받지 못했으며, 그런 인물로 취급될 사람입니다. 젊은 사람은 여기 이 사건들이 실제로 있었다 하더라도 거의 목격되지 않았으며, 다만 혐의만 받고 있습니다. 늙은 사람은 이 사건들에서 항상 목격되었고, 그래서 항상 그의 범죄 행위가 확연히 드러납니다. 만일 이 사건에 범인이 단 하나뿐이라면 그게 누구일지, 또 이 사건에 범인이 둘이라면 누가 훨씬 더 나쁜 사람일지 여러분은 의심할 수 있겠습니까?' 다 이런 식이었다. 그리고 평판 얘기가 나왔을 때도, '학교에 다녔던 사람은 컴피슨이 아니었느냐, 이러저러한 지위에 있는 사람들은 그의 학교 친구들이 아니었느냐, 이러저러한 동호회와 사교계에서 증인들과 알고 지냈고 그 증인들이 불리한 증언을 하지 않은 것도 그가 아니었느냐?' 하는 식이었지. 그리고 전에도 재판을 받은 적이 있고 도처의 소년원과 교도소, 그리고 구치소들에 얼굴이 알려졌던 건 바로 내가 아니었느냐는 것이었다. 그리고 피고 진술 순서가 되었을 때는, 때때로 얼굴을 떨궈 흰 손수건에 파묻고—"아아!" 하고 호소하며 진술하는 중에 시구詩句까지 섞어서—법정에서 진술할 수 있었던 것은 컴피슨이 아니었니? 그리고 오직 '신사 여러분, 제 옆에 있는 이 사람이야말로 아주 지독한 악당입니다'라고밖에 말할 수 없었던 게 내가 아니었겠니?

그리고 배심원의 평결이 나왔을 때, 좋은 성품인데 나쁜 친구를 둔 바람에 이런 상황에 처했으며, 나에 대한 모든 정보를 넘겨줬으므로 자비를 베풀 것을 권고받은 것은 컴피슨이었고, 반면에 유죄라는 말 한 마디밖에 듣지 못한 것은 내가 아니었겠니? 그리고 내가 컴피슨에게 '일단 이 법정에서 나가면, 내가 네놈 상판대기를 박살낼 테다!'라고 말했을 때, 판사에게 보호해 줄 것을 간청하여 간수 두 사람이 우리 둘 사이에 서 있게 한 놈이 컴피슨이 아니었겠니? 그리고 우리가 선고를 받을 때, 7년형을 받은 건 그놈이 아니었겠니, 그리고 나는 14년형을 받고 말이야. 또 아주 잘될 수도 있었던 사람이라고 판사가 딱하게 여긴 것은 그놈인 데 반해서, 판사가 십중팔구 더 나빠질 수 있는 광포한 욕정을 지닌 늙은 범법자라고 생각한 것은 내가 아니었겠니?"

그는 분을 삭이지 못하고 굉장히 흥분한 상태에 빠졌으나, 그것을 억제하며 두세 번 가쁘게 숨을 쉬고, 두세 번 침을 꿀꺽 삼키더니 나에게 손을 내밀면서 말했다. "천박하게 굴지 않으마, 애야!"

그는 너무나 열이 받쳐서 손수건을 꺼내 얼굴과 머리와 목과 양손을 닦고 나서야 비로소 이야기를 계속할 수 있었다.

"나는 컴피슨에게 그의 얼굴을 박살내겠다고 말했고, 그렇게 하기 위해서라면 '하느님이 내 얼굴을 박살내도 좋다!'라고 맹세했다. 우린 같은 감옥선에 있었지만, 나는 노력에도 불구하고 오랫동안 그 작자에게 다가갈 수가 없었지. 드디어 나는 그의 뒤로 다가가서 뺨을 때려 돌려세워 놓고 맹렬하게 한 방 먹였는데, 그때 나는 들켜서 붙잡혔던 거란다. 그 감옥선의 감방은 튼튼하지 않더구나, 수영과 잠수를 할 수 있는 나 같은 감방 전문가에게는 말이다. 나는 강가로 도망쳐 나와 무덤들 사이에 숨은 뒤, 모든 것이 끝나 그곳에 잠들어 있는 무덤 속 망자들을 부러워하고 있었는데, 그때 너를 처음 만난 거다!"

그는 애정 어린 표정으로 나를 쳐다보았는데, 이 때문에 내가 비록 그를 매우 불쌍히 여기고 있긴 했어도 나에게는 그에 대한 혐오감 같은 것이 다시 일었다.

"우리 꼬마 덕에, 나는 컴피슨도 그 습지로 도망쳐 나왔다는 것을 알게 되었지. 맹세하건대 그놈은 내가 강가에 도망쳐 나와 있는 줄도 모르고, 두려움에 싸인 채 나에게서 벗어나려고 도망쳤던 거라고 나는 확신한다. 나는 그놈을 추적해서 잡았지. 내가 그놈의 상판대기를 박살내 줬다. '자, 이제,' 나는 말했다. '내 자신이야 어찌 되든 상관없이, 내가 할 수 있는 최악의 일로서 네놈을 감옥선으로 다시 끌고 가겠다.' 만일 상황이 그렇게 되었다면 내가 그놈의 머리끄덩이를 잡고 헤엄을 쳐서라도 끌고 갔을 게다. 군인들이 아니었더라도, 나는 그놈을 감옥선에 다시 태웠을 거란 말이다.

당연히 그놈은 끝까지 아주 유리한 입장이었지. 그놈 평판이 워낙 좋았거든. 그놈이 말하길 나와 내 살의 때문에 거의 미칠 지경이 되어 도망쳤었다나, 그래서 그놈의 처벌은 가벼웠지. 그런데 나는 쇠고랑을 차고 다시 재판에 회부되어 종신 유배형에 처해졌던 거다. 나는 종신형을 살진 않았다, 얘야, 그리고 핍의 친구야, 지금 여기에 와 있으니까."

그는 아까 했던 것처럼 손수건으로 자신의 몸을 닦은 다음 천천히 호주머니에서 엉킨 담배를 꺼내고, 웃옷 단춧구멍에서 담뱃대를 빼내어 천천히 담배를 채우고는 그것을 피우기 시작했다.

"그 사람 죽었나요?" 말없이 있다가 내가 물었다.

"누가 죽었냐고, 얘야?"

"컴피슨요."

"그놈이 살아 있다면, **내가** 죽었기를 바랄 거다, 틀림없이 말이다." 그가 무서운 표정으로 말했다. "그놈 소식은 더 이상 못 들었다."

허버트는 어떤 책 표지 안쪽에다 연필로 뭔가를 적고 있었다. 프로비스가 난롯불을 쳐다보며 담배를 피우고 서 있을 때, 그는 그 책을 가만히 나에게 밀어 넘겼다. 거기에는 이렇게 적혀 있었다.

미스 해비섬의 동생 이름이 아서였어. 컴피슨은 미스 해비섬의 연인이라고 자처했던 그 남자야.

나는 책을 덮고 허버트에게 살짝 고개를 끄덕여 준 다음, 그 책을 옆으로 치워놓았다. 그러나 우리 둘은 아무 말도 하지 않고, 난롯가에서 담배를 피우며 서 있는 프로비스를 바라보기만 했다.

43장

프로비스를 피하고 싶은 원인이 에스텔라에게서 얼마만큼 비롯된 것인지 내가 왜 이야기를 중단하면서까지 되짚어 봐야 한단 말인가? 왜 내가, 노상에서 어슬렁거리며 마차 정거장에서 그녀를 만나기 전에 감옥의 얼룩을 씻으려 했던 그때의 내 심리 상태를, 이제는 오만하고 아름다운 에스텔라와 내가 숨겨주고 있는 유형수 사이의 깊은 심연을 되새겨야 하는 지금의 심리 상태와 비교해야 한단 말인가? 그렇게 한다고 해서 길이 더 평탄해지는 것도 아니고, 결말이 더 나아지는 것도 아니며, 그에게 도움이 되는 것도 아니고, 나에게 그럴듯한 구실을 주는 것도 아니지 않은가.

그의 이야기 때문에 내 마음속에는 새로운 두려움이 생겼다. 더 정확히 말하면, 그의 이야기가 이미 내 마음속에 자리 잡고 있던 두려움에 형태와 의미를 부여했던 것이다. 만일 컴피슨이 생존해서 그의 귀국을 알기라도 한다면, 그 결과는 거의 의심할 여지가 없었다. 컴피슨이 그를 치명적으로 두려워한다는 사실은 그 둘 중 누구보다도 내가 더 잘 알고 있었다. 그리고 프로비스가 말한 것과 같은 그런 사람이라면, 누구라도 밀고자가 되는 안전한 수단을 써서 두려운 원수로부터 자신을 영원히 해방시키는 것을 망설이리라고는 거의 상상조차 할 수 없었다.

나는 프로비스에게 에스텔라 이야기를 단 한 마디도 하지 않았고, 또 그러려고 하지도 않았다―아니, 그렇게 작심했다. 그러나 나는 내가 외국으로 가기 전에 에스텔라와 미스 해비셤 두 사람을 꼭 만나봐야겠다고 허버트에게 말했다. 이것은 프로비스가 자신의 내력을 우리에게 이야기해 준 날 밤에 우리만 남아 있을 때 한 말이었다. 나는 다음 날 리치먼드에 나가보기로 결심하고, 거기에 갔다.

내가 브랜들리 부인 댁에 모습을 보이자, 에스텔라의 하녀가 나와서 에스텔라가 시골에 내려갔다고 알려줬다. 시골 어디냐고 묻자 여느 때처럼 새티스 하우스에 갔다고 했다. 여느 때 같지 않은데, 나는 말했다. 왜냐하면 그녀는 아직 나 없이 그곳에 내려간 적이 한 번도 없었기 때문이다. 언제 돌아올까? 하는 질문에 대답을 쭈뼛거리는 것 같아 나는 더욱 난감해졌다. 그 대답인즉 하녀는 그녀가 돌아온다 해도 오직 잠깐만 돌아오는 것으로 믿는다는 것이었다. 나는 그것이 내가 이해하지 못하게 의도된 대답이라는 것 외에는 그 뜻을 전혀 알 수가 없었다. 그래서 나는 완전히 불안한 심정으로 다시 집으로 돌아왔다.

프로비스가 자기 하숙집으로 돌아간 뒤(나는 언제나 그를 하숙집까지 데려다주었고, 항상 주위를 잘 살폈다) 허버트와 또 밤에 의논한 결과, 우리는 내가 미스 해비셤 댁에서 돌아올 때까지는 외국으로 떠난다는 이야기는 일절 함구하기로 결론 내렸다. 그동안에 허버트와 나는 뭐라고 말하는 것이 제일 좋을지 각자 생각해 보기로 했는데, 그것은 그가 의심스런 감시를 받고 있다고 염려하는 척해야 할지, 아니면 아직 외국에 전혀 나가보지 못한 내가 여행을 제안해 보는 게 나을지 등이었다. 우리는 둘 다 내가 뭐든지 제안하기만 하면 그가 동의할 거라는 것을 알고 있었다. 우리는 그가 지금처럼 위험한 상태로 여러 날을 머물러 있는 것은 생각할 수도 없는 일이라는 데 의견을 모았다.

다음 날, 나는 비열하게도 매형 조에게 꼭 내려가야 할 약속이 있는 체했다. 그러나 나는 조와 조의 이름을 팔아 거의 어떤 비열한 짓도 할 수 있었다. 내가 없는 동안 프로비스는 철저히 조심하기로 했고, 허버트는 내가 하던 일을 대신하여 그를 돌봐주기로 했다. 나는 딱 하룻밤만 집을 비우기로 했고, 또 귀가하는 대로 내가 좀 더 큰 규모의 신사 생활을 시작해야 한다는 그의 성급한 요구를 충족시키는 일을 시작하기로 했다. 그때 나에게, 그리고 나중에 안 것이지만 허버트에게도 한 가지 생각이 떠올랐는데, 그것은 그로 하여금 바다를 건너가게 하는 제일 좋은 방법은 그런 구실, 즉 신사 생활을 위한 물건을 구입한다든가 아니면 그와 비슷한 구실을 대는 거라는 생각이었다.

미스 해비셤 댁에 갔다 오는 문제를 이렇게 해결해 놓고, 나는 이른 아침 역마차로 아직 날이 밝기도 전에 출발했다. 그래서 나는 날이 스멀스멀 밝아올 때 탁 트인 시골길 위에 있었는데, 날은 마치 거렁뱅이처럼 머뭇거리고 훌쩍이고 와들와들 떨며, 구름 조각과 누더기 옷 같은 안개 속에서 점차로 밝아지고 있었다. 이슬비 속을 달린 끝에 마차가 블루 보어에 다다르자 손에 이쑤시개를 들고 출입구로 나와 마차를 바라보는 사람이 있었으니, 그건 다름 아닌 벤틀리 드러믈이었다!

그가 나를 못 본 체했으므로 나도 그를 못 본 체했다. 그것은 우리 모두에게 아주 거북한 가면이었다. 더욱 거북해진 건 우리 둘 다 다방으로 들어간 때였다. 거기서 그는 방금 아침 식사를 끝낸 참이었고, 나는 내 아침 식사를 주문했다. 그를 우리 읍내에서 만나는 것은 나로서는 불쾌했는데, 그가 왜 그곳에 와 있는지 내가 아주 잘 알고 있기 때문이었다.

나는 날짜가 한참 지난 더러운 신문을 읽는 척했는데, 신문에는 커피, 오이지, 생선 소스, 고기 국물, 녹은 버터, 그리고 포도수 같은 이물질이 마치 불규칙하게 홍역을 앓은 듯 온통 어지럽게 묻어 있는 탓에 지방 소식란은 절반도 읽을 수가 없었다. 그동안 그는 벽난롯불 앞에 서 있었다. 그가 난롯불 앞에 서 있는 것이 점차 나에게는 굉장한 권리 침해로 여겨져서, 나는 내 몫의 온기를 차지해야겠다는 결심으로 자리에서 일어났다. 불을 뒤적이려고 벽난로로 다가갔을 때, 나는 부지깽이를 집기 위해 그의 다리 뒤로 양손을 뻗어야만 했다. 그러면서도 나는 여전히 그를 모른 척했다.

"이렇게 사람을 모른 척하기냐?" 드러믈이 말했다.

"아!" 부지깽이를 손에 든 채 나는 말했다. "너구나, 맞지? 잘 있었어? 불을 막고 서 있는 게 누군가 궁금해하던 참이었는데."

그렇게 말하며 나는 무서우리만큼 불을 쑤석거렸다. 그렇게 한 다음 나는 양쪽 어깨를 펴고 등을 불 쪽으로 향한 채 드러믈과 나란히 자리를 잡고 섰다.

"이제 막 내려온 모양이지?" 드러믈이 어깨로 나를 약간 밀쳐내며 말했다.

"그래." 나도 내 어깨로 **그를** 약간 밀쳐내며 말했다.

"고약한 곳이야." 드러믈이 말했다. "네 고향이지, 아마?"

"그래." 나는 동의했다. "듣자하니 네 고향 슈롭셔도 이곳과 아주 비슷하다던데."

"하나도 안 비슷해." 드러믈이 말했다.

여기서 드러믈은 자신의 구두를 쳐다보았고, 나는 내 구두를 쳐다보았다. 그러고 나서 드러믈은 내 구두를 쳐다보았고, 나는 그의 구두를 쳐다보았다.

"여기 온 지 오래됐어?" 나는 난롯불을 한 치도 양보하지 않겠다는 결심으로 물었다.

"물릴 만큼 오래됐지." 드러믈은 하품을 하는 척하며 대답했지만, 그 역시 나와 똑같이 굳은 결심을 하고 있었다.

"여기 오래 머물러 있을 거야?"

"모르겠는데." 드러믈이 대답했다. "넌?"

"나도 모르지." 나는 말했다.

나는 이때 피가 다 따끔거리는 가운데, 만일 드러믈의 어깨가 방을 머리카락 한 올만큼이라도 더 요구했다면 그를 창문으로 휙 던져버렸을 것이고, 마찬가지로 만일 내 어깨가 비슷한 요구를 했다면 드러믈도 나를 가장 가까운 칸막이 안으로 집어던졌을 거라는 느낌이 들었다. 그는 잠시 휘파람을 불었다. 나도 그랬다.

"이 부근에 넓은 습지가 있다지, 아마?" 드러믈이 말했다.

"그래. 그게 어때서?" 나는 말했다.

드러믈은 나를 쳐다보고 내 구두를 쳐다보더니 "아!" 하고 말하고는 껄껄 웃었다.

"재미있어, 드러믈?"

"아니." 그는 말했다. "특별히 재밌을 건 없지. 나는 말을 타고 나가보려는 참이야. 재미 삼아 그 습지를 답사해 볼까 해서 말이야. 그곳엔 진기한 마을들이 있다고 사람들이 그러던데. 이상한 조그만 선술집들이라든가ㅡ대장간들이라든가ㅡ그리고 등등. 웨이터!"

"예, 나리."

"내 말은 준비되어 있나?"

"문 앞으로 끌어다놨습니다요, 나리."

"이봐, 잘 들어. 그 숙녀분은 오늘 말을 타지 않으실 거야. 날씨가 나빠서 말이야."

"잘 알겠습니다, 나리."

"그리고 여기서 저녁 식사를 안 할 거야, 그 숙녀댁에서 식사할 예정이거든."

"잘 알겠습니다, 나리."

그런 뒤 드러믈은 턱이 큰 얼굴에 내 심장을 도려내는 듯한 거들먹거리는 승리의 표정을 띠고 나를 흘끗 쳐다보았는데, 비록 우둔한 녀석이었지만 나를 너무나 약이 오르게 해서 나는 그 녀석을 (이야기책 속에서 강도가 늙은 부인을 붙잡았을 때처럼)[1] 양팔로 붙잡아 난롯불 위에 주저앉히고 싶은 마음이 굴뚝같았다.

우리 둘 다에게 분명한 것이 하나 있었는데, 난롯불을 쬘 다른 사람이 올 때까지는 우리 중 누구도 난롯불을 포기할 수 없다는 사실이었다. 우리는 벽난로 앞에서 몸을 딱 펴고 양손을 뒷짐 진 채 서로 어깨와 발을 나란히 하고서 꼼짝도 하지 않고 서 있었다. 드러믈의 말이 문 밖에서 이슬비를 맞으며 서 있는 모습이 보였고, 내 아침 식사는 식탁에 차려져 있었고, 드러믈의 식탁은 치워져 있었으며, 웨이터는 나에게 식사를 시작하라고 권유했고, 나는 고개를 끄덕였지만, 우리는 둘 다 꼼짝 않고 서 있었다.

"그 후로 클럽 '작은 숲'에 가봤어?" 드러믈이 물었다.

"아니." 나는 말했다. "마지막으로 갔을 때 피리새들을 신물 나도록 실컷 봤거든."

"우리가 의견차가 있었던 날인가?"

---

1 당시 인기리에 읽히던 범죄 이야기를 다룬 책에 나오는, 영국의 유명한 노상강도 리처드 터핀에 얽힌 일화의 인유. 그 일화에서 터핀은 어느 부유한 노파의 집에 침입하여 돈을 요구했으나 거절당하자, 노파를 붙잡아 난롯불 위에 올려놓음으로써 노파를 굴복시키고 돈을 빼앗아 달아났다.

"그렇지." 나는 아주 무뚝뚝하게 대꾸했다.

"저런, 저런! 그들이 널 너무 쉽게 놔줬네." 드러플은 비꼬아 말했다. "넌 화를 내지 말았어야 해."

"드러플." 나는 말했다. "넌 그 문제로 내게 충고할 자격이 없어. 나는 화를 낸다 하더라도(그렇다고 그때 내가 화를 냈었다고 인정하는 것은 아니지만), 유리잔을 던지지는 않거든."

"나는 던지지." 드러플이 말했다.

나는 점점 쌓여가는 억눌린 분노 속에서 그를 한두 번 흘끗 쳐다본 뒤, 마침내 말했다.

"드러플, 나는 이런 대화를 요구하지도 않았고, 이것이 유쾌한 대화라고 생각지도 않아."

"나도 유쾌하지 않다고 생각해." 그는 어깨 너머로 거만하게 말했다. "나는 그것에 대해 아무런 생각도 하지 않아."

"그러니까," 나는 계속했다. "너만 동의한다면, 앞으로는 우리 어떤 종류의 의사소통도 하지 말자고 제안하고 싶은데."

"내 생각도 바로 그거야." 드러플이 말했다. "나 자신이 제안을 했거나—아마도 차라리—제안 없이 행동으로 옮겼어야 할 일이지. 하지만 화를 내진 마. 넌 화내지 않고도 이미 충분히 잃지 않았어?"

"무슨 뜻이지?"

"웨이터!" 드러플은 나에게 할 대답 대신 웨이터를 불렀다.

웨이터가 다시 나타났다.

"이봐, 자네. 그 젊은 숙녀분은 오늘 말을 타지 않으실 거고, 내가 그 숙녀 댁에서 저녁 식사 한다는 걸 확실히 알아들었겠지?"

"확실히 그렇게 알고 있습니다, 나리!"

웨이터가 급속히 식어가는 내 찻주전자를 손바닥으로 만져보고 애원하듯이 나를 쳐다보다가 나가자, 드러믈은 나와 이웃한 어깨가 움직이지 않도록 조심하면서 호주머니에서 궐련 한 개비를 꺼내 그 끝을 입에 물었으나, 움직일 기미는 전혀 보이지 않았다. 숨이 막히고 속이 부글부글했지만, 나는 에스텔라의 이름을 들먹이지 않고서는 한마디도 더 이야기를 나눌 수 없다고 느꼈다. 그러나 그가 그녀의 이름을 입에 올리는 것은 차마 들을 수가 없어서, 나는 마치 거기에 아무도 없는 것처럼 맞은편 벽만 무표정하게 쳐다보며 억지로 침묵하고 있었다. 세 명의 부유한 농장주들이 ─ 내 생각에 웨이터가 그들을 끌어들인 것 같았는데 ─ 돌연히 들어오지 않았더라면, 우리가 얼마나 오랫동안 이런 우스꽝스런 태도로 있었을지는 말할 수가 없다. 농장주들은 방한 외투의 단추를 따고 손을 비비며 다방으로 들어와 벽난로를 차지했으므로, 우리는 그들 앞에서 양보할 수밖에 없었다.

나는 창문을 통해서 그가 말갈기를 움켜잡고 어줍고 비열한 태도로 말에 올라타서는, 말을 옆걸음 치게 하며 뒤로 물러나는 모습을 보았다. 그가 떠났다 싶었는데, 그때 그가 다시 돌아와 입에 물기만 하고 잊고 있던 궐련에 붙일 불을 가져오라고 요구했다. 엷은 다갈색 옷차림의 어떤 남자가 그가 원하는 것을 가지고 ─ 어디서 나왔는지는 알 수 없었다, 여관 마당에서인지 거리에서인지 혹은 그 밖의 어디서인지 ─ 나타났고, 드러믈이 말안장에서 몸을 기울여 궐련에 불을 붙이고는 머리를 다방 쪽으로 휙 들어 올리며 껄껄 웃을 때, 등을 내 쪽으로 향한 이 남자의 구부정한 어깨와 텁수룩한 머리는 올릭을 생각나게 했다.

그때는 기분이 너무도 언짢아서 그게 올릭인지 아닌지 별로 신경 쓸 새도 없었고, 또 어쨌든 아침 식사에 손 댈 겨를도 없었으므로, 나는 얼굴과 손에서 긴 여행과 비바람의 흔적을 씻어

내고 밖으로 나와 그 집으로 향했다. 내가 한 번도 발을 들여놓지 않았거나 몰랐더라면 훨씬 더 좋았을 그 잊지 못할 오래된 집으로.

44장

화장대가 놓여 있고 벽에서는 밀랍 촛불이 타고 있는 그 방에서, 나는 미스 해비셤과 에스텔라를 보았다. 미스 해비셤은 벽난로 가까이에 있는 긴 등받이 의자에 앉아 있었고, 에스텔라는 그녀의 발치에 있는 방석에 앉아 있었다. 에스텔라는 뜨개질을 하고 있었고, 미스 해비셤은 그걸 바라보는 참이었다. 내가 들어가자 그들은 둘 다 눈을 들어 나를 쳐다보았는데, 그들은 내게 생긴 변화를 알아차린 듯했다. 나는 그들이 서로를 바라보는 표정에서 그것을 짐작했다.

"그런데 여기는 무슨 바람이," 미스 해비셤이 말했다. "불어서 온 거니, 핍?"

그녀는 동요 없이 나를 쳐다보긴 했지만 나는 그녀가 꽤 당황한 것을 알아차렸다. 에스텔라는 나를 쳐다보며 잠깐 뜨개질을 쉬었다가 다시 계속했는데, 나는 그녀가 무언의 문자, 즉 수화로 내게 알려주기라도 하듯이 분명히 그녀의 손가락 놀림에서 내가 나의 진짜 은인을 밝혀냈다는 사실을 그녀도 알고 있음을 읽을 수 있다고 상상했다.

"해비셤 마님." 나는 말했다. "저는 어제 에스텔라와 얘기 좀 하려고 리치먼드에 갔었습니다. 그런데 무슨 바람이 불었는지 **그녀**가 여기에 왔다는 것을 알고, 저도 쫓아왔습니다."

미스 해비셤이 나보고 앉으라는 몸짓을 서너 번째 했으므로,

나는 그녀가 앉아 있는 모습을 종종 보았던 화장대 옆 의자에 앉았다. 내 발치와 주위에 있는 영락한 흔적에도 불구하고, 그 방이 그날따라 나와 자연스럽게 어울리는 것 같았다.

"제가 에스텔라에게 해야 했던 말을, 해비셤 마님, 지금 마님 앞에서 말씀드리겠습니다. 조금 있다가요. 그건 마님을 놀라게 하지도 않고, 불쾌하게 하지도 않을 겁니다. 저는 지금 마님께서 그간 원하셨던 만큼 더할 나위 없이 불행합니다."

미스 해비셤은 계속 까딱도 하지 않고 나를 쳐다보았다. 나는 뜨개질하는 에스텔라의 손가락 놀림에서 그녀가 내 말을 경청하고 있음을 알 수 있었지만, 그녀는 고개를 들어 나를 쳐다보지 않았다.

"저는 저의 은인이 누구인지 알아냈습니다. 그건 행운의 발견도 아니고, 저의 평판이나 지위나 운수나 그 어떤 것도 풍요롭게 해줄 것 같지 않습니다. 제가 그것에 대해 더 이상 말씀드리지 못하는 데는 다 이유가 있습니다. 그건 제 비밀이 아니라, 다른 분의 비밀입니다."

내가 에스텔라를 쳐다보며 어떻게 말을 이어갈까 생각하며 잠시 침묵하고 있을 때, 미스 해비셤이 내 말을 되풀이했다. "네 비밀이 아니라 다른 사람의 비밀이라고. 그런데?"

"처음에 저를 여기로 부르셨을 때, 해비셤 마님, 제가 결코 떠나지 말았어야 했던 건넛마을에 살았을 때 말입니다. 제가 생각하건대 정말로 제가 여기 왔던 것은 다른 어떤 아이가 했어도 되는 일, 그러니까 어떤 필요나 변덕을 만족시켜 주고 그 품삯을 받는 일종의 하인으로 왔던 거겠죠?"

"그렇단다, 핍." 미스 해비셤은 느긋하게 고개를 끄덕이며 대꾸했다. "넌 그렇게 왔었단다."

"그리고 그 재거스 씨는……."

"재거스 씨는," 미스 해비셤은 내 말을 가로채서 단호한 어조로 말했다. "그것과는 아무 상관도 없었고, 아무것도 몰랐었다. 그가 내 변호사이자 네 후원자의 변호사인 것은 우연의 일치야. 그는 수많은 사람들과 똑같은 관계를 유지하고 있고, 그런 우연은 쉽게 일어날 수 있는 법이지. 일이야 어찌 됐든 그건 이미 생긴 일이고, 어느 누가 일부러 꾸민 일은 아니란다."

그녀의 수척한 얼굴을 본다면, 지금까지는 감추거나 얼버무리려는 기색이 없었다는 걸 누구라도 알 수 있었을 것이다.

"그러나 제가 그렇게 오랫동안 헤어나지 못한 잘못된 생각에 빠졌을 때, 적어도 마님께서 저를 은근히 꾀어 들인 것이지요?" 내가 물었다.

"그래." 그녀는 또다시 느긋하게 고개를 끄덕이며 대답했다. "네가 그렇게 하도록 내가 꾀었다."

"그게 친절한 처사였나요?"

"내가 누군데." 미스 해비셤이 지팡이로 바닥을 내리치며 외쳤다. 그녀가 너무도 갑작스럽게 분노에 휩싸인 터라, 에스텔라도 놀라 그녀를 올려다보았다. "내가 누군데, 도대체, 친절해야 한단 말이냐!"

내가 털어놓은 불평은 설득력 없는 불평이었고, 또 나는 그렇게 불평할 의도는 없었다. 나는 그녀에게 그렇게 말했고, 그녀는 이렇게 발끈한 뒤에 생각에 잠겨 앉아 있었다.

"그래, 그래, 그래!" 그녀는 말했다. "그 밖에 또 뭐니?"

"저는 예전에 여기서 돌봐드리고 후한 보수를 받았습니다." 나는 그녀를 진정시키기 위해 말했다. "도제가 되었으니까 말입니다. 그리고 제가 이런 질문들을 여쭌 것은 다만 제 자신이 알고

자 해서였습니다. 이어서 여쭐 질문에는 다른(그리고 제가 바라기로는 보다 사심 없는) 목적이 있습니다. 마님은 제 오해를 키움으로써, 마님의 이기적인 친척들을 처벌하셨던—속이셨거나요, 아니면 불쾌하지 않은 표현을 직접 골라주실 수도 있겠지만—거죠?"

"그랬단다. 아니지, 그들이 그렇게 받아들였을 뿐이다! 너도 그랬었고. 내가 과거에 어떤 삶을 살아왔는데, 내가 나서서 수고스럽게 그들이나 너에게 그렇게 받아들이지 말라고 간청한단 말이냐! 너희가 너희 자신의 덫을 놓은 거야. 내가 덫을 놓은 적은 없다."

그녀가 다시 진정될 때까지 기다렸다가—왜냐하면 이번에도 역시 그녀가 사납고 갑작스럽게 발끈했기 때문이다—나는 말을 계속했다.

"저는 런던에 가서 마님 친척들 중 한 집안에 들어가 살게 되었고, 해비셤 마님, 또 그 이후로 항상 그들과 어울려 지냈습니다. 저는 그들 역시 정말로 저와 마찬가지로 똑같은 망상에 사로잡혀 있었다는 걸 알고 있습니다. 그래서 마님이 이걸 받아들이시든 말든, 또 이걸 믿을 마음이 드시든 드시지 않든, 이 말씀을 드리지 않으면 저는 거짓되고 비열한 놈이 될 겁니다. 만일 마님이 매슈 포킷 씨와 그분의 아들 허버트를 너그럽고, 청렴하고, 솔직하며, 어떤 흉계나 야비한 짓을 꾸미지 못할 사람들이라고 여기지 않으신다면, 마님이 그들 두 사람을 지극히 부당하게 대하시는 처사라는 말씀입니다."

"그들이 네 친구들이라 하는 소리지." 미스 해비셤은 말했다.

"그들은 제 친구가 되어줬습니다." 나는 말했다. "제가 그들의 지위를 빼앗았다고 생각할 때인데도 말입니다. 반면에 세라 포킷과 조지애너 양, 그리고 커밀라 부인은 저의 친구가 아니었다고 생각합니다."

그들을 다른 친척들과 대조하는 것이 그녀에게 어느 정도 효과가 있는 듯하여 다행스러웠다. 그녀는 잠시 날카로운 시선으로 나를 바라보더니 조용히 말했다.

"그들을 위해서 네가 원하는 게 뭐냐?"

"단지," 나는 말했다. "마님께서 그들을 다른 친척들과 혼동하지 말아주십사 하는 것뿐입니다. 그들은 같은 핏줄일지는 모르지만, 정말이지 그들은 본성부터 다릅니다."

여전히 나를 날카롭게 쳐다보면서 미스 해비셤이 거듭 물었다.

"그들을 위해서 네가 원하는 게 뭐냐?"

"보시다시피 저는 그렇게 교활하지 못해서," 나는 얼굴이 약간 달아오르는 것을 의식하며 이렇게 대답했다. "비록 감추고 싶다 해도, 제가 뭔가 바라는 게 있다는 것을 마님께는 감출 수가 없네요. 해비셤 마님, 마님께서 돈을 좀 내주셔서 제 친구 허버트에게 평생 지속될, 그러나 일의 성격상 그가 모르게 해야 하는 한 가지 도움을 주시겠다면, 제가 그 방법을 일러드리겠습니다."

"왜 그 일을 그가 모르게 해야 한다는 거지?" 그녀는 나를 좀 더 주의 깊게 바라볼 수 있게 양손을 지팡이 위에 올려놓으며 물었다.

"왜냐하면," 나는 말했다. "저는 2년여 전에 몰래 그를 도와주기 시작했는데, 그것이 알려지지 않기를 바라기 때문입니다. 왜 제가 그 일을 끝까지 해줄 수 없는지는 설명드릴 수 없습니다. 그것도 제 비밀이 아니라 다른 분의 비밀의 일부입니다."

그녀는 서서히 나에게서 시선을 거두어 벽난롯불로 돌렸다. 침묵 속에서, 그리고 천천히 닳아져 가는 촛불 옆에서 한층 더 길게 느껴지는 시간 동안 벽난롯불을 지켜보다가, 그녀는 몇몇 붉게 타는 석탄이 무너지는 소리에 정신을 차리고 다시금 나를 쳐다보았는데, 처음에는 멍하게 보더니 나중에는 점차 주의를 집중해서 쳐다보았다. 그동안 줄곧 에스텔라는 뜨개질만 계속했다. 미스 해비셤은 나에게 주의를 고정시키고는, 마치 우리 대화가 끊기지 않았던 것처럼 말했다.

"그 밖에 또 뭐냐?"

"에스텔라." 나는 이번엔 그녀를 돌아보고, 떨리는 목소리를 애써 억제하며 말했다. "내가 널 사랑하는 걸 너도 알지. 내가 널 오랫동안 끔찍이 사랑해 왔다는 걸 말이야."

이렇게 말하자 그녀는 두 눈을 들어 내 얼굴을 쳐다보았는데, 손가락으로는 뜨개질을 계속하며 냉정한 표정을 짓고 있었다. 나는 미스 해비셤이 나와 그녀를 번갈아 흘끔흘끔 쳐다보는 것을 알았다.

"내가 오랫동안 오해하지만 않았다면, 이 말을 좀 더 빨리 했을 거야. 그 오해 때문에 나는 해비셤 마님이 우리를 짝지어 주려 한다고 생각했던 거야. 나는 네가, 말하자면 스스로 선택할 수 없는 처지라고 생각했던 터라 이 말을 참았지. 그러나 이제는 꼭 말해야겠어."

냉정한 표정을 그대로 유지하고서, 또 여전히 손가락을 놀리면서, 에스텔라는 고개를 설레설레 저었다.

"나도 알아." 나는 그녀의 그런 몸짓에 대한 대답으로 말했다. "나도 안다고. 나에겐 너를 내 짝이라고 부를 가망 같은 건 없어, 에스텔라. 내가 곧 어떻게 될지, 얼마나 가난해질지, 혹은 어디로 가게 될지, 나는 아무것도 몰라. 그렇지만, 난 너를 사랑해. 이 집에서 널 처음 본 이후 계속 사랑해 왔어."

더없이 냉정하게 나를 쳐다보면서 손가락을 바삐 놀리는 가운데, 그녀는 또다시 고개를 설레설레 저었다.

"미스 해비셤이 가난한 소년의 감수성을 이용하고, 그를 헛된 희망과 부질없는 집착 속에서 수년 동안 괴롭힌 것은 잔혹한 일이었을 거야, 정말 끔찍하게 잔혹한 일이었겠지. 하지만 마님이 자신이 저지른 일의 심각성을 되새겼다면, 그렇게 하시지는 않았을 거야. 하지만 마님은 되새기시지 않았지. 마님은 자신의 시련을 견뎌내시느라 나의 시련을 잊고 계셨던 거야, 에스텔라."

나는 미스 해비셤이 가슴에 손을 얹은 것을 보았는데, 그녀는 손을 그대로 둔 채 에스텔라와 나를 번갈아 쳐다보면서 앉아 있었다.

"저기 말이야." 에스텔라는 매우 차분하게 말했다. "내가 이해할 수 없는 감정이나 환상—그걸 뭐라고 불러야 할지 모르겠는데—아무튼 그런 것들이 있나 봐. 네가 나를 사랑한다고 말할 때, 나도 그 단어의 뜻은 알아. 그런데 그 이상은 아무것도 모르겠어. 네 말은 내 가슴에 아무것도 전달하지 못해, 너는 내 가슴 속에 있는 아무것도 움직이지 못한다고. 나는 네가 말하는 것에 아무런 관심이 없어. 내가 이 점을 너에게 경고하려 했지, 그렇지 않니?"

나는 비참한 마음으로 말했다. "그랬지."

"그래. 그런데도 너는 경고를 받아들이려 하지 않았어. 왜냐하면 너는 내가 그냥 하는 소리라고 생각했기 때문이지. 자, 그렇게 생각하지 않았니?"

"나는 네가 진심으로 그럴 리는 없다고 생각했고, 또 그러길 바랐어. 그렇게 젊고, 순수하고, 아름다운 네가 말이야, 에스텔라! 결코 그런 본성을 가질 리 없다고 말이야."

"그것은 내 본성에 깃들어 있어." 그녀가 대답했다. 그런 다음 그녀는 힘을 주어 덧붙였다. "그것은 내 안에 형성된 본성에 깃들어 있다고. 내가 이렇게 말을 많이 하는 건, 내가 너와 다른 모든 사람들 사이에 큰 차이를 두기 때문이야. 더 이상은 못 해."

"그건 사실 아니야?" 나는 말했다. "벤틀리 드러믈이 여기 와 있으면서 너를 쫓아다니는 것 말이야."

"그건 틀림없는 사실이야." 그녀는 아주 경멸에 찬 무관심한 태도로 그에 대해 대답했다.

"네가 그를 부추기고, 그와 함께 말 타고 다니고, 바로 오늘 그와 함께 저녁 식사를 하는 것도 사실 아니야?"

그녀는 내가 어떻게 아는지 약간 놀라는 눈치였지만, 또다시 대꾸했다. "틀림없는 사실이야."

"네가 그를 사랑할 리가 없어, 에스텔라!"

그녀는 처음으로 뜨개질하던 손가락을 멈추고서, 다소 화를 내며 응수했다. "내가 너한테 뭐라고 말했었지? 그런 말에도 불구하고, 넌 아직도 내 말이 진심이 아니라고 여기는 거야?"

"그와는 결코 결혼하지 않을 거지, 에스텔라?"

그녀는 미스 해비셤 쪽을 바라보고, 손에 뜨개질감을 쥔 채 잠깐 동안 깊이 생각했다. 그런 다음 그녀는 말했다. "너한테 사실을 말 못 할 이유가 뭐 있겠니? 난 그와 결혼할 예정이야."

나는 얼굴을 숙여 양손으로 가렸다. 하지만 그녀가 그런 말을 하는 것을 듣는 게 얼마나 큰 고통이었는지를 생각하면, 예상했던 것보다 더 잘 감정을 억제할 수 있었다. 내가 다시 고개를 들어보니 미스 해비셤의 얼굴에 너무나 송장 같은 표정이 어려 있어, 그 표정은 심한 황망과 슬픔에 싸인 나에게도 깊은 인상을 안겨주었다.

"에스텔라, 소중하고도 소중한 에스텔라, 해비셤 마님이 너를 이런 파멸적인 상황으로 끌어들이게 해선 안 돼. 나를 영원히 제쳐놓아도 좋아, 네가 그렇게 해왔다는 걸 난 잘 알아. 그러나 누구라도 좋으니 드러믈보다는 좀 더 괜찮은 사람에게 네 자신을 맡겨. 해비셤 마님은 너를 그에게 넘기는 거야, 너를 흠모하는 훨씬 더 훌륭한 많은 남자들과 너를 진정으로 사랑하는 소수의 남자들에게 가능한 한 가장 큰 모욕과 상처를 주려고 말이야. 그 소수의 남자들 중에는, 비록 나만큼 오랫동안은 아니라도 나만큼 너를 끔찍이 사랑하는 남자가 있을 거야. 그런 남자를 택해, 그러면 난 널 위해 그 정도는 더 잘 견딜 수 있을 거야!"

내 진심이 그녀에게 한 가지 놀라움을 일깨웠는데, 만일 그녀가 내 진심을 조금이라도 이해할 수 있었다면 깊은 동정심으로 어루만져 주었을지도 모르는 놀라움이었다.

"나는 말이야," 그녀는 한층 부드러운 목소리로 다시 말했다. "그와 결혼할 거야. 결혼 준비는 진행 중이고, 나는 곧 결혼할 거야. 넌 왜 내 양모님의 성함을 모욕적으로 들먹이는 거니? 이건 내가 선택한 행동이야."

"네가 선택한 행동이라고, 에스텔라, 짐승에게 네 자신을 내던지는 게?"

"그럼 누구한테 내 자신을 내던져야 되는 건데?" 그녀는 미소를 지으며 응수했다. "내가 자기한테 어떤 감정도 못 느낀다는 사실을 금방 알아챌(만일 사람들이 그런 것들을 느낄 수 있다면 말이야) 남자에게 내 몸을 내던져야겠니? 거봐! 얘긴 끝났어. 나는 힘껏 잘할 거고, 내 남편도 잘할 거야. 그리고 네가 말하는 그 파멸적인 상황에 대해 말인데, 그렇다면 양모님이 나더러 기다리라고, 아직 결혼하지 말라고 하셨겠지. 하지만 난 내가 걸어온,

내게 극히 매력도 없는 이 삶이 지긋지긋해. 그래서 기꺼이 이 삶을 바꾸려는 거야. 더는 말하지 마. 우린 결코 서로를 이해하지 못할 거야."

"그런 비열한 짐승을, 그런 비열한 짐승을!" 절망에 빠진 내가 소리쳤다.

"내가 그에게 축복이 되리라는 염려는 하지 마." 에스텔라는 말했다. "난 그렇게 되지 않을 거야. 자! 내 손 여기 있어. 우리 이쯤에서 헤어질까, 이 몽상적인 소년—아니 몽상적인 신사분?"

"오, 에스텔라!" 나는 아무리 해도 참을 수 없는 뜨거운 눈물을 그녀의 손에 떨어뜨리며 대답했다. "내가 비록 영국에 남아 딴 사람들과 함께 고개를 들고 다닐 수 있을지언정, 어떻게 네가 드러믈의 아내가 된 꼴을 볼 수 있겠니?"

"그만둬." 그녀는 대답했다. "그만두라고. 곧 잊힐 거야."

"절대 그렇지 않아, 에스텔라!"

"넌 일주일이면 네 생각에서 날 지워버릴 거야."

"내 생각에서 지워버린다고! 넌 내 존재의 일부고, 내 자신의 일부야. 거칠고 비천한 소년이었던 내가 처음 여기에 온 이래로, 내가 읽는 책의 행간마다 네가 있었어. 사실 처음 만난 그때도 너는 내 가련한 가슴에 상처를 주었지. 너는 그 이후 내가 본 풍경 속에 존재해 왔어. 강에도, 배들의 돛에도, 습지에도, 구름에도, 빛에도, 어둠에도, 바람결에도, 숲에도, 바다에도, 거리에도. 너는 그 이후 내 마음이 알게 된 모든 우아한 환상의 화신이었어. 나에겐 네 존재와 영향력이 가장 튼튼한 런던의 건물을 지은 돌들보다도 더 단단했고, 그 돌들을 네 손으로 옮길 수 없는 것처럼 내게도 너의 존재는 단단하고 한결같았으며 앞으로도 그럴 거야. 에스텔라, 내 생애 최후의 순간까지 넌 내 인격의 일부이며, 내 내부의 보잘것없는 선의 일부이자 악의 일부로서 남아 있을 수밖에 없어. 그러나 이 이별에서 나는 너를 오직 선한 것하고만 연관 짓고, 언제나 충실하게 너를 거기에다 꼭 붙들어 두겠어. 왜냐하면 지금 나로 하여금 제아무리 모진 고통을 느끼게 한다 할지라도, 너는 나에게 해보다는 이로움을 훨씬 더 많이 주었음에 틀림없기 때문이야. 오, 하느님이 너를 축복해 주시기를, 하느님이 너를 용서해 주시기를!"

진정 정신이 나갈 정도로 비참한 내가 이런 말들을 얼마나 띄엄띄엄 쏟아냈는지 나는 모르겠다. 이 열광적인 하소연은 내부의 상처에서 나오는 피처럼 내 안에서 치밀어 올라 분출되었다. 나는 한참 동안 머뭇거리며 그녀의 손에 내 입술을 대고 있다가 그녀를 떠났다. 그러나 그 이후 언제나―그 직후에는 한층 강한 이유로―에스텔라가 그저 믿기지 않는다는 놀란 표정으로 나를 쳐다보는 한편 그 유령 같은 모습의 미스 해비셤은 여전히 손으로 가슴을 가린 채 서 있었고, 온통 연민과 후회의 끔찍한 시선 하나로 응축된 듯했다.

모든 게 끝났고, 모든 게 사라졌다! 너무나 많은 것이 끝나고 사라져서, 내가 대문을 나섰을 때는 햇빛조차 내가 들어갈 때보다 더 어두운 빛깔을 띠고 있는 것 같았다. 한동안 나는 뒷골목과 샛길로 들어가 몸을 숨겼다가, 런던까지 내내 걷기 시작했다. 왜냐하면 그때쯤에는 제정신이 들어서, 호텔로 돌아가 거기서 드러믈을 만날 수도 없고, 역마차에 앉아서 승객들과 이야기하는 것도 견딜 수가 없으며, 내 자신을 녹초가 되게 하는 것만큼 좋은 것은 없다고 생각하게 되었기 때문이다.

런던교를 건넌 것은 자정이 지나서였다. 나는 당시 미들섹스 강변 근처의 서쪽으로 나 있는 좁고 복잡한 거리를 따라 걸었는데, 템플로 가는 가장 빠른 길은 강변 바로 옆으로 카르멜 수도원을 지나는 것이었다. 나는 다음 날 돌아오기로 되어 있었지만, 내겐 열쇠가 있었기에 허버트가 잠자리에 들었다 해도 그를 깨우지 않고 내 잠자리로 들어갈 수 있었다.

템플이 닫힌 뒤에 카르멜 수도원 출입구로 들어가는 경우는 드물었고, 게다가 온몸이 진흙투성이인 데다가 지쳐 있었으므로 나는 야간 수위가 내가 들어가도록 문을 약간 열고서 나를 아주 유심히 살펴보는 것을 기분 나쁘게 여기지 않았다. 나는 그가 기억할 수 있도록 내 이름을 말해주었다.

"완전히 확신은 못했습니다만, 나리라고는 생각했습니다. 여기 쪽지가 있습니다, 나리. 그 쪽지를 가져온 심부름꾼이 나리께서 부디 제 램프 옆에서 그걸 읽어주십사고 요청했습니다."

이 요청에 무척 놀라면서 나는 그 쪽지를 받았다. 쪽지는 '필립 핍 귀하'라고 쓰여 있었고, 성명 위에 **"부디 여기서 읽어주십시오"**라는 말이 적혀 있었다. 나는 봉투를 뜯고, 수위가 램프를 들고 있는 동안 웨믹의 필체로 쓰인 내용을 읽었다.

"집에 가지 마십시오."

45장

그 경고를 읽자마자 나는 템플 출입문에서 발길을 돌려, 플리트 가로 최대한 서둘러 걸어갔다. 그리고 그곳에서 심야 전세마차를 잡아타고서 코벤트 가든에 있는 허멈스 호텔로 달려갔다. 그 당시에는 밤 어느 시간에라도 그곳에서 항상 방을 얻을 수 있었는데, 호텔 종업원은 즉시 나를 쪽문으로 들여보내고서 선반 위에서 다음 순번인 초에 불을 붙인 다음, 방 목록에서 다음 순번인 침대 방으로 나를 곧장 안내했다. 그 방은 1층 뒤쪽에 있는 일종의 지하 감옥 같은 방으로 포악한 괴물 같은 기둥 네 개짜리 침대 하나가 놓여 있었는데, 그 침대는 방 전체에 걸터앉듯이 자리 잡고서 제멋대로인 다리 하나는 벽난로 속에 들여놓다시피 하고 다른 다리 하나는 문간으로 내딛다시피 해서 아주 신과 같은 당당한 모양으로 초라한 작은 세면대를 옥죄고 있었다.

내가 침실용 야간 실내등을 요청했기 때문에, 호텔 종업원은 방에 나를 두고 나가기 전에 그 고결한 시대에 쓰던 훌륭하고 아주 합헌적인 옛날 골풀 양초[1]를 하나 가져다주었는데, 흡사 지팡이처럼 생긴 물건으로 건드리기만 해도 즉시 배면이 부러지고 그 무엇으로도 불을 붙일 수 없을 만큼 약했으며 벽에 높다랗게 달린 깡통 밑바닥에 외롭게 갇혀 있는 것처럼 들어 있었다. 그

---

1 골풀 줄기에 초를 먹여 만든 싸구려 양초로, 잘 부러지고 빛이 약하긴 하지만 불법적인 제품은 아니었기에 '합헌적'이라 한 것이다.

깡통에는 동그란 구멍들이 뿡뿡 뚫려 있어서 벽에 노려보는 듯 동그랗게 치뜬 눈동자 무늬를 만들어냈다. 침대에 들어가 발도 아픈 데다 지쳐서 비참하게 누워 있을 때, 내가 이 바보 같은 아르고스[2]의 눈을 감겨줄 수 없듯 내 자신의 눈도 감을 수가 없다는 것을 깨달았다. 그리하여, 어둡고 고요한 한밤중에 우리는 서로를 응시하고 있었다.

얼마나 쓸쓸한 밤이었던가! 얼마나 걱정스럽고, 얼마나 우울하고, 얼마나 긴긴밤이었던가! 방 안에는 차가운 검댕과 더운 먼지의 불쾌한 냄새가 풍겼다. 그리고 내 머리 위 침대 닫집의 구석들을 올려다보면서, 나는 푸줏간에서 날아든 참으로 수많은 쉬파리들, 장터에서 날아든 집게벌레들, 시골에서 흘러든 유충들이 틀림없이 거기 위에 꽉 매달려 다음 여름을 위해 쉬고 있으리라는 생각이 들었다. 이런 생각은 그 벌레들 중에 어느 놈이 굴러떨어지지는 않을까 하는 생각으로 이어졌고, 그러자 내 얼굴에 뭔가 가벼운 것이 떨어지는 느낌이 들었다고 상상했는데, 이것은 뭔가 한층 더 불쾌한 것이 내 등을 타고 올라오고 있다는 꺼림칙한 생각으로 바뀌었다. 잠을 못 이루고 잠시 누워 있노라니 정적을 가득 채운 그 특이한 목소리들이 들려오기 시작했다. 벽장은 속삭이고, 벽난로는 한숨짓고, 작은 세면대는 똑딱거리고, 장롱 서랍에서는 기타 줄 하나가 이따금 띵띵거렸다. 이와 거의 동시에 벽에 비친 눈동자들은 새로운 표정을 띠었는데, 나는 그 노려보는 둥그런 무늬 하나하나에 '집에 가지 마십시오'라고 쓰여 있는 것을 보았다.

---

2 그리스 신화에 등장하는 백 개의 눈을 가진 거인으로, 항상 두 개의 눈은 뜨고 있었다고 한다. 여기서는 벽에 투영된 수많은 눈동자 모양 무늬에 빗대어 아르고스처럼 눈을 말똥말똥 뜨고 잠 못 이루는 핍의 심정을 표현한 것이다.

밤의 상상들과 밤의 소리들이 아무리 나에게 밀어닥쳐도, 결코 이 '집에 가지 마십시오'라는 말을 물리치진 못했다. 이 말은 마치 육체적인 고통이 그러했을 것처럼 내가 무슨 생각을 하든지 간에 그 속으로 비집고 들어와 뒤엉켰다. 얼마 전에 신문에서, 어느 성명 미상의 신사 한 사람이 밤에 허먼스에 투숙하여 잠자리에 들었다가 스스로 목숨을 끊어 이튿날 아침에 피투성이로 발견되었다는 기사를 읽은 적이 있었다. 문득 그 자살한 신사가 틀림없이 내가 들어 있는 이 지하 감옥 같은 방에 묵었으리라는 생각이 떠올라, 나는 침대에서 빠져나와 주변에 붉은 핏자국이 없는지 확인해 보았다. 그런 다음 방문을 열어 내다보고는, 그 가까이에서 호텔 종업원이 졸고 있는 것으로 알고 있는 먼 곳의 불빛을 벗 삼아 기운을 차렸다. 그러나 이러는 동안 내내, 왜 내가 집에 가지 말아야 하는지, 집에 무슨 일이 일어났는지, 언제 내가 집에 가야 되는지, 프로비스는 집에서 무사한지 등등의 문제가 내 마음을 너무나도 꽉 차지하고 있어서 다른 문제에 대해서는 생각할 여지도 없을 정도였다. 내가 에스텔라를 생각할 때조차도, 우리가 그날 어떻게 영원히 이별했던가를 생각할 때조차도, 그리고 우리의 이별의 그 모든 상황과 그녀의 모든 표정과 어조, 그리고 뜨개질할 때 그녀의 손가락 놀림을 회상할 때조차도—그런 모든 때조차도 나는 여기저기 그리고 도처에서 '집에 가지 마십시오'라는 경고를 추적하고 있었다. 마침내 심신이 완전히 기진맥진하여 겉잠이 들었을 때, 그 경고는 내가 어형 변화를 시켜야 하는 거대한 환영 같은 동사가 되었다. 명령법 현재시제로 '그대 집에 가지 마시오', '그가 집에 못 가게 하라', '우리 집에 가지 맙시다', '너희들 또는 너는 집에 가지 마라', '그들이 집에 가지 못하게 해.' 다음엔 가능법으로 '나는 집에 못

갈 수도 있어, 나는 집에 갈 수 없어'라거나 '나는 집에 못 갈 수도 있을 거야, 갈 수 없을 거야, 가지 못할 거야, 가서는 안 될 거야.' 등등으로 변화시켰다. 그러다가 나는 정신이 돌아버릴 것 같다는 느낌이 들어 베개를 끼고 돌아누운 다음 다시금 벽 위에서 노려보는 그 둥근 눈동자들을 쳐다보았다.

나는 7시에 깨워달라는 지시를 해뒀다. 왜냐하면 다른 사람을 만나기 전에 웨믹을 반드시 만나봐야 하는 것이 자명했고, 이에 못지않게 이 사안이 그의 월워스식 견해를 들어야 하는 경우인 것도 자명했다. 그토록 비참하게 밤을 지냈던 방에서 나가게 되어 한시름 놓였다. 내가 불편한 침대에서 뛰쳐나오게 하기 위해서는 문을 두 번 노크할 필요도 없었다.

8시가 되자 월워스 성벽들이 시야에 들어왔다. 마침 어린 하녀가 따끈따끈한 롤빵 두 개를 가지고 요새로 들어가고 있었으므로, 나는 그 아이를 따라 성채의 뒷문을 지나 도개교를 건너, 자신과 노부를 위해 차를 준비하고 있는 웨믹 앞에 예고도 없이 들이닥쳤다. 열린 문으로는 노인장이 멀리 침대에 누워 있는 모습이 보였다.

"어서 오세요, 핍 씨!" 웨믹이 말했다. "그러니까 돌아오신 거군요?"

"예." 나는 대답했다. "그러나 집에는 안 갔습니다."

"잘하셨습니다." 그는 손을 비비면서 말했다. "제가 템플의 각 출입문마다 선생을 위해 쪽지를 남겨뒀습니다, 혹시나 해서요. 어느 출입문으로 가셨습니까?"

나는 그에게 알려줬다.

"제가 오늘 중으로 나머지 출입문들에 들러서 그 쪽지들을 파기하겠습니다." 웨믹은 말했다. "그럴 수만 있다면, 문서로 된 증

거를 절대로 남기지 않는 것이 좋은 습관입니다. 언제 증거물로
제시될지 아무도 모르니까요. 선생께 실례 좀 하겠습니다. **혹시,**
저의 아버님을 위해 이 소시지를 좀 구워주시겠습니까?"

나는 기꺼이 그러겠다고 말했다.

"그럼 넌 가서 네 볼일을 봐도 되겠다, 메리 앤." 웨믹은 어린
하녀에게 말했다. "이렇게 되면 우리 둘만 남는 겁니다. 안 그렇
습니까, 핍 씨?" 하녀가 사라지자 그는 눈을 끔벅이며 덧붙였다.

나는 그의 호의와 신중함에 감사했다. 우리의 담화는 낮은 목
소리로 이어졌는데, 그러는 동안 나는 노인장의 소시지를 구웠
고 웨믹은 노인장의 롤빵 속에 버터를 발랐다.

"자, 핍 씨, 아시다시피," 웨믹은 말했다. "선생과 나는 서로를
이해합니다. 우리는 지금 사적이고 개인적인 자격으로 만나고
있고, 오늘 이전에도 우리는 비밀 거래를 한 적이 있죠. 사무적
인 견해는 별개의 것입니다. 우리는 지금 비사무적으로 만나고
있습니다."

나는 진심으로 동의했다. 너무나 심하게 긴장한 나머지 노인
장의 소시지를 이미 횃불처럼 불붙게 한 터라, 나는 입으로 바람
을 불어 불을 꺼야만 했다.

"어제 아침에 우연히 들었습니다." 웨믹이 말했다. "제가 전에
선생을 모시고 한 번 갔던 곳에서였는데요―선생과 저 사이
일지라도, 피할 수 있으면 이름은 언급하지 않는 것이 좋겠습니
다."

"그러지 않는 것이 훨씬 좋겠죠." 내가 말했다. "이해합니다."

"그곳에서 어제 아침에 우연히 들었습니다." 웨믹은 말했다.
"식민지 사업과 전적으로 관계가 없지 않고, 또 휴대 가능한 동
산을 소유하지 않았다고 할 수 없는 어떤 사람이―저는 그가 정

말 누구인지는 모릅니다―우리는 이 사람의 이름을 말하지 않기로 하는 겁니다……."

"말할 필요가 없죠." 내가 말했다.

"……이 세상의 어떤 지역에서 약간의 소란을 일으켰다더군요. 그 지역은 꽤 많은 사람들이 가는 곳인데, 언제나 자발적인 의사로 가는 것은 아니며 정부의 비용과 전혀 무관하지 않게 가는 곳이랍니다……."

그의 얼굴을 주시하다가 노인장의 소시지를 완전히 불꽃으로 만들어버리는 바람에, 내 자신과 웨믹의 주의를 대단히 분산시켰다. 이 일에 대해 나는 사과했다.

"……그런 곳에서 그가 사라졌고, 그 근처에서 더 이상 소식이 없기 때문에 생긴 일이랍니다. 그로 인해서," 웨믹은 말했다. "여러 가지 억측이 생겨나고 여러 가지 견해가 형성되었답니다. 저는 또한 선생이 템플의 가든코트에 있는 거처에서 감시를 받아왔고, 그리고 앞으로도 또다시 감시를 받을지도 모른다는 말도 들었습니다."

"누구한테요?" 내가 물었다.

"그것까지는 말 못 합니다." 웨믹은 대답을 회피하며 말했다. "그것은 제 직무상의 책임과 충돌할 수도 있으니까요. 같은 장소에 들렀을 때 제가 들어온 다른 이상한 것들과 같이 이것도 거기서 들은 겁니다. 제가 받은 정보에 대해 말씀드리는 게 아닙니다. 그냥 들은 겁니다."

그렇게 말하며 그는 내게서 소시지 굽는 꼬챙이와 소시지를 가져다가, 조그만 쟁반에 노부의 아침 식사를 깔끔하게 차렸다. 그것을 노부 앞에 갖다놓기 전에 깨끗한 흰 천을 가지고 노부의 방에 들어가 그것을 턱 밑에 매어주더니, 그를 일으켜 기대놓고

취침용 모자를 한쪽으로 밀어서 아주 말끔한 모습으로 매만져 주었다. 그런 다음 그는 아주 조심스럽게 아침 식사를 노부 앞에 내려놓고는 말했다. "괜찮으시죠, 그렇죠, 아버님?" 이에 기분이 좋아 보이는 노인장이 대꾸했다. "괜찮다, 존, 얘야, 괜찮아!" 노인장이 남에게 모습을 보일 상태가 아니고, 또 그래서 안 보이는 것으로 쳐야 한다는 암묵적 합의가 있는 듯하여 나는 이 일들의 진행을 전혀 모르고 있는 척했다.

"제가 거처에서 이렇게 감시당한다는 것은(나에게도 이 점을 의심할 만한 이유가 있었다)," 웨믹이 돌아오자 나는 그에게 말했다. "선생이 말씀하신 그 사람과 분리될 수 없는 사안이겠죠, 그렇죠?"

웨믹은 아주 심각한 표정이었다. "그렇다고 책임지고 말씀드릴 수는 없습니다, 제가 알고 있는 한 말입니다. 제 말씀은, 처음부터 그랬다고는 책임지고 말씀드릴 수 없다는 겁니다. 하지만 지금도 분리될 수 없거나, 장차 분리될 수 없거나, 분리될 수 없는 위험이 큽니다."

나는 그가 리틀 브리튼에 대한 신의 때문에 자기가 할 수 있는 만큼 말해주지 못한다는 것을 알고 있었고, 또 그가 말해주는 것도 그의 행동 범위에서 얼마나 멀리 벗어난 것인지를 고마운 심정으로 알고 있었으므로, 그에게 강요할 수 없었다. 그러나 불을 쬐며 잠시 숙고한 끝에, 나는 그가 옳다고 판단하는 바에 따라 대답을 해도 되고 안 해도 된다는 조건으로 한 가지 질문을 하고 싶으며, 또 그가 택하는 방향이 옳을 것으로 확신한다고 그에게 말했다. 그는 아침 식사를 잠깐 중단하고 팔짱을 끼고서 셔츠 소맷자락을 잡더니(그가 생각하는 실내에서의 편안함이란 양복 재킷 없이 앉아 있는 것이었다), 나보고 질문을 하라는 식으로 한 번 고개를 끄덕였다.

"본명이 컴피슨이라는, 성질이 고약한 사람에 대해 들어보셨나요?"

그는 또 한 번 고개를 끄덕이는 것으로 대답했다.

"그가 살아 있나요?"

또 고개를 끄덕였다.

"그 사람 런던에 있나요?"

그는 다시 한번 나에게 고개를 끄덕였다. 그러고는 우체통 같은 입을 아주 굳게 다물고 마지막으로 한 번 더 고개를 끄덕여주더니, 아침 식사를 다시 시작했다.

"자." 웨믹이 말했다. "질문이 끝나셨으니까," 그는 내게 주는 지침으로 이 말을 강조해서 되풀이했다. "제가 소문을 들은 후에 어떤 일을 했는지 말씀드리죠. 선생을 찾으러 가든코트에 갔었습니다. 그런데 찾질 못해서, 클래리커 상사로 허버트 씨를 찾아갔습니다."

"그래서 그를 찾았나요?" 나는 몹시 걱정스러워하며 물었다.

"그래서 그를 찾았습니다. 어떤 이름을 언급하거나 어떤 자세한 이야기도 하지 않은 채 저는 그에게, 만일 누구든—톰인지 잭인지 혹은 리처드인지—거처 주변이나 가까운 이웃에 있는 사람을 알고 있다면, 톰인지 잭인지 혹은 리처드인지를 선생이 출타 중일 때 딴 데로 옮겨가게 하는 것이 좋을 거라고 이해시켰습니다."

"그는 어찌 할지 몰라 크게 당황했을 텐데요?"

"**정말** 그는 어찌 할지 몰라 당황했습니다. 또 톰인지 잭인지 혹은 리처드인지를 너무 멀리 떨어뜨려 놓으려고 하는 것은 현재로서는 안전하지 않다는 제 의견을 말해줬다고 해서 그만큼 덜 당황하지도 않았습니다. 핍 씨, 한 가지 말씀드리겠습니다. 현재 상황에서는, 일단 런던에 들어와 있는 이상 이런 대도시처럼 좋은 곳은 없습니다. 덮개를 너무 빨리 벗어던지지 마세요. 숨어 계세요. 상황이 완화될 때까지 기다렸다가, 덮개를 열더라도 그때 열고, 바깥바람도 그때 쐬어야 합니다."

나는 그의 값진 충고에 감사를 전하고, 허버트가 어떻게 했는지 물었다.

"허버트 씨는," 웨믹은 말했다. "반 시간 동안이나 깜짝 놀란 상태에 있다가, 한 가지 계획을 짜냈습니다. 그는 비밀로 저에게, 아마 선생도 알고 계시듯 병석에 계신 아버지를 모시고 있는 어떤 젊은 숙녀에게 구혼 중이라고 말해줬습니다. 여객선 사무장직에 근무했던 그 아버지는 배들이 강을 오르내리는 것을 볼 수 있는, 활 모양으로 돌출된 창가 침대에 누워 지낸답니다. 선생도 그 젊은 숙녀와 아는 사이시죠, 십중팔구 그렇죠?"

"직접적으로는 모릅니다." 나는 말했다.

사실인즉 그녀는 나를 허버트에게 아무런 이익이 되지 않는 사치스런 친구라고 싫어했으며, 그래서 허버트가 그녀에게 나를 소개하겠다고 처음 제안했을 때 그녀는 그 제안을 매우 시답잖게 받아들인 적이 있었고, 허버트는 내가 그녀와 안면을 트기 전에 시간이 좀 흘러야 한다고 예상하고는 어쩔 수 없이 그런 상황을 나에게 털어놓아야겠다고 생각했었다. 내가 몰래 허버트를 도와 그의 미래를 진척시키기 시작했을 때, 나는 이 상황을 기분 좋은 체념으로 견뎌낼 수 있었다. 허버트와 그의 약혼녀는 그들대로 둘만의 시간을 제삼자와 나누려 하지 않는 것이 어찌 보면 당연했다. 그리하여 비록 클라라의 나에 대한 평가가 좋아졌다고 확신하고, 비록 허버트를 통해 그 숙녀와 내가 오랫동안 정기적으로 전갈과 안부를 주고받았을지라도, 나는 그녀를 직접 본 적이 전혀 없었다. 그렇지만 나는 이런 시시콜콜한 이야기로 웨믹을 난처하게 하지는 않았다.

"밖으로 돌출된 내닫이창이 있는 그 집은," 웨믹은 말했다. "라임하우스와 그리니치 사이의 잔잔한 풀 수역 아래 강가에 있고, 어느 매우 존경할 만한 미망인이 소유하고 있는 것 같은데, 이 소유주가 위층에 가구가 딸린 셋방을 내놨다 하여 허버트 씨가 그곳을 톰인지 잭인지 혹은 리처드인지의 임시 거처로 삼으면 어떻겠느냐고 저에게 말했습니다. 자, 저는 그것이 매우 좋겠다고 생각했는데, 그 세 가지 이유를 대보겠습니다. 첫째. 그곳은 선생이 드나드는 모든 구역에서 완전히 벗어나 있고, 일상적으로 복잡하고 크고 작은 거리에서도 충분히 떨어져 있습니다. 둘째. 선생이 직접 그곳에 접근하지 않고도, 허버트를 통해서 톰인지 잭인지 혹은 리처드인지의 안전 여부를 항상 들으실 수 있습니다. 셋째. 얼마 후 빈틈이 없다는 판단이 설 때, 톰인지 잭인지 혹은 리처드인지를 외국 화물선에 태워 몰래 떠나게 하려 하신다면, 그가 거기 있는 겁니다. 이미 준비된 상태로 말이죠."

이런 헤아림에 무척 위안이 되어 나는 웨믹에게 거듭 감사를 전하고, 그에게 이야기를 계속해 달라고 부탁했다.

"글쎄요, 선생! 허버트 씨는 진지하게 이 일에 발 벗고 나섰습니다. 그래서 어젯밤 9시까지 톰인지 잭인지 혹은 리처드인지의 —그게 누구든 선생과 저는 굳이 알 필요가 없죠—거처를 아주 성공적으로 옮겨줬습니다. 이전 하숙집에는 그가 도버로 가게 되었다고 해두고, 실제로 그를 도버 가는 길로 데리고 내려갔다가 구석으로 빠져나왔답니다. 자, 이 모든 일의 또 하나의 큰 이점은 이 일이 선생이 없었을 때 실행됐다는 점입니다. 그래서 만일 선생의 움직임에 관심을 가진 사람이 있었다면, 그때 선생은 아주 멀리 떨어진 곳에 가서 전혀 다른 일을 보고 있던 것으로 파악되었을 게 틀림없습니다. 이것은 의심을 딴 데로 돌리고 헷갈리게 하죠. 그리고 같은 이유로 저는 선생이 어젯밤에 돌아오신다 해도 집으로는 가시지 말라고 충고했던 겁니다. 그렇게 하면 혼란은 더 커지고, 선생에겐 그게 필요하죠."

아침 식사를 끝낸 웨믹은 이제 시계를 보고, 외투를 입기 시작했다.

"자, 이제, 핍 씨." 그의 양손은 아직 외투 소맷자락 속에 들어 있었다. "제가 할 수 있는 것은 최대한 다 한 것 같습니다만, 혹시 제가 더 할 일이 있으면―월워스식 견해에서, 그리고 엄격하게 사적이고 개인적인 자격으로 말입니다―기꺼이 해드리겠습니다. 여기 주소가 있습니다. 오늘 밤 집에 가시기 전에 이곳에 가셔서, 톰인지 잭인지 혹은 리처드인지가 아무 탈이 없는지 직접 보시는 것은 아무런 해가 안 될 겁니다. 바로 이것이 어젯밤 선생이 집에 못 가신 또 하나의 이유입니다. 그렇지만 집으로 가신 뒤에는 거기에 다시 가진 마세요. 이런, 괜찮습니다, 핍 씨." 그의 양손은 이제 소맷자락 밖으로 나와 있었고, 나는 감사의 뜻으로 그의 양손을 잡고 흔들고 있었다. "그리고 마지막으로 한 가지 중요한 사항을 선생께 알려드려야겠습니다." 그는 양손을 내 어깨에 얹고서 엄숙한 속삭임으로 덧붙였다. "오늘 저녁을 이용해서 그의 휴대 가능한 동산을 손에 넣으세요. 그에게 무슨 일이 생길지 아무도 모릅니다. 그 휴대용 동산에 아무 일도 생기지 않게 하세요."

이 점에 대해 웨믹에게 내 마음을 이해시키는 것은 아주 절망적인 일이 될 것이므로, 나는 그런 시도를 삼갔다.

"시간이 다 됐습니다." 웨믹이 말했다. "전 가봐야겠습니다. 더 급한 다른 용무가 없다면 이곳에서 어두워질 때까지 머무르세요, 그게 제가 드리고 싶은 충고입니다. 아주 많이 걱정스런 표정이신데, 저의 노부님과 완전히 조용한 하루를 보내시면 도움이 되실 겁니다—아버님은 곧 여기로 나오실 겁니다—그리고 그때 그 돼지 기억나십니까?"

"물론이죠." 나는 말했다.

"그럼, **그놈을** 약간 드셔보시죠. 아까 구워주신 그 소시지는 그놈 고기였는데, 모든 면에서 일등급이었죠. 잡숴보세요, 그저 옛 친면을 생각해서라도 말입니다. 다녀오겠습니다, 아버님!" 그가 명랑하게 소리쳤다.

"그래라, 존. 그래, 애야!" 노인이 안에서 큰 소리로 말했다.

나는 웨믹의 벽난로 앞에서 곧 잠이 들었다. 그래서 노인장과 나는 거의 하루 종일 벽난로 앞에서 잠자는 것으로 서로의 사교를 즐겼다. 우리는 점심으로 돼지 허리 고기와 그 집에서 기른 야채를 먹었다. 그리고 나는 조느라고 고개를 끄덕여 주지 못했을 때를 제외하고는 언제나 성의를 다해 노인장에게 고개를 끄덕여 줬다. 날이 아주 어두워졌을 때, 나는 빵을 굽기 위해 불을 준비하고 있는 노인장을 두고 떠났다. 나는 노인장이 벽에 난 두 조그만 문들을 흘긋흘긋 쳐다보는 모습이라든지 찻잔의 개수로 봤을 때 스키핀스 양이 오리라는 것을 알 수 있었다.

46장

8시를 치는 시계 소리가 난 뒤에야 비로소 나는 밤공기를 쐴수 있었다. 밤공기는 긴 강가를 따라 늘어선 조선소들, 돛과 노와 배 받침대 제작소들에서 나오는 나무토막과 대팻밥 냄새를 썩 싫지 않게 풍겼다. 런던교 아래의 잔잔한 풀 수역 상류와 하류 쪽 강변의 전 지역은 나에게 낯선 곳이었다. 그래서 강가로 내려갔을 때, 내가 찾는 장소가 추측했던 곳에 있지도 않고 또 그곳을 찾기가 아주 쉽지 않다는 것을 깨달았다. 그곳은 칭크스 유역의 밀 폰드 뱅크[1]라는 곳이었는데, 칭크스 유역으로 가는 길잡이로 내게 있는 것이라고는 '올드 그린 코퍼 로프워크'라는 밧줄 공장 이름뿐이었다.

내가 길을 잃었던 것은 대수로운 문제가 아니다. 마른 부두에서 수리 중인 그 수많은 묶여 있는 배들 사이에서, 두들겨져 산산조각으로 해체되고 있는 그 수많은 낡은 선체들 사이에서, 조수에 밀려온 온갖 연한 개흙과 점액과 기타 찌꺼기들 사이에서, 그 수많은 조선소와 폐선소의 작업장들 사이에서, 몇 년 동안 쓰이지도 않고 땅바닥에 처박혀 있는 그 수많은 녹슨 닻들 사이에서, 산악 지방처럼 쌓여 있는 통과 목재 더미들 사이에서, '올드 그린 코퍼'가 아닌 그 많고 많은 밧줄 공장들 사이에서 나는 길

---

1 물레방아를 돌리는 데 쓰이는 물을 가둬둔 방죽의 둑을 의미하므로, 이곳이 물레방앗간이 있었던 동네임을 알 수 있다.

을 잃고 또 잃었던 것이다. 몇 차례나 목적지에 못 미치기도 하고 또 몇 차례나 목적지를 지나치기를 거듭한 뒤에, 나는 뜻밖에도 어느 모퉁이를 돌아서 밀 폰드 뱅크에 이르게 되었다. 모든 상황을 고려해 볼 때 시원하고 상쾌한 곳으로, 강에서 불어오는 바람이 한 바퀴 돌아나갈 여유가 있었고 그 안에는 나무 두세 그루도 있었으며, 부서진 풍차의 밑동도 있었다. 그리고 밧줄 공장 '올드 그린 코퍼 로프워크'도 있었는데, 공장의 길고 좁은 조망은 땅바닥에 줄지어 세워놓은 나무테들을 따라 달빛 속에서 더듬어 볼 수 있었으며, 그 나무테들은 낡아서 대부분 이가 빠져 버린, 이미 폐기된 건초용 갈퀴처럼 보였다.

밀 폰드 뱅크에 있는 몇 채 안 되는 묘하게 생긴 집들 가운데서, 정면이 목조로 되어 있고 밖으로 내민 내닫이창이(이것과는 다른 내닫이 각창이 아닌) 달린 3층 집을 찾아내 그 집 문패를 쳐다보았는데, 문패에는 '윔플 부인'이라고 쓰여 있었다. 내가 찾는 이름이었으므로 문을 두드렸다. 그러자 상냥하고 부유해 보이는 나이 지긋한 부인이 응답했다. 그런데 그녀는 나를 즉시 허버트에게 인계해 줬고, 허버트는 말없이 나를 응접실로 안내하고서 문을 닫았다. 그런 매우 낯선 지역의 방에서 매우 낯익은 그의 얼굴이 매우 편안하게 안정되어 있는 모습을 보는 것은 야릇한 느낌을 주었다. 나는 나도 모르게 응접실에 진열된 다른 것들을 쳐다보듯 그를 쳐다보고 있었는데, 구석 찬장에는 유리잔과 자기 그릇이 들어 있었고 벽난로 선반에는 조가비들이 있었으며, 벽에는 채색 동판화 몇 점이 걸려 있었는데 이 동판화들은 쿡 선장[2]의 죽음, 배의 진수, 그리고 대례용 마차의 마부 가발을

---

2 영국의 탐험가, 항해사, 지도 제작자, 해군 장성으로 식민지 개척에 큰 공을 세운 제임스 쿡을 말한다. 그는 하와이에서 원주민과 전투 중에 사망했다.

쓰고 짧은 가죽 승마바지와 승마구두 차림으로 윈저 궁 테라스에 서 있는 조지 3세[1] 국왕 폐하를 그린 것들이었다.

"다 잘 풀렸어, 헨델." 허버트가 말했다. "그리고 그분도, 너를 매우 보고 싶어 하긴 하지만 아주 만족하고 있어. 사랑하는 우리 아가씨는 아버지와 함께 있는데, 내려올 때까지 기다려주면 너를 소개해 줄게. 그런 다음 위층으로 가자……. **저것이** 그녀의 아버지가 내는 소리야."

내가 머리 위에서 들려오는 놀랍도록 으르렁거리는 소리를 의식하고 있다는 사실이 내 표정에 드러난 모양이었다.

"아무래도 슬픔에 잠긴 노친네 같아." 허버트가 미소를 띠며 말했다. "그런데 난 그를 한 번도 못 봤어. 럼주 냄새 안 나니? 그걸 항상 입에 달고 사시거든."

"럼주를?" 내가 말했다.

"응." 허버트가 대답했다. "그것이 그의 통풍을 얼마나 누그러뜨리는지는 너도 짐작이 가겠지. 또 고집을 피워서는 모든 음식을 위층 자기 방에다 두고, 그걸 직접 나눠주고 있어. 그것들을 자기 머리 위 선반에다 올려놓고 **꼭** 일일이 무게를 단다는 거야. 그의 방은 틀림없이 잡화상 같겠지."

그가 이렇게 말하는 동안 으르렁거리는 소리는 질질 끄는 고함 소리로 바뀌었다가 잠잠해졌다.

"다른 결과가 있을 수 있겠어?" 허버트가 설명조로 말했다. "그가 **막무가내로** 치즈를 자르려고 한다면 말이야. 오른손에, 그리고 전신 곳곳에 통풍이 있는 사람이라면, 다치지 않고 무겁고 단단한 더블 글로스터 치즈를 자르리라고 기대할 수는 없잖아."

---

1 하노버 혈통의 영국 왕으로 1760년부터 1820년까지 재위했다.

또 한 번 무섭게 고함치는 걸 봐서 그는 아주 심하게 다친 듯했다.

"프로비스를 위층 하숙인으로 둔 것은 윔플 부인에게는 뜻밖의 행운이야." 허버트는 말했다. "왜냐하면 당연히 사람들은 일반적으로 그런 소음을 참으려 하지 않으니까. 이상한 집이지, 헨델, 안 그래?"

과연 이상한 곳이긴 했지만, 대단히 잘 관리되고 깨끗했다.

내가 그런 의미로 말하자 허버트가 대답했다. "윔플 부인은 가정주부 중에 으뜸이야. 그리고 난 정말, 마치 어머니 같은 그분의 도움이 없었다면 우리 클라라가 어찌 꾸려 나갔을지 모르겠어. 클라라는 어머니도 안 계시고, 헨델, '우락부락 고집불통' 노인 말고는 이 세상에 피붙이라곤 없거든."

"설마 그게 그의 이름은 아니겠지, 허버트?"

"그럼, 그럼." 허버트는 말했다. "내가 붙인 이름이야. 그의 이름은 발리 씨야. 하지만 우리 아버지와 어머니 같은 부모 밑에서 자란 아들이 가족이 전혀 없는 여자와 사랑에 빠졌다는 게 얼마나 다행스러운 일인지 몰라. 그녀는 자기 가족 문제로 자신이나 다른 사람을 귀찮게 할 일이 전혀 없으니까!"

허버트는 전에도 이미 말해줬던 것을 나에게 다시 상기시켜 주었다. 그가 클라라 발리 양을 처음 알게 된 것은 그녀가 해머스미스의 한 학교에서 공부를 끝마쳐 가고 있을 때였고, 그녀가 아버지 간병 때문에 집으로 불려갈 때 그와 그녀는 그들의 애정을 어머니 같은 윔플 부인에게 털어놓았으며, 윔플 부인이 그 이후 줄곧 한결같은 친절과 분별로 그들의 애정을 돌봐주고 조절해 줬다는 얘기였다. 애정과 관련한 이야기는 일체 발리 영감에게 털어놓을 수 없다는 게 그들 간의 합의 사항이었는데, 그 영감이 통풍과 럼주와 선박 사무장의 비축물 이외의 어떤 심리적인 문제를 감당할 능력이 전혀 없다는 이유에서였다.

발리 영감의 지속적인 으르렁거림이 천장을 가로지르는 대들보에서 진동하고 있는 동안 우리는 이렇게 낮은 어조로 대화하고 있었는데, 그때 방문이 열리고 매우 예쁘고 눈이 약간 검은 스무 살가량의 아가씨가 손에 바구니를 들고 들어왔다. 허버트는 다정하게 그 바구니를 받아주고는 얼굴을 붉히며 그녀가 클라라라고 소개했다. 그녀는 정말 매력적인 아가씨였으며, 그 잔인한 괴물인 발리 영감이 압박해서 자기 시중을 들게 한, 사로잡힌 요정이라고 해도 될 것 같았다.

"여기 좀 봐." 허버트는 우리가 잠시 얘기를 나눈 뒤 동정적이고 상냥한 미소를 띤 채 나에게 바구니를 보여주며 말했다. "여기에 클라라의 저녁거리가 있어, 매일 저녁마다 배급받는 거지. 여기 그녀 몫의 빵이 있고, 여기 그녀 몫의 치즈 조각이 있고, 그리고 여기 그녀 몫의 럼주가 있어. 이건 내가 마시지. 이건 요리하라고 배당받은 발리 씨의 내일 아침거리고. 양 갈비 두 조각, 감자 세 개, 쪼갠 콩 조금, 밀가루 조금, 버터 2온스, 소량의 소금, 그리고 이건 모두 후춧가루야. 이걸 한데 넣고 스튜로 끓여서 뜨거울 때 먹으면, 통풍에 그만이라나 뭐라나!"

허버트가 배급 물품들을 하나하나 지적할 때, 이것들을 자세히 쳐다보는 클라라의 체념적인 태도에는 어딘가 매우 자연스럽고 사람의 마음을 끄는 면이 있었고—또 허버트의 껴안는 팔에 자신을 맡기는 그녀의 얌전한 태도에는 신뢰와 사랑, 순수함이 깃들어 있었다—또 칭크스 유역과 올드 그린 코퍼 로프워크 옆의 밀 폰드 뱅크에서 대들보가 울리도록 으르렁대는 발리 영감과 함께 사는 그녀에게는 보호가 절실히 필요해 보였으며, 그녀의 온화한 성품은 더욱 그러했다. 그래서 나는 내가 열어보지도 않은 돈지갑에 든 돈을 다 준대도 그녀와 허버트 사이의 약혼을 깨뜨리고 싶지 않았다.

내가 기꺼운 마음으로 찬탄하며 그녀를 쳐다보고 있는데, 바로 그때 갑자기 으르렁거리던 소리가 고함으로 격해지더니 마치 한쪽 다리가 목발인 어느 거인이 천장을 뚫고 우리에게 내려오려는 듯한 소리가 들려왔다. 이 소리를 듣고 클라라가 허버트에게 "아빠가 날 찾으셔, 자기야!"라고 말한 뒤 달려 나갔다.

"너는 저런 막무가내 늙은 악당은 처음 볼 거다!" 허버트가 말했다. "그가 지금 원하는 게 무엇일 것 같아, 헨델?"

"모르겠는데." 나는 말했다. "뭐 마실 것을 찾나?"

"바로 그거야!" 허버트는 내가 마치 특별한 가치가 있는 것을 알아맞히기라도 한 듯 큰 소리로 말했다. "그는 미리 물을 타놓은 럼주를 탁자 위의 작은 통에다 넣어두고 있어. 잠깐 기다려봐, 그러면 클라라가 그를 일으켜 세워서 그걸 좀 마시게 해주는 소리가 들릴 거야……. 그가 일어난다!" 또 한 번 끝에 가서 길게 떨리는 고함 소리가 났다. "지금은," 고함 뒤에 침묵이 이어지자 허버트가 말했다. "마시고 있는 중이야. 지금은," 으르렁대는 소리가 다시 한번 대들보에서 반향하자 허버트가 말했다. "다시 눕고 있는 거야!"

클라라는 곧 돌아왔고, 허버트는 나와 함께 우리가 책임진 사람을 보러 위층으로 올라갔다. 우리가 발리 씨의 방문을 지나갈 때 그가 안에서 쉰 목소리로 어떤 곡조를 흥얼대는 소리가 들려왔다. 그 곡조는 바람처럼 오르락내리락하며 다음과 같은 후렴으로 이어졌는데, 내가 원래 내용을 완전히 반대로, 즉 저주를 소망으로 바꿔보겠다.

어어이! 네 눈을 축복하노라, 여기 빌 발리 영감이 있노라. 여기 빌 발리 영감이 있노라, 네 눈을 축복하노라. 여기 빌 발리 영감이 등짝을 대고 납작 누워 있노라, 제기랄. 떠내려가는 늙어 죽은 넙치처럼 등짝을 대고 납작 누워 있노라, 여기 네 빌 발리 영감이 있노라, 네 눈을 축복하노라. 어어이! 너를 축복하노라.

허버트는 이런 위안의 곡조 속에서 모습을 드러내지 않는 발리 씨가 밤낮 할 것 없이 혼잣말을 하곤 한다고 나에게 알려주었는데, 밝은 낮에는 종종 강을 멀리 내다보기 편하도록 자신의 침대 위에 딱 맞게 설치해 놓은 망원경에 한쪽 눈을 댄 채로 그런다는 것이었다.

상쾌하고 바람이 잘 통하는 데다가 아래층보다 발리 씨의 소리가 덜 들리는, 그 집의 꼭대기에 있는 두 개의 선실 같은 방에서 나는 프로비스가 편안하게 머물고 있는 모습을 보았다. 그는 전혀 놀라는 기색을 보이지 않았으며, 말로 표현할 만한 어떠한 감정도 느끼지 못하는 것 같았다. 그러나 나는 그가 부드러워졌다는 생각이 들었다—그땐 그 변화가 정확히 어떻게 나타났는지 말할 수 없었고, 나중에 아무리 떠올리려 해도 분명하게 기억해 낼 수는 없었지만, 분명히 그는 달라져 있었다.

그날 하루 휴식하며 생각해 볼 기회를 가졌던 결과, 나는 컴피슨에 관해 그에게는 일절 말을 꺼내지 않기로 완전히 결심했다. 내가 아는 한 그에 대한 프로비스의 적개심이 그를 찾아 나서게 하고, 결국 스스로 파멸로 내몰리게 만들지도 모르는 일이었다. 그런 까닭에, 허버트와 내가 그와 함께 난롯가에 앉았을 때 나는 그에게 우선 웨믹의 판단과 그의 정보원을 믿느냐고 물었다.

"암, 그렇지, 애야!" 그는 근엄하게 고개를 끄덕이며 대답했다.
"재거스는 다 알지."

"그래서 말씀인데, 제가 웨믹과 얘기해 봤어요." 나는 말했다.
"그리고 그가 제게 어떤 주의와 충고를 해줬는지 말씀드리러 온
거예요."

나는 방금 언급한 것만 보류하고 그의 말을 정확하게 전달했
다. 그리고 나는 웨믹이 뉴게이트 교도소에서(관리들에게서인지
죄수들에게서인지는 알 수 없었으나) 그가 무언가 의심을 받고 있
으며, 내 거처도 감시를 받고 있었다는 것을 들었다고 하더라는
말을 그에게 전하고, 또 웨믹이 그는 당분간 숨어 있고 나는 그
에게 접근하지 말라고 충고했으며, 그를 외국으로 내보내는 것
에 대해 웨믹이 무슨 얘기를 했는지도 들려줬다. 나는 덧붙여서,
그때가 되면 당연히 나도 웨믹의 판단에 따라 가장 안전하게 그
와 함께 떠나거나 바로 뒤쫓아 갈 것이라고 말했다. 그 뒷일에
대해서는 언급하지 않았다. 사실 그가 한층 부드러워진 상태에
서 내 탓으로 인해 명백한 위험 속에 놓여 있는 것을 보고 나니,
나 자신도 그 일에 대해 명확한 생각을 가지거나 편안한 마음을
가질 수 없었다. 생활 방식을 바꾸어 지출을 늘리는 것에 대해서
는, 현재처럼 불안정하고 어려운 상황에서 그것이 설령 더 나빠
지지는 않더라도 터무니없는 일 아니겠느냐고 그에게 물었다.

그는 이를 부정하지 못했다. 사실 그는 시종 매우 분별이 있
었다. 그는 자신의 귀환이 모험이었고, 또 항상 모험이라는 것을
알고 있었다고 말했다. 그는 모험을 무모하게 만들 일은 일체 하
지 않겠으며, 훌륭한 도움을 받은 덕에 자신의 안전에 대해서는
별 걱정이 없다고 했다.

난롯불을 쳐다보며 생각에 잠겨 있던 허버트가 이때 웨믹의

제안으로부터 떠올린 생각을 말했는데, 그것은 한번 실행해 봄 직한 생각이었다. "우린 둘 다 능숙한 사공이야, 헨델, 그러니까 적절한 때가 오면 우리가 직접 아저씨를 강 하류로 데려다드릴 수 있어. 그러면 배를 세낼 필요도 없고, 사공을 고용할 필요도 없지. 그러면 적어도 의심을 살 가능성을 하나 덜어줄 거고, 우 린 어떤 위험한 가능성이든 줄이는 게 좋잖아. 계절은 걱정 마. 네가 당장 템플 선착장에다 배를 보관하기 시작하고, 강 여기저 기 노를 저어 다니는 습관을 들이면 좋을 것 같지 않아? 네가 그 런 습관을 붙이면 누가 눈여겨보거나 신경 쓰겠어? 그걸 스무 번이나 쉰 번쯤 해봐, 그러면 네가 그걸 스물한 번째나 쉰한 번 째 한다고 해도 전혀 특별할 게 없는 거야."

나는 이 계획이 마음에 들었고, 프로비스는 아주 의기양양해 졌다. 우리는 이 계획을 실행할 것, 그리고 프로비스는 우리가 런던교 밑으로 밀 폰드 뱅크를 노 저어 지나가더라도 절대 우리 에게 아는 척해서는 안 된다는 것에 합의했다. 그러나 우리는 더 나아가, 그가 우리를 보고 이상이 없다면 그때마다 동쪽으로 난 창문의 발을 내려놓기로 합의했다.

우리의 논의가 이제 끝나고 모든 것이 정리되었기에, 나는 자 리에서 일어났다. 그리고 허버트에게 우리 둘이 함께 집으로 돌 아가지 않는 것이 좋겠으며, 내가 그보다 반 시간 먼저 출발하겠 다고 말했다. "저는 아저씨를 여기 두고 가는 게 마음에 걸려요." 나는 프로비스에게 말했다. "제 곁에 계신 것보다 여기가 더 안 전하다는 건 의심의 여지가 없지만요. 안녕히 계세요!"

"얘야." 그는 내 양손을 잡으며 대답했다. "우리가 언제 다시 만날지는 모르겠다만, '안녕히'란 말은 싫다. 그냥 잘 자라고만 말해라!"

"안녕히 주무세요! 허버트가 정기적으로 우리 사이를 왔다 갔다 할 거예요. 그리고 때가 되면 저도 준비하고 있으리라고 확신하셔도 돼요. 안녕히 주무세요, 안녕히!"

그가 방에 그대로 있는 것이 좋겠다고 여긴 우리는 방문 밖 층계참에서 그와 작별했는데, 그는 우리가 층계를 내려가도록 층계 난간 너머로 등불을 비춰주었다. 그를 돌아보노라니 나는 그가 돌아온 첫날밤이 생각났다. 그땐 우리의 위치가 뒤바뀌어 있었고, 그리고 그땐 그와 헤어지면서 내 마음이 지금처럼 이렇게 무겁고 걱정스러울 거라고는 거의 상상하지도 못했다.

우리가 그의 방문을 다시 지나갈 때, 발리 영감은 그쳤던 기색도 없고 그칠 낌새도 없이 으르렁거리며 벌 받을 말을 지껄여 대고 있었다. 우리가 계단의 발치에 이르렀을 때, 나는 허버트에게 그가 프로비스라는 이름을 그대로 쓰고 있는지 물었다. 그는 물론 아니라고 대답하고, 하숙인은 캠벨 씨라고 했다. 그는 또한 그곳의 캠벨 씨에 대해 기껏 알려진 것은, 그(허버트)가 캠벨 씨를 위탁받았으며 그가 보살핌을 잘 받으면서 격리 생활을 하는 것에 관해 개인적으로 높은 관심을 가지고 있다는 것이 전부라고 설명했다. 그래서 윔플 부인과 클라라가 앉아서 일하고 있는 응접실에 들어갔을 때, 나는 캠벨 씨에 대한 내 자신의 관심은 뻥긋하지도 않고 마음속으로만 간직했다.

내가 그 예쁘고 유순하고 눈이 검은 아가씨, 그리고 아기자기한 참된 사랑에 대한 진실한 동정심을 잃지 않은 그 어머니 같은 부인과 작별하고 나왔을 때, 나는 올드 그린 코퍼 로프워크가 전혀 다른 곳으로 바뀐 것 같다는 느낌이 들었다. 발리 영감은 저 언덕들만큼이나 늙었을지도 모르고, 온 들판에 가득한 기병들처럼 욕설을 퍼부을지 모르지만, 칭크스 유역에는 그곳을 채우고도 넘칠 정도로 젊음과 믿음과 희망이 되살아나고 있었다. 그리고 그때 나는 에스텔라와 우리의 이별에 대한 생각이 떠올라 무척 슬픈 마음으로 집에 갔다.

템플의 모든 것들은 이전에 내가 봤던 그대로 아주 조용했다. 최근에 프로비스가 머물렀던 저쪽의 방 창문들은 어둡고 조용했고, 가든코트에는 어슬렁대는 사람이 아무도 없었다. 나와 내 방 사이의 계단을 내려가기 전에 분수를 두세 번 지나쳤으나, 나는 완전히 혼자였다. 허버트는 방에 들어오자 내 침대 곁으로 다가와서―나는 풀이 죽고 피곤해서 곧장 침대에 누웠다―역시 밖엔 아무도 없었다고 알려줬다. 그런 뒤 그는 창문 하나를 열고 달빛을 내다보고 나서, 인도가 같은 시각 어떤 성당 안의 포장도로처럼 엄숙할 정도로 텅 비어 있다고 말했다.

그 이튿날, 나는 직접 배를 구하러 나섰다. 금방 구한 배는 템플의 선착장으로 운반되었고, 내가 1, 2분 안에 닿을 수 있는 곳에 매어두었다. 그런 다음 훈련과 연습을 위한 것처럼 배를 몰고 나갔다. 때로는 혼자서, 때로는 허버트와 함께 나갔다. 추울 때든 비가 올 때든 진눈깨비가 올 때든 자주 나갔지만, 몇 번 나간 후로는 아무도 나에게 그다지 주의를 기울이지 않았다. 처음에 나는 블랙프라이어스교 위쪽에만 있었으나, 조수 시간이 바뀜에 따라 런던교 쪽으로 향했다. 당시에는 구舊 런던교였는데, 이곳은 조수가 특정 상태가 되면 급류와 폭포가 발생하기로 악명 높은 곳이었다. 그러나 나는 이런 현상이 지나간 다음 '쏜살같이' 다리를 통과하는 방법을 잘 알고 있었으므로 풀 수역의 선박들 사이를 노 저으며 돌아다니기 시작했으며, 또 에리스 지역까지 내려가기도 했다. 내가 처음으로 밀 폰드 뱅크를 지날 때 허버트와 나는 노 한 쌍을 젓고 있었다. 그리고 가는 길과 돌아오는 길 모두 동쪽 창문의 발이 내려가는 것을 보았다. 허버트는 일주일에 세 번 정도로 자주 그곳에 들렀는데, 하여간 불안한 정보는 단 한 마디도 가져오지 않았다. 그럼에도 나는 불안 요인이 있음을 알고 있었고, 감시를 받고 있다는 생각을 지울 수가 없었다. 그런 생각은 일단 머릿속에 들어오면 뇌리를 떠나지 않고 괴롭혔다. 얼마나 많은 무고한 사람들을 내가 의심했던가, 그 수를 헤아리는 것은 불가능했다.

요컨대, 나는 그 숨어 있는 어느 무모한 사람 때문에 늘 두려움으로 가득 차 있었다. 허버트는 가끔씩 밤이 되면 우리 창가에 서서 조수가 빠져나가는 모습을 보며, 그것이 모든 것을 싣고 클라라에게로 흘러간다고 생각하면 즐겁다고 말하곤 했다. 그러나 나는 조수가 매그위치 쪽으로 흘러가고 있으며, 그 표면에 뭔가 검은 형상이라도 있으면 그게 재빠르게, 소리 없이, 그리고 확실하게 그를 잡으러 가고 있는 추적자일지도 모른다는 두려운 생각이 들었다.

47장

아무런 변화도 없이 몇 주가 지나갔다. 우리는 웨믹을 기다렸지만, 그는 올 기미를 보이지 않았다. 만일 내가 리틀 브리튼 밖에서 그를 알고 지낸 적이 없었다면, 그리고 친밀한 사이로 그의 성에 들러보는 특권을 누린 적이 없었다면, 나는 그를 의심했을 것이다. 그러나 그를 잘 알고 있었기에 나는 그를 한순간도 의심하지 않았다.

나의 세상살이는 우울한 모습을 띠기 시작했고, 여러 빚쟁이들로부터 빚을 독촉받았다. 나 스스로도 돈이(내 호주머니에 든 현금을 의미하는데) 부족하다는 걸 인지하기 시작했고, 아쉬운 대로 쓰지 않은 보석류 몇 가지를 현금으로 바꿔서 돈 걱정을 덜었다. 그러나 나는 내 생각과 계획이 불확실한 지금 상태에서 내 후원자에게 돈을 더 받는 것은 비정한 사기 행위일 것이라고 아주 확고하게 생각했다. 따라서 나는 열어보지 않은 돈지갑을 허버트 편으로 내 후원자에게 보내 그가 직접 보관하도록 했다. 그러고 나니 나는 그가 자신의 정체를 밝힌 이후 그의 관대함을 틈타 이익을 챙기지 않았다는 점에서 일종의 만족감을—그것이 거짓 만족감이었는지 혹은 진짜 만족감이었는지는 지금도 잘 모르겠지만—느꼈다.

시간이 지남에 따라, 나는 에스텔라가 결혼했으리라는 느낌이 강하게 들었다. 그 사실을 비록 확신에 가깝게 알고는 있었지만 확인하는 것이 두려운 나머지 나는 신문을 피했고, 허버트에게는(나는 그에게 우리가 마지막으로 만났던 상황을 털어놨다) 나에게 그녀에 대한 이야기는 절대로 하지 말라고 부탁했다. 왜 내가 바람에 찢겨 날아가 버릴 비참하고 보잘것없는 누더기 옷 같은 이 마지막 희망을 가슴에 간직하고 있었는지, 나라고 어찌 알겠는가! 이 글을 읽는 독자 여러분은 또 어째서 나와 다르지 않은 모순을 저지르셨단 말인가, 작년에도, 지난달에도, 지난주에도?

내가 영위한 삶은 불행했다. 그리고 내 인생을 지배한 한 가지 걱정거리는, 산맥 위로 우뚝 솟은 산처럼 다른 모든 걱정거리들 위에 군림하면서 결코 내 시야에서 사라지지 않았다. 그렇지만 새롭게 두려움을 야기할 이유는 아무것도 없었다. 나는 걸핏하면 그가 발각되었으리라는 새로운 두려움으로 잠자리에서 벌떡 일어났고, 또 밤이면 허버트의 돌아오는 발소리에 귀를 기울이며 그 소리가 여느 때보다 더 빠를까 봐, 또 나쁜 소식을 가지고 급히 달려오는 것일까 봐 두려움에 싸여 앉아 있곤 했다. 하지만 그 모든 것과 그와 비슷한 더 많은 것들에도 불구하고, 나의 일상은 계속 돌아갔다. 어떤 활동도 못 하고 끊임없는 초조와 불안에 시달린 채, 나는 배를 타고 이리저리 노를 젓고 다니며 최선을 다해 기다리고, 기다리고, 기다렸다.

강을 따라 내려갔다가 조수가 불리한 상태일 때면, 나는 물살에 부딪히는 런던교의 오래된 아치와 다리 기둥을 지나 다시 돌아올 수 없었다. 그러면 세관 근처의 부두에 배를 맡겨 두었다가 나중에 템플 선착장으로 가져왔다. 나는 이러한 일을 마다하지 않았는데, 그것이 나와 내 배를 강변 사람들 사이에서 더 평범한 존재로 보이게 하는 데 도움이 되었기 때문이다. 이 사소한 계기로 인해 내가 지금 이야기하려는 두 번의 만남이 이루어졌다.

2월 하순 어느 날 오후, 나는 해 질 무렵에 부두에서 뭍으로 올라왔다. 썰물을 타고 그리니치까지 내려갔다가 조수를 타고 돌아온 터였다. 쾌청한 날이었지만 해가 떨어지면서 안개가 자욱하게 내리는 바람에, 나는 아주 조심스럽게 선박들 사이를 더듬어서 돌아와야만 했다. 갈 때와 돌아올 때 두 번 모두, 나는 프로비스의 창문에서 아무 이상 없다는 신호를 보았다.

습하고 으스스한 저녁이라 추웠기 때문에, 나는 즉시 저녁 식사로 내 자신을 위안해야겠다고 생각했다. 그런데 템플의 집에 가면 내 앞에는 몇 시간이고 실의와 고독밖에 없을 것이므로, 나는 저녁을 먹은 뒤 연극이나 보러 가야겠다고 생각했다. 웝슬 씨가 의문스러운 성공을 거뒀던 그 극장이(지금은 없어졌지만) 그쪽 강변 근처에 있었다. 그래서 나는 그 극장에 가기로 마음먹었다. 나는 웝슬 씨가 연극계를 되살리는 데 성공하지 못했을 뿐만 아니라 오히려 그 몰락에 동참하고 있다는 사실을 알고 있었다. 연극 광고 전단을 통해 불길하게도 그가 귀족 출신의 어린 소녀와 원숭이와 함께 등장하는 충직한 흑인 역할을 맡았다는 소문이 떠돌았다. 그리고 허버트는 웝슬 씨가 우스꽝스러운 성향을 지닌 약탈적인 타타르인으로 분장한 것을 본 적이 있었는데, 그때 그의 얼굴은 붉은 벽돌처럼 보였으며 나팔바지를 다 덮은 터무니없는 모자를 쓰고 있었다고 했다.

나는 허버트와 내가 '지리학적' 스테이크 집이라고 부르는 데서 저녁을 먹었다—이 식당은 식탁보의 약 50센티미터마다 흑맥주 잔 자국으로 세계지도가 그려져 있었고, 칼이란 칼마다 고기 국물로 바다지도가 그려져 있는 곳이었다—오늘날까지도 런던 시장의 관할 내에서는 '지리학적'이지 않은 스테이크 집이 거의 단 한 곳도 없다. 나는 거기서 빵부스러기를 앞에 두고 꾸벅

꾸벅 졸기도 하고, 가스등을 응시하기도 하고, 다른 손님들이 뿜어내는 뜨거운 바람에 구워지기도 하면서 시간을 때웠다. 이윽고 나는 몸을 일으켜 연극을 보러 갔다.[1]

극장에서 나는 국왕 폐하의 해군으로 복무 중인 한 고결한 갑판장이 나오는 연극을 보았다. 그는 극히 훌륭한 사람이었으나, 바지가 어떤 부분에서는 너무 꽉 끼고 또 어떤 부분에서는 너무 헐렁한 것이 아쉬웠다. 또한 그는 매우 관대하고 용감했지만, 약한 부하들의 모자를 죄다 툭툭 쳐서 눈 위로 눌러버리는 버릇이 있었고, 애국심이 강하면서도 누구도 세금을 내는 것은 절대 용납하지 않았다. 그는 천에 싼 푸딩처럼 생긴 돈주머니를 주머니에 지니고 있었고, 그 돈으로 대대적인 축하 속에서 침구류에 싸인 것 같은 젊은 여인과 결혼식을 올렸다. 포츠머스의 전주민이 (최근 인구조사에 따르면 아홉 명이었다) 해변으로 몰려나와 서로 손을 비비고 모든 사람들과 악수를 나누며 권주가를 불렀다. "술잔을 채워라, 술잔을 채워라!" 그러나 검은 얼굴을 지닌 어떤 해군사관은 모든 제안을 거부하며 술도 마시지 않겠다고 했고, 그의 심장은 (갑판장에 의해서) 공공연하게 그의 얼굴만큼이나 검다는 말을 들은 해군사관이 다른 두 해군사관들에게 전 인류를 곤경에 빠뜨리자고 제안했는데, 그것이 매우 효과적으로 실행되어서(그 사관의 가문은 상당한 정치적 영향력이 있었다) 사태를 바로잡는 데 저녁의 절반이나 걸렸으며, 그 상황은 오로지 흰 모자에 검은 각반을 차고 코가 빨갛고 키가 작은 정직한 식품점 주인이 석쇠를 들고 괘종시계 속으로 들어가 엿듣다가 나와서는 자신이 엿들은 것으로는 논박할 수 없는 모든 사람들을 석쇠

---

1 이어지는 이야기는 당시 유행하던 선원들의 생활을 주제로 한 통속극과 크리스마스 무언극의 내용들이다.

로 뒤에서 쳐서 쓰러뜨리고 나서야 진정되었다. 이 장면은 (이전에 말소리도 전혀 들리지 않았던) 웝슬 씨의 등장으로 이어졌는데, 그는 별과 가터 훈장[1]을 달고 해군본부에서 직파한 막강한 권력을 가진 전권대사로 나와서는 그 문제의 사관들을 모두 당장 영창에 집어넣으라고 말하고, 공공의 봉사에 대한 작은 보답으로 갑판장을 영국 국기 아래로 모셨노라고 말했다. 갑판장은 처음으로 마음이 약해져서 공손하게 국기로 눈물을 닦고는, 이내 기운을 차리고 웝슬 씨를 각하라고 부르면서 악수를 허락해 달라고 간청했다. 웝슬 씨는 호의적인 위엄을 갖춰 악수를 허락하고는 모든 사람들이 활발한 춤곡에 맞춰 춤을 추는 동안 곧장 먼 지투성이의 구석으로 떠밀려 났는데, 그는 그 구석에서 불만스런 눈으로 관객들을 바라보다가 나를 알아보게 되었다.

두 번째 작품은 새로 발표된 대형 크리스마스 무언극이었다. 그런데 그 첫 장면에서 나는 웝슬 씨의 존재를 알아낸 듯한 느낌이 들어 가슴이 아팠는데, 그는 심하게 부풀려진 형광빛 얼굴에 빨간 커튼 술을 헝클어진 머리카락처럼 붙이고, 울로 만든 빨간색 모직 양말을 신고 있었으며, 어느 광산에서 천둥번개를 제조하는 일[2]을 하고 있었다. 그러나 그의 거대한 주인이 (몹시 떠들썩하게) 저녁을 먹으러 돌아오자, 그는 극도의 겁쟁이로 변했다. 그러나 곧 더 나은 모습으로 다시 등장했는데, 왜냐하면 젊은이의 사랑을 관장하는 수호신이 도움이 필요하여—어느 무식한 농부가 아버지로서 보인 야만적 행위 때문이었는데, 그는 자기 딸이 선택한 애인을 반대하려고 2층 창문에서 밀가루 포대 속에 들어 있던 딸의 애인 위로 일부러 뛰어내렸다—금언을 즐

1 영국의 기사 최고의 훈장.
2 무섭게 굉음을 내는, 광석을 캐기 위한 발파작업을 비유적으로 표현한 말.

겨 쓰는 한 마법사를 호출했는데, 언뜻 보기에 지극히 험난한 여정을 거친 듯 불안정한 모습으로 등장한 그 마법사는, 높이 솟은 모자를 쓰고 한 권짜리 마법 서적을 겨드랑이에 끼고 있는 웝슬 씨로 밝혀졌기 때문이다. 이 마법사가 지상에서 하는 일은 주로 남의 말이나 노래를 들어주고, 머리로 들이받히고, 사람들이 춰 주는 춤을 보고, 다양한 색깔로 반짝이는 불빛을 선물받는 것이 었으므로, 그에게는 여유 시간이 상당히 많았다. 그런데 대단히 놀랍게도, 나는 그가 공연 중 여유 시간이 날 때마다 나를 향해 놀란 듯한 표정으로 빤히 응시하는 데 몰두하고 있다는 사실을 발견했다.

점점 강렬해지는 웝슬 씨의 눈초리에는 아주 범상치 않은 구석이 있었고, 또 그가 마음속으로 너무나 많은 것들을 떠올리며 아주 혼란스러워하는 것 같았기에 나는 그 영문을 알 수가 없었다. 나는 그가 커다란 시계 상자를 타고 구름으로 올라간 한참 뒤까지도 앉아서 생각해 보았으나, 여전히 알 수 없었다. 한 시간 뒤 극장에서 나왔을 때도 여전히 그 이유를 생각하고 있었는데, 그때 그가 문 옆에서 나를 기다리고 있는 것을 발견했다.

"안녕하세요?" 나는 그와 악수를 나누고 함께 거리를 돌아 내려가면서 말했다. "아저씨가 저를 보시는 걸 알았어요."

"자넬 보았지, 핍 군!" 그가 대답했다. "암, 물론 나는 자네를 보았어. 그런데 거기에 또 누가 있었지?"

"또 누구라니요?"

"거참 이상한 일이로군." 웝슬 씨는 다시 얼빠진 표정을 띠며 말했다. "그래도 나는 그 사람이 틀림없다고 맹세할 수 있어."

덜컥 겁이 난 나는 웝슬 씨에게 무슨 뜻인지 설명해 달라고 간청했다.

"자네가 거기에 있지 않았어도 내가 대뜸 그를 알아보았을지는," 웝슬 씨는 계속 얼빠진 표정으로 말했다, "확신할 수 없지만, 그래도 나는 알아보았을 거야."

무심결에 나는 집에 갈 때 으레 그러듯이 주위를 둘러보았다. 왜냐하면 이 아리송한 말이 나를 오싹하게 했기 때문이다.

"아아! 지금 그가 보일 리 없어." 웝슬 씨가 말했다. "내가 무대에서 퇴장하기 전에 나갔거든. 그가 가는 걸 봤어."

내가 의심할 만한 이유를 가지고 있었던 만큼, 나는 이 가엾은 배우조차 의심했다. 그가 나를 속여서 뭔가 자백하게 하려는 꿍꿍이가 아닌가 했던 것이다. 그래서 함께 걸어가면서도 나는 그를 흘끗 바라볼 뿐, 아무 말도 하지 않았다.

"나는 그가 자네와 같이 온 게 틀림없다고 엉뚱한 상상을 했었어, 핍 군. 그가 자네 뒤에 유령처럼 앉아 있는데도 자네가 전혀 그를 모르고 있는 것을 내가 알아차릴 때까지는 말이야."

아까처럼 또 몸이 오싹오싹했으나, 나는 아직은 아무 말도 하지 않기로 단단히 마음먹었다. 왜냐하면 그가 누군가의 사주를 받아 나를 유인해서 이런 사항들을 프로비스와 연관 지으려고 하는 것일지도 모른다는 생각이 그의 말과 딱 맞아떨어졌기 때문이다. 물론, 나는 프로비스가 극장에 오지 않았다는 것을 완전히 확신하며 안심하고 있었다.

"아마 자네는 나를 수상하게 여기는 모양인데, 핍 군. 정말 그래 보여. 하지만 그건 참 이상한 노릇이야! 자네는 내가 지금 자네에게 말하려는 것을 거의 믿지 못할 거야. 자네가 그런 말을 들려준다 해도, 나 역시 거의 믿지 못할 테고."

"정말이세요?" 나는 말했다.

"그럼, 정말이지. 핍 군, 자네가 아주 어린아이였던 그 옛날 어느 크리스마스 날, 내가 가저리 집에서 오찬을 들고 있는데 군인들 몇 명이 그 집 문간에 와서 수갑 한 벌을 고쳐달라고 했던 일을 기억하고 있나?"

"아주 잘 기억하고 있죠."

"그리고 자네는 두 명의 죄수를 잡기 위해 추적했던 일, 우리도 그 추적에 합류했던 일, 가저리가 자네를 등에 업고 다녔던 일, 그리고 내가 앞장서고 자네들은 있는 힘을 다해 내 뒤를 따라오던 일들도 기억하고 있나?"

"그 모든 걸 아주 잘 기억하고 있죠." 나는 그가 생각하는 것보다 더 잘 기억하고 있었다―마지막 구절만 빼놓고는.

"그리고 자네는 우리가 도랑에 있는 두 사람을 발견했던 일, 그들 사이에 난투가 벌어졌던 일, 그리고 그중 하나가 다른 하나에게 호되게 얻어맞아 얼굴에 상처가 많이 났던 일도 기억하고 있나?"

"그 모든 게 제 눈앞에 선합니다."

"그리고 그 군인들이 횃불을 켠 다음 그들을 가운데 두고 걷게 했던 일, 우리가 그들의 마지막을 보기 위해 캄캄한 습지를 계속 걸어가는데 횃불 빛이 그들의 얼굴에 환히 비치던 일―나는 그 점에 특히 주목하는데, 우리 주위는 온통 어두운 밤으로 둘러싸여 있었고 그 횃불 빛이 그들의 얼굴에 환히 비치던 일도 자네는 기억하고 있나?"

"예." 나는 말했다. "저는 그 모든 걸 기억하고 있어요."

"그래서 말인데, 핍 군, 그 두 죄수들 가운데 하나가 오늘 밤 자네 뒤에 앉아 있었어. 나는 그를 자네 어깨 너머로 보았지."

'당황하지 마!' 나는 생각했다. 그런 다음 그에게 물었다. "그 둘 중에 누구를 본 것 같습니까?"

"얼굴에 상처가 난 사람이었어." 그는 거침없이 대답했다. "그리고 나는 그 사람을 본 것이 틀림없다고 맹세할 수 있어! 그 자에 대해 생각하면 생각할수록 그자라는 것이 더욱 확신이 가거든."

"이것 참 기묘하네요!" 나는 그것이 나에게는 그 이상 아무것도 아니라고 최대한 꾸민 태도를 취하면서 말했다. "정말 기묘해요!"

이 대화가 나를 얼마나 큰 불안 속으로 몰아넣었는지, 그리고 컴피슨이 '유령처럼' 내 뒤에 있었다는 사실이 나에게 얼마나 특수하고도 기묘한 공포를 불러일으켰는지는 아무리 과장해서 말해도 부족할 것이다. 왜냐하면 프로비스의 은신이 시작된 이래 혹시 내가 그를 잠시 동안이라도 잊었었다면 그건 컴피슨이 나에게 가장 가까이에 있었던 바로 그 순간들이었고, 또 내가 그토록 신중을 기하며 경계했음에도 결국 무방비 상태로 그를 곁에 둔 채 있었다는 생각은, 마치 그를 막기 위해 백 개의 문을 걸어 잠갔는데도 정작 옆에 서 있는 그를 발견한 격이었기 때문이다. 또한 그가 거기에 있었던 이유가 곧 나 자신이 그곳에 있었기 때문이며, 우리를 둘러싼 위험이 아무리 미미해 보일지라도 그것이 언제나 가까이에서 살아 움직이고 있다는 사실을 의심할 수 없었다.

나는 웹슬 씨에게 이런 질문들을 했다. 그 사람이 언제 들어오던가요? 그는 이 질문에 대답을 못 했다. 그는 나를 보았고, 내 어깨 너머로 그 사람을 보았다고 했다. 그가 그자의 신원을 파악하기 시작한 것은 그자를 한참 동안 쳐다보고 나서였지만, 처음부터 막연히 그자를 나와 연관시켰으며 웬일인지 옛 고향 마을에 살던 시절의 나와 어떤 식으로는 관계가 있는 것으로 느꼈다고 했다. 옷은 어떻게 입었던가요? 부유하게 차려 입고 있었으나 달리 눈에 띄는 점은 없었고, 자기 생각에 검은색 옷차림이었던 갔다고 했다. 얼굴이 조금이라도 흉하게 망가졌던가요? 아니, 그는 그렇게 생각지 않는다고 했다. 나도 역시 그렇지 않다고 여겼는데, 비록 내가 생각에 잠긴 상태라서 내 뒤 사람들을 특별히 주의해서 보진 않았지만 얼굴이 조금이라도 흉하게 망가진 사람이었다면 십중팔구 내 주의를 끌었으리라고 생각했기 때문이다.

웹슬 씨가 기억해 낼 수 있거나 내가 캐낼 수 있는 것을 죄다 나에게 알려주고 나서, 그가 그날 저녁의 피곤을 풀도록 약간의 적절한 음식을 대접한 뒤에 우리는 헤어졌다. 내가 템플에 도착한 것은 밤 12에서 1시 사이였는데, 출입문들은 다 닫혀 있었다. 출입문으로 들어가 집으로 갈 때 내 가까이에는 아무도 없었다.

허버트는 벌써 집에 와 있었고, 우리는 벽난롯가에서 매우 중대한 의논을 했다. 그러나 내가 그날 밤 알게 된 것을 웨믹에게 전달하고, 우리가 그의 지시를 기다리고 있다는 것을 그에게 상기시키는 것 말고는 속수무책이었다. 내가 그의 성에 너무 자주 가면 그에게 화가 될지도 모른다는 생각에, 나는 이 전언을 편지로 보냈다. 취침하기 전에 편지를 써서는 밖으로 나가 그 편지를 부쳤다. 이번에도 내 가까이에는 아무도 없었다. 허버트와 나는 실로 매우 조심하는 것밖에는 우리가 달리 할 수 있는 게 아무것도 없다는 데―가능하다면 전보다 더 조심하자고도―의견의 일치를 보았다. 그리고 나로서는 배를 저어 지나갈 때를 빼놓고는 칭크스 유역 근처에 절대로 가지 않았으며, 그런 때도 나는 그저 그 밖의 다른 것을 쳐다보듯 밀 폰드 뱅크를 쳐다봤을 뿐이다.

48장

앞 장에서 언급된 두 만남 중에서 두 번째 만남은 첫 번째 만남이 있은 지 약 일주일 뒤에 일어났다. 내가 배를 런던교 아래부두에 다시 두고 온 터였다. 시간은 먼젓번보다 한 시간 이른 오후였다. 그래서 나는 어디서 저녁을 먹을지 결정하지 못하고, 칩사이드를 향해 어슬렁어슬렁 걸어 올라갔다. 그리고 내가 그 바쁜 모든 군중 가운데 확실히 가장 불안정한 사람처럼 길을 걷고 있을 때, 어떤 사람이 뒤따라와서 커다란 손을 내 어깨에 얹었다. 재거스 씨의 손이었다. 그는 그 손을 내 팔에 끼었다.

"같은 방향으로 가고 있으니, 핍, 우리 함께 걸어도 되겠군. 어디로 가는 중인가?"

"템플인가 봅니다." 나는 말했다.

"모른단 건가?" 재거스 씨가 말했다.

"글쎄요." 나는 반대신문에서 한 번이라도 이긴 것을 내심 기뻐하면서 대답했다. "잘 **모르겠습니다**, 아직 결심을 못 했으니까요."

"저녁 식사를 하러 가는 건가?" 재거스 씨가 말했다. "그 정도 인정하는 것조차 꺼리진 않겠지, 설마?"

"네." 나는 대답했다. "그걸 인정하는 것쯤이야 꺼리지 않습니다."

"그리고 저녁을 약속한 사람은 없겠지?"

"역시 꺼리지 않고 인정하건대, 약속한 사람은 없습니다."

"그럼," 재거스 씨가 말했다. "나와 함께 가서 식사하자고."

나는 막 거절하려는 참이었는데, 그때 그가 덧붙여 말했다. "웨믹도 올 거야." 그래서 나는 거절하려던 것을 수락으로 바꿨다―내가 입 밖에 냈던 몇 마디 말은 변명이든 수락이든 어느 쪽으로도 이어질 수 있는 서두였기에 그대로 수락으로 바꾼 것이다―그리고 우리는 칩사이드를 따라 걷다가 리틀 브리튼 쪽으로 꺾어 들어갔는데, 그동안 상점 유리창에는 불들이 톡톡 튀어 오르듯 환하게 켜지고 있었고, 가로등의 점등인들은 오후의 번잡한 거리에서 사다리를 세워놓을 바닥을 거의 제대로 찾지 못한 채 허둥지둥 올라갔다 내려갔다 달려 들어갔다 나왔다 하면서, 허멈스 호텔에서 골풀 양초 깡통이 유령 같은 벽에 띄워놓았던 하얀 눈동자들보다도 훨씬 많은 붉은 눈동자들을 짙어져가는 안개 속에 띄워놓고 있었다.

리틀 브리튼의 사무실에서는 그날 하루의 일과를 마감하는 것으로 여느 때와 같이 편지 쓰기, 손 씻기, 촛불 끄기, 그리고 금고 잠그기 등이 이뤄졌다. 내가 재거스 씨의 난롯가에 한가하게 서 있노라니, 솟아올랐다 낮아졌다 하는 난로 불꽃이 선반 위에 있는 두 개의 석고상들로 하여금 마치 나와 함께 악마의 까꿍놀이를 하고 있는 것처럼 보이게 했고, 한편 구석에서 편지를 쓰고 있는 재거스 씨를 희미하게 비추는 한 쌍의 조악하고 굵은 촛불들에는 마치 교수형을 당한 많은 의뢰인들을 추모라도 하듯이 더러운 수의 같은 촛농이 덕지덕지 붙어 있었다.

우리 셋은 다 함께 삯마차를 타고 재거스 씨의 집이 있는 제라드 가로 갔다. 그곳에 도착하자마자 저녁 식사가 나왔다. 비록 그곳에서는 내가 웨믹의 월워스식 견해에 대해 표정으로나

마 제아무리 희미하게라도 언급할 생각을 해선 안 되었으나, 그래도 나는 이따금 친근한 태도로 그와 우연히 시선을 마주치는 것 정도는 괜찮다고 여겼다. 그러나 그것은 있을 수 없는 일이었다. 그는 식탁에서 눈을 들 때마다 재거스 씨에게만 눈길을 주었으며, 마치 쌍둥이 웨믹이 있는데 지금 이 사람은 엉뚱한 웨믹인 것처럼 나에게 무뚝뚝하고 냉담하게 굴었다.

"그 미스 해비셤의 쪽지를 핍 군에게 전해줬나, 웨믹?" 우리가 저녁 식사를 시작하고 조금 지나서 재거스 씨가 물었다.

"아닙니다, 소장님." 웨믹이 대답했다. "우편으로 막 부치려고 했는데, 그때 소장님께서 핍 씨를 데리고 사무실에 들어오셨습니다. 여기 있습니다." 그는 그 쪽지를 내가 아니라 그의 고용주에게 건넸다.

"두 줄짜리 쪽지야, 핍." 재거스 씨는 그것을 건네주며 말했다. "미스 해비셤이 자네의 주소를 확실히 몰라서 내게 보냈지. 그녀는 자네가 언급한 한 가지 사소한 사업 문제로 자네를 만나보고 싶다는군. 내려갈 텐가?"

"네." 나는 재거스 씨가 한 말 꼭 그대로인 쪽지를 훑어보면서 말했다.

"언제 내려갈 생각이지?"

"제가 긴박한 약속이 하나 있어서," 나는 그 우체통 같은 입에 생선을 집어넣고 있는 웨믹을 흘끔 쳐다보며 말했다. "시간을 확실히 말씀드리기는 어렵지만, 아마도 바로 가는 편이 좋을 것 같습니다."

"만일 핍 씨가 당장 갈 의사가 있다면," 웨믹이 재거스 씨에게 말했다. "아시다시피 답장을 쓸 필요가 없겠습니다."

이 말을 지체하지 않는 게 좋겠다는 암시로 받아들이고서, 나는 다음 날 내려가기로 결심하고 그렇게 말했다. 웨믹은 포도주를 한 잔 마시고 험상스럽게 만족스런 표정으로 재거스 씨를 쳐다보았으나, 나를 쳐다보지는 않았다.

재거스 씨가 말했다. "그래, 핍! 우리의 친구 거미가 카드놀이를 했더군. 그가 판돈을 다 땄다지."

나는 최대한 동의할 수 있는 한계까지 가까스로 동의했다.

"허허! 그는 유망한 친구야—제 나름대로는 말이야—하지만 만사를 자기 나름의 방식대로 할 수만은 없을 거야. 강자가 결국 이기게 마련이지만, 강자가 누군지 먼저 가려야만 하지. 만일 그가 변심해서 그녀를 구타하기라도 한다면……."

"설마," 나는 달아오르는 얼굴과 가슴으로 그의 말을 가로막고 말했다. "정말로 그가 그런 짓을 할 정도로 불한당이라고 생각하시는 건 아니겠죠, 재거스 변호사님?"

"나는 그렇게 말하진 않았어, 핍. 나는 한 가지 상황을 가정해 보는 거야. 만약 그가 그녀를 때리려고 달려든다면, 힘에서는 우위를 점할 수도 있겠지. 하지만 만약 지능의 문제라면, 그는 절대 그럴 수 없을 거야. 그런 부류의 사람이 그런 상황에서 어떻게 될지는 예측하기 어려워. 결국 두 가지 결과 중 어느 쪽으로 기울어질지는 동전 던지기처럼 완전히 운에 달려 있는 거니까."

"그 결과란 게 뭔지 여쭤봐도 되겠습니까?"

"우리의 친구 거미와 같은 녀석은 구타하든가 아니면 움츠러들든가 하지. 움츠러들며 으르렁대거나, 움츠러들며 으르렁대지 않을 수도 있겠지. 그렇지만 그는 구타하거나 움츠러들거나 할 거야. 웨믹에게 **그의** 의견을 물어봐."

"구타하거나 움츠러들 겁니다." 웨믹은 말했다. 전혀 내게 하는 말이 아니었다.

"그러니 벤틀리 드러믈 부인을 위해 축배를 들자고." 재거스 씨는 회전식 식품 선반에서 고급 포도주 병을 집어 우리 둘과 자기 잔을 채우면서 말했다. "그리고 패권 문제가 부인에게 만족스럽게 결정되기를! 부인과 남편 **양쪽** 모두에게 만족스런 결정은 결코 없을 거야. 그런데, 몰리, 몰리, 몰리, 몰리, 오늘따라 왜 이리 늑장 부리는 게야!"

그가 그녀에게 이렇게 말할 때, 그녀는 그의 바로 곁에서 요리 접시를 식탁에 놓고 있었다. 그녀는 식탁에서 손을 거두고 한두 걸음 뒤로 물러서며 소심하게 변명의 말을 뭐라고 중얼거렸다. 그런데 그녀가 말할 때 그녀 손가락의 어떤 움직임이 내 주의를 끌었다.

"무슨 일이지?" 재거스 씨가 물었다.

"아무것도 아닙니다. 단지 우리가 이야기하고 있던 주제가," 나는 말했다. "저에겐 다소 괴로웠을 뿐입니다."

그녀의 손가락 움직임은 마치 뜨개질을 하는 것과 같았다. 그녀는 주인을 바라보며, 자신이 가도 되는지 아니면 아직 주인이 더 할 말이 있어서 다시 부를지 판단하지 못한 채 서 있었다. 그녀의 시선은 매우 강렬했다. 분명, 나는 아주 최근에 어떤 잊을 수 없는 순간에 정확히 같은 눈과 같은 손을 본 적이 있었다!

재거스 씨가 그녀를 나가게 하자 그녀는 미끄러지듯 방에서 나갔다. 그러나 그녀는 마치 아직도 그 자리에 있는 것처럼 내 앞에 뚜렷이 남아 있었다. 나는 그녀의 손을 쳐다보았고, 그녀의 눈을 쳐다보았고, 그 흘러내리는 머리카락을 쳐다보았다. 그리고 나는 그것들을 내가 알고 있는 다른 사람의 손과 눈과 머리카락과 견줘보았고, 또 그 사람의 손과 눈과 머리카락이 짐승 같은 남편과 험악한 생활을 20년 동안 보낸 뒤에 띠게 될 모습과도 견줘보았다. 나는 다시금 그 가정부의 손과 눈을 쳐다보았고, 또 내가 황폐한 정원과 버려진 양조장을 마지막으로—혼자서가 아니었다—걸을 때 나를 엄습했던 그 설명할 수 없는 느낌에 대해 생각해 보았다. 역마차 창문 너머에서 나를 바라보던 얼굴과 흔들리는 손을 보았을 때 그 감정이 또다시 되살아났던 것, 그리고 어두운 거리를 지나던 마차 안에서—혼자가 아니었다—갑자기 눈부시게 빛나던 가로등 불빛 아래서 그 감정이 마치 번개처럼 나를 감싸던 순간도 생각해 보았다. 나는 또 연상의 고리 하나가 극장에서 어떻게 컴피슨의 신원을 알아내는 데 도움을 줬는지, 그리고 이번에는 에스텔라의 이름에서부터 뜨개질하듯 움직이는 손가락과 주의 깊은 눈빛까지 이어지는 우연한 연결 고리가 어떻게 마침내 나에게 확신을 주었는지 생각해 보았다. 나는 이 여자가 에스텔라의 어머니라는 사실을 절대적으로 확신했다.

재거스 씨는 내가 에스텔라와 함께 있는 모습을 본 적이 있었고, 내가 숨기려 애쓰지 않았던 감정들을 놓쳤을 리가 없었다. 내가 이 화제가 나에게는 괴롭다고 말했을 때, 그는 고개를 끄덕이며 내 등을 가볍게 두들겨주더니 포도주를 한 차례 또 돌리고 저녁 식사를 계속했다.

가정부는 이후로 단 두 번 더 나타났는데, 그때도 방에 아주 짧게 머물렀고 재거스 씨는 그녀를 모질게 대했다. 그러나 그녀의 손은 에스텔라의 손이었으며, 그녀의 눈도 에스텔라의 눈이었다. 그래서 만일 그녀가 방에 백 번을 다시 나타났을지라도, 내 확신이 사실이라는 것에는 더도 덜도 틀림이 없었을 것이다.

따분한 저녁이었다. 왜냐하면 웨믹은 포도주가 돌면 완전히 사무적인 태도로—꼭 월급 때가 돌아오면 월급을 타는 것과 마찬가지로—받아 마셨고, 시선을 그의 소장에게 둔 채 반대신문에 대한 영속적인 준비 상태로 앉아 있었기 때문이다. 그의 주량에 대해 말하자면, 그의 우체통 같은 입은 다른 신사 우체통이 많은 양의 편지를 받아들이듯 양에 관계없이 넙죽넙죽 받아들였다. 내 생각에 그는 내내 가짜 쌍둥이였고 단지 외모만 웨믹의 웨믹과 같았다.

우리는 일찍 작별을 고하고 함께 떠났다. 심지어 우리가 재거스 씨의 구두 더미 속에서 모자를 더듬어 찾고 있을 때에도, 나는 진짜 쌍둥이가 되돌아오고 있는 중이라고 느꼈다. 그리고 우리가 월워스 방향으로 제라드 가를 5미터도 채 못 내려갔을 때, 나는 내가 진짜 쌍둥이와 팔짱을 끼고 걸어가고 있으며 그 가짜 쌍둥이는 저녁 공기 속으로 증발해 버렸다는 것을 알아차렸다.

"자!" 웨믹이 말했다. "이제 끝났네요! 그분 같은 분은 다시없을 거예요. 하지만 그분과 식사할 땐 긴장해야 된다는 느낌이 들어요. 그런데 전 긴장을 풀고 식사할 때가 더 편안하답니다."

나는 이것이 오늘 저녁 상황을 적절하게 표현한 말이라고 여기고, 그에게도 그렇게 말했다.

"선생 외에는 아무에게도 이런 말을 하고 싶지 않습니다." 그는 대답했다. "우리가 주고받은 말은 새어나가지 않는다는 걸 아니까요."

나는 그에게 혹시 미스 해비셤의 양녀인 벤틀리 드러믈 부인을 본 적이 있느냐고 물었다. 그는 없다고 말했다. 너무 갑작스럽지 않게 대화를 이어가기 위해 나는 노인장과 스키핀스 양 이야기를 했다. 내가 스키핀스 양을 언급하자 그는 다소 은밀한 표정을 짓더니, 길에서 멈춰서 고개를 한 번 돌리고 은근히 뽐내는 마음이 없지 않은 태도로 코를 흥 하고 풀었다.

"웨믹 씨." 내가 말했다. "제가 처음 재거스 씨 자택에 가기 전에, 제게 그 가정부를 유의해서 보라고 말씀하셨던 걸 기억하세요?"

"그랬던가요?" 그가 대답했다. "아, 제가 그랬었나 보군요. 아차." 그는 갑자기 덧붙였다. "제가 그랬어요. 아직 제가 긴장이 완전히 풀리지 않았나 보군요."

"길들인 야수라고 그녀를 부르셨죠."

"그럼 **선생**은 그녀를 뭐라고 부르셨죠?"

"똑같았죠. 재거스 씨는 그녀를 어떻게 길들인 건가요, 웨믹 씨?"

"그건 그분의 비밀이에요. 그녀는 그분과 여러 해 같이 지냈답니다."

"그녀의 내력을 좀 말씀해 주시면 좋겠는데요. 특별히 관심이 가는 사안이라서요. 우리 사이에 주고받은 이야기는 결코 새어 나가지 않으리라는 것을 아시잖아요."

"글쎄요!" 웨믹이 대답했다. "전 그녀의 내력을 모릅니다—다시 말해, 다 알지는 못합니다. 하지만 제가 알고 있는 것을 말씀드리죠. 물론 우리는 사적이고 개인적인 자격으로 있는 겁니다."

"물론입니다."

"지금부터 한 20여 년 전에, 그 여자는 올드 베일리에서 살인죄로 재판을 받았는데 무죄로 석방되었답니다. 그녀는 아주 아름답고 젊은 여자였고, 제 생각으론 집시의 피가 약간 섞여 있었죠. 아무튼 재판이 열렸을 때, 짐작하시다시피 열기가 대단했답니다."

"그런데 그녀가 무죄 석방되었다는 거군요."

"재거스 소장님이 변호하셨죠." 웨믹은 의미심장한 표정으로 말을 이었다. "그리고 사건을 아주 놀라운 방식으로 이끌어가셨어요. 그것은 가망 없는 사건인 데다 당시로선 비교적 초년 시절이셨는데도, 그 사건을 처리하여 대중의 칭찬을 받으셨어요. 사실 그 사건으로 명성을 얻으셨다고 해도 과언이 아니죠. 그분은 몇날며칠 동안 매일매일 경찰서에서 구류조차 하면 안 된다고 강력히 주장하며 직접 그 사건을 위해 일하셨어요. 그리고 그분이 직접 나설 수 없었던 재판 때는 변호사 밑에 앉아서—누구나 알고 있었듯이—실질적으로 모든 일을 다 하셨답니다. 피살자는 여자였는데, 족히 열 살도 더 먹고 몸집도 훨씬 더 크고 힘도 훨씬 더 센 여자였죠. 치정 살인이었어요. 두 여자 모두 방랑생활을 했는데, 제라드 가의 이 여자는 아주 젊어서 빗자루를 넘어(영국식 표현으로 말하자면) 어느 떠돌이 남자와 결혼을 했던 몸이었고,[1] 질투의 면에서는 지독한 복수의 여신이었답니다. 피살된 여자는—분명 연령 면에서는 그 남자에게 더 어울리는 짝이었는데—하운슬로 히스[2] 근처의 어느 헛간에서 죽은 채로 발견되었죠. 심한 다툼, 아마도 격투가 있었던 모양입니다. 그녀는 온몸이 멍들고 긁히고 찢어졌으며, 마지막으로 목이 졸려 질식사한 상태였죠. 그런데 이 여자 말고는 어떤 사람도 연루되었다는 아무런 타당한 증거가 없었어요. 하지만 그녀가 정말 그런 일을 저지를 수 있었을까 하는 의문이 있었고, 바로 그 점에 대해 소장님은 변론을 펼치셨죠. 선생도 확신하실 테지만," 웨믹은 내

---

1 '빗자루를 넘어 결혼하다'라는 말은 영국에서 옛날 가난한 사람들이 결혼식을 올릴 때 신랑과 신부가 서로 빗자루를 뛰어넘었던 것에서 유래된 것인데, 이런 관습에 의한 결혼은 법적으로 인정을 받지 못했기 때문에 '내연 관계를 맺다'라는 뜻으로 전용되었다.
2 런던 서쪽에 위치한 버려진 황무지로, 디킨스 시대에는 강도와 떠돌이가 모여드는 우범지대였다고 한다.

옷소매를 건드리며 말했다. "당시에 소장님은 그녀의 손힘에 대해서는 전혀 강조하신 적이 없었죠, 요즘은 이따금 그러시지만 말입니다."

나는 재거스 씨의 집에서 친구들과 함께 만찬회를 하던 그날, 그가 그녀의 손목을 보여줬던 이야기를 들려줬다.

"자, 선생!" 웨믹은 말을 계속했다. "우연히도 말입니다—우연히도, 아시겠죠?—이 여자는 체포 당시부터 아주 교묘하게 옷을 입어서 실제보다도 훨씬 더 가냘파 보였고, 특히 그녀의 소맷자락이 아주 솜씨 있게 만들어져서 그녀의 양팔이 아주 허약해 보이도록 했다는 것을 전 언제나 기억하고 있답니다. 그녀에게는 타박상이 한두 군데밖에 없었지만—뜨내기에겐 아무것도 아니죠—양쪽 손등이 다 찢겨 있었답니다. 문제는 그것이 손톱으로 생긴 것이냐 하는 것이었죠. 그런데 재거스 소장님은, 그녀가 많은 가시덤불을 헤치고 나간 적이 있었으며, 그 가시덤불은 그녀의 얼굴만큼 높지는 않았지만 두 손을 대지 않고 헤쳐 나갈 수는 없었을 것이라고 밝히셨습니다. 그리고 그 가시덤불의 작은 조각들이 실제로 그녀의 피부에서 발견되어 증거물로 제시되었죠. 뿐만 아니라 가시덤불이 부러진 흔적이 있었고, 그녀의 옷 조각과 피가 여기저기 묻어 있었다는 사실도 확인되었어요. 그렇지만 소장님이 가장 대담하게 주장하신 점은 이렇습니다. 검찰 측에선 그녀의 질투에 관한 증거로서, 그녀가 살인을 저지를 즈음에 남편에게 복수하기 위해 그와의 사이에서 낳은 자신의 아이를—세 살가량 된 아이를—광포하게 죽였다는 강한 의혹을 제기했어요. 재거스 소장님은 그것을 이런 식으로 처리하셨지요. '우리는 이 상처가 손톱자국이 아니라 가시덤불 자국이라고 단언하며, 실제로 그 가시덤불을 제시하는 바입니다. 반면 당신들은 이게 손톱자국이라고 주장하며, 그녀가 아이를 죽였다는 가설을 주장하고 있습니다. 그렇다면 그 가설이 초래하는 모든 결과도 받아들이셔야 합니다. 확신할 수 없는바 어쩌면 그녀가 아이를 죽였을 수도 있고, 아이가 죽기 전에 그녀에게 매달리며 손을 할퀴었을 수도 있습니다. 그런데 지금 어떻습니까? 지금 우리가 다루는 사건은 아이 살해가 아니지 않습니까? 왜 아이 살해 사건으로 기소하지 않으시는 겁니까? 우리는 이렇게 주장합니다. 우리가 아는 한, 당신들 쪽에서 오히려 그 손톱자국에 대해 설명한 셈이 될 수도 있습니다. 단지 당신들이 그 손톱자국들을 조작하지 않았다는 전제하에서 말입니다.' 요컨대, 핍 선생." 웨믹은 말했다. "재거스 소장님은 배심원들에게 너무 벅찬 상대였던 겁니다. 그래서 그들은 굴복하고 말았죠."

"그 이후 그녀가 줄곧 그분 시중을 들어온 건가요?"

"그렇죠. 하지만 그것뿐이 아닙니다." 웨믹은 말했다. "그녀는 석방된 직후 그분의 시중을 들기 시작했고, 지금처럼 길들여진 거랍니다. 그 뒤 그녀는 집안일을 하나씩하나씩 배워나갔지만, 처음부터 길들여진 상태였어요."

"아이의 성별을 기억하시나요?"

"여자아이였다더군요."

"오늘 밤 제게 더 해주실 말씀은 없습니까?"

"없습니다. 전 선생의 편지를 받아보고 파기해 버렸어요. 더 드릴 말씀은 없습니다."

우리는 진심에서 우러난 밤 인사를 나눴다. 그리고 나는, 이전의 문제를 하나도 해결하지 못한 채 새롭게 생각해야 할 문제를 가지고 집에 갔다.

49장

미스 해비셤이 나를 보고 혹시라도 변덕스럽게 놀란 기색을
보일 것에 대비하고자, 내가 그렇게 빨리 새티스 하우스에 다시
들르게 된 이유를 대는 증명서 노릇을 할 그녀의 쪽지를 호주머
니에 넣고서 나는 다음 날 역마차 편으로 고향에 다시 내려갔다.
그러나 중간 휴게소에서 내려 그곳에서 아침을 먹고, 나머지 구
간은 걸어서 갔다. 왜냐하면 사람들의 왕래가 잦지 않은 길로 조
용히 읍내로 들어갔다가 같은 식으로 읍내를 떠나올 요량이었기
때문이다.

내가 조용한 번화가의 뒤편, 발소리가 울리는 조용한 큰 저택
들을 지나친 것은 한낮의 가장 좋은 햇빛이 가신 뒤였다. 한때는
늙은 수도사들의 대식당과 정원이 있었고, 그 튼튼한 담들이 이
제는 초라한 헛간과 마구간으로밖에 쓰이지 않게 된 허물어진
수도원의 후미진 곳들은 무덤 속에 있는 늙은 수도사들만큼이나
조용하기만 했다. 내가 사람들 눈에 띄지 않으려고 서둘러 걷노
라니, 대성당의 종소리가 그 어느 때보다도 한층 더 슬프고 아득
하게만 들려왔다. 그래서 낡은 파이프 오르간의 높게 울리는 소
리가 내 귀에는 마치 장송곡처럼 들려왔고, 떼까마귀들은 회색
탑 주위를 맴돌거나 수도원 정원의 앙상하고 높은 나무에 앉아
흔들거리면서, 이곳은 변해버렸으며 에스텔라는 여기서 영원히
떠나버렸다고 나에게 소리쳐 알리는 것만 같았다.

새티스 하우스의 뒷마당 건너편 부속건물에 사는 하인들 중
한 사람으로, 내가 전에 봤던 적이 있는 나이 지긋한 여자가 대
문을 열어주었다. 저택 안의 컴컴한 복도에는 예전처럼 불 켜진
초가 놓여 있었다. 그래서 나는 그것을 집어 들고 혼자 계단을
올라갔다. 미스 해비셤은 자기 방에 있지 않고 층계참 건너편의
큰 방에 있었다. 문을 두드려도 응답이 없어서 문틈으로 안을 들
여다보니, 그녀가 불이 거의 꺼져가는 벽난로 바로 앞에 있는 다
해진 의자에 앉아 생각에 잠겨 있는 모습이 보였다.

전에 자주 그랬듯이 나는 방으로 들어가서, 낡은 벽난로 선반
에 손을 대고서 그녀가 눈을 들면 나를 볼 수 있는 곳에 섰다. 그
녀에게 어찌나 심하게 외로운 기색이 감돌았던지, 비록 내가 그
녀를 책망할 수 있는 정도 이상으로 더 깊은 상처를 일부러 내
게 입혔다 할지라도 내 마음을 움직여 동정심을 갖게 할 정도였
다. 내가 그녀를 측은히 여기면서, 그리고 시간이 흐르는 가운
데 어쩌다 보니 나 역시도 파멸한 이 집의 운명 중 일부가 되어
버렸구나 하고 생각하면서 서 있는데, 그녀의 시선이 나에게 쏠
렸다. 그녀는 나를 응시하더니 나지막한 목소리로 말했다. "내가
헛것을 본 건 아니겠지?"

"저예요, 핍입니다. 재거스 씨가 어제 마님의 쪽지를 전해주셔
서, 지체 없이 서둘러 왔습니다."

"고맙다, 고마워."

내가 다 해진 의자 하나를 벽난로 앞에 가져다 놓고 앉을 때,
나는 그녀의 얼굴에 마치 나를 두려워하는 듯한 표정이 새로 떠
오르는 것을 알아차렸다.

"나는," 그녀는 말했다. "네가 지난번 여기 왔을 때 내게 언급
한 문제를 빨리 처리해서, 내가 완전히 무정하지는 않다는 것을

보여주고 싶구나. 그렇지만 아마도 너는, 지금으로서는 내 가슴 속에 뭔가 인간적인 점이 있다고는 결코 믿지 못하겠지?"

내가 몇 마디 안심시키는 말을 하자 그녀는 마치 나를 만지려고 하는 듯 떨리는 오른손을 뻗었다. 그러나 내가 그 몸짓을 이해하거나 어떻게 받아들여야 할지 알기도 전에 그녀는 손을 거둬들였다.

"너는 네 친구를 위해 말하면서, 내가 그에게 유용하고 좋은 일을 할 방법을 알려줄 수 있다고 했다. 그건 네가 그렇게 되었으면 하고 바라는 일일 테지, 안 그러니?"

"그렇게 되기를 제가 무척 바라는 일입니다."

"그게 뭐지?"

나는 합명회사 설립과 관련한 그 비밀 내막을 설명해 주기 시작했다. 그러나 얼마 지나지 않아 그녀의 표정을 보고는, 그녀가 내 말보다는 나 자신에 대해 산만하게 생각하고 있다는 판단이 들었다. 그런 것 같았다. 왜냐하면 내가 말을 멈췄을 때, 그녀는 한참이 지나고 나서야 비로소 그 사실을 의식한 기색이었기 때문이다.

"네가 말을 멈추는 것은," 그녀는 아까처럼 나를 두려워하는 표정으로 물었다. "나를 너무나 많이 싫어해서, 나한테 이야기하는 것을 견딜 수가 없어서 그러는 거니?"

"아닙니다, 아닙니다." 나는 대답했다. "어떻게 그런 생각을 하실 수 있습니까, 해비셤 마님! 제가 멈춘 것은 마님이 제 말씀을 듣지 않고 계시다고 생각했기 때문입니다."

"아마 내가 듣지 않고 있었나 보다." 그녀는 한 손을 머리에 짚으며 대답했다. "다시 시작해라, 그러면 나는 딴 것을 보고 있으마. 잠깐! 이제 말하거라."

그녀는 이따금 습관적으로 그러듯 결연한 태도로 한 손을 지팡이에 얹고서, 주의를 집중할 것을 다짐하는 확고한 표정으로 벽난롯불을 쳐다보았다. 나는 설명을 계속했다. 그리고 나는 내 재산으로 이 계약을 완결 짓기를 바라왔지만 그러지 못해 실망하고 있다고 이야기했다. 그러면서 그 부분에 대해서는 더 이상 설명할 수 없음을 상기시키며, 나만의 문제가 아니라 다른 사람의 중요한 비밀이 얽혀 있기 때문이라고 말했다.

"그렇구나!" 그녀는 고갯짓으로 동의는 했으나, 나를 쳐다보지도 않고 말했다. "그런데 그 거래를 완결 짓는 데 돈이 얼마나 필요하지?"

거금이라는 생각이 들어 나는 액수를 말하는 데 망설였다. "9백 파운드입니다."

"내가 그 용도로 쓰일 돈을 너에게 준다면, 네 비밀을 지켰듯이 내 비밀도 지켜주겠니?"

"아주 충실하게 지키겠습니다."

"그리고 네 마음이 한결 더 편안하겠니?"

"훨씬 더 편안할 겁니다."

"지금은 아주 불행하다는 말이니?"

그녀는 여전히 나를 바라보지도 않고 질문을 했지만, 어조만큼은 이례적으로 동정적이었다. 나는 그 순간에는 대답할 수가 없었는데, 그건 목소리가 나오지 않았기 때문이다. 그녀는 왼팔을 지팡이 손잡이에 가로질러 올려놓고는, 그 위에 이마를 살짝 얹었다.

"저는 조금도 행복하지가 않습니다, 해비셤 마님. 그러나 제게는 마님이 아시는 것 이외의 다른 불행의 요인들도 있습니다. 그것들은 제가 말씀드린 비밀 사항들이죠."

잠시 후 그녀는 머리를 들고 벽난롯불을 다시 쳐다보았다. "네게 다른 불행의 요인들이 있다고 말하다니, 너는 고결하구나. 그게 사실이니?"

"틀림없는 사실입니다."

"네 친구를 도움으로써, 핍, 내가 너를 도울 수는 없겠니? 그 일은 이루어졌다고 생각하고, 네 자신을 위해 내가 해줄 수 있는 게 없겠어?"

"없습니다. 하지만 물어봐 주셔서 감사합니다. 그리고 그 질문을 해주신 어조에 더욱 감사드립니다. 그러나 아무것도 없습니다."

그녀는 이내 자리에서 일어나더니, 필기구를 찾기 위해서 황폐한 방을 둘러보았다. 방에는 아무것도 없었으므로 그녀는 호주머니에서 변색한 금테를 두른 얇은 노란색 상아 수첩을 꺼내, 거기다가 목에 걸려 있는 변색한 황금 케이스 속에 들어 있던 연필로 뭐라고 끄적였다.

"아직도 재거스 씨와 사이가 좋니?"

"아주 좋습니다. 어제도 그분과 같이 식사를 했습니다."

"네가 친구를 위해 아무 부담감 없이 재량껏 쓰도록 너한테 그 돈을 지불하라고 재거스 씨에게 주는 위임장이다. 나는 돈을 집에 간수하지 않거든. 하지만 만약 재거스 씨가 이 문제에 대해 아무 것도 모르게 하고 싶다면, 내가 그 돈을 너한테 직접 보내주마."

"감사합니다, 해비셤 마님. 저는 그분에게서 돈을 수령하는 것에 대해 조금도 이의가 없습니다."

그녀는 자기가 쓴 것을 나에게 읽어줬는데, 그것은 명백하고 명쾌했으며 분명히 내가 그 돈을 수령함으로써 이익을 얻을 것이라는 여하한 혐의도 받지 않게 하려는 의도가 들어 있었다. 나는 그녀의 손에서 수첩을 건네받았다. 그런데 그녀의 손이 다시 떨렸고, 연필이 매달려 있는 목걸이를 벗어서 내 손에 건네줄 때는 손이 더욱 떨렸다. 그녀는 이 모든 동작을 나를 쳐다보지도 않고 했다.

"내 이름이 첫 장에 적혀 있다. 만에 하나라도 네가 내 이름 밑에다가 '나는 그녀를 용서합니다'라고 써줄 수만 있다면―비록 내 비탄에 잠긴 가슴이 흙이 되고 나서 아주 오랜 뒤에라도―부니 그렇게 해다오!"

"오, 해비셤 마님." 나는 말했다. "저는 지금이라도 그럴 수 있습니다. 가슴 아픈 실수들이 있었습니다. 그리고 저의 삶은 몽매하고 배은망덕한 인생이었습니다. 그래서 제가 마님을 심하게 대하기에는 너무나 많은 용서와 지도가 필요합니다."

그녀는 줄곧 다른 곳을 보고 있다가 처음으로 나를 향해 고개를 돌리더니, 놀랍게도, 그리고 심지어는 두렵게도 내 발치에 털썩 무릎을 꿇고는, 모은 두 손을 그녀의 가련한 가슴이 젊고 싱싱하고 건강했던 시절에 틀림없이 그녀의 어머니 곁에서 하늘을 향해 자주 쳐들었을 것 같은 자세로 나를 향해 쳐들었다.

흰 머리에 초췌한 얼굴로 내 발치에 무릎을 꿇고 있는 그녀를 보니, 나는 온몸에 충격을 느꼈다. 그녀에게 일어나라고 간청하며 부축해 일으키기 위해 내 양팔을 그녀의 허리에 감았지만, 그녀는 오직 자기가 잡기에 아주 가까이에 있는 내 손을 꽉 쥐고 그 위에 머리를 걸친 채 눈물만 흘릴 뿐이었다. 나는 전에 한 번도 그녀가 눈물을 흘리는 것을 본 적이 없었고, 그 눈물이 그녀에게 조금이나마 위안이 될지도 모른다는 생각으로 아무 말 없이 그녀에게 몸을 기울였다. 이제 그녀는 무릎을 꿇고 있는 것이 아니라 완전히 바닥에 엎드려 있었다.

"오!" 그녀는 절망적으로 외쳤다. "내가 무슨 짓을 한 거야! 내가 무슨 짓을!"

"혹시 그게, 해비셤 마님, 저한테 상처를 주기 위해 무슨 짓을 하신 거냐는 뜻이라면, 제가 대답해 드리겠습니다. 거의 없습니다. 저는 어떤 상황에서도 그녀를 사랑했을 겁니다. 그녀는 결혼 했나요?"

"그래."

그것은 쓸데없는 질문이었다. 왜냐하면 이 쓸쓸한 집에 더해진 새로운 쓸쓸함이 이미 나에게 그렇게 말해주었기 때문이다.

"내가 무슨 짓을 한 거야! 무슨 짓을!" 그녀는 양손을 비틀고 흰 머리카락을 뭉그러뜨리며 자꾸 이렇게 외쳤다. "내가 무슨 짓을 한 거야!"

나는 어떻게 대꾸해야 할지, 아니 어떻게 그녀를 위로해야 할지 몰랐다. 그녀가 감수성이 예민한 꼬마를 데려다가 자신의 극심한 원한과 버림받은 애정과 상처받은 자존심에 대한 복수를 해줄 형상으로서 양녀로 삼는 통탄할 일을 저질렀다는 사실, 나는 그 사실을 잘 알고 있었다. 그러나 그녀가 햇빛을 들이지 않음으로써 무한히 많은 것들을 차단해 버렸다는 사실, 세상을 등지고 은둔함으로써 수많은 자연스럽고 치유의 힘이 있는 영향들로부터 자신을 격리해 버렸다는 사실, 혼자서 속을 끓이는 그녀의 마음이, 조물주가 정해놓은 질서를 어기는 모든 마음들이 틀림없이 그리고 언제나 그러하듯 병들어 버렸다는 사실, 나는 이런 사실도 못지않게 잘 알고 있었다. 그러니 내가 어떻게 동정심 없이 그녀를 바라볼 수 있었겠는가? 그녀가 처한 폐허 속에서, 그녀가 처해 있는 이 지상에 심히 부적절한 생활 속에서, 속죄의 허식, 후회의 허식, 보잘것없는 존재라는 허식, 그리고 그 밖의 이 세상에서 저주가 되어버린 다른 어처구니없는 허식들과 같이 굉장한 광증이 되어버린 슬픔의 허식 속에서 그녀가 벌 받고 있는 것이 보이는데, 내가 어찌 그럴 수 있었겠는가?

"예전에 네가 그 아이에게 말할 때까지도, 그리고 너를 통해 마치 거울을 보듯 나 자신이 한때 느꼈던 것을 다시 보게 되기 전까지도, 나는 내가 무슨 짓을 했는지 몰랐단다. 내가 무슨 짓을 한 거야! 내가 무슨 짓을!" 그러고는 다시금 스무 번, 쉰 번도 넘게 "내가 무슨 짓을 한 거야!"라는 말을 되풀이했다.

"해비셤 마님." 나는 그녀의 외침이 잦아들자 말했다. "마님의 마음과 양심에서 저를 깨끗이 잊어버리세요. 그러나 에스텔라의 경우는 다릅니다. 만일 마님께서 그녀의 올바른 본성 중 일부를 떼어냄으로써 저지르신 잘못을 조금이라도 되돌릴 수 있다면, 그렇게 하시는 것이 백 년 동안 과거를 슬퍼하시는 것보다 나을 겁니다."

"그래, 그래, 나도 안다. 하지만, 핍—얘야!" 미스 해비셤의 새로운 감정에는 나를 향한 진심 어린 여성다운 연민이 담겨 있었다. "얘야! 이것만은 믿어다오. 그 아이가 나한테 처음 왔을 때, 나는 그 아이를 나와 같은 불행에서 구해줄 작정이었단다. 처음 엔 그 이상 다른 뜻은 없었어."

"그래요, 그러셨군요!" 나는 말했다. "저도 그러셨길 바랍니다."

"그런데 그 아이가 자라서 아주 아름다워질 가망성을 보이자 나는 점점 나쁜 짓을 하게 됐다. 그 아이를 칭찬하고, 보석을 주고, 가르침을 베풀고, 항상 내 모습을 그 아이 앞에 두어 교훈을 강조하는 경고로 삼으면서, 나는 그 아이의 따뜻한 마음을 몰래 앗아가고 그 자리에 얼음을 대신 심어놓았지."

"더 나았을 겁니다," 나는 말하지 않을 수 없었다. "멍들거나 상처받는 한이 있더라도 그녀의 본래 마음을 그대로 두셨다면 말입니다."

그 말에 미스 해비섬은 괴로운 듯이 잠시 나를 쳐다보더니, 갑자기 다시 외치기 시작했다. "내가 무슨 짓을 한 거야!"

그녀는 변명했다. "만약 네가 내 이야기를 다 안다면, 나를 조금은 동정하고 또 나를 더욱 잘 이해할 거다."

"해비섬 마님." 나는 될 수 있는 대로 세심하게 마음을 써서 대답했다. "말씀드려도 괜찮을 줄로 믿습니다만, 저는 마님의 이야기를 알고 있습니다. 이곳을 처음 떠난 이후로 줄곧 알고 있었습니다. 그 이야기는 저에게 깊은 연민을 불러일으켰고, 저는 그것과 그 영향까지도 이해하고 있다고 믿고 싶습니다. 우리 사이에 오간 대화를 구실 삼아 제가 에스텔라에 관한 질문을 하나 드려도 되겠습니까? 지금의 그녀가 아니라, 처음 여기 왔을 때의 그녀에 관해서요."

그녀는 양팔을 다 헐어빠진 의자에 얹고 그 위에 머리를 기댄 채 바닥에 그대로 앉아 있었다. 그녀는 내가 이 말을 할 때 나를 뚫어지게 쳐다보다가 대답했다. "말해봐라."

"에스텔라는 누구의 자식이었습니까?"

그녀는 고개를 가로저었다.

"모르세요?"

그녀는 다시 고개를 가로저었다.

"그렇지만 재거스 씨가 그녀를 여기로 데려왔거나 보냈겠죠?"

"그 아이를 이리로 데려왔단다."

"어떻게 해서 그렇게 되었는지 말씀해 주시겠어요?"

그녀는 나지막한 속삭임으로 조심스럽게 대답했다. "내가 이 방들에서 칩거한 지 오래되었을 때(얼마 동안인지는 나도 모른다. 너도 이곳 시계들이 몇 시를 가리키고 있는지 알 거다), 그때 나는 그에게 내가 양육하고 사랑해 주고 또 나와 같은 운명에서 구해

줄 어린 여자아이를 원한다고 말했단다. 내가 처음 그를 본 것은 이 집을 폐허로 만들어달라고 사람을 보내 그를 불렀을 때였지. 이 세상과 단절하기 전에 신문에서 그에 대한 기사를 읽은 적이 있었거든. 그는 자기 주변에서 그런 고아를 찾아보겠다고 말했지. 어느 날 밤 그가 잠든 그 아이를 여기로 데리고 왔기에, 내가 그 아이를 에스텔라라고 불렀단다."

"당시 그녀의 나이를 여쭤봐도 될까요?"

"두세 살이었을 거다. 그 아이 자신은 아무것도 모른단다, 자신이 고아가 되어서 내가 양녀로 삼았다는 것 이외에는 말이다."

재거스 씨네 가정부가 그녀의 어머니라는 것을 너무나 확신하고 있었기에, 내 심중에 그 사실을 굳히기 위한 증거는 더 이상 필요하지 않았다. 그러나 누가 봐도 둘의 관계는 분명하고 확실하다고 나는 생각했다.

내가 이 만남을 오래 끈다고 해서 무엇을 더 바랄 수 있었겠는가? 나는 허버트를 위해 목적을 달성했고, 미스 해비셤은 에스텔라에 대해 아는 모든 것을 내게 말해주었다. 나는 그녀의 마음을 편안하게 해주기 위해 할 수 있는 말과 행동을 다 했다. 우리가 어떤 말을 주고받으며 헤어졌든, 결국 우리는 헤어졌다.

계단을 내려와 바깥 공기 속으로 나왔을 때는 땅거미가 밀려오고 있었다. 나는 내가 들어올 때 대문을 열어줬던 그 하녀를 불러서, 떠나기 전에 이곳을 한 바퀴 산책하고 싶으니 아직은 수고스럽게 대문을 열지 않아도 된다고 말했다. 왜냐하면 나는 이곳에 다시는 못 올 거라는 불길한 예감이 들었고, 이울어가는 햇살이 이곳을 마지막으로 보기에 안성맞춤이라는 느낌이 들었기 때문이다.

나는 오래전에 그 위를 걸어 다녔던 버려진 술통들을 지나 황폐한 정원으로 발길을 옮겼는데, 그 술통들은 그 뒤 여러 해 동안 비를 맞아서 많은 곳들이 썩어가고 있었고, 세워져 있는 술통들 위에는 조그만 늪과 물웅덩이가 생겨 있었다. 나는 정원을 구석구석 한 바퀴 돌았다. 허버트와 격투를 벌였던 구석을 지나고, 에스텔라와 같이 걸었던 오솔길도 지나서 돌았다. 모든 것이 너무나 냉랭하고, 너무나 쓸쓸하고, 너무나 황량하기만 했다!

돌아오는 길에는 양조장으로 가서, 양조장 마당 끝에 있는 조그만 출입문의 녹슨 빗장을 올리고 들어가 그곳을 걸어서 통과했다. 반대편 문으로 나가려고 했는데―이제는 열기가 쉽지 않았다. 습기 찬 나무가 휘고 부풀어 있는 데다 돌쩌귀들은 주저앉고 문지방은 자라난 버섯 따위로 막혀 있었기 때문이다―그러다가 나는 머리를 돌려 뒤를 보았다. 이 사소한 행동을 하는 순간 어린 시절의 기억이 놀라울 정도로 선명하게 되살아났고, 나는 미스 해비셤이 석양의 대들보에 매달려 있는 환상에 사로잡혔다. 그 환영이 너무나도 뚜렷해서, 나는 석양 아래 서서 머리끝에서 발끝까지 떨고 나서야 비로소 그것이 환상에 불과하다는 사실을 깨달았다―비록 내가 거기 있었던 건 분명 순간에 불과했지만 말이다.

그 장소와 시간의 음산함, 그리고 비록 순간적이기는 했지만 아주 무서운 환상 때문에 형언할 수 없는 두려움을 느끼면서 나는 그 옛날 에스텔라가 내 마음을 아프게 한 뒤 내가 머리카락을 쥐어뜯었던 열린 나무문 사이로 걸어 나왔다. 앞마당으로 들어선 나는 잠긴 대문의 열쇠를 가지고 있는 하녀를 불러 나를 내보내 달라고 할지, 먼저 위층으로 올라가 미스 해비셤이 내가 방을 나섰을 때처럼 무사하게 잘 있는지 직접 확인해 볼지 망설였다. 나는 후자를 택하여 위층으로 올라갔다.

나는 그녀를 두고 떠났던 방을 들여다보았다. 그녀가 등을 내
쪽으로 향하고서 벽난롯불 가까이에 있는 헐어빠진 의자에 그대
로 앉아 있는 모습이 보였다. 내가 조용히 떠나려고 머리를 빼내
는 순간, 큰 불길이 솟아오르는 것이 보였다. 그와 동시에 그녀
가 활활 타오르는 불길의 소용돌이에 온몸이 휩싸인 채 비명을
지르며 나에게 달려오는 모습을 보았다. 불길은 그녀의 머리 위
로 거의 그녀의 키만큼이나 치솟아 있었다.

나는 이중 어깨 망토가 달린 방한 외투를 입고 있었고, 한 팔
에는 또 다른 두꺼운 외투를 들고 있었다. 내가 그 외투들을 벗
고 그녀에게 달려든 다음 쓰러뜨려서 외투들로 덮었다는 사실,
내가 같은 목적으로 식탁에서 큰 식탁보를 끌어당겼고 그것과
함께 식탁 가운데 있던 썩어 문드러진 것들과 그곳에 숨어 살던
온갖 흉한 벌레들이 끌려 내려와 방바닥에 쏟아졌다는 사실, 우
리가 방바닥에서 필사적인 원수들처럼 싸우고 있었고 내가 그녀
를 단단히 덮어씌우면 덮어씌울수록 그녀가 더욱더 사납게 비명
을 지르며 빠져나가려고 했다는 사실, 나는 이 모든 것을 결과를
통해 알았을 뿐 내가 실제로 무엇을 느끼거나 생각하거나 했는
지는 알지 못했다. 나는 아무것도 몰랐다. 단지 우리가 큰 식탁
옆 바닥에 쓰러져 있다는 것, 그리고 방금 전까지 그녀의 낡은
웨딩드레스였던 천 조각들이 아직도 타오르는 불티가 되어 자욱
한 연기 속을 떠다니고 있다는 것만을 알았다.

그제야 나는 주위를 둘러보았고, 흩어진 딱정벌레와 거미들이
바닥을 가로질러 허둥지둥 도망치는 모습을 보았다. 숨을 헐떡
이며 하인들이 문으로 들어왔다. 나는 여전히 그녀가 도망치려
는 죄수라도 되듯 온 힘을 다해 누르고 있었다. 그리고 나는 그
녀가 누구인지조차, 우리가 왜 몸부림쳤는지조차, 그녀가 불길

에 휩싸였었다는 사실조차, 그리고 불길이 꺼졌다는 것조차 모르고 있다가, 마침내 그녀의 웨딩드레스였던 재들이 더 이상 타오르지 않고 검은 비처럼 우리 주위로 떨어지는 것을 보고서야 깨달았을 뿐이다.

그녀는 의식을 잃었다. 그래서 나는 사람들을 시켜 그녀를 옮기거나 건드리는 것조차 겁이 났다. 사람을 보내 도움을 청했고, 나는 도움의 손길이 올 때까지 마치 내가 그녀를 놓으면 불길이 다시 살아나서 그녀를 다 태워버릴 것이라고 터무니없이 상상하기라도 하는 것처럼(실제로 그랬으리라 생각한다) 그녀를 붙잡고 있었다. 외과의사가 조수와 함께 그녀를 살피러 왔을 때 나는 자리에서 일어났는데, 그제야 내 두 손이 심하게 화상을 입었다는 사실을 깨닫고 경악했다. 전혀 느껴지지 않았었기 때문이다.

의사의 진찰 결과, 그녀가 중화상을 입기는 했어도 화상 자체는 조금도 절망적이지 않으며, 위험은 주로 신경의 충격에 있다는 진단이 내려졌다. 외과의사의 지시에 따라 그녀의 침대가 그 방으로 옮겨져 큰 식탁 위에 놓였는데, 이 식탁은 공교롭게도 그녀의 상처를 치료하는 데 아주 적합했다. 한 시간 뒤에 다시 보았을 때 그녀는 정말로 예전에 그녀가 지팡이로 바닥을 내리치며 언젠가 누울 것이라고 말했던 바로 그 자리에 누워 있었다.

비록 그녀의 옷은 사람들이 말해준 대로 실오라기 하나 남지 않고 다 타버렸지만, 그녀는 여전히 어딘지 모르게 옛날의 그 유령 같은 신부의 모습을 간직하고 있었다. 왜냐하면 그녀의 온몸을 목까지 흰 탈지면으로 감싸놓은 데다 그 위에 흰 홑이불을 느슨하게 덮어놓아서, 옛날부터 있었지만 지금은 변해버린 유령 같은 분위기가 여전히 그녀에게 감돌았기 때문이다.

하인들에게 물어본 결과 에스텔라가 지금 파리에 있다는 사실을 알게 되었고, 외과의사에게서 다음번 우편으로 그녀에게 편지를 써 보내겠다는 약속을 받아냈다. 미스 해비셤의 일가친척들은 내가 담당했는데, 매슈 포킷 씨에게만 연락을 취하고 나머지 사람들에게 알리는 것은 그의 판단에 맡길 작정이었다. 다음 날 런던으로 돌아오자마자 나는 허버트를 통해 이 일을 처리했다.

그날 저녁, 그녀가 어느 순간 비교적 차분하게 그 일이 벌어신 상황을 이야기한 적이 한 번 있었는데, 다만 묘하게 섬뜩한 생동감이 깃들어 있었다. 그러나 자정 무렵부터 횡설수설하기 시작하더니, 그 뒤로는 점차 나지막하고 엄숙한 음성으로 같은 말을 수없이 되풀이하는 상태로 접어들었다. "내가 무슨 짓을 한 거야!"라고 말하다가 "그 아이가 처음 왔을 때, 나는 그 아이를 나와 같은 불행에서 구해줄 작정이었단다"라고 말했다. 또 그다음엔 "연필을 잡아 내 이름 밑에다 '나는 그녀를 용서합니다'라고 써다오"라고 말했다. 그녀는 결코 이 세 문장의 순서를 바꾸지 않았지만, 때때로 한두 문장에서 단어를 하나씩 빠뜨렸다. 그렇지만 빠뜨린 자리에 다른 단어를 삽입하는 경우는 결코 없이, 언제나 그 자리를 그대로 비워두고 다음 단어로 넘어가곤 했다.

나는 그곳에서 도울 수 있는 일이 아무것도 없었고, 그녀의 오락가락한 말조차도 내 마음에서 몰아낼 수 없는 걱정과 두려움의 절박한 이유가 집 가까이에 있었기에, 나는 밤이 깊어가는 동안 이른 아침 역마차로 귀경하되 2킬로미터 정도는 걷다가 읍내를 벗어나면 마차를 타기로 결심했다. 그래서 이튿날 아침 6시경에 나는 미스 해비셤 위에 몸을 굽혀 그녀의 입술에 내 입술을 살짝 맞췄는데, 입술이 닿는 바로 그 순간에도 그녀의 입술은 멈추지 않고 말했다. "연필을 잡아 내 이름 밑에다 '나는 그녀를 용서합니다'라고 써다오."

50장

나는 밤중에 두세 번 양손을 치료받고, 아침에도 다시 치료받았다. 왼팔은 팔꿈치까지 꽤 심한 화상을 입었고, 덜 심하긴 했지만 어깨 윗부분까지도 화상을 입었다. 상처는 매우 아팠으나 불길이 그쪽으로만 번져서 더 악화되지 않은 것을 감사하게 생각했다. 오른손은 손가락을 못 쓸 정도로 아주 심하게 화상을 입지는 않았다. 물론 오른손에 붕대를 감긴 했지만 왼손과 왼팔보다는 훨씬 덜 불편했다. 왼손과 왼팔에 팔걸이 삼각건을 맨 상태라서, 나는 외투를 그저 망토처럼 양어깨에 헐렁하게 걸치고 목부분만 고정시킬 수 있었다. 머리카락에도 불이 붙긴 했지만, 머리나 얼굴까지는 번지지 않았다.

허버트는 해머스미스로 내려가 그의 아버지를 만난 후, 우리의 거처로 돌아와 하루를 바쳐 나를 간호해 주었다. 그는 더없이 친절한 간호사였다. 그는 정해진 시간마다 붕대를 풀어서 미리 준비된 냉각 액체에 담갔다가 참을성 있고 친절하게 그것을 다시 감아주었는데, 나는 그의 그런 배려에 깊이 감사했다.

처음에 내가 안락의자에 조용히 누워 있을 때는, 이글거리는 화염과 불이 급속히 번지며 내는 소리와 지독한 타는 냄새에 대한 인상을 지워버리는 것이 고통스러울 만큼 힘들었다. 아니, 불가능했다고 말할 수 있을 것이다. 잠깐 졸기라도 할라치면 나는 미스 해비셤의 울부짖는 소리라든가 머리 위로 불길이 그렇게 높이 솟아오른 채 나에게 달려오던 그녀가 떠올라 깨어나곤 했다. 이 정신적 고통은 내가 겪는 어떤 육체적 고통보다도 훨씬 더 견뎌내기 힘들었다. 허버트도 그걸 알고는 내 주의를 딴 데로 돌리려고 최대한 애를 썼다.

우리 중 누구도 배에 대한 이야기를 하지는 않았지만, 둘 다 배를 생각하고 있었다. 그 사실은 우리가 그 주제를 피하려고 했다는 점, 그런데도 마치 약속이나 한 듯이 내가 손을 다시 쓸 수 있게 되는 시간을 몇 주가 아니라 몇 시간의 문제로 여기기로—말도 없이—서로 동감함으로써 분명해졌다.

내가 처음 허버트를 보았을 때 당연히 던진 질문은, 강 하류의 상황이 괜찮은지 여부였다. 그가 아주 자신만만하고 유쾌하고 긍정적으로 대답했으므로, 우리는 해가 저물어갈 때까지 그 문제를 다시 꺼내지 않았다. 그러나 해가 저물고 허버트가 바깥 빛보다는 벽난로 불빛에 의존해 내 붕대를 갈아줄 때, 그는 자발적으로 그 문제로 돌아갔다.

"난 어젯밤에 말이야, 헨델, 프로비스와 꼬박 두 시간 동안이나 앉아 있었어."

"클라라는 어디 있었고?"

"귀여운 내 사랑!" 허버트는 말했다. "그녀는 '우락부락 고집불통'과 씨름하느라 저녁 내내 오르락내리락했어. 그 노인은 그녀가 자기 시야에서 벗어나기만 하면 즉시 방바닥을 끊임없이 쾅쾅 쳐댔으니까. 아무래도 그가 오래 버틸 수 있을 것 같진 않아. 럼주에다가 후추—그리고 후추에다가 럼주—를 마구 먹어대니까, 그 쾅쾅거리는 것도 분명 거의 끝나가고 있다는 생각이 들어."

"그럼 그때 너는 결혼하겠구나, 허버트?"

"그렇지 않으면 내가 귀여운 내 사랑을 어떻게 돌봐줄 수 있겠어? ……팔을 펴서 안락의자 등받이 위에 올려놔 봐, 친구야, 그러면 내가 여기에 앉아서 네 살갗이 언제 보이는지도 모르게 붕대를 아주 천천히 풀어줄게. 내가 프로비스 이야기를 하고 있던 중이었지. 너도 알고 있어, 헨델, 그가 나아지고 있다는 걸?"

"지난번 보았을 때 그가 부드러워졌다는 생각이 든다고 내가 말했잖아."

"네가 그랬지. 그리고 실제로도 그래. 그는 어젯밤에 무척 수다스러워져서는 나에게 자기 인생 이야기를 더 해줬어. 그가 여기서 어떤 여자와 큰 불화가 있었다는 이야기에서 말을 끊었던 거 기억하지? ……아, 내가 아프게 했어?"

나는 움찔했지만, 그가 상처를 건드려서는 아니었다. 그의 말 때문에 움찔했던 것이다.

"내가 그걸 깜빡했었네, 허버트. 네가 그 얘기를 해주니까 이제 생각난다."

"좋아! 그가 자기 인생의 그 부분을 얘기해 줬는데, 어둡고 난폭한 부분이지. 얘기해 줘? 아니면 지금은 네게 고통만 주려나?"

"꼭 얘기해 줘. 한마디도 빼놓지 말고."

허버트는 몸을 앞으로 구부려서 좀 더 자세히 나를 살펴보았는데, 마치 내 대답이 자기가 완전히 이해할 수 있는 것 이상으로 더 다급하고 간절해 보인 모양이었다. "머리에 열은 내렸나?" 그는 내 머리를 짚어보며 말했다.

"완전히 내렸어." 나는 말했다. "프로비스가 한 말을 들려줘, 다정한 허버트."

"그러니까 말이야." 허버트는 말했다. "……붕대가 아주 깔끔하게 풀렸구나. 자, 이제 찬 붕대를 감는다……. 처음에는 좀 움

찔할 거야, 내 불쌍한 친구야, 안 그래? 하지만 곧 편안해질 거
야……. 그러니까 말이야, 그 여자는 젊었고 질투가 많았는데, 복
수심이 강했던 모양이야. 복수심이 말이야, 헨델, 극에 달했던가
봐."

"어느 정도로?"

"살인할 정도로……. 붕대가 그 예민한 부위를 너무 차갑게 건
드리니?"

"느낌이 없어. 그녀가 어떻게 살인했다는데? 누구를?"

"음, 그녀의 행위가 아주 끔찍한 살인이라는 이름으로까지 언
급될 만한 것이 아니었을지도 모르지만," 허버트는 말했다. "그
녀는 살인죄로 재판을 받았는데, 재거스 씨가 변호를 맡았고 그
변호의 명성 때문에 프로비스가 재거스 씨의 이름을 처음으로
알게 되었대. 희생자는 또 다른 여자로 힘이 한층 더 센 사람이
었는데 싸움이 벌어졌었대…… 어느 헛간에서 말이야. 누가 싸
움을 걸었는지, 싸움이 얼마나 정당했는지 혹은 부당했는지는
의심의 여지가 있겠지만, 싸움이 어떻게 끝났는지는 확실히 의
심의 여지가 없어. 왜냐하면 희생자가 교살된 채로 발견되었다
니까."

"그 여자가 유죄 판결을 받았대?"

"아니, 무죄로 석방되었대……. 불쌍한 나의 헨델, 내가 너를
아프게 했구나!"

"이보다 부드러울 순 없어, 허버트. 그래서? 그 뒤엔 어떻게 됐
대?"

"무죄 석방된 이 젊은 여자와 프로비스 사이에 어린아이가 하
나 있었는데, 프로비스가 그 아이를 엄청 예뻐했대. 내가 너한테
말한 대로 그녀의 질투 대상이 교살당한 바로 그날 밤에 이 젊

은 여자가 직접 프로비스 앞에 잠깐 나타나서, (자기가 데리고 있는) 그 아이를 죽여 그가 두 번 다시 못 보게 하겠다고 맹세하고는 그길로 사라져 버렸다는 거야…… 자, 상처가 심한 팔은 이제 삼각건으로 다시 편안하게 매놨어. 이제 오른손만 남았는데, 이건 식은 죽 먹기야. 강한 빛보다는 이렇게 은은한 빛에서 하는 게 더 낫겠어. 군데군데 생긴 가련한 물집들을 너무 뚜렷이 보면 내 손이 흔들릴 수도 있거든…… 숨 쉬는 데 무슨 문제가 생긴 건 아니겠지, 내 다정한 친구? 숨을 가쁘게 쉬는 것 같은데."

"아마 그런가 봐, 허버트. 그녀가 맹세대로 했대?"

"프로비스의 인생 중 가장 암울한 시기가 닥친 거야. 그녀는 그랬대."

"말하자면, 그녀가 그랬다고 그가 말한단 거지."

"아, 물론이지, 내 다정한 친구야." 허버트는 놀란 어조로 대답하고는, 다시 몸을 앞으로 숙여 나를 더 자세히 살펴보았다. "그가 이 모든 이야기를 해준 거야. 나에게 다른 정보는 없어."

"그래, 그렇겠지."

"그런데 말이야," 허버트가 말을 이었다. "프로비스는 자기가 그 아이의 어머니를 함부로 대했는지 아니면 잘 대해줬는지는 말하지 않았어. 그렇지만 그녀는 그가 이 난롯가에서 우리에게 말해줬던 그 비참한 생활을 한 4, 5년 함께했었다는 거야. 그래서 그는 그녀에게 연민과 어느 정도의 관용을 가지고 있었던 것 같아. 그래서, 만약 자신이 죽은 아이에 대해 증언하게 된다면 그녀의 사형을 초래할지도 모른다는 두려움 때문에, 그는 (아이를 잃은 슬픔에도 불구하고) 몸을 숨겼어. 그의 말에 따르면 세상의 눈을 피해 어둠 속에 머물렀고, 재판에서도 완전히 모습을 감춘 나머지 사람들 사이에서는 단지 '에이블'이라는 이름의 어떤 남자 정도로만 어렴풋이 이야기되었을 뿐이라고 하더라. 무죄를 선고받은 그녀는 자취를 감췄고, 그렇게 그는 아이와 아이의 어머니를 모두 잃어버렸대."

"묻고 싶은 게 있는데……."

"잠깐만, 사랑하는 친구야, 이제 다 됐다. 그 사악한 천재, 수많은 불한당 중에 가장 사악한 불한당인 컴피슨은 프로비스가 그때 숨어 산다는 사실과 그가 그렇게 사는 이유를 알고서, 당연히 그 정보를 빌미로 삼아 프로비스를 더 가난하게 만들고 더 혹독하게 부려먹었지. 간밤에 보니까 바로 이것 때문에 프로비스의 적개심이 더욱 날카로워진 거였어."

"나는 알고 싶은데," 나는 말했다. "특별히 말이야, 허버트, 그가 너한테 이 일이 언제 일어났는지 말해줬어?"

"특별히? 그럼 가만 있어봐, 그것에 대해 그가 뭐라고 했는지 기억해 볼게. 그의 표현으로는 '약 20년 전쯤, 그리고 내가 컴피슨과 함께 일하기 시작한 직후'라고 했어. 네가 그 작은 교회 묘지에서 그를 우연히 만났을 때가 몇 살이었지?"

"아마 일곱 살 때였을걸."

"맞아. 그때가 그 일이 일어난 지 약 3, 4년 지난 시점이라고 말했어. 그리고 너를 보면서 비극적으로 잃어버린 그 어린 소녀가 떠올랐다는 거야. 그 애가 살아 있었다면 네 또래였을 테니까."

"허버트." 나는 잠시 침묵하고 난 뒤 다급한 태도로 말했다. "창가 불빛에서 내가 더 잘 보여, 아니면 난롯불에서 더 잘 보여?"

"난롯불이지." 허버트는 다시 가까이 다가오면서 대답했다.

"나 좀 쳐다봐."

"쳐다보고 있어, 이 친구야."

"나를 건드려봐."

"건드리고 있어, 이 친구야."

"내가 열병을 앓고 있다거나, 어젯밤 사고로 머리가 심하게 혼란스러워 보이지는 않지?"

"그래, 이 친구야." 허버트는 나를 살펴보고 나서 말했다. "네가 좀 흥분한 것 같긴 하지만, 넌 아주 멀쩡해."

"내가 멀쩡한 건 나도 알아. 그러니까 말이야, 우리가 강 하류에 숨기고 있는 그 사람이 에스텔라의 아버지야."

51장

내가 에스텔라의 태생을 추적하고 입증하는 데 열중할 때, 무슨 목적을 염두에 두고 있었는지 나도 알 수가 없다. 그 문제는, 나보다 슬기로운 머리를 가진 사람이 내 앞에 제시해 줄 때까지는 어렴풋한 형태로나마 내 앞에 나타나지도 않았음이 곧 드러날 것이다.

그러나 허버트와 내가 중대한 대화를 나눴을 때, 나는 그 문제를 끝까지 추적해야 한다는—그 문제를 그냥 놔두지 말고 재거스 씨를 만나서 사실 그대로의 진상을 알아내야 한다는—뜨거운 확신에 사로잡혀 있었다. 내가 이 일을 에스텔라를 위해 하고 있다고 느꼈던 건지, 아니면 오랫동안 나를 둘러싸고 있던 그녀를 향한 낭만적 감흥의 서광을 이제 내가 보호해야 하는 그자에게 다소나마 전해주고 싶었던 건지, 나도 알 수 없다. 아마 후자가 더 진실에 가까울지도 모른다.

아무튼 나는 그날 밤 제라드 가로 당장이라도 달려가고 싶은 충동을 간신히 억눌렀다. 만약 내가 나갔다가 병이 도져 움직이지 못하게 된다면, 우리 도망자의 안전이 오로지 나에게 달려 있는 상황에서 큰 문제가 될 것이라는 허버트의 설득 덕분이었다. 무슨 일이 있어도 내가 내일 재거스 씨에게 가봐야 한다는 것을 거듭거듭 반복해서 합의를 본 뒤에야, 나는 마지못해 조용히 머물며 치료를 받고 집에 있기로 했다. 이튿날 아침 일찍 우리는 함께 외출했다. 그리고 스미스필드 옆 길트스퍼 가의 모퉁이에서 허버트는 나와 헤어져서 시내 중심가로 가고, 나는 리틀 브리튼으로 향했다.

정기적으로 일정한 날짜에 재거스 씨와 웨믹은 사무소 회계 장부를 점검하고 영수증 따위를 대조 확인하며, 모든 것들을 정확하게 정리했다. 그런 날이면 웨믹은 그의 장부와 서류를 가지고 재거스 씨의 집무실로 들어가고, 위층 직원들 중 한 사람이 외부 사무실로 내려왔다. 그날 아침에도 웨믹의 자리에 위층 직원이 와 있는 것을 보고, 나는 무슨 일이 있는지 바로 알았다. 그러나 나는 오히려 재거스 씨와 웨믹이 함께 있는 것이 다행이라 여겼다. 그렇게 하면, 내가 웨믹에게 해를 끼칠 만한 말을 하지 않는다는 사실을 그가 직접 확인할 수 있을 테니까 말이다.

팔에는 붕대를 감고 외투는 어깨에 헐렁하게 걸친 내 모습이 내 목적에 유리하게 돌아갔다. 비록 내가 런던에 도착하자마자 재거스 씨에게 사고에 대한 간단한 설명을 전하긴 했지만, 그래도 나는 이제 그에게 사고의 상세한 전모를 들려줘야만 했다. 이번 만남의 특별한 성격 때문인지 우리의 담화는 과거에 그랬던 것보다는 덜 무미건조하고 덜 딱딱했으며, 증거 법칙에 따라 엄격하게 진행되지도 않았다. 내가 사고를 설명하는 동안 재거스 씨는 늘 하는 습관대로 벽난롯불 앞에 서 있었다. 웨믹은 양손을 바지 주머니에 끼고 우체통 같은 입에 펜을 가로로 문 채, 의자에 등을 기대고 앉아 나를 응시하고 있었다. 내 마음속에서 늘 사무적인 업무 진행과 함께 떠오르던 두 개의 험상궂은 석고상은, 마치 지금 이 순간 불이 나지 않았나 하고 혈안이 되어 주의를 기울이고 있는 듯한 모습처럼 보였다.

내 이야기가 끝나고 그들의 질문도 다 끝났을 때, 나는 그제야 허버트에게 줄 9백 파운드를 받을 수 있는 미스 해비셤의 위임장을 제시했다. 내가 재거스 씨에게 수첩을 건네줬을 때, 그의 두 눈이 머릿속으로 좀 더 깊숙이 들어가는 것 같았다. 그러나 그는 곧 수첩을 웨믹에게 넘기며, 자신이 서명할 수 있도록 수표를 작성하라는 지시를 내렸다. 그 일이 진행되는 동안 나는 수표를 작성하는 웨믹을 쳐다보았고, 새거스 씨는 잘 닦인 구두를 신고 균형을 잡고서 몸을 흔들며 나를 바라보았다. "참 유감이야, 핍." 그가 서명해 준 수표를 내가 호주머니에 넣을 때 재거스 씨가 말했다. "우리가 **자네를** 위해 아무것도 해주지 못해서 말이야."

"미스 해비셤이 친절하게도 저에게 물으셨습니다." 나는 대답했다. "저를 위해 하실 수 있는 일이 없겠느냐고요. 그런데 저는 없다고 말씀드렸습니다."

"누구든 자신의 직분을 알아야지." 재거스 씨는 말했다. 그리고 나는 웨믹이 입술을 움직여 '휴대 가능한 동산'이라고 말하는 것을 보았다.

"내가 자네였다면, 없다고 말하지 **않았을** 거야." 재거스 씨가 말했다. "하지만 모든 사람은 자기 자신의 일을 제일 잘 알고 있어야지."

"각자의 일은," 웨믹이 다소 나를 향해 책망하는 투로 말했다. "휴대 가능한 동산을 챙기는 것이랍니다."

나는 이제야 내가 가장 마음에 두고 있던 주제를 꺼낼 때가 되었다고 생각하며, 재거스 씨를 향해 입을 열었다.

"하지만 변호사님, 제가 미스 해비셤께 뭘 좀 여쭤봤습니다. 그분의 양녀에 대해 좀 말씀해 주십사 했더니, 그분이 알고 계신 정보를 죄다 저한테 알려주셨죠."

"그랬나?" 이렇게 말한 재거스 씨는 앞으로 몸을 굽혀 자신의 구두를 쳐다보고는 다시 몸을 폈다. "허어! 내가 미스 해비셤이 었다면, 나는 그렇게 하지 않았을 거야. 그렇지만 자기 자신의 일이야 **그녀가** 제일 잘 알고 있겠지."

"저는 미스 해비셤의 양녀의 내력에 대해 그분이 아시는 것보 다 더 많이 알고 있습니다, 변호사님. 저는 그 양녀의 어머니도 알죠."

재거스 씨는 나를 미심쩍게 쳐다보며 되물었다. "어머니를 안 다고?"

"최근 사흘 내에 그녀의 어머니를 본 적이 있습니다."

"그래?" 재거스 씨가 말했다.

"변호사님도 보셨습니다. 그리고 변호사님은 더 최근에도 그 녀를 보셨죠."

"그래?" 재거스 씨가 말했다.

"아마 제가 에스텔라의 내력을 심지어 변호사님보다도 더 많 이 알 겁니다." 내가 말했다. "저는 그녀의 아버지도 알거든요."

재거스 씨의 태도가 문득 멈칫하는 것을 보고—그는 아주 침 착해서 자신의 태도를 여간해선 바꾸지 않았지만, 어쩔 수 없이 그는 설명하기 어려운 방식으로 조용히 집중하는 듯한 상태에서 멈춰버렸다—나는 그녀의 아버지가 누구인지 그가 모른다는 것 을 확신했다. 나는 프로비스가 세인들의 눈을 피해 숨어 살았다 는 이야기를 듣고(허버트가 전해준 대로) 아마 재거스 씨가 정말 모를 수도 있겠다는 짐작을 했었는데, 프로비스가 자신의 존재 를 철저히 숨겼다는 점, 그리고 그가 재거스의 의뢰인이 된 것이 그로부터 약 4년 후였으며 그 시점에는 자신의 정체를 드러낼 이유가 없었다는 점을 연결해 보았을 때 더욱 그러했다. 그러나 나는 조금 전까지만 해도 재거스 씨가 그의 정체를 모르고 있다는 것을 확신할 수 없었는데, 이제는 완전히 확신할 수 있었다.

"그래! 그 젊은 숙녀의 아버지를 안다고, 핍?" 재서스 씨가 말했다.

"네." 나는 대답했다. "그리고 그의 이름은 프로비스입니다. 뉴사우스웨일스에서 왔죠."

내가 이렇게 말하자 재거스 씨까지도 깜짝 놀랐다. 그것은 사람이 무심코 보일 수 있는 가장 가벼운 놀람의 표시였고, 최대한 억제되었으며 곧바로 가라앉았지만, 그는 분명 놀랐다. 다만 그것을 마치 주머니에서 손수건을 꺼내는 동작의 일부인 것처럼 꾸몄지만 말이다. 웨믹이 내 말을 어떻게 받아들였는지는 말할 수 없다. 왜냐하면 눈치가 예리한 재거스 씨가 우리들 사이에 자기가 모르는 어떤 소통이 있었단 사실을 간파할까 봐 당장은 그를 쳐다보기가 두려웠기 때문이다.

"그런데 무슨 증거로, 핍," 재거스 씨는 손수건을 코로 가져가다 도중에 멈추고서 매우 냉정하게 물었다. "프로비스가 이런 주장을 하는 거지?"

"그는 그런 주장을 하지 않았습니다." 나는 말했다. "그런 주장을 한 적도 없고, 자기 딸이 살아 있다는 것도 모르며 믿지 않고 있죠."

이번만은 그 강력한 손수건도 제몫을 하지 못했다. 내 대답이 너무나 뜻밖이었던 탓에 재거스 씨는 여느 때 하는 동작을 마저 끝내지 못하고 손수건을 호주머니에 다시 집어넣더니, 팔짱을 낀 채로 나를 엄중한 시선으로 바라보았다. 그러나 그의 얼굴에는 아무런 변화도 없었다.

그때 나는 내가 아는 모든 것과 그것을 어떻게 알게 되었는지를 이야기했다. 다만, 사실은 웨믹에게서 알게 된 것을 마치 미스 해비셤에게 들은 것처럼 재거스 씨가 스스로 추론하도록 남겨뒀다. 나는 이 점에 대해 정말 조심했다. 또한 내가 할 말을 다 끝낼 때까지는 웨믹 쪽을 쳐다보지도 않았으며, 한동안 묵묵히 재거스 씨의 안색만을 살피고 있었다. 내가 마침내 웨믹 방향으로 시선을 돌려보니, 그는 입에서 펜을 떼고 자기 앞의 탁자에 주의를 집중하고 있었다.

"허어!" 마침내 재거스 씨가 탁자 위의 서류 쪽으로 움직이면서 말했다. "……어떤 항목을 점검하고 있었지, 웨믹, 핍 군이 들어올 때?"

그러나 나는 그런 식으로 무시당하고 있을 수만은 없었다. 그래서 나는 격렬하고 거의 분개한 태도로, 나를 좀 더 솔직하고 남자답게 대해달라고 그에게 호소했다. 내가 빠졌던 그릇된 희망과 그것이 지속된 기나긴 시간, 그리고 내가 발견한 사실 등을 그에게 상기시켰고, 내 기분을 짓누르는 위험에 대해서도 넌지시 말했다. 나는 방금 내가 알려준 비밀에 대한 답례로 나도 분명 그에게서 약간의 비밀을 들을 만한 자격이 있다고 주장했다. 나는 내가 그를 비난하거나 의심하거나 불신하는 것이 아니라, 그로부터 진실에 대한 보증의 말을 원할 뿐이라고 말했다. 그리고 만일 왜 내가 그것을 원하며 왜 나에게 그럴 권리가 있다고 생각하느냐고 그가 묻는다면, 비록 그가 나의 그런 가련한 꿈들 따위에는 별로 관심도 없을지언정 나는 에스텔라를 끔찍이 그리고 오랫동안 사랑했으며, 비록 내가 그녀를 잃고 홀로 외로운 삶을 살아야만 할지언정 그녀와 관련된 것이라면 무엇이든지 나에게는 여전히 이 세상 그 어떤 것보다도 한층 더 친밀하고 소중하다고 그에게 말하려 했다. 그리고 나의 이런 호소에도 불구하고 재거스 씨가 전혀 까딱도 안 하고 말없이, 그리고 언뜻 보기에 아주 완고하게 서 있는 것을 보고, 나는 웨믹을 향해 돌아서서 말했다. "웨믹, 저는 당신이 부드러운 마음씨를 지닌 사람이라고 알고 있습니다. 저는 당신의 즐거운 집과 당신의 늙으신 아버지, 그리고 당신의 직장 생활을 기운 나게 해주는 그 순수하고 유쾌하고 즐거운 온갖 수단들을 보았습니다. 그래서 저를 위해 재거스 변호사님께 한말씀 해주시고, 또 모든 상황을 고려해 볼 때 저를 좀 더 솔직히 대해주셔야 한다고 설득해 주시길 간청합니다!"

내가 웨믹에게 이런 호소를 한 뒤 재거스 씨와 웨믹이 서로를 야릇하게 바라보는 모습만큼 이상한 광경을 본 적이 없었다. 처음에는 웨믹이 즉시 직장에서 해고당할지도 모른다는 불안이 밀려왔다. 그러나 재거스 씨가 조금씩 누그러져서 미소 비슷한 표정을 짓고 웨믹이 한층 대담해지는 모습을 보자, 그 불안은 서서히 사라져 버렸다.

"이게 다 무슨 말이지?" 재거스 씨가 말했다. "자네에게 늙은 아버지가 계시고, 자네에게 유쾌하고 즐거운 수단들이 있다니?"

"글쎄요!" 웨믹이 대답했다. "이곳에 그들을 끌어들이지 않는 이상, 무슨 상관입니까?"

"핍." 재거스 씨가 내 팔에 손을 얹으며 환히 웃었다. "이 사람은 분명 런던 전역에서 가장 교활한 사기꾼일 거야."

"천만의 말씀이십니다." 웨믹이 점점 더 대담해지면서 대답했다. "제 생각엔 소장님이야말로 사기꾼이시거든요."

또다시 그들은 아까와 같은 야릇한 표정을 교환했는데, 명백히 각자 상대방이 자기를 기만한다고 여전히 의심하는 것 같았다.

"자네에게 즐거운 집이 있다?" 재거스 씨가 말했다.

"저의 집이 업무에 지장을 주지 않으니까," 웨믹이 대답했다. "내버려두시죠. 자, 소장님을 살펴봅시다. 저는 소장님이 조만간 이 모든 일에 싫증이 나실 때, **소장님이 즐거운 집을 마련하기 위** 해 계획을 세우고 궁리를 하신다 해도 의아하게 여기지는 않을 겁니다."

재거스 씨가 회고라도 하듯 고개를 두세 번 끄덕이더니, 실제 로 한숨까지 내쉬었다. "핍." 그가 말했다. "자네의 '가련한 꿈들' 에 대해서는 이야기하지 않겠어. 자네는 그런 경험을 훨씬 더 생 생하게 했으니까, 그런 꿈에 대해서 나보다 더 많이 알고 있겠 지. 그러나 자, 그 다른 문제에 대해서 말인데. 내가 자네에게 한 가지 가정을 제시하지. 유념하라고! 나는 아무것도 인정하지 않 았다는 걸."

그는 자신이 아무것도 인정하지 않는다고 명백하게 말했음을 내가 완전히 이해한다고 선언해 주기를 기다렸다.

"자, 핍." 재거스 씨는 말했다. "이런 경우를 가정해 보지. 자네 가 언급한 것과 같은 그런 상황에 처해 있는 한 여자가 자기 아 이를 숨겨두고 있다가, 자기 담당 변호사가 변호 범위를 넓히기 위해 아이에 대한 사실을 알아야만 한다고 주장하는 통에, 할 수 없이 그 사실을 변호사에게 털어놨다고 말이야. 동시에 변호사 가 어떤 괴팍하고 부유한 숙녀로 하여금 입양해서 키울 아이를 찾아달라는 부탁을 받았다고 가정해 보자고."

"알겠습니다, 변호사님."

"그 변호사는 악이 만연한 환경에서 살아왔고, 아이들에 대해 본 것이라고는 엄청나게 많은 아이들이 태어나서 확실히 파멸을 당하고 만다는 것뿐이었다고 가정해 봐. 그가 형사법정에서 아이들이 높이 세워져서는 엄숙하게 단죄받는 모습을 자주 보았다고 말이야. 그가 늘 아이들이 감옥에 갇히고, 채찍질을 당하고, 유배되고, 방치되고, 추방당하고, 온갖 방식으로 교수형 집행인에게 죽임당하기 위해 길러지는 것을 알고 있었다고. 그가 일상적인 업무 속에서 본 거의 모든 아이들이 마치 자기 그물에 걸릴 물고기처럼 성장해 결국 법의 심판을 받을 존재로 보였다고. 그들을 기소되고, 변호받고, 위증하고, 고아가 되고, 어쨌건 간에 편견의 딱지가 붙는 존재로 간주할 만한 이유가 그에게 있었다고 가정해 보자고."

"알겠습니다, 변호사님."

"가정해 봐, 핍. 그 많은 아이들 중 단 하나의 예쁜 꼬마가 구원받을 수 있었다고. 그 아이의 아버지는 아이가 죽었다고 믿고 감히 아무런 소란도 피울 엄두를 못 냈다고, 그리고 그 아이의 어머니에게 그 변호사가 이런 권리를 행사했다고 말이야. '나는 당신이 무슨 짓을 했고 어떻게 그랬는지도 알고 있습니다. 당신은 이런저런 방식으로 접근했고, 이것이 당신의 공격 방식이었고, 저것이 당신의 방어 방식이었으며, 당신은 이래저래 빠져나갔고, 당신은 혐의를 딴 데로 돌리기 위해 이러저러한 짓을 했죠. 아이와 헤어지세요. 만약 당신이 이 아이를 밝혀야만 무죄를 입증할 수 있다면, 그렇게 하겠습니다. 하지만 그렇지 않다면 아이는 내 손에 맡겨요. 나는 당신이 빠져나갈 수 있도록 최선을 다할 겁니다. 당신이 구제되면 아이도 구제되는 것이고, 당신이 파멸하면, 그래도 아이는 구제될 겁니다.' 일이 이렇게 마무리되었고, 그 여자는 풀려났다고 가정해 봐."

"변호사님 말씀을 완전히 알아들었습니다."

"내가 아무것도 인정하지 않았다는 것도 알아들었나?"

"변호사님께서 아무것도 인정하지 않으셨다는 것도요." 그러자 웨믹도 반복해서 말했다. "아무것도 인정하지 않으셨습니다."

"가정해 봐, 핍, 격정과 죽음의 공포 때문에 그 여자의 지적 능력이 약간 떨어진 데다 그녀가 석방되었을 때 세상을 살아 나가기가 두려웠던 나머지 그 변호사를 찾아가 보호를 요청했다고 말이야. 그가 그녀를 받아들였고, 그녀의 거칠고 난폭한 옛날 본성이 돌발적으로 드러날 낌새가 있을 때마다 예전의 방식대로 그녀에게 힘을 행사해서 그것을 억제했다고. 자네는 이 가상의 경우를 이해하겠어?"

"그렇고말고요."

"그 아이가 성장해서 돈 때문에 결혼했다고 가정해 보지. 그 어머니도 아직 살아 있고 아버지도 살아 있는데, 그 부모는 서로 모르는 채 몇 킬로미터, 몇백 미터, 몇 미터(자네 맘대로 정해) 이내에 서로 떨어져 살고 있었다고. 그리고 그 비밀은 여전히 비밀로 남아 있으며, 다만 자네가 그것을 어렴풋이 풍문으로 알게 되었을 뿐이라고. 이 마지막 가정을 아주 신중하게, 자네 혼자만 곱씹어 봐."

"그렇게 하고 있습니다."

"나는 웨믹에게도 이 문제를 매우 신중히 생각해서 **자기만** 알고 있으라고 요구하겠어."

그러자 웨믹도 대답했다. "그렇게 하겠습니다."

"자넨 누굴 위해 그 비밀을 밝히고자 하지? 아버지를 위해서? 아이 어머니가 나타난다고 해서 그가 그만큼 더 나아질 순 없으리라고 나는 생각해. 어머니를 위해서? 만일 그녀가 그런 죄를 저질렀다면, 그녀에게는 지금 있는 곳이 더 안전할 거야. 딸을 위해서? 그녀의 출생을 파헤쳐 남편에게 알려주고, 그래서 스무

해 동안 불명예에서 벗어나 이제는 평생 안전하게 지낼 수 있게 된 그녀가 그런 창피를 당하게 하는 게 무슨 도움이 되겠어? 가정을 하나 더 해보자고. 자네가 그녀를 사랑했고, 핍, 자네의 '기련한 꿈들'의 대상으로 삼았다고 말이야. 그런 꿈들은 자네가 생각하는 것보다 훨씬 많은 남자들의 머릿속에 한 번쯤은 떠올랐던 것이라고도 가정해 보자고. 그렇다면 내가 단언하건대, 자네가 그 비밀을 밝히느니 차라리 붕대 감은 자네의 왼손으로 오른손을 잘라내고, 그다음 웨믹에게 그 도끼를 넘겨 **오른손마저** 잘라달라고 하는 편이 상책일 거라고 자네에게 말하고 싶군."

나는 웨믹을 쳐다보았는데, 그는 매우 엄숙한 표정을 짓고 있었다. 그리고 엄숙하게 그의 집게손가락을 입술에 댔다. 나도 똑같이 했다. 재거스 씨도 똑같이 그렇게 했다. "자, 웨믹." 재거스 씨는 평상시의 태도를 취하며 말했다. "우리가 어떤 항목을 점검 중이었지, 핍 군이 들어올 때?"

그들이 작업을 하는 동안 잠시 그 곁에 서 있으면서, 나는 그들이 서로 주고받는 그 야릇한 표정이 여러 차례 반복해 나타나는 것을 알게 되었는데, 이번에는 미묘한 차이가 있었다. 이제는 두 사람 모두 자신이 상대에게 약하고 비전문적인 모습을 보였다고 의심하는 듯 보였다. 아마도 그 때문인지 그들은 이제 서로에게 한 치의 양보도 없이 단호하게 굴었다. 재거스 씨는 지극히 독단적이었고, 웨믹은 아무리 사소한 미결 사항이 생기더라도 그때마다 완강하게 자신의 주장이 옳다고 우겨댔다. 나는 그들이 이렇게 사이가 나쁜 모습을 본 적이 없었다. 보통은 꽤 좋은 관계를 유지하는 편이었기 때문이다.

그렇지만 때마침 마이크라는 사람의 출현으로 그들은 다행히도 불편한 상황에서 벗어났다. 그는 모피 모자를 쓰고 소맷자락에 코를 닦는 버릇이 있는 의뢰인으로, 내가 이 사무실에 처음 들어왔던 바로 그날 보았던 사람이었다. 자기 자신 아니면 그의 가족 중 누군가가 언제나 곤경에(그곳에서는 뉴게이트 교도소를 의미했다) 처해 있는 것 같은 이 사람은, 자기의 맏딸이 가게털이 혐의로 연행된 것을 알리려고 찾아왔던 것이다. 그가 웨믹에게 이 우울한 사건을 전하고 재거스 씨는 벽난롯불 앞에 권위 있게 선 채 일의 진행에 전혀 관여하고 있지 않을 때, 마침 마이크의 눈이 눈물로 반짝였다.

"이게 뭐 하는 짓인가?" 웨믹이 극도로 분노하며 다그쳤다. "뭣 때문에 여기 와서 훌쩍거리고 있는 거지?"

"그러려고 한 건 아닙니다, 웨믹 씨."

"훌쩍거렸잖아." 웨믹이 말했다. "감히 여기서 울먹이다니? 그쪽은 여기 오기에 적절한 상태가 아니야, 여기 와서 마치 불량 펜처럼 침이나 툭툭 튀기고 있다면 말이야. 그런데 이게 어쩌자는 건가?"

"사람이 감정을 어쩔 수 없지 않습니까, 웨믹 씨." 마이크가 항변했다.

"뭐라고?" 웨믹은 아주 사납게 다그쳤다. "그 말 다시 해봐!"

"자, 이봐, 자네." 재거스 씨가 한 걸음 앞으로 나와 문을 가리키며 말했다. "이 사무실에서 나가. 여기서는 감정 따윈 용납되지 않아. 어서 나가라고!"

"자네에겐 그게 딱이야." 웨믹이 말했다. "나가."

그리하여 그 불운한 마이크는 매우 겸손하게 물러갔다. 그리고 재거스 씨와 웨믹은 좋은 화합 관계를 회복한 것처럼 보였으며, 그들은 방금 점심 식사라도 한 듯이 상쾌해진 태도로 다시 일을 시작했다.

52장

나는 리틀 브리튼에서 나와 호주머니에 수표를 넣고, 회계사인 스키핀스 양의 오빠에게 갔다. 그리고 그는 곧장 클래리커 상사로 가서 클래리커를 나에게 데려왔고, 나는 마침내 그 합의 사항을 매듭짓는 대만족을 맛보았다. 그것은 내가 큰 유산 상속을 통고받은 이후 했던 일 가운데 유일한 선행이자 유일하게 완결지은 일이었다.

클래리커는 그 기회를 빌려 상사의 제반사는 착착 진행되고 있으며 이제는 사업 확장에 절실하게 필요한 작은 지점을 동양에 낼 수 있게 되었고, 또 허버트가 새로운 동업자의 자격으로 나가서 그 지점을 맡게 될 것이라고 나에게 알려주었다. 이 말에 나는, 내 개인적인 상황이 더 안정된다 하더라도 결국 허버트와 헤어질 준비를 해야 한다는 걸 깨달았다. 그리고 이제 정말로 나를 붙잡아 주던 마지막 닻이 올라가고 있으며, 곧 거센 풍랑에 휩쓸려 떠내려갈 것 같은 기분이 들었다.

그러나 허버트가 저녁에 기쁜 모습으로 집에 돌아와서, 나에게는 전혀 새로울 것이 없는 이야기를 한다는 것을 짐작도 못한 채 이런 변화를 이야기하리라는 생각에 나는 보상을 받는 기분이 들었다. 그는 클라라 발리를 천일야화의 나라 아라비아로 데려가는 자신의 모습과, 내가 그곳으로 나가서 (아마도 낙타를 모는 대상과 함께) 그들과 합류하고, 우리 모두가 함께 나일 강을 따라 올라가며 경이로운 광경을 보는 모습을 환상적으로 그려볼 것이다. 나는 그런 근사한 계획에서 내 몫이 얼마나 될지는 확신할 수 없었지만 허버트의 앞길이 빠르게 트이고 있다는 것은 분명히 느꼈으며, 빌 밸리 영감은 그저 후추와 럼주만 계속 먹으면 될 것이고, 그의 딸도 곧 행복하게 부양되리라고 느꼈다.

이제 우리는 3월에 들어서 있었다. 내 왼팔은, 비록 나쁜 징후는 보이지 않았지만 자연 치유되는 데는 아주 오랜 시간이 걸려서 아직은 외투를 입을 수가 없었다. 내 오른팔은 웬만큼 회복되었다—꼴은 흉했지만 꽤 쓸 만은 했다.

어느 월요일 아침 허버트와 내가 아침 식사 중일 때, 나는 웨믹이 우편으로 보낸 다음과 같은 편지를 받았다.

월워스. 읽자마자 즉시 이 편지를 태워버리세요. 이번 주 초, 수요일쯤에, 선생이 알고 있는 것을 시도해 볼 의향이 있다면 해봐도 될 것 같습니다. 이제 태워버리세요.

이 편지를 허버트에게 보여준 다음 벽난롯불에 던지고 나서—물론 우리 둘 다 완전히 숙지하고 나서—우리는 어떻게 해야 할지 숙고했다. 왜냐하면 이제 내가 팔을 쓸 수 없다는 사실을 더 이상 숨길 수 없었기 때문이다.

"내가 그 문제를 거듭거듭 생각해 봤는데 말이야." 허버트가 말했다. "템스 강 뱃사공을 사는 것보다 더 좋은 방도가 있을 것 같아. 스타톱을 쓰자. 착실한 친구고, 노 젓는 솜씨도 좋고, 우리를 좋아하고, 열성적이고, 신의도 있는 사람이잖아."

나도 그를 여러 번 생각했었다.

"그런데 그에게 얼마만큼 얘기해 줘야 할까, 허버트?"

"아주 조금만 얘기해야겠지. 그날 아침이 될 때까지는 단지 장난일 뿐이지만 비밀이라고 짐작하게 하되, 그때 가서 네가 프로비스를 해외로 내보내야 할 절박한 이유가 있다고 알려주자. 너도 그와 함께 가는 거지?"

"그야 물론이지."

"어디로 갈 건데?"

나는 그 문제에 대해 여러 번 고민한 결과, 우리가 어느 항구로 가든—독일의 함부르크든 네덜란드의 로테르담이든 벨기에의 앤트워프든—거의 중요하지 않다고 생각했다. 중요한 건 프로비스가 영국을 벗어나는 것이었다. 어느 외국 기선이든 우리를 만나서 태워주기만 하면 그만이었다. 나는 그를 배에 싣고 강하류 저 아래까지, 물론 그레이브스엔드[1] 훨씬 지나서까지 데려다줄 계획을 속으로 항상 짜놓고 있었다. 이곳은 의심을 살 경우수색이나 탐문을 할 수 있는 아주 위험한 장소였기 때문이다. 외국 기선들은 으레 만조 무렵에 런던을 떠났으므로, 우리의 계획은 그 전의 간조를 타고 강을 내려가서 어디 조용한 곳에 숨어있다가 기선에 배를 대고 옮겨 타는 것이었다. 우리가 숨어 있는곳이 어디든지 간에, 외국 기선이 도착할 시각은 사전 문의를 통해 꽤 정확하게 계산할 수 있었다.

허버트는 이 모든 것에 동의했다. 그래서 우리는 아침 식사 후즉시 여러 가지 조사를 수행하기 위해 밖으로 나갔다. 우리는 함부르크로 가는 기선이 우리 목적에 제일 적합할 것 같다는 것을알아내고, 우리의 생각을 주로 그 배 쪽으로 기울였다. 그러나우리는 같은 물때에 어떤 다른 외국 기선들이 런던을 떠나는지

---

1 템스 강 하구 남쪽에 위치한 항구로 검역소와 세관이 있다.

도 적어두었고, 또 각 기선들의 생김새와 색깔을 알아낸 것을 흡족하게 여겼다. 그런 다음 우리는 몇 시간 동안 헤어져 있었다. 나는 즉시 필요한 여권 등을 챙기러 갔고, 허버트는 스타톱을 만나러 그의 거처로 갔다. 우리는 둘 다 우리가 해야 할 일을 아무 지장 없이 해냈고, 우리가 1시에 다시 만났을 때 각자 완료한 일을 보고했다. 내 편에서는 여권을 준비해 두었고, 허버트는 스타톱을 만나봤는데 그는 우리 일에 합류할 만반의 준비가 돼 있다고 했다.

그 둘이 한 쌍의 노를 젓기로 했고, 나는 키를 잡기로 했다. 그리고 우리의 보호 대상자는 앉아서 가만히 있기로 했으며, 속도가 목적이 아니므로 충분히 나아갈 수 있을 것이었다. 우리는 다음과 같이 계획을 세웠다. 허버트는 그날 저녁 밀 폰드 뱅크에 가기 전에 집에서 저녁을 먹지 않을 것이며, 내일, 즉 화요일 저녁에는 아예 가지 않을 것이다. 수요일에 우리가 접근하는 것을 보면 프로비스가 집 바로 앞에 있는 선착장으로 내려오도록 준비시키되, 그 전에는 움직이지 않도록 할 것이다. 프로비스와 관련된 모든 채비는 월요일 밤에 완료되어야 하며, 우리가 그를 배에 태울 때까지는 그에게 어떤 방식으로든 더 이상 연락을 취하지 않기로 했다.

우리 둘 다 이런 주의 사항을 잘 숙지하고서, 나는 집으로 갔다.

열쇠로 우리 셋방의 바깥문을 열자, 우편함에 내 앞으로 온 편지가 한 통 있었다. 매우 지저분한 편지였지만 악필은 아니었다. 그 편지는 인편으로 배달되었는데(물론 내가 집을 나간 후에), 그 내용은 이랬다.

만일 당신이 오늘이나 내일 밤 9시에 그 옛날의 습지대에 와서 석회 굽는 가마 옆 수문지기 집으로 오는 것이 두렵지 않다면, 오는 게 좋을 것이오. 만일 **당신의 숙부 프로비스**에 관한 정보를 원한다면, 아무에게도 말하지 말고 지체 없이 오는 게 훨씬 좋을 것이오. **반드시 혼자 와야만 하오.** 이 편지를 가지고 오시오.

나는 이 이상한 편지를 받기 전에도 마음에 걱정이 많았다. 이제 어떻게 해야 좋을지 알 수가 없었다. 더구나 아주 고약한 것은 내가 빨리 결정해야만 한다는 점이었다. 안 그러면 오늘 밤 시간에 맞춰 나를 고향으로 데려다줄 오후 역마차를 놓칠 판이었다. 내일 밤에 내려가는 것은 생각도 할 수 없었다. 왜냐하면 우리의 도피 시간에 너무 임박할 것이었기 때문이다. 또 게다가, 모르긴 몰라도 그 제공하겠다는 정보가 도피 자체와 어떤 중요한 관계가 있을 수도 있었다.

만일 깊이 생각해 볼 시간이 충분히 있었다 해도, 나는 갔을 것이다. 어쨌건 깊이 생각해 볼 시간이 거의 없었으므로—나는 시계를 보고 역마차가 반 시간 이내에 떠난다는 사실을 알았다—나는 가기로 결정했다. 나의 숙부 프로비스에 대한 언급만 아니었다면 분명히 가지 않았을 것이다. 웨믹의 편지가 오고 나서 아침부터 바쁘게 준비했는데, 그 이상한 편지가 국면을 일변시켜 놓았다.

황급하게 서두를 때는 거의 어떤 편지든 그 내용을 명확하게 파악하기가 아주 어려운 법이라서, 나는 이 알 수 없는 서간을 두 번이나 더 읽고 나서야 비로소 비밀에 부치라는 지령을 내 마음속에 기계적으로 새기게 되었다. 똑같이 기계적인 방식으로 그 지령에 따라, 나는 허버트에게 연필로 쓴 쪽지 한 장을 남겼는데, 그 내용인즉 내가 이제 곧 떠나야만 하고 또 얼마나 오랫동안 떠나 있을지 모르기에, 고향에 급히 내려가서 미스 해비셤이 어떻게 지내고 있는지 직접 확인하고 돌아오기로 결심했음을 알리는 것이었다. 그런 뒤엔 시간이 거의 없어서 나는 겨우 방한 외투를 집어 들고 방문을 잠근 뒤 지름길을 통해 역마차역으로 갔다. 만일 내가 삯마차를 타고 거리를 지나갔더라면 목적을 이루지 못했을 것이다. 그런데 그냥 지름길로 갔기 때문에, 나는 정거장 마당을 막 빠져나오는 역마차를 탈 수 있었다. 정신이 들고 보니 나는 객실에 타고 있던 유일한 승객으로, 무릎까지 밀짚더미에 파묻힌 채 덜컹거리며 가고 있었다.

　나는 정말이지 그 편지를 받은 이후 제정신이 아니었는데, 그날 아침 허둥지둥 일을 본 데 이어 그 편지가 나를 당황케 했기 때문이다. 아침에 굉장히 서두르기도 했던 데다가 굉장히 초조한 마음이었다. 왜냐하면 내가 웨믹의 연락을 오랫동안 걱정스럽게 기다려왔는데, 마침내 그의 조언이 느닷없이 왔기 때문이다. 그런데 이제, 나는 나 자신이 역마차에 타고 있는 것에 놀라워하며 과연 나에게 그곳에 갈 만한 충분한 이유가 있는지 의문을 품기 시작했다. 그리고 나는 당장 역마차에서 내려 되돌아가야 할지 생각해 보고, 또 익명의 편지에 그토록 주의를 기울인데 대해 반론을 제기해 보기 시작했다. 요컨대 나는 급히 서두르는 사람들이라면 대부분 겪는 그런 모든 모순과 우유부단의 단계를 경험하기 시작했다. 그러나 프로비스의 이름을 언급한 것이 모든 것들을 압도해 버렸다. 나는 의식하지 못한 채 이미 했던 방식으로 다시 이성을 동원하며 판단했다—그런 것을 판단이라 부를 수 있다면—만약 내가 가지 않아서 그에게 어떤 해가 닥친다면, 나는 과연 나 자신을 용서할 수 있을 것인가!

역마차에서 내리기도 전에 날은 이미 어두워졌다. 나는 밖을 볼 수도 없고 몸이 불편하여 바깥으로 나갈 수도 없었기 때문에, 그 여정은 길고 지루하게 느껴졌다. 나는 블루 보어 호텔을 피해서 평판이 좀 떨어지는 읍내 아랫녘의 한 여관을 잡고, 저녁 식사를 주문했다. 식사가 준비되고 있는 동안 나는 새티스 하우스에 가서 미스 해비섐의 상태를 살폈다. 그녀는 비록 조금 나아진 것 같긴 했지만 여전히 위중한 상태였다.

내가 묵은 여관은 한때 고대 성직자들의 거처였던 터라, 나는 세례반(洗禮盤)을 닮은 작은 팔각형 공용실에서 식사를 했다. 내가 음식을 칼로 자를 수가 없었으므로 번쩍이는 대머리의 늙은 여관 주인이 대신 잘라주었다. 이 일이 계기가 되어 우리는 대화를 나누게 되었고, 그는 나의 이야기를 들려주는 호의를 베풀었다. 물론 그 널리 알려진 이야기 속에서 펌블추크는 내게 처음부터 은혜를 베푼 후견인이자, 내 운명을 개척한 인물로 그려지고 있었다.

"그 청년을 아세요?" 내가 물었다.

"그를 아냐고요?" 여관 주인은 되물었다. "그가 아주 작았을 때부터 알았죠."

"그가 이 고장을 다시 찾아오기는 하나요?"

"그럼요, 찾아오죠." 여관 주인은 말했다. "때때로 그의 고명한 친구들을 말이죠. 그런데 그를 그렇게 만들어준 사람에게는 냉정하게 대한다는군요."

"그게 누군데요?"

"내가 말하는 사람은요," 여관 주인은 말했다. "펌블추크 씨랍니다."

"그가 다른 사람들에게도 배은망덕한가요?"

"의심할 나위 없이 배은망덕할 겁니다, 그럴 수만 있다면 말이죠." 여관 주인이 대답했다. "하지만 그럴 순 없을 겁니다. 왜냐고요? 펌블추크가 그를 위해 모든 것을 다 해줬거든요."

"펌블추크가 그렇게 말하나요?"

"그렇게 말하다니요!" 여관 주인은 대답했다. "그는 그렇게 말할 필요도 없어요."

"하지만 그가 정말 그렇게 말하면요?"

"그가 그런 얘기를 하는 걸 듣는다면 피가 백포도주로 만든 식초로 변할 겁니다, 손님." 여관 주인은 말했다.

나는 생각했다. '그렇지만 조, 사랑하는 조, **매형은** 그런 얘기를 한 적이 한 번도 없지. 참을성 많고 애정이 깊은 조, **매형은** 결코 불평하지 않았어. 또한 너, 마음씨 고운 비디도 그렇지!'

"식욕이 좀 떨어지셨군요, 사고 때문이겠죠." 여관 주인이 내 외투 안쪽의 붕대 감긴 팔을 흘끔 쳐다보며 말했다. "좀 더 연한 조각이라도 들어보세요."

"괜찮습니다." 나는 이렇게 대답하고, 식탁에서 몸을 돌려 난롯불을 쬐며 곰곰이 생각했다. "더 이상 못 먹겠습니다. 좀 치워주세요."

나는 지금까지 조에게 감사하지 않았던 내 자신을, 그것도 펌블추크 같은 철면피한 사기꾼을 통해서 이토록 깊이 자책한 적은 없었다. 그가 거짓되면 거짓될수록 조는 더욱더 진실했고, 그가 비열하면 비열할수록 조는 더욱더 고결했다.

난롯불을 쬐며 곰곰이 한 시간여 동안 생각하고 있노라니, 내 마음은 철저히 그리고 매우 마땅하게 겸손해졌다. 시계 치는 소리에 나는 퍼뜩 깨어났다. 그러나 실의나 양심의 가책에서 깨어난 것은 아니었다. 그래서 나는 자리에서 일어나 외투를 목둘레에 단단히 매고 밖으로 나갔다. 그 전에 주머니를 뒤져 편지를 찾으려 했지만 보이지 않았고, 아마도 마차 안의 짚더미 속에 떨어뜨린 것 같아 불안했다. 그렇지만 나는 약속 장소가 습지대의 석회가마 옆에 있는 조그만 수문지기 집이라는 것과 약속 시간은 9시라는 것을 아주 잘 기억하고 있었다. 이제 늑장 부릴 시간이 없었으므로, 나는 곧장 습지대를 향해 발길을 옮겼다.

53장

    내가 울타리로 둘러싸인 경작지를 벗어나 습지대로 들어섰을 때는 보름달이 뜨긴 했지만 캄캄한 밤이었다. 습지대의 검은 지평선 너머에는 장식 띠 같은 맑은 하늘이 있었으나, 커다란 달을 보여줄 만큼 넓지는 않았다. 몇 분 만에 달은 그 좁은 창공을 벗어나 구름이 산처럼 쌓인 하늘 속으로 올라갔다.

    바람은 을씨년스럽고 습지대는 매우 황량했다. 처음 보는 이라면 도저히 견디지 못할 분위기였을 테고, 나조차도 그 눅눅하고 숨 막히는 기운에 걸음을 멈추고 되돌아갈까 망설일 정도였다. 그러나 나는 습지대를 잘 알고 있었고, 훨씬 더 캄캄한 밤에도 길을 찾을 수가 있었으므로 지금 이곳까지 와서 돌아갈 핑계를 댈 수도 없었다. 내 의향에 반하여 여기에 온 이상, 나는 내 의향에 반하여 계속 걸어 나갔다.

    내가 택한 방향은 옛 고향 집이 있는 곳도, 과거 죄수들을 추적하던 곳도 아니었다. 나는 저 멀리 있는 감옥선을 등지고 계속 걸었으며, 모래톱 저 위에 있는 옛 등대 불빛들도 볼 수 있었지만 그저 어깨 너머로만 보일 뿐이었다. 나는 옛 포대터뿐만 아니라 석회가마터도 잘 알고 있었다. 그것들은 서로 몇 킬로미터나 떨어져 있었다. 그러므로 그날 밤 두 장소에서 각각 불이 켜져 있었다 해도, 두 점의 불빛 사이에는 길게 뻗은 횡한 지평선만이 가로놓여 있었을 것이다.

처음에는 지나온 길목마다 문을 닫아야 했고, 둑길에 누워 있던 소들이 일어나 풀밭과 갈대밭으로 어정거리며 내려갈 때까지 가만히 기다려야 했다. 그러나 얼마 지나지 않아 마치 이 질펀하고 넓은 습지대를 나 혼자 독차지한 듯한 기분이 들었다.

또 반 시간이 지나고 나서야 비로소 나는 석회가마 근처에 다다랐다. 석회는 느릿하고도 숨 막힐 듯한 냄새를 풍기며 타고 있었으나 화덕불은 잘 지펴진 채 방치되어 있었고, 인부는 아무도 보이지 않았다. 바로 옆에는 작은 채석장이 하나 있었다. 채석장은 내가 가야 할 길 한가운데 놓여 있었고, 주변에 흩어진 연장과 외바퀴 손수레로 보아 그날 낮까지 작업이 이루어졌던 것이 분명했다.

이 우묵한 채석장에서 습지대 높이로 다시 올라왔을 때—내가 걷는 거칠기만 한 길은 채석장을 통해 나 있었기 때문이다—나는 그 낡은 수문지기 집에서 새어나오는 불빛을 보았다. 걸음을 재촉하여 손으로 문을 두들겼다. 무슨 응답이라도 있기를 기다리며 주위를 살펴보았는데, 수문이 얼마나 방치되고 파괴되었는지, 그리고 수문지기 집이—기와지붕의 목조건물이었다—지금조차도 저런 지경인데 비바람에 얼마나 더 오래 견딜 수 있을지, 진흙과 개흙이 석회로 얼마나 뒤덮여 있는지, 그리고 석회가마의 숨 막힐 듯한 증기가 얼마나 나를 향해 유령처럼 기어오고 있는지 등을 알아차리게 되었다. 여전히 아무 응답이 없어서, 나는 또다시 문을 두들겼다. 그런데도 응답이 없어 나는 빗장을 올려보았다.

빗장이 내 손 아래서 가볍게 들렸고, 문이 열렸다. 안을 들여다보니 탁자 위에 불 켜진 촛불 하나, 긴 의자 하나, 그리고 바퀴 달린 침대 위에 깔려 있는 요 하나가 보였다. 위에 다락방이 하나 있었으므로, 나는 소리쳤다. "여기 아무도 안 계세요?" 그러나 아무 대답도 없었다. 나는 내 시계를 들여다보고 9시가 지난 것을 알고서 또다시 소리쳤다. "여기 아무도 안 계세요?" 그래도 여전히 대답이 없었으므로, 나는 문간으로 나와서 어찌 할 바를 몰라 미적거리고 있었다.

비가 평평 쏟아지기 시작했다. 내가 이미 보았던 것 말고는 아무것도 보이지가 않았기에, 나는 집 안으로 돌아와 문간의 처마 밑에서 어둠속을 내다보며 서 있었다. 누군가가 조금 전까지 여기에 있었던 것이 틀림없으며 반드시 곧 돌아올 것이라고, 그렇지 않으면 촛불이 켜져 있지 않을 것이라고 생각하고 있었는데, 그때 언뜻 촛불 심지가 긴지 살펴봐야겠다는 생각이 들었다. 나는 그러기 위해 돌아서서 촛불을 손에 집어 들었다. 그런데 바로 그때 촛불이 어떤 심한 충격으로 꺼져버렸고, 다음 순간 내가 깨달은 것은 내가 내 뒤에서 머리 위로 던져진 강력한 올가미에 걸려들었다는 사실이었다.

"자." 본색을 감춘 목소리가 거친 욕설과 함께 말했다. "내가 네놈을 잡았다!"

"이게 무슨 짓이야?" 나는 버둥대며 소리쳤다. "누구야? 사람 살려, 사람 살려, 사람 살려!"

내 두 팔이 양옆구리에 바짝 묶였을 뿐만 아니라 아픈 팔에 가해진 압박 때문에 격심한 고통을 느꼈다. 때로는 억센 남자의 손이, 때로는 억센 남자의 가슴팍이 내 입을 막아 내가 소리를 질러도 퍼지지 못하게 했다. 뜨거운 입김이 내 얼굴 가까이에 맴돌았고, 나는 캄캄한 어둠 속에서 어떻게든 몸을 빼내려 필사적으로 버둥거렸다. "자, 이제," 그 본색을 감춘 목소리가 다시 한번 거친 욕설과 함께 위협했다. "또 소리쳐 봐라, 그러면 네놈을 당장 끝내주마!"

　머리가 어지럽고 속이 메스꺼웠으며, 다친 팔의 통증은 점점 더 심해졌고 불시에 당한 습격에 정신이 혼란스러웠다. 그럼에도 나는 그 위협이 결코 빈말이 아니라는 걸 직감적으로 깨달았기 때문에, 체념하고 조금이나마 팔의 고통을 덜어보려 애썼다. 그러나 그렇게 하기에는 팔이 너무나 단단히 묶여 있었다. 마치 타오르는 불길 속에서 익었던 팔이 이제는 삶아지는 듯한 고통이 밀려왔다.

　수문지기 집 안에서 갑자기 밤의 어둠이 사라지고 대신 칠흑 같은 어둠이 닥친 것으로 미루어, 나는 그가 덧문을 닫았다는 사실을 알았다. 잠시 주위를 더듬거리더니, 그는 자신이 원하는 부싯돌과 부시를 찾아서 불을 켜기 시작했다. 나는 부싯깃 사이로 떨어지는 불꽃들에 시선을 고정했는데, 그는 손에 성냥을 들고서 부싯깃에 입김을 불고 또 불었다. 그러나 나는 오직 그의 입술과 성냥의 파란 끝부분만을 볼 수 있을 뿐이었고, 그것들조차도 단속적으로만 볼 수 있었다. 부싯깃은 습기가 차 눅눅했고―그런 습지대에서는 당연한 일이었다―그래서 불꽃들은 연이어 꺼지기만 했다.

　그 사나이는 전혀 서두르지 않고 또다시 부싯돌과 부시를 쳤다. 불꽃들이 잔뜩 떨어져 그의 주위를 밝혔을 때 나는 그의 양손과 얼굴의 특징을 볼 수 있었으며, 그가 탁자에 앉아 몸을 앞으로 숙이고 있다는 것만 확인할 수 있었을 뿐 그 외의 것들은 여전히 어둠 속에 가려져 있었다. 이윽고 나는 부싯깃에 입김을 불어대는 그의 파란 입술을 또 보았다. 다음 순간 불길이 훅 타오르며 순간적으로 환한 빛을 뿜자 올릭의 모습이 드러났다.

　내가 누구를 기대했었는지는 지금도 모르겠다. 적어도 그 작자를 기대하지는 않았다. 그를 본 순간 내가 진짜로 위험한 처지에 빠졌다는 것을 직감하고는 눈을 떼지 않고 그를 주시했다.

그는 활활 타오르는 성냥으로 매우 조심스럽게 초에 불을 붙이고는, 성냥을 떨어뜨려 발로 밟아서 껐다. 그런 다음 그는 내 모습을 볼 수 있게 촛불을 탁자 위 자신과 조금 떨어진 곳에 놓았고, 탁자 위에 팔을 걸친 채 차갑고 날카로운 시선으로 나를 바라보았다. 그제야 내가 벽에서 몇 센티미터 떨어진—하지만 벽에 고정된—위쪽 다락방으로 올라가는 튼튼한 수직 사다리에 묶여 있다는 사실을 알아차렸다.

"자." 우리가 한동안 서로를 살펴보고 난 뒤에 그가 말했다. "내가 네놈을 잡았다."

"나를 풀어. 그리고 보내줘!"

"아아!" 그가 대답했다. "내가 너를 보내주마. 너를 달에 보내주마, 아니, 별들에게 보내주마. 때가 되면 곧 말이다."

"왜 나를 여기로 유인한 거지?"

"몰라서 물어?" 그는 앙심 깊은 표정으로 말했다.

"나를 이렇게 어둠 속에서 덮친 이유가 뭐야?"

"왜냐하면 내가 직접 다 해치울 작정이니까. 둘보다는 하나가 비밀을 더 잘 지키는 법이지. 오, 이 원수 놈아, 이 원수 놈아!"

그가 팔짱을 낀 채 탁자에 기대어 앉아 고개를 흔들며 나를 구경거리 삼아 비웃듯 몸을 끌어안고 있는 모습에는 악의가 감돌았고, 그 잔혹한 즐거움이 나를 떨게 만들었다. 내가 말없이 그를 주시하는 동안, 그는 제 옆의 구석으로 손을 뻗어 놋쇠로 씌운 개머리판이 달린 소총을 꺼내 들었다.

"이 총 알아보겠지?" 그는 마치 나를 겨냥하려는 듯한 자세로 말했다. "전에 이걸 어디서 보았는지 알겠냐고. 말해봐, 이 늑대 새끼야!"

"그래." 나는 대답했다.

"네놈이 내 일자리를 날려버렸어. 네놈이 그랬다고. 말해봐!"

"내가 달리 어쩔 수 있었겠어?"

"네놈이 그런 짓을 했고, 그것만으로도 네 죄는 충분해. 다른 것이 더 없어도 말이야. 그런데 네놈이 감히 나와 내가 좋아하는 젊은 여자 사이에 끼어들었단 말이지!"

"내가 언제?"

"네놈이 안 그런 적 있었나? 그녀에게 항상 이 올릭 영감의 욕을 한 것이 바로 네놈이었어."

"그건 네가 스스로에게 욕 먹인 거야. 자업자득이었다고. 네가 스스로를 망치지 않았다면, 내가 널 해칠 수도 없었단 말이다."

"네놈은 거짓말쟁이야. 그리고 네놈은 나를 이 고장에서 내쫓기 위해서라면 어떤 수고도 아끼지 않고 돈도 얼마든지 쓸 테지, 안 그래?" 그는 내가 비디를 마지막으로 만났을 때 그녀에게 했던 말을 그대로 되풀이했다. "자, 네놈에게 정보를 하나 주마. 오늘 밤만큼 네놈이 나를 이 고장에서 내쫓고 싶었던 적은 없을 거다. 네놈 돈을 스무 배나 더 쏟아붓는다 해도, 마지막 동전 한 닢까지 다 털어 넣는다 해도 말이다!" 그가 호랑이처럼 입을 일그러뜨리며 그의 두툼한 손을 나에게 흔들어댔을 때, 나는 그 말이 사실이라는 걸 본능적으로 느꼈다.

"나를 어쩔 셈이지?"

"나는 말이야." 그가 주먹을 번쩍 들어 탁자 위를 세게 내리치며, 그 충격에 힘을 더하려는 듯 동시에 벌떡 일어서며 말했다. "나는 네놈의 숨통을 끊어놓을 테다!"

그는 몸을 앞으로 기울여 나를 노려보다가 움켜쥔 손을 서서히 펴고는, 마치 나를 잡아먹고 싶어서 입에 군침이라도 도는 듯 그 손으로 입을 쓱 닦고서 다시 의자에 앉았다.

"네놈은 어렸을 때부터 언제나 줄곧 이 올릭 영감의 앞길을 방해했어. 바로 오늘 밤 네놈은 그의 앞길에서 없어지는 거다. 더 이상 네놈을 봐줄 수 없다. 네놈은 죽은 목숨이야."

나는 죽음의 문턱에 와 있다는 느낌이 들었다. 순간적으로 이 덫에서 벗어날 방법을 찾으려 사방을 미친 듯이 둘러보았지만, 도망칠 길은 어디에도 없었다.

"그것만이 아니다." 그는 팔짱 낀 양팔을 탁자 위에 올려놓고 말했다. "나는 네놈의 옷 조각 하나도, 네놈의 뼈다귀 하나도 이 세상에 남겨놓지 않을 거다. 나는 네놈 시체를 저 가마에 처넣을 거다―나는 너 같은 놈 둘쯤은 거뜬히 어깨에 메고 옮길 수 있지―그러면 사람들이 네게 무슨 일이 일어난 건지 추측은 하겠지만, 끝끝내 아무것도 알지 못하게 될 거란 말이다."

나는 머릿속으로 그런 죽음 뒤에 올 모든 결과들을 생각조차 못할 빠른 속도로 따져보았다. 에스텔라의 아버지는 내가 그를 저버렸다고 믿고, 결국 붙잡혀 나를 원망하며 죽을 것이다. 허버트조차도 내가 남긴 편지를 내가 미스 해비셤 집 대문간에 그저 잠깐만 다녀갔다는 사실과 비교해 보고는 나를 의심할 것이다. 조와 비디는 내가 그날 밤 얼마나 후회했는지, 내가 얼마나 고통을 겪었는지, 내가 얼마나 진실하려 했는지 결코 모를 것이며, 아무도 내가 어떤 절망을 겪었는지 결코 모를 것이다. 코앞에 닥친 죽음은 무서웠지만, 죽은 뒤에 사람들에게 잘못 기억되리라는 두려움은 죽음보다도 훨씬 더 무서웠다. 그리고 내 생각이 어찌나 빨리 앞서 나갔던지, 나는 아직 태어나지도 않은 세대들―에스텔라의 자식들과 그 아이들의 자식들―에게 멸시받는 모습까지 그려보았다. 그 비열한 자의 말이 아직 그의 입에서 떨어지기도 전이었는데 말이다.

"자, 이 늑대 새끼야." 그가 말했다. "내가 네놈을 다른 짐승처럼 죽일 건데―이게 내가 의도하는 바이고, 또 그러려고 네놈을 묶어놓은 거다―그 전에 나는 네놈을 실컷 쳐다보며 실컷 괴롭혀 주겠다. 오, 이 원수 새끼야!"

또다시 소리를 질러 도움을 청해볼까 하는 생각이 스쳐갔다. 비록 이 현장이 외진 데라는 것과 도움을 받을 가망이 없다는 것을 내가 누구보다도 잘 알고 있었는데도 말이다. 그러나 그가 나를 탐욕스럽게 바라보며 앉아 있는 동안, 나는 내 입을 다물게 하는 그에 대한 경멸과 혐오감으로 버텨냈다. 무엇보다도 나는 그에게 애걸하지 않을 것이며, 빈약하나마 마지막까지 그에게 조금이라도 저항하다가 죽기로 결심했다. 그 절망적인 순간 나는 다른 모든 사람들을 향해 마음이 한없이 부드러워졌고, 겸허하게 하늘의 용서를 진정으로 간원했다. 그리고 나에게 소중했던 사람들에게 아무런 작별도 고하지 못했고, 이제는 작별도 고할 수 없게 되었고, 또 그들에게 내 처지를 설명해 줄 수도 없고, 내 파렴치한 잘못들에 대한 그들의 동정도 구할 수 없다는 생각으로 인해 내 가슴은 진정으로 녹아내렸다. 그럼에도 불구하고, 만일 그럴 수만 있었다면, 죽어가면서라도, 나는 그를 죽였을 것이다.

그는 술을 마시고 있었고, 그래서 그의 눈은 벌겋게 충혈되어 있었다. 그의 목에 양철 술병이 하나 매달려 있었는데, 나는 옛날에도 그가 음식물을 그렇게 매달고 있는 것을 종종 본 적이 있었다. 그는 술병을 입술로 가져가서 화주를 한 모금 들이켰는데, 그 순간 그의 얼굴로 퍼지는 시뻘건 홍조처럼 코를 찌르는 강한 술 냄새를 맡았다.

"이 늑대 같은 놈아!" 그는 다시 팔짱을 끼면서 말했다. "이 올릭 영감이 네놈에게 말해주고자 하는 것이 있다. 잔소리 심한 네놈의 누나를 죽게 한 것은 바로 네놈이었어."

나는 다시 한번, 아까처럼 믿을 수 없을 만큼 빠른 속도로 머릿속에서 누나를 공격한 사건과 그녀의 병, 그리고 죽음에 이르던 모든 과정을 되새겨 보았으며, 그가 느릿느릿 머뭇거리며 말을 끝마치기도 전에 이미 그 모든 것을 되짚어 본 상태였다.

"그건 네놈이었지, 이 악당아." 내가 말했다.

"내가 말하건대, 그건 네놈의 짓이었어. 다시 말하지만 그건 네놈 때문에 일어난 일이야." 그는 이렇게 응수하고는 총을 집어 들고 우리 사이의 허공을 개머리판으로 한 번 쳤다. "난 그녀를 뒤에서 덮쳤지, 오늘밤에 너를 덮쳤듯이 말이다. 내가 한 방 먹였다고! 난 그녀를 죽은 채로 내버려두었는데, 만약 그때 가까이에 지금 네 곁에 있는 석회가마 같은 것이 있었더라면 그녀가 다시 살아나는 일 따윈 없었을 거다. 그러나 그건 이 올릭 영감이 저지른 게 아니고, 바로 네놈이 한 짓이었지. 네놈은 편애를 받았고, 나는 들볶이고 두들겨 맞았다. 이 올릭 영감은 들볶이고 두들겨 맞았다 이거야, 어? 이제 네놈이 대가를 치르는 거다. 네놈이 저지른 일이니, 이제 네놈이 대가를 치르는 거라고."

그는 또 술을 들이키더니, 더욱 사나워졌다. 나는 그가 술병을 기울이는 각도로 보아 안에 남은 술이 얼마 되지 않는다는 것을 알아차렸고, 그가 나를 끝장내려고 술로 그 스스로를 흥분시키고 있다는 것도 분명히 알아차렸다. 나는 그 병에 남은 모든 한 방울이 곧 내 생명의 핏방울이란 걸 알았고, 조금 전 나에게 경고하는 망령처럼 내게 스물스물 기어오던 유령 같은 흰 연기처럼 내가 증발해 버리듯 사라지면, 그는 우리 누나를 해쳤을 때처럼 곧장 읍내로 달려가 늘 하던 대로 선술집에서 술을 마시며 어슬렁거릴 것이라는 사실도 알고 있었다. 나의 발 빠른 마음은 그를 뒤쫓아 읍내로 가서는 거리에서 술을 마시는 그의 모습을 선명하게 그려냈고, 그곳의 환한 불빛과 생동감 넘치는 풍경을, 고요한 습지 위로 피어오르는 창백한 연무, 그리고 그 안으로 녹아 들어가고 말 나 자신과 대조해 보았다.

그가 대여섯 마디 말을 하는 동안 나는 수십 년의 세월을 요약할 수 있었을 뿐만 아니라, 그의 말은 나에게 단지 말로만이 아니라 그림으로도 전달되었다. 두뇌가 흥분되고 고양된 상태에서, 내가 어떤 장소를 생각하면 영락없이 나는 그곳을 선하게 보았고, 사람들을 생각하면 영락없이 그들을 선하게 볼 수 있었다. 이 장면들이 얼마나 생생했는지 표현하는 것은 불가능하지만, 동시에 내 눈은 한순간도 그를 놓치지 않았고—그 누가 당장 뛰어오르려고 몸을 웅크린 호랑이에게 주의를 집중하지 않을 수 있겠는가!—그의 손가락이 아주 미세하게 움직이는 것조차 감지하고 있었다.

그는 이번에 두 번째로 술을 들이켜고 나서, 앉아 있던 긴 의자에서 일어나 탁자를 한쪽으로 밀었다. 그런 다음에 그는 촛불을 집어 들더니 흉악한 손으로 촛불 한쪽을 가려서 나에게 불빛이 비치도록 하고, 내 앞에 서서는 나를 쳐다보며 그 모습을 즐기는 것이었다.

"이 늑대 새끼야, 네놈에게 할 말이 더 있다. 그날 밤 네놈 집 계단에서 네놈이 굴러 넘어지게 한 것이 바로 이 올릭 영감이었다."

나는 램프들이 꺼진 그 계단을 머릿속에서 보았다. 수위의 램프에 의해 벽에 비친 두툼한 계단 난간의 그림자들도 보았다. 내가 결코 두 번 다시 못 볼 그 방들도 보았다. 여기 반쯤 열려 있는 문과 저기 닫혀 있는 문, 그리고 방 안에 있는 모든 가구들도 보았다.

"그런데 왜 이 올릭 영감이 거기 있었냐고? 내가 좀 더 말해주지, 이 늑대 새끼야. 네놈과 그 여자는 내가 이 고장에서 편하게 살 길을 **꽤 잘** 막아버렸지. 그래서 나는 새로운 동료들과, 새로운 주인들과 어울리게 되었다. 그중 몇 놈은 내가 편지를 써야 할 일이 생기면 대신 써주기도 한다고—알겠냐?—그래, 내 편지를 써준다고, 이 늑대 새끼야! 그놈들은 오십 개의 다른 필체로 써. 네놈처럼 한 필체밖에 없는 비겁한 놈이랑은 다르단 말이지. 나는 네놈이 네 누나 장례식에 참석했을 때부터, 네놈 목숨을 반드시 앗아가겠다고 단단히 결심했다. 하지만 확실히 처리할 방법을 찾지 못했지. 그래서 계속 네놈을 지켜보며 어떻게 움직이는지 파악했어. 왜냐하면, 이 올릭 영감이 스스로 다짐했기 때문이다. '어떻게든, 무슨 수를 써서든, 내가 저놈을 손에 넣고야 말겠다!' 그런데 이게 웬 떡이야! 네놈을 찾다가, 네놈의 숙부 프로비스를 찾았지 뭐냐, 어?"

밀 폰드 뱅크며 칭크스 유역, 밧줄 공장 올드 그린 코퍼 로프 워크, 그 모든 것들이 너무나도 분명하고 뚜렷하게 떠올랐다! 방에 있는 프로비스, 소용없게 돼버린 신호, 예쁜 클라라, 그 착하고 어머니 같은 윔플 부인, 병석에 누워 있는 빌 발리 영감, 그 모두가 빠르게 바다로 내닫는 내 생명의 급류에 실려 가듯 떠내려갔다!

"**네놈한테도** 숙부가 있다고! 아니, 네놈이 가저리네 집에 있었던 어릴 때부터 내가 네놈을 아는데, 네놈은 그때 내가 네놈의 모가지를 이 손가락과 엄지 사이로 잡아서 내던져 죽여버릴 수도 있었던(때때로 일요일 같은 때 네놈이 가지를 쳐낸 나무들 사이에서 빈둥거리고 있는 것을 보면 그러고 싶은 생각이 들었던 것처럼) 아주 조그만 늑대 새끼 같았고, 그 당시 네놈에게는 숙부라곤 없었다. 그럼, 없었지! 하지만 이 올릭 영감이 듣자 하니, 네놈의 숙부 프로비스가 차고 다녔던 다리 족쇄가 바로, 이 올릭 영감이 아주 오래전 이 습지에서 주워다가 줄질해서 두 동강을 낸 그 족쇄라더군. 그리고 그걸 올릭 영감이 계속 간직하고 있다가, 그걸로 네 누나를 황소 쓰러뜨리듯 한 방에 보내버렸지, 마치 지금 네놈을 그렇게 하려는 것처럼 말이다. 알아듣겠냐? 그러니까 이 올릭 영감이 그 말을 들었을 때 말이다, 어?"

그가 사나운 욕설을 퍼부으며 촛불을 내 얼굴 가까이 들이댔고, 나는 타오르는 불길에 얼굴이 데일까 두려워 고개를 홱 돌렸다.

"아아!" 그가 또다시 불길을 들이댄 뒤 껄껄대며 소리쳤다. "불에 데어본 아이는 불을 두려워하는 법이지! 이 올릭 영감은 네놈이 불에 덴 것을 알고 있었고, 이 올릭 영감은 네놈이 네놈의 숙부 프로비스를 몰래 빼돌리려고 한다는 것도 알고 있었고, 네놈의 적수인 이 올릭 영감은 네놈이 오늘밤에 오리라는 것도 알고 있었다! 자, 내가 좀 더 말해주마, 이 늑대 같은 새끼야, 그리고 이것으로 끝이다. 이 올릭 영감이 네놈에게 적수였듯이 네놈의 숙부 프로비스에게도 이에 못지않은 호적수들이 있다. 그 작자는 제 조카를 잃으면 그들을 조심해야 할 거다. 아무도 네놈의 옷 한 조각도, 뼈 한 토막도 찾을 수 없게 되면, 그 작자도 조심해야 할 거다! 이 세상에는 매그위치가―그래, **나는** 그 이름도 안다!―자기들과 같은 나라에서 살게 할 수도 없고 또 살게 하려고 하지도 않은 사람들이 있거든. 그놈들은 그 작자가 다른 나라에 있을 때부터 그에 대한 확실한 정보를 가지고 있었고, 그가 몰래 그곳을 빠져나와 자신들을 결코 위험에 빠뜨릴 수 없도록 감시하고 있었지. 어쩌면 그놈들이 바로 오십 개의 필체를 가진 자들이겠지, 비겁한 네놈처럼 한 가지 필체밖에 없는 게 아니라 말이야. 컴피슨을 조심해라, 매그위치. 그리고 교수대도!"

그가 다시 한번 촛불을 내 얼굴 가까이 들이대며 내 얼굴과 머리카락을 태울 듯 위협했고, 나는 순간적으로 눈이 멀어 아무것도 보이지 않았다. 그리고 그는 건장한 등을 돌려 촛불을 탁자 위에 내려놓았다. 그가 다시 나를 향해 돌아서기 전에 나는 마음속으로 기도를 드렸고, 조와 비디와 허버트와 마음속으로 함께 했다.

탁자와 그 맞은편 벽 사이에는 몇십 센티미터 되는 텅 빈 공간이 하나 있었다. 이 공간 안에서 그는 구부정한 자세로 앞뒤로 왔다 갔다 했다. 그가 양손을 무겁게 늘어뜨린 채 나를 노려보며 그렇게 움직일 때, 그의 거대한 힘은 마치 지금껏 본 적 없는 방식으로 더욱 강렬하게 그를 지배하는 것처럼 보였다. 나에게는 털끝만큼도 희망이 없었다. 나의 내면은 광란에 휩싸여 있었고, 머릿속을 스치는 생각들이 아니라 거센 급류처럼 몰아치는 생생한 장면들이 나를 사로잡았다. 그럼에도 분명히 깨달을 수 있었던 것은, 그가 정말 내가 완전히 인간 세상의 기억에서 사라질 순간이 가까웠다고 확신하지 않았다면 결코 그런 말을 내뱉지 않았을 것이라는 사실이었다.

그는 별안간 걸음을 멈추고는 술병에서 코르크 마개를 뽑아 내던졌다. 가벼운 물건이었는데도 추가 떨어지듯 무거운 충격음이 들렸다. 그는 술병을 조금씩 기울여서 천천히 들이켰다. 그는 더 이상 나를 쳐다보지 않았다. 그는 마지막 술 몇 방울을 손바닥에 쏟아서 핥아 먹었다. 그러더니, 갑자기 거칠게 욕설을 퍼붓고 아주 난폭한 몸짓으로 술병을 내던지며 몸을 숙였다. 그때 그의 손에는 길고 묵직한 손잡이가 달린 돌망치가 들려 있었다.

나는 내가 했던 결심을 고수했다. 나는 헛되이 애걸하는 말은 한마디도 하지 않고 있는 힘을 다해 소리를 지르며, 있는 힘을 다해 몸부림쳤다. 움직일 수 있는 것은 오직 머리와 두 다리뿐이었지만, 나는 그 순간까지도 알지 못했던, 내 안에 있던 모든 힘을 끌어내 필사적으로 버둥거렸다. 그와 동시에 누군가의 외침이 이에 화답하듯 울려 퍼졌고, 문 안으로 불빛이 번쩍이며 여러 개의 형체가 들이닥쳤으며, 목소리와 소란이 휘몰아쳤다. 그리고 올릭이 마치 소용돌이치는 물살 속에서 몸부림치듯 사람들 사이에서 버둥거리더니, 탁자를 단숨에 뛰어넘어 어둠 속으로 내달려 사라지는 모습을 보았다.

잠시 멍한 상태에 있다가, 나는 내가 올가미에서 풀려나 누군가의 무릎을 베고서 바닥에 누워 있다는 것을 알아차렸다. 정신을 차렸을 때, 내 두 눈은 벽에 기대어 놓은 사다리에 고정되어 있었다—두 눈을 뜨고 사다리를 한참 보고 난 뒤에야 비로소 그것을 제대로 알아보았다—그리고 의식을 되찾으면서 곧바로 내가 의식을 잃었던 바로 그 장소에 여전히 있다는 것을 깨달았다.

처음에는 주위를 돌아볼 힘조차 없었고, 나를 받쳐주는 사람이 누구인지 확인할 생각조차 하지 않은 채 그저 사다리를 바라보며 누워 있었는데, 그때 그 사다리와 나 사이에 한 얼굴이 불쑥 나타났다. 트랩 씨네 점원의 얼굴이었다!

"괜찮은 것 같은데요!" 트랩 씨 점원은 침착한 목소리로 말했다. "그런데 얼굴이 정말 창백하긴 하네요!"

이 말과 동시에 나를 받쳐주던 사람이 내 얼굴을 들여다보았고, 나를 받쳐주고 있는 사람은…….

"허버트! 오, 하느님!"

"조심, 조심." 허버트가 말했다. "가만, 가만, 헨델. 너무 힘쓰지 마."

"우리 다정한 친구, 스타톱!" 스타톱이 나를 향해 몸을 숙일 때도 나는 외쳤다.

"그가 우리를 도와주기로 했던 거 기억하지?" 허버트가 말했다. "침착해."

그 말이 내 머릿속을 뒤흔들어 나는 반사적으로 벌떡 일어났지만, 팔의 통증에 못 이겨 다시 바닥으로 쓰러졌다. "그 시간이 지난 건 아니겠지, 허버트, 그렇지? 오늘 밤이 무슨 요일이지? 내가 얼마나 오래 여기 있었어?" 그렇게 물은 건 내가 거기에 오랫동안—하루 낮과 밤, 이틀 낮과 밤, 혹은 그보다 더—누워 있었다는 이상하고 강한 불안감이 있었기 때문이다.

"그 시간은 안 지났어. 아직 월요일 밤이야."

"하느님 감사합니다!"

"그러니까 넌 내일, 화요일 온종일 쉴 수 있어." 허버트가 말했다. "그런데 신음 소리를 멈출 수 없는 모양이구나, 내 다정한 헨델. 어디가 그렇게 아픈 거야? 일어설 수 있겠어?"

"그럼, 그럼." 나는 말했다. "걸을 수도 있어. 이 욱신거리는 팔 말고는 상처를 입은 곳은 없어."

그들은 내 팔의 붕대를 풀고 할 수 있는 처치를 모두 해주었다. 팔은 심하게 붓고 염증이 생겨서, 누가 건드리기라도 하면 거의 참을 수가 없었다. 그러나 그들은 손수건을 찢어 새로운 붕대를 만들어 조심스럽게 팔걸이에 다시 고정시켰고, 우리가 마을에 도착해 냉습포를 구할 때까지 버틸 수 있도록 해주었다. 조금 있다가 우리는 어둡고 텅 빈 수문지기 집의 문을 닫고, 채석상을 지나 귀로에 접어들었다. 트랩 씨의 점원이―소년이었던 그는 이제 웃자란 청년이었다―등불을 들고 앞장서서 갔는데, 그것은 아까 내가 문간으로 들어오는 것을 보았었던 그 등불이었다. 그러나 내가 마지막으로 하늘을 봤던 때보다 달은 족히 두 시간 정도 더 높이 떠 있어서, 비가 오는 밤인데도 밖은 훨씬 밝았다. 우리가 지나갈 때 석회가마의 희뿌연 연기는 우리를 뒤로 남겨두고 흩어졌고, 나는 아까 마음속으로 구원의 기도를 드렸듯이 이제는 마음속으로 감사의 기도를 드렸다.

나는 허버트에게 어떻게 나를 구하러 올 수 있었는지 이야기해 달라고 간청했지만, 그는 처음에는 단호하게 거절하며 내가 조용히 안정을 취해야 한다고 주장했다. 그러나 결국 그 경위를 알게 되었는데, 내가 급하게 떠나느라 올릭의 편지를 방 안에 펼쳐둔 채 떨어뜨렸고, 내가 떠난 직후 허버트가 길에서 스타톱을 우연히 만나 함께 돌아왔을 때 그 편지를 발견했다는 것이었다. 편지의 내용은 그를 불안하게 만들었고, 특히 그가 떠나기 전에 내가 급히 남긴 다른 편지가 서로 다른 내용이라는 점이 더 의심스러웠다. 불안감이 가라앉기는커녕 더욱 커지자, 그는 15분 동안 숙고한 끝에 스타톱이 자발적으로 동행하는 가운데 역마차 매표소로 가서 다음 마차가 언제 출발하는지 알아보았다. 그는 오후 역마차가 이미 떠났다는 것을 알고, 또 자꾸만 장애물에 가로막혀 그의 불길한 예감이 단순한 불안감을 넘어서 확실한 공포로 변하자, 그는 곧바로 임시 역마차를 빌려 뒤따라가기로 결심했다. 이렇게 해서 블루 보어 호텔에 도착한 그와 스타톱은 거기서 나를 찾거나 내 소식을 들을 수 있으리라 기대했지만, 아무런 단서도 얻지 못하자 미스 해비셤의 저택으로 향했으며 그곳에서도 나를 찾지 못했다. 결국 그들은 다시 호텔로 돌아갔고(필시 내가 이 고장에 널리 퍼진 내 자신의 이야기를 듣고 있던 시간이었을 것이다), 그들은 호텔에서 잠시 휴식을 취한 뒤 습지대로 가는 길을 안내해 줄 사람을 찾기로 했다. 그때, 호텔의 아치형 출입구 아래에서 어슬렁거리던 트랩 씨네 점원이 우연히 거기에 있었다—늘 그렇듯, 그는 자신이 있지 않아야 할 장소라면 어디서든 나타나곤 했으므로—그리고 그 점원은 내가 미스 해비셤 댁에서 나와 내가 묵을 여관식당으로 가는 것을 보았다고 했다. 그 덕분에 트랩 씨네 점원은 그들의 안내자가 되었고, 그들은 내가 피했던 읍내를 거쳐 습지대로 향하는 길을 따라 수문지기 집까지 갔다. 길을 가는 동안 허버트는 혹시 내가 프로비스의 안전을 위해 꼭 필요한 어떤 일로 여기에 온 것은 아닐까 생각했으며, 만약 그렇다면 불필요한 방해가 오히려 해가 될 수도 있다고 판단했다. 그는 그 가능성을 고려해, 안내자였던 트랩 씨네 점원과 스타톱을 채석장 끝에 남겨둔 채 혼자서 몇 번이고 수문지기 집 주위를 조용히 돌며 내부가 안전한지 확인하려 했다. 그러나 그가 들을 수 있었던 것은 어렴풋한 거친 목소리뿐이었고(이때 나는 정신없이 여러 가지 생각을 하고 있었을 것이다), 허버트는 점점 정말 내가 그 안에 있는지조차 의심하기 시작했다. 그때 내가 갑자기 크게 소리쳤고, 그는 즉시 그 외침에 응답하며 안으로 뛰어들었다. 바로 뒤를 이어 스타톱과 트랩 씨네 점원도 따라 들어왔다.

내가 수문지기 집 안에서 일어났던 일을 들려줬을 때, 허버트는 밤늦은 시각이기는 하지만 당장 읍내 치안판사에게 가서 구속영장을 발부받자고 했다. 그러나 나는 이미 그 방법을 고민해

보았으며, 그렇게 하면 우리가 이곳에 발이 묶이거나 다시 돌아와야 할 가능성이 생기고, 그 경우 프로비스에게 치명적일 수도 있다는 사실을 생각하고 있었다. 이 문제는 어떤 말로도 반박할 수 없었으므로 우리는 그 자리에서 올릭을 뒤쫓겠다는 생각을 접었다. 현재 상황에서는 당분간 트랩 씨네 점원 앞에서 이 사건을 가볍게 넘기는 것이 현명하다고 판단했다. 확신하건대, 트랩 씨네 점원은 만일 자신의 개입 덕분에 내가 석회가마에서 살아남았다는 사실을 알았다면 크게 실망했을 것이 틀림없다. 그건 그 점원의 본성이 악해서가 아니라, 그의 생기와 에너지가 너무 넘치는 탓에 혹여 남을 희생해서라도 어떤 식으로든 변화를 추구하고 흥분을 원하는 기질이 있었기 때문이었다. 우리가 헤어질 때, 나는 그에게 2기니를 주었고(그것이 그의 기대에 딱 맞아떨어진 듯했다), 그동안 그에 대해 나쁜 인상을 가졌던 것에 대해 미안하다고 말했다(이 말은 그에게 아무런 감명도 주지 못했다).

수요일이 코앞에 다가왔으므로, 우리는 그날 밤에 셋이서 임시 역마차를 타고 런던으로 돌아가기로 결정했다. 그날 밤의 사건이 동네에 소문나기 전에 그곳을 빠져나와야 했기 때문에 더욱 그랬다. 허버트가 내 팔에 바를 약을 커다란 병으로 구해와서는 이 약을 밤 내내 팔에다 발라준 덕택으로, 나는 여행 중에 고통을 간신히 견딜 수 있었다. 우리가 템플에 도착한 것은 새벽녘이었다. 나는 즉시 잠자리에 들어 하루 종일 침대에 누워 있었다.

침대에 누워 있으려니 내가 내일을 앞두고 병이 나서 아무것도 할 수 없게 되면 어쩌지 하는 극도의 두려움이 나를 사로잡았고, 그 공포가 그 자체로 나를 무력하게 만들지 않은 것이 오히려 놀라울 지경이었다. 만약 내일이 거사일이라는 엄청난 긴장감이 없었다면, 정신적으로 극심하게 피로한 나로서는 그 두려움에 완전히 무너지는 게 당연했을 것이다. 그렇지만 내일이 나에게 너무나도 비정상적인 긴장과 압박을 요구했기에, 나는 그 모든 것을 견뎌낼 수밖에 없었다. 내일의 거사는 그토록 애타게 기다려 왔으며, 그 결과가 엄청난 영향을 미칠 것이 분명하면서도, 불과 얼마 남지 않은 순간임에도 불구하고 그 끝이 철저하게 베일에 싸여 있는 일이었다.

그날 프로비스와 연락하지 않는 것보다 우리가 더 조심해야 하는 일은 분명 없었을 것이다. 그러나 그로 인해 오히려 나는 더욱 불안에 휩싸였다. 누군가의 발소리나 사소한 소리에도 깜짝깜짝 놀랐고, 그가 발각되어 체포되었으며 지금 나를 찾아온 이는 그 소식을 전하러 온 전령이 아닐까 두려워했다. 나는 스스로를 설득하며 그가 이미 잡혔다고 확신했고, 그것이 단순한 두려움이나 예감이 아니라 실제로 벌어진 일이며, 나는 신비한 방식으로 그 사실을 알고 있는 것이라고 믿었다. 그러나 시간이 흘러도 나쁜 소식이 들려오지 않았고, 해가 저물고 어둠이 깔릴수록 나는 내일 아침이 오기도 전에 병으로 쓰러질 것이라는 압도적인 공포에 완전히 지배당했다. 화끈거리는 팔이 불에 타는 것처럼 쑤셨고 펄펄 끓는 머리는 지끈거려서, 나는 서서히 정신이 흐려지는 게 아닐까 두려웠다. 스스로 정신 상태를 확인하기 위해 숫자를 높이 세어 가며 정신을 다잡았고, 기억하고 있는 산문과 시구를 반복해서 되뇌어 보기도 했다. 그러다가 지친 나머지 정신 줄을 잠깐 놓고 얼마 동안 졸거나 되뇌어 보던 구절을 깜빡 잊을 때가 있었는데, 그럴 때면 나는 깜짝 놀라 혼잣말을 하곤 했다. "이제 올 게 왔구나. 내가 미쳐가고 있구나!"

허버트와 스타톱은 하루 종일 나를 조용히 안정시켜 주었으며, 내 팔에 끊임없이 약을 발라주었고, 몸을 식혀주는 음료를 마시게 했다. 나는 잠이 들 때마다 내가 수문지기 집에서 했던 생각, 즉 오랜 시간이 지나서 그를 구할 기회를 놓쳐버렸다는 생각으로 잠에서 깼다. 한밤중쯤 나는 침대에서 일어나 허버트에게로 갔는데, 마치 내가 스물네 시간 동안 깊이 잠들어 있던 바람에 수요일이 이미 지나가 버린 것만 같은 확신이 들었기 때문이다. 그러나 그것은 내 초조함이 만들어낸 마지막 자기 소모적인 노력이었으니, 그 일이 있은 후 나는 깊이 잠들었기 때문이다.

수요일 아침이 막 밝아오고 있을 때, 나는 창밖을 내다보았다. 다리 위에서 깜빡이던 가로등 불빛들은 이미 희미해졌고, 떠오르는 태양은 지평선 위에서 마치 불타는 습지처럼 보였으며, 여전히 어둡고 신비로운 강 위에는 회색빛으로 서서히 식어가는 교량들이 걸쳐 있었다. 내가 유난히도 맑은 하늘로 치솟은 교회의 탑과 첨탑들, 그리고 함께 다닥다닥 붙어 있는 지붕을 쳐다보고 있을 때 태양이 솟아오르고 강에서 장막이 걷히는 듯하더니, 수면 위로 수백만 개의 반짝임이 갑자기 터져 나왔다. 그리고 나에게서도 역시 장막이 걷히는 듯, 나는 강하고 건강하다는 느낌이 들었다.

허버트는 침대에서 깊이 잠들어 있었고, 우리의 오랜 동창생은 소파에서 잠들어 있었다. 나는 도움 없이는 스스로 옷을 입을 수 없었지만, 아직도 불이 타고 있던 난로에 장작을 더 올려 불을 지폈고 그들을 위해 커피도 준비했다. 얼마 지나지 않아 그들도 상쾌하게 일어났고, 우리는 창을 열어 차가운 아침 공기를 들이며 여전히 우리 쪽으로 흐르고 있는 조수를 바라보았다.

"9시에 조수가 바뀌면," 허버트가 기운차게 말했다. "우리를 내다보며 준비하고 계세요, 저 건너 밀 폰드 뱅크에 계신 아저씨!"

54장

그날은 태양이 뜨겁게 비치고 바람은 차갑게 부는 그런 3월 중의 하루였다. 양지는 여름이고 그늘은 겨울인 날씨였다. 우리는 두꺼운 선원용 모직 외투를 입었고, 나는 가방을 하나 챙겼다. 나는 이 세상에서 내가 가진 모든 소유물 가운데 몇 가지 필수품만을 가방에 챙겨 넣었다. 내가 어디로 갈지, 무엇을 할지, 혹은 언제 돌아올지 하는 것들은 나도 전혀 모르는 문제들이었으며, 나는 그런 문제들로 내 마음을 산란하게 하지도 않았다. 왜냐하면 내 마음은 전적으로 프로비스의 안전에만 쏠려 있었기 때문이다. 다만 문간에 멈춰서 뒤돌아보며, 만일 내가 다음에 이 방들을 다시 보게 된다면 그건 얼마나 달라진 상황 속에서일까 하고 잠시 한순간 스쳐가는 생각으로 궁금해했을 뿐이다.

우리는 템플 선착장까지 천천히 걸어 내려가, 거기에서 마치 아직 강으로 나갈 결정을 내리지 못한 사람들처럼 서서 빈둥거렸다. 물론 나는 배가 준비되어 있고 모든 것이 정리되어 있는지 미리 철저히 확인해 두었으므로, 그 망설임은 그저 보여주기 위한 것이었다. 우리의 행동을 볼 사람이라고는 템플 선착장에서 언제나 어슬렁거리는, 반쯤은 양서류 같은 사공들 두세 명뿐이었다. 우리는 잠시 동안 더 주저하다가 마침내 배에 올라 닻을 풀었으며, 허버트가 뱃머리에 앉고 나는 키를 잡았다. 그때는 마침 만조에 가까웠고, 오전 8시 반 무렵이었다.

우리의 계획은 이러했다. 조수는 9시에 썰물로 바뀌기 시작해서 오후 3시까지 우리를 싣고 흘러갈 것이고, 다시 밀물로 바뀐 뒤에도 계속 나아가 어두워질 때까지 조수를 거슬러 노를 저어 갈 작정이었다. 그러면 우리는 그레이브스엔드 아래 켄트와 에식스 사이에 길게 뻗어 있는 직선 유역에 너끈히 다다를 수 있을 것이다. 그곳은 강이 넓고 한적한 데다 강변에 거주하는 사람들은 극소수이고 외딴 여인숙들만 여기저기 흩어져 있는 곳인데, 그곳에서 우리는 밤새도록 머물러 있을 작정이었다. 함부르크행 기선과 로테르담행 기선은 목요일 아침 9시경에 런던을 출발할 예정이었다. 우리는 우리가 어디에 있느냐에 따라 어느 시각에 기선들을 기다려야 할지 예상해야 했고, 먼저 오는 기선을 잡아타기로 했다. 그렇게 하면, 혹시라도 무슨 사고가 생겨 우리가 첫 배에 승선하지 못한다 해도 또 다른 기회가 있을 것이었다. 우리는 각 기선의 특징적인 표식을 확실히 알고 있었다.

드디어 목적한 바를 실행에 옮겼다는 안도감이 어찌나 컸던지, 나는 바로 몇 시간 전에 내가 처했던 상황을 실감하기가 어렵다는 느낌이 들 정도였다. 상쾌한 공기, 햇빛, 강물 위 배의 움직임, 그리고 흘러가는 강물 자체—우리에게 공감하고, 활력을 불어넣고, 격려하는 듯 함께 달리는 강물—가 나에게 새로운 희망을 불어넣었다. 나는 배 안에서 별다른 도움이 되지 못하는 것이 안타까웠지만, 내 두 친구보다 노를 더 잘 젓는 사람은 거의 없었으므로 그들은 종일토록 지속될 법한 한결같은 동작으로 노를 저었다.

그 당시 템스 강의 기선 통행량은 현재 수준보다 훨씬 밑돌았고, 사공들이 젓는 배들이 훨씬 더 많았다. 바닥이 평평한 거룻배, 석탄 운반용 돛단배, 그리고 연안 무역선 등은 아마 지금만큼이나 그 수효가 많았을 테지만, 대형이건 소형이건 기선의 수효는 10분의 1이나 20분의 1밖에 되지 않았을 것이다. 이른 시간이었는데도 그날 아침에는 가벼운 경주용 보트가 여기저기 많이 떠다녔고, 많은 거룻배들이 조수를 타고 하류로 내려가고 있었다. 갑판도 없는 작은 배를 타고 다리들 사이로 항해하는 것은 지금보다 훨씬 쉽고 흔한 일이었다. 우리는 많은 소형 보트들과 나룻배들 사이를 기분 좋게 지나갔다.

우리는 곧 구 런던교를 지나고, 굴 채취선과 네덜란드 어선들이 있는 빌링스게이트 수산물 시장과 화이트 타워와 반역자의 문을 지나,[1] 즐비하게 줄지어 있는 선박들 사이로 들어섰다. 여기서는 리스, 애버딘, 그리고 글래스고행[2] 기선들이 선적과 하역을 하고 있었는데, 우리가 그 옆을 지나갈 때 물 위로 거대한 높이를 드러내고 있었다. 여기에는 수십 척의 석탄 운반선들이 석탄 양륙기들이 석탄 무게만큼의 평형추가 회전하여 올라가면 갑판 위 활차에 석탄을 퍼부었고, 이 활차는 다시 뱃전 너머로 거룻배에다 우르르 쏟아내고 있었다. 이 정박장에 내일 로테르담으로 가는 기선이 있었고, 우리는 그 배를 잘 봐두었다. 그리고 내일 함부르크로 가는 기선도 있었는데, 우리는 뱃머리 앞에 돛대 모양으로 튀어나온 제1사장 아래로 가로질러 지나갔다. 그리고 이제 나는 선미에 앉아서 심장이 한층 빠르게 뛰는 가운데 밀 폰드 뱅크와 밀 폰드 선착장을 볼 수 있었다.

"아저씨가 거기 나와 계셔?" 허버트가 말했다.

"아직은 아냐."

1　'화이트 타워'는 반역 죄인들을 수감했던 런던탑 안의 감옥이고, '반역자의 문'은 이 죄인들이 통과하던 문이다.
2　리스, 애버딘, 글래스고는 스코틀랜드의 3대 항구이다.

"좋아! 우리를 볼 때까지는 안 내려오기로 하셨어. 그분의 신호는 보여?"

"여기서는 잘 안 보여. 그런데 보이는 것 같다……. 어, 보인다! 둘 다 노를 저어. 잠깐 멈춰, 허버트. 노를 올려!"

우리는 아주 잠깐 동안 배를 선착장에 댔다가, 프로비스가 승선하자 다시 떠났다. 그는 소매 없는 선원용 망토와 검정 범포 가방 하나를 가지고 있었으며, 내가 마음속으로 바랐던 대로 강의 도선사같이 보였다. "얘야!" 그가 자리에 앉을 때 내 어깨에 팔을 얹으며 말했다. "충직하기도 하지, 잘했다. 고맙구나, 고마워!"

우리는 다시 즐비하게 늘어선 선박들 사이를 들랑날랑하면서 녹슨 쇠사슬 닻줄들과 닳아빠진 대마 밧줄들과 떠 있는 부표들을 피하고, 잠시 가라앉았다 떠오르는 부서진 바구니를 헤치고, 떠내려가는 나무토막들과 대팻밥을 흩뜨리기도 하고, 떠내려가는 석탄 찌끼를 헤치기도 하며 나아갔다. 그리고 배들 사이를 들락거리면서 선덜랜드의 존호의 앞쪽, 바람을 향해 연설하는(많은 존호들이 그러하듯이) 남자 형상의 이물 장식을 지나갔고, 단단하고 딱딱한 가슴을 내밀고 불거진 눈을 5센티미터는 앞으로 튀어나오게 한 채 엄숙한 표정을 짓고 있는 야머스의 베치호 아래도 지났고, 또 배들 사이를 들락거리면서 조선소 마당에서 나는 망치 소리, 목재를 자르는 톱질 소리, 뭔지 모를 물건에 서로 부딪치는 기계들 소리, 물이 새는 배에서 들리는 펌프질 소리, 돛 감아올리는 장치가 돌아가는 소리, 바다로 출항하는 선박들의 소리, 그리고 응수하는 거룻배 사공들에게 파도막이 너머로 알아들을 수 없는 욕지거리를 해대는 선원들의 고함치는 소리를 들으며 나아갔다. 이렇게 배들 사이를 들락거리다가—마침내 우리는 강이 트인 곳으로 빠져나왔는데, 이곳은 보조 선원들이 심하게 출렁거리는 강물에서 고기를 잡다가 완충용 방현재를 그만 배 옆으로 거둬들여야 하는 곳이자, 꽃줄 장식이 달린 돛이 바람에 날려갈 수도 있는 곳이었다.

우리가 프로비스를 배에 태웠던 선착장에서부터 지금까지, 나는 우리를 의심하는 낌새가 조금이라도 있는지 주도면밀하게 살펴보았다. 그런 낌새는 전혀 없었다. 우리를 주의해서 보거나 따라오는 배는 분명히 없었으며, 그 순간에도 분명히 없었다. 만약 의심스러운 배가 우리를 뒤따라오고 있었다면, 나는 즉시 강기슭으로 배를 몰아 그 배를 강제로 지나가게 하든지 혹은 그 배의 의도를 분명히 밝히도록 만들었을 것이다. 그러나 우리는 아무런 방해도 없이 배를 몰았다.

프로비스는 소매 없는 선원용 망토를 걸치고 있어서, 내가 말한 것처럼 그 상황에 자연스럽게 어울려 보였다. 놀라운 점은, 우리 중에서 가장 걱정이 적어 보이는 사람이 바로 그였다는 것이다(아마도 그가 살아온 비참한 삶 때문일 수도 있겠지만). 그렇다고 해서 그가 무관심한 것은 아니었는데, 나에게 자기가 만든 신사가 외국에서 최고의 신사들 중 하나가 되는 것을 살아서 지켜보고 싶다고 말했기 때문이다. 내가 아는 한 그는 체념하거나 순응하는 기질이 아니었으며, 그렇다고 위험을 어중간하게 대처할 생각 따위도 없었다. 위험이 닥치면 그는 그것에 맞섰다. 그러나 그것이 닥치기 전까지는 전혀 개의치 않았다.

"만일 네가 말이다, 얘야." 그가 나에게 말했다. "매일매일 방에만 갇혀 있다가 여기 내 사랑하는 아이와 나란히 앉아서 담배를 피운다는 것이 어떤 기분인지 안다면, 너는 나를 부러워할 게다. 허나 너는 그게 어떤 것인지 모르겠지."

"저도 해방의 기쁨을 알 것 같은데요." 나는 대답했다.

"아아." 그는 머리를 진지하게 가로저으며 말했다. "허나 너 나와 똑같이 알진 못할 거야. 나와 똑같이 알려면, 얘야, 감방에서 썩어봐야 할 거다. 허나 난 천박하게 굴지 않을 거란다."

그에게 아무리 뛰어난 생각이 있었다손 치더라도, 그가 그것 때문에 스스로의 자유와 생명까지 위험에 빠뜨렸다는 것은 모순처럼 느껴졌다. 그러나 곰곰이 생각해 보니 위험 없는 자유란 그의 삶과는 너무 동떨어진 개념이라, 다른 사람에게는 자유일 수 있는 것이 그에게는 자유가 될 수 없을 것이라는 생각도 들었다. 이런 생각이 그렇게 빗나간 것은 아니었다. 왜냐하면 그가 담배를 조금 피운 뒤에 이렇게 말했기 때문이다.

"너도 알다시피, 얘야, 내가 저 건너편, 다른 쪽 세상에 있었을 때 나는 언제나 이쪽을 바라보고 살았단다. 그래서 내가 점점 부유해져 가는데도, 그곳에 사는 것이 따분해졌지. 매그위치라면 모르는 사람이 없었고, 매그위치는 오고 싶으면 오고, 매그위치는 가고 싶으면 갈 수 있었는데, 그래도 아무도 그에 대해 골머리를 앓지 않았어. 그런데 이곳 사람들은 나 때문에 썩 골머리를 앓는구나, 얘야. 하여튼 내가 어디 있는지 안다면, 그들은 편안치 않을 게다."

"모든 일이 잘만 되면," 나는 말했다. "아저씨는 몇 시간 내로 다시 완전히 자유롭고 안전해지실 거예요."

"글쎄." 그는 심호흡을 하면서 대답했다. "나도 그랬으면 좋겠구나."

"그리고 아저씨도 그렇게 생각하시죠?"

그는 뱃전 너머로 강물에 손을 살짝 담그고는, 이제 나에게 새롭지 않은 부드러워진 태도로 미소를 지으며 말했다.

"암, 나도 그리 생각하는 것 같구나, 얘야. 우리가 지금보다 더 조용하고 태평하다면 오히려 당황스러울 것 같다. 헌데—이렇게 물살을 따라 부드럽고 기분 좋게 흘러가다 보니 내가 그런 생각을 하게 된 건지—조금 전에 담배를 피우면서 하던 생각인데 말이다. 우리는 앞으로 몇 시간 동안 벌어질 일을 이 강바닥을 들여다보는 것만큼이나 알 수 없고, 이 강물을 움켜쥘 수 없는 것처럼 다가올 시간을 붙잡아 둘 수도 없다는 거야. 자, 이렇게 손가락 사이로 강물이 빠져나가 버리지 않니!" 그가 위로 쳐든 손에서 물방울이 떨어졌다.

"그렇지만 아저씨 얼굴 표정만 아니라면, 저는 조금은 낙담하셨다고 생각했을 거예요." 나는 말했다.

"조금도 그렇지 않다, 얘야! 배가 너무나 조용히 떠가고, 뱃머리에 이는 잔물결이 일종의 일요일 찬송가 곡조 같은 소리를 자아내서 그런 거지. 게다가 내가 조금 늙어가고 있는 것 같기도 하고."

그는 얼굴에 흔들림 없는 표정을 띠며 다시 파이프를 입에 물고, 마치 이미 영국을 벗어나기라도 한 듯 침착하고 만족스러운 모습으로 앉아 있었다. 그러나 끊임없는 두려움에 시달리는 사람처럼 우리가 충고하는 말에 아주 순순히 따랐다. 일례로 맥주 몇 병을 사기 위해 강가에 배를 댔을 때 그가 배에서 내리려 하자 나는 그가 그대로 있는 것이 더 안전할 것 같다고 넌지시 말했는데, 그는 "그러니, 얘야?" 하고 말하고는 조용히 다시 자리에 앉았다.

강 위의 공기는 차가웠지만 날씨는 맑았고, 햇빛은 따뜻하게 내리쬐어 기운을 북돋아 주었다. 조수는 강하게 밀려 내려가고 있었고, 나는 그 흐름을 조금도 낭비하지 않도록 신경 썼으며,

우리는 꾸준히 노를 저어 순조롭게 나아가고 있었다. 거의 눈치채지 못할 정도로 서서히 조수가 빠져나가면서 우리는 점점 더 가까운 숲과 언덕에서 멀어졌고, 배는 진흙투성이 강둑 사이로 점점 더 낮게 가라앉았다. 그러나 우리가 그레이브스엔드를 빠져나갈 때까지 조수는 여전히 우리를 밀어주고 있었다. 우리가 책임진 프로비스가 망토를 두르고 있었으므로 나는 일부러 강에 떠 있는 세관선에서 배 한두 척 거리 안쪽으로 지나갔고, 강물의 흐름을 제대로 타고 나아가기 위해 두 척의 이민선과 나란히 움직이기도 했으며, 선수 갑판 위에서 우리를 내려다보는 병사들이 탄 대형 수송선의 뱃머리 아래를 통과하기도 했다. 이즈음 조수의 힘이 약해지기 시작했고 닻을 내리고 있던 배들은 방향을 틀었으며, 얼마 지나지 않아 모든 배들이 완전히 방향을 바꿨다. 그리고 새로운 조수를 타고 풀 구간까지 올라가려는 선박들이 함대를 이뤄 우리에게 몰려오기 시작했다. 우리는 조수의 저항력을 피하기 위해 최대한 강기슭을 따라 나아갔고, 수심이 낮은 곳과 진흙 강둑을 조심스럽게 피해 갔다.

우리의 사공들은 가끔씩 배를 조류에 맡겨 1~2분씩 쉰 덕분에 기운이 팔팔했고, 15분 정도의 휴식만으로도 충분했다. 우리는 미끄러운 돌들 사이로 배를 대고, 준비해 온 음식과 음료를 먹으며 주위를 둘러보았다. 그곳은 마치 내 고향 습지대처럼 평평하고 단조로웠으며, 희미한 수평선 너머로 끝없이 펼쳐진 땅이었다. 강은 굽이쳐 돌고 또 돌았으며 강 위의 커다란 부표들도 끊임없이 회전했고, 그 외의 모든 것들은 꼼짝 않고 가만히 있는 것 같았다. 이제 남은 배 한 척까지도 우리가 지나온 마지막 저수위 지점을 돌아 사라졌고, 마지막으로 밀짚을 가득 실은 초록색 거룻배 한 척이 갈색 돛을 펄럭이며 그 뒤를 따랐으며, 어린아이가 처음으로 대충 그린 배처럼 생긴 자갈 실은 거룻배 몇 척은 진흙탕에 낮게 떠 있었고, 물 밖으로 드러난 말뚝들 위에는 조그맣게 쭈그린 여울목 등대 하나가 진흙탕 속에서 기둥과 버팀목 위에 절름발이처럼 서 있었으며, 끈적끈적한 말뚝들이 진흙 밖으로 삐져나와 있었고, 끈적끈적한 돌들이 진흙 밖으로 삐져나와 있었으며, 빨간 경계표와 조수표들이 진흙 밖으로 삐져나와 있었고, 낡은 부잔교와 지붕 없는 오래된 건물마저도 천천히 진흙 속으로 미끄러져 내려가고 있었으며, 우리 주위를 둘러싼 것은 오직 정체된 시간과 진흙뿐이었기 때문이다.

우리는 다시 배를 밀어 올려 가능한 한 앞으로 나아갔다. 이제부터는 일이 훨씬 힘들어졌지만, 허버트와 스타톱은 끈질기게 버티면서 해가 떨어질 때까지 노를 젓고, 젓고, 또 저었다. 그때쯤 불어난 강물이 우리를 약간 들어 올려, 우리는 강둑 위를 볼 수 있었다. 낮은 강변 위로 붉은 태양이 걸려 있었고, 그 빛은 점점 더 짙어지는 자줏빛 안개 속에서 서서히 검은 어둠으로 변해가고 있었다. 그곳에는 적막하고 평평한 습지, 그리고 저 멀리에 둔치들이 있었는데, 그 둔치들과 우리 사이에는 전방에서 이리저리 날아다니는 우울한 갈매기 한 마리를 빼고 생명체라고는 없는 것 같았다.

어둠이 빠르게 깔리고, 달이 이미 보름을 지난 터라 일찍 뜨지 않을 것이었으므로, 우리는 짧게 의논했다. 그러나 의논할 것도 별로 없었는데, 우리가 할 일은 단 하나, 즉 길을 따라 나오는 첫 번째 외딴 여인숙에서 밤을 보내는 것뿐이었기 때문이다. 그래서 그들은 다시 한번 노를 부지런히 저었고, 나는 멀리서 집처럼 보이는 것이 있는지 살폈다. 그렇게 우리는 7, 8킬로미터를 거의 말없이 나아갔다. 날씨는 무척 추웠다. 때마침 석탄 운반선한 척이 우리를 지나갔는데, 그 배의 취사실에서 피어오르는 연기와 활활 타는 불꽃을 보니 마치 따뜻한 집처럼 보였다. 이때쯤 밤은 아침까지 계속 그럴 것처럼 캄캄해졌다. 우리가 가진 희미한 빛조차도 하늘에서 오는 것이 아니라 강물 위에서 반짝이며 퍼져 나오는 듯했다. 노가 강물에 잠길 때마다 물 위에 반사된 몇 개의 별빛을 가리며 흔들었기 때문이다.

이렇게 음울한 때 우리 모두는 분명히 누가 뒤를 밟고 있다는 생각에 사로잡혔다. 조수가 밀려들면서 물결이 불규칙한 간격으로 둑을 강하게 때렸고, 그 소리가 들릴 때마다 우리 중 한 명은 어김없이 흠칫 놀라며 그 방향을 살펴보곤 했다. 곳곳에서 강물의 흐름이 강둑을 침식하여 작은 만을 만들어놓은 곳들이 있었는데, 우리는 모두 그런 곳들을 의심하고 신경을 곤두세워 눈여겨보았다. 때때로 "저 물결이 뭐였지?"라고 우리 중 하나가 낮은 목소리로 말하곤 했다. 혹은 다른 사람이 "저기 배가 있는 거 아냐?"라고 물었다. 그러면 우리는 쥐죽은 듯 침묵에 빠져서는 노가 노걸이에 부딪히는 소리가 유별나게 시끄럽다는 생각에 애태우며 앉아 있곤 했다.

마침내 희미한 불빛과 지붕이 보였고, 곧이어 우리는 근처에서 주워온 돌들로 축조된 작은 둑길을 끼고 배를 댔다. 나는 나머지 일행을 배에 남겨둔 채 뭍으로 올라가 불빛을 따라갔는데, 그 불빛은 여인숙 창문 안에서 새어나오고 있었다. 여인숙은 더럽기 짝이 없는 곳으로, 아마도 밀수꾼들이나 드나드는 곳일지도 몰랐다. 하지만 부엌에는 따뜻한 불이 활활 타오르고 있었고 달걀과 베이컨이 식사로 준비되어 있었으며, 여러 가지 음료도 갖춰져 있었다. 게다가 2인용 침대가 있는 방도—여인숙 주인의 말대로 "변변치는 못하지만"—둘이나 있었다. 여인숙 안에는 주인과 그의 부인, 그리고 머리가 반백인 남자 하나 말고는 아무도 없었는데, '잭'이라는 이름을 가진 이 남자는 작은 둑길에서 일하는 잡역부로 마치 자기 자신이 간조 표시 말뚝이기라도 한 것처럼 진흙과 얼룩이 덕지덕지했다.

나는 잭을 조력자 삼아 다시 우리 배로 내려갔다. 그리고 우리는 모두 뭍으로 올라와, 노며 키며 삿대며 기타 모든 것들을 꺼낸 뒤 밤 동안 무사하도록 배를 끌어올렸다. 우리는 부엌 난롯가에서 푸짐한 식사를 했고, 방을 나누었다. 허버트와 스타톱이 한 방을 쓰고, 나와 우리가 책임진 프로비스가 다른 방을 쓰기로 했다. 두 방 모두 마치 공기가 생명에 치명적인 것이라도 되는 듯 완벽하게 차단되어 있었다. 그리고 침대 밑에는 내가 그 가족이 소유한 것이라고 생각하기에는 너무 많은 지저분한 옷과 판지 상자가 있었다. 그럼에도 우리는 만족했는데, 이보다 더 외진 곳은 찾기 어려웠을 것이기 때문이다.

식사 후에 난롯가에서 피곤함을 달래고 있을 때, 잭이—구석에 앉아 있던 그는 물에 부푼 구두 한 켤레를 신고 있었는데, 우리가 달걀과 베이컨을 먹고 있는 동안 그 구두를 며칠 전에 강변으로 밀려 온 어느 익사한 선원의 발에서 벗겨낸 흥미로운 기념품이라고 보여주었다—혹시 노 네 개짜리 대형 보트가 조수를 타고 상류로 올라가는 것을 본 적이 있느냐고 나에게 물었다. 내가 본 적이 없었다고 말하자, 그는 그 배가 하류로 내려간 것이 틀림없다고 말하면서도 그 배가 여인숙을 떠났을 때는 '상류 쪽으로 갔다'고 했다.

"무슨 이유에서인지 마음을 바꿨을 겁니다." 잭이 말했다. "그래서 하류로 내려간 게 틀림없어요."

"네 명이 노를 젓는 대형 보트라고 했습니까?" 내가 말했다.

"네 명이었죠." 잭이 말했다. "그리고 승객이 둘이었고."

"이곳에 배를 댔었습니까?"

"그들은 2갤런짜리 볼 항아리에 맥주를 담아 갔어요. 그 맥주에다 내가 독약이나 탔더라면 좋았을 텐데." 잭이 말했다. "아니면 설사약을 좀 타거나."

"왜요?"

"이유야 내가 잘 알지." 잭이 말했다. 그는 마치 목구멍에 진흙이 많이 밀려들어 가기라도 한 것처럼 걸쭉한 목소리로 말했다.

"저 사람은," 그때 주인이 끼어들었는데, 그는 핼쑥한 눈을 가지고 사색적으로 보이는 약골이었으며 잭에게 크게 의존하는 듯했다. "저 사람은 그들의 정체가 겉보기와는 달랐다고 생각한답니다."

"나는 내가 뭘 생각하는지 아는 사람이야." 잭이 말했다.

"자네는 그 배가 세관선이라고 생각하는 건가, 잭?" 여인숙 주인이 말했다.

"그렇지." 잭이 말했다.

"그럼 자네가 틀렸어, 잭."

"내가 틀렸다고!"

잭은 자신의 말에 무한한 확신과 끝없는 신념을 담아, 부풀어 오른 구두 한 짝을 벗어 그 안을 들여다보고 부엌 바닥에 자잘한 돌멩이 몇 개를 털어낸 후 다시 신었다. 그는 자기가 너무나 당당해서 무엇이든지 할 수 있는 잡역부 잭이라는 태도로 이 같은 행동을 했다.

"아니, 그러면, 자네는 그들이 단추를 어떻게 했다고 생각하는 거지, 잭?" 여인숙 주인이 병약하게 망설이며 물었다.

"단추들을 어떻게 했냐고?" 잭이 대답했다. "배 밖으로 휙 던졌겠지. 아니면 삼켜버렸거나. 그것도 아니면 조그만 채소로 자라라고 땅에다 씨처럼 뿌렸을 수도 있고. 하여간 단추는 알아서 처리했겠지!"

"그리 건방지게 굴지 마, 잭." 여인숙 주인은 침울하고 애처로운 태도로 충고했다.

"세관 직원이라면 자기 **단추들을** 어떻게 해야 하는지 알지."[1] 잭은 그 역겨운 어휘를 굉장히 경멸스런 어조로 되풀이하며 말했다. "단추가 자기들과 자기들 일 사이에서 방해가 된다면 말이지. 네 명이 노 젓고 두 놈이 앉아 있는 배가 조수에 따라 위로 갔다가 아래로 내려오고, 다시 조수를 거슬러 올라가는 일을 반복하면서 얼쩡거리는 건 그 안에 세관원이 없고서는 절대 있을 수 없는 일이야." 이렇게 말하고서 그는 오만하게 밖으로 나갔다. 그러자 의지할 사람이 없어진 여인숙 주인은 그 문제를 더 이상 따져볼 방법이 없게 되었다.

이 대화가 우리 모두를 불안하게 했고, 특히 나를 몹시 불안하게 했다. 황량한 바람이 여인숙 주변에서 소란스럽게 불어대고, 조수 물결은 강변에 철썩거리고 있었는데, 나는 우리가 이곳에 감금되어 위협받고 있다는 느낌이 들었다. 노 네 개짜리 대형 보트가 이렇게 주목받을 정도로 아주 유별난 방식으로 주변을 맴돈다는 것은 내가 제거할 수 없는 위험한 상황이었다. 프로비스에게 잠자리에 들라고 권유하고는, 나는 두 동료들과 함께 밖으로 나가서(스타톱은 이때쯤 일의 진상을 알고 있었다) 또 한 차례 의논했다. 다음 날 오후 1시쯤 기선이 올 때까지 이 여인숙에 그대로 머물러 있을 것이냐, 아니면 아침 일찍 출발할 것이냐, 이

---

1 세관원이 승선한 배라면 비밀리에 임무를 수행하기 위해 복장을 바꿔 위장할 수 있다는 뜻으로, 여기서는 경찰 순시선일지도 모른다는 불길한 암시일 수도 있다.

것이 우리가 의논한 문제였다. 결국 우리는 출항 시각이 한 시간 정도 남을 때까지 이곳에 머무는 것이 더 나은 선택이라고 판단했고, 그새 그 기선이 지나가는 항로로 나아가 조류를 따라 자연스럽게 합류하는 방식을 택하기로 했다. 이렇게 하기로 매듭지은 뒤 우리는 여인숙 안으로 돌아와 잠자리에 들었다.

나는 옷을 대부분 그대로 입은 채 자리에 누웠고, 몇 시간 동안 잘 잤다. 잠에서 깼을 때 바람이 거세게 불고 있었고, 여인숙 간판이(여인숙 이름이 '배'였는데) 나를 놀라게 할 정도로 시끄럽게 삐걱대며 쾅쾅 사방에 부딪치고 있었다. 내가 책임지고 있는 프로비스가 깊이 잠들어 있었으므로, 나는 살금살금 일어나 창밖을 내다보았다. 창문에서 우리가 배를 끌어다 올려놓은 둑길이 보였다. 그리고 내 눈이 구름 낀 달빛에 적응되자, 두 남자가 우리 배를 들여다보는 것이 보였다. 그들은 그 외 다른 것은 아무것도 보지 않고 내 창문 아래를 지나갔는데, 그들은 텅 비어 있는 것처럼 보이는 선착장으로 내려가지 않고 곧장 노어[1] 방향으로 습지를 가로질러 갔다.

나는 본능적으로 허버트를 깨워 저 두 남자를 보여줘야겠다고 생각했다. 그러나 여인숙 뒤편에 내 방과 나란히 있는 그의 방으로 들어가기 전에, 나는 허버트와 스타톱이 나보다 더 힘든 하루를 보냈기 때문에 피로할 것이라는 생각이 들어 그 충동을 억제했다. 내 방 창문 앞으로 돌아왔을 때, 나는 그 두 남자가 습지를 건너가는 모습을 지켜보았다. 그렇지만 흐린 달빛 속에서 그들은 곧 내 시야에서 사라졌다. 그리고 몹시 추워진 나는 누워서 그 문제를 생각하다가 다시 잠이 들었다.

---

1 템스 강 하구 근처에 있는 모래사장.

우리는 일찍 일어났다. 아침을 먹기 전에 우리 넷이 함께 이리 저리 거닐 때, 나는 내가 봤던 것을 자세히 이야기하는 것이 옳다고 판단했다. 이번에도 우리 일행 중에서 우리가 책임진 프로비스가 가장 걱정하지 않았다. 그가 조용히 말하기를, 그 사람들은 십중팔구 세관에 소속된 자들이니 우리를 마음에 두지는 않을 거라고 했다. 나도 그러리라고 굳게 믿으려고 애썼다. 실제로 그럴 수 있었기 때문이다. 그렇지만 나는, 프로비스와 내가 여기서 보이는 먼 지점까지 우선 함께 걸어가고, 정오경에 그곳이나 혹은 그 근처의 적당하다고 판단되는 곳에서 배가 우리를 태우는 게 좋겠다고 제안했다. 이 제안은 모두에게 좋은 예방책으로 여겨졌으므로, 아침 식사 후 곧 프로비스와 나는 여인숙에 아무 말도 하지 않고 출발했다.

우리가 함께 걸어갈 때 그는 파이프 담배를 피웠고, 이따금 걸음을 멈추고 내 어깨를 가볍게 두드려주기도 했다. 누가 봤다면 위험에 처한 사람은 그가 아니라 나고, 그래서 그가 나를 안심시켜 주고 있는 거라고 짐작했을 것이다. 우리는 거의 말하지 않았다. 약속된 지점에 접근했을 때, 나는 그에게 내가 가서 주위를 정찰할 동안 은폐된 곳에 숨어 있으라고 간청했다. 왜냐하면 지난밤에 그 두 남자가 이 방향으로 걸어갔기 때문이었다. 그는 조용히 내 말을 따랐고, 나는 혼자 앞으로 나아갔다. 이 지점을 벗어나서는 배가 한 척도 없었고, 근처 어디에도 배를 끌어올려 둔 흔적이 없었으며, 사람들이 여기서 배에 승선한 어떤 흔적도 없었다. 그러나 틀림없이 만조 때였을 것이므로, 발자국들이 물 밑에 잠겨버렸을지도 모르는 일이었다.

그가 멀리 있는 은신처에서 내다보다가, 내가 이쪽으로 오라고 모자를 흔드는 것을 보고는 나에게로 왔다. 우리는 그곳에서 함께 기다렸다. 때로는 외투를 둘러쓰고 강둑에 누워 있기도 하고, 때로는 몸을 덥히기 위해 이리저리 돌아다니기도 하면서, 우리 배가 저쪽에서 다가오는 것이 보일 때까지 기다렸다. 우리는 순조롭게 승선했고, 기선의 항로로 배를 저어 들어갔다. 그때가 1시가 되기 딱 10분 전이어서, 우리는 기선의 연기를 찾기 시작했다.

그러나 기선의 연기가 보인 건 1시 반이 되어서였다. 곧이어 그 뒤로 다른 기선의 연기도 보였다. 기선들이 전속력으로 다가오고 있었으므로, 우리는 가방 두 개를 챙겨놓고 허버트와 스타톱에게 작별 인사를 전할 기회를 가졌다. 우리는 모두 진심에서 우러난 악수를 나눴고, 허버트의 눈에서도 나의 눈에서도 눈물이 마르지 않았다. 그런데 바로 그때, 나는 강둑 바로 앞쪽에서 노 네 개짜리 대형 보트가 불쑥 나오더니 우리와 같은 항로로 저어 오는 것을 보았다.

강이 휘고 굽이진 까닭에 우리와 기선의 연기 사이에 아직은 기다란 강기슭만 뻗어 있었다. 그러나 이제는 정면으로 다가오는 선체가 보였다. 나는 허버트와 스타톱에게, 조수보다 앞서 나아가 증기선이 우리를 쉽게 발견할 수 있도록 하라고 소리쳤다. 그리고 프로비스에게는 망토로 둘러싸고 제발 가만히 있으라고 당부했다. 그는 "염려하지 마라, 애야"라고 유쾌하게 대답하고는 조각상처럼 앉아 있었다. 그동안 매우 능숙하게 조종되고 있던 그 대형 보트는 우리를 가로질러 갔다가, 결국 우리 보트와 나란히 붙었다. 그러고는 노를 젓는 공간만큼의 거리만 유지한 채 우리가 멈추면 함께 떠내려가고, 우리가 노를 저으면 자기네도 한두 번 노를 저으면서 계속 우리 배와 나란히 움직였다. 두 승객들 중 한 사람은 키 줄을 잡고서 우리를 주의 깊게 쳐다보았다,

모든 노잡이들이 그랬듯이. 그리고 또 다른 사람은 프로비스처럼 몸을 싸매고 있었으며, 움츠리고 앉아 우리를 쳐다보며 키를 잡고 있는 사람에게 귓속말로 뭔가를 지시하는 것 같았다. 어느쪽 배에서도 말은 한마디도 없었다.

몇 분 뒤에 스타톱은 어느 증기선이 먼저 오는지 알아냈고, 나와 얼굴을 마주하던 그가 낮은 목소리로 "함부르크행이야"라고 말해주었다. 그 기선은 매우 빠르게 우리에게 접근하고 있었으며, 기선의 외륜이 물을 치는 소리가 점점 커졌다. 기선의 그 거대한 그림자가 우리 위를 덮쳐오는 것만 같은 순간, 대형 보트가 우리를 큰 소리로 불렀다. 내가 대답했다.

"거기 당신네 배에 귀환 유형수가 있습니다." 키 줄을 잡고 있는 자가 말했다. "망토를 둘러쓰고 있는 사람. 그의 이름은 에이블 매그위치고, 달리 프로비스라고도 하죠. 나는 그 사람을 체포하겠습니다. 그러니 그가 자수할 것과 당신들이 도와주기를 요구합니다."

그와 동시에, 그는 별다른 구령도 없이 대형 보트를 우리 배에 부딪쳤다. 그들은 갑자기 노를 한 번 전방으로 젓더니 노를 모두 거둬들이고 우리 배를 가로막았으며, 그들이 뭘 하려는 건지 우리가 미처 알아채기도 전에 우리 뱃전을 붙잡았다. 이로 인해 기선 위에서는 큰 혼란이 일어났다. 나는 기선 위 선원들이 우리에게 큰 소리로 외치는 것을 들었고 그들 중 누군가가 외륜을 멈추라는 명령을 내렸으며, 나는 외륜이 멈추는 소리를 들었지만 여전히 기선이 거스를 수 없는 힘으로 우리를 덮쳐오는 느낌을 받았다. 바로 그 순간 나는 대형 보트의 키잡이가 자신이 체포하려는 죄수의 어깨에 손을 얹는 것을 보았고, 두 배가 조류의 힘 때문에 빙 도는 것을 보았으며, 또 기선의 모든 선원들이 패닉에 빠져 뱃머리 쪽으로 미친 듯이 달려가는 모습을 보았다. 그리고 역시 같은 순간, 나는 죄수가 벌떡 일어나 자신의 체포자 너머로 봄을 기울여, 대형 보트에 움츠리고 앉아 있던 사람의 목에서 망토를 잡아당기는 것을 보았다. 역시 같은 순간, 나는 망토 뒤로 드러난 얼굴이 오래전에 보았던 그 다른 죄수의 얼굴이라는 것을 알아보았다. 역시 같은 순간, 나는 그자의 얼굴이 내가 결코 잊을 수 없는 공포로 하얗게 질린 채 뒤로 기울어지는 것을 보았고, 기선에서 들려오는 큰 고함 소리와 물속에서 요란한 첨벙 소리가 울리는 것을 들었으며, 배가 내 밑에서 가라앉는 것을 느꼈다.

내가 수많은 물레방아[1] 바퀴살과 수없이 번쩍이는 불빛과 사투를 벌인 것은 단지 한순간이었다. 그 순간이 지나자 나는 대형 보트 위로 끌어 올려졌다. 허버트도 거기 있었고, 스타톱도 거기 있었다. 그러나 우리 배는 없어지고, 두 죄수들도 없어져 버렸다.

기선 위에서 들려오는 혼란스러운 외침, 맹렬하게 뿜어져 나오는 증기, 그리고 우리 배와 기선이 서로 다른 방향으로 휩쓸려 가는 와중에, 나는 처음엔 하늘과 강물의 경계를 분간할 수 없었고 이쪽저쪽 강변도 구분할 수 없었다. 그러나 대형 보트의 선원들은 굉장히 빠르게 배를 바로잡은 다음 몇 번 빠르고 세차게 앞으로 노를 저어 나가더니, 노를 내려놓고는 모두가 말없이 그리고 열심히 선미 쪽 강물을 살폈다. 이내 강물 속에 검은 물체 하나가 보였는데, 그것은 조수에 실려 우리 쪽으로 떠내려오고 있었다. 아무도 말을 하지 않았다. 키잡이가 손을 들어 신호를 보내자, 모두가 조용히 노를 뒤로 저으며 배를 그 물체의 진

1 옛날 기선들의 외륜이 마치 물레방아의 바퀴처럼 생긴 데서 한 말.

행 방향과 정확히 일직선으로 유지했다. 물체가 좀 더 가까이 왔을 때, 나는 그것이 헤엄치고 있는 매그위치임을 알아보았다. 그러나 그는 몸을 자유롭게 가누지 못하고 있었다. 그는 배에 끌려올라왔고, 그 즉시 손목과 발목에 족쇄가 채워졌다.

대형 보트는 흔들림 없이 유지되었고, 모든 이들은 물 위를 주시하며 조용하지만 필사적인 눈빛을 보냈다. 그러나 그 순간 로테르담행 기선이 나타나서는 무슨 일이 벌어졌는지 모른 채 빠른 속도로 다가왔다. 기선이 우리를 발견하고 멈출 때쯤 이미 두 척의 기선은 우리와 멀어져 떠내려가고 있었으며, 우리는 그들이 남긴 격렬한 물살 위에서 위아래로 불안정하게 흔들리고 있었다. 모든 것이 다시 조용해지고 두 척의 기선이 완전히 시야에서 사라진 후에도, 우리는 포기하지 않고 계속 지켜보았다. 그러나 이제는 가망이 없다는 걸 모두 알고 있었다.

마침내 우리는 탐색을 포기하고, 그날 아침에 떠나왔던 여인숙을 향하여 강변 아래로 배를 저어갔다. 여인숙에서는 적잖이 놀라면서 우리를 맞아주었다. 여기서, 나는 매그위치를—더 이상 프로비스가 아니었다—편안하게 해줄 것들을 좀 구할 수 있었다. 그는 가슴에 심한 중상을 입었고 머리에도 깊이 벤 상처가 있었다.

그는 자신이 기선의 용골 밑으로 빨려 들어갔고, 다시 떠오르다가 머리를 부딪친 모양이라고 말했다. 가슴에 입은 상처는 (이것 때문에 그는 숨 쉴 때마다 극심한 고통을 느꼈다) 대형 보트의 옆구리에 부딪쳐서 생긴 것 같다고도 했다. 그는 덧붙이기를, 자기가 컴피슨에게 무슨 짓을 했고 안 했고는 굳이 말하고 싶지 않지만, 자신이 그자의 정체를 확인하려고 망토를 손으로 잡는 순간 그 악당이 일어나 비틀대며 뒷걸음치는 바람에 두 사람이 함께 배 밖으로 떨어졌던 것이며, 또 그가(매그위치가) 갑자기 배 밖으로 거칠게 끌려 나가는 순간 체포자가 그를 배 안에 붙잡아 두려고 하는 바람에 우리 배가 뒤집혔던 거라고 했다. 또한 두 사람은 격렬하게 뒤엉킨 채로 물속에 가라앉았으며, 수중에서 한바탕 몸싸움을 벌이다가 자신이 그놈을 떨쳐낸 뒤 물을 헤치며 도망쳤다고 귓속말로 나에게 말했다.

나는 그의 말이 하나도 틀림없다고 믿지 않을 이유가 없었다. 키를 잡고 대형 보트를 조종했던 경관도 그들이 배 밖으로 떨어진 상황에 대해 똑같이 설명했다.

나는 이 경관에게 죄수의 젖은 옷을 갈아입힐 수 있도록 여인숙에서 여벌의 옷을 사도 되는지 허락을 구했다. 그는 흔쾌히 허락해 주었다. 단지 죄수가 신변에 지니고 있는 것은 모두 맡아둬야만 한다고 말했을 뿐이다. 그래서 한때 내 손에 있었던 그 돈지갑도 경관의 손으로 넘어갔다. 그는 더 나아가 내가 죄수와 런던까지 동행하는 것을 허락해 주었으나, 그 호의를 내 두 친구들에게까지 베푸는 것은 거절했다.

여인숙 '배'의 잡역부 잭은 그 익사자가 어디에서 빠졌는지 경관에게 설명을 듣고, 시신이 떠밀려 올 가능성이 가장 높은 곳들을 뒤지겠다고 나섰다. 내가 보기엔, 시신을 찾는 데 쏠린 그의 관심은 익사자가 긴 양말을 신고 있다는 말을 들었을 때 퍽 고조되는 것 같았다. 아마 그가 옷차림을 완벽하게 갖추기 위해서는 열두 명 정도의 익사자가 필요한 건지도 몰랐다. 어쩌면 그의 옷가지들이 각기 다른 정도로 낡아 있었던 건 그래서일 것이다.

우리는 조수가 바뀔 때까지 여인숙에 머물러 있었다. 조수가 바뀌자 매그위치는 대형 보트가 있는 곳으로 옮겨져 배에 실렸다. 허버트와 스타톱은 육로로 가능한 한 빨리 런던으로 올라오기로 했다. 우리는 슬픈 작별을 고했다. 그리고 내가 매그위치 곁에 자리를 잡았을 때, 나는 그곳이 그가 살아 있는 동안 내가 있어야 할 자리라는 것을 깨달았다.

왜냐하면, 이제야말로 그에 대한 나의 강한 반감이 이미 모두 녹아 없어져 버렸고, 추격당하고 부상당하고 족쇄에 묶인 채 내 손을 꼭 붙잡고 있는 사람에게서 나는 오직 내 은인이 되고자 했으며 여러 해에 걸쳐서 조금도 변치 않고 나에게 애정을 다하고, 감사하고, 너그러운 마음을 품어왔던 한 인간만을 보았기 때문이다. 나는 이제 그에게서 내가 매형 조에게 보여줬어야 했던, 그보다 훨씬 더 훌륭한 모습만을 보았다.

밤이 깊어갈수록 그의 숨소리는 점점 더 거칠고 고통스러워졌으며, 때때로 그는 신음을 참지 못했다. 나는 쓸 수 있는 팔로 그를 받쳐서 조금이라도 편안한 자세로 쉬게 하려고 애썼다. 그러나 그가 심하게 다쳤다는 사실에 마음 깊이 슬퍼할 수 없다는 것이 무섭게 느껴졌는데, 그가 이참에 숨을 거두는 것이 어쩌면 가장 나은 결말일 수도 있다는 것을 부정할 수 없었기 때문이다. 그가 살아 있을 때 그의 신원을 확인해 줄 수 있는, 그것도 기꺼이 해줄 수 있는 사람들이 많다는 사실은 의심할 여지가 없었다. 그가 관대한 처분을 받으리라는 것은 기대할 수 없었다. 가장 불리한 입장으로 법정에 세워졌었고, 그 뒤 탈옥했다가 다시 재판을 받았으며, 종신형을 받고 추방된 유형지에서 돌아온 데다, 자신이 체포되도록 일조한 사람을 죽음에 이르게 한 자, 그게 바로 그 사람이었으니까.

어제 우리가 떠나왔던 저녁 해가 지는 방향으로 다시 돌아가고 있을 때, 그리고 우리의 희망마저도 조류를 따라 거슬러 흐르는 것처럼 보였을 때, 나는 그가 나 때문에 귀국했던 것을 참으로 마음 아프게 생각한다고 그에게 말했다.

"얘야." 그는 대답했다. "나는 내 계획을 결연히 실행한 것이 아주 만족스럽단다. 나는 내 아들을 만나보았고, 이제 그는 나 없이도 신사로 살아갈 수 있을 테니 말이다."

아니다. 우리가 나란히 앉아 있는 동안 나는 그 점에 대해 생각해 보았다. 그렇게 될 순 없었다. 내 의향은 차치하고라도, 나는 이제야 웨믹의 암시를 깨달았다. 유죄 판결을 받으면 그의 재산은 몰수되어 국가에 귀속될 것이라고 나는 예견했다.

"이것 봐라, 얘야." 그가 말했다. "지금으로서는 신사인 네가 나와 연관되어 있다는 사실을 숨기는 게 상책이다. 그저 우연히 웨믹을 따라온 것처럼 오거라. 내가 여러 번 섰던 그 법정에 이제 마지막으로 서게 될 테니, 내가 법정의 증언대에 서면 너를 볼 수 있는 곳에 앉아 있어주렴. 그럼 더 이상 바랄 것이 없다."

"저는 결코 아저씨 곁에서 떨어지지 않을 거예요." 내가 말했다. "제가 아저씨 곁에 있는 것이 허용되는 한에서는요. 하느님이 허락하신다면, 아저씨가 저에게 그러셨듯이 저도 아저씨께 충실하겠어요!"

나는 내 손을 잡은 그의 손이 떨리는 것을 느꼈다. 그는 보트 바닥에 누워 있으면서 고개를 다른 곳으로 돌렸는데, 나는 그의 목구멍에서 울리던 옛날의 그 짤까닥 소리를 들었다. 그 소리도 이제는 그의 모든 나머지 부분처럼 약해져 있었다. 그가 이 점에 대해 가볍게 언급한 것은 참 다행스런 일이었다. 그 덕분에 내가 너무 늦기 전에 한 가지 중요한 사실을 깨달을 수 있었기 때문이다. 나를 부유하게 만들려 했던 그의 꿈이 이제 산산이 부서졌다는 것을 그가 영원히 알 필요가 없다는 사실 말이다.

55장

다음 날 그는 구치소에 송치되었다. 그리고 그가 예전에 탈출했던 감옥선의 늙은 간수 한 사람을 불러다가 그의 신원을 증명해 주도록 할 필요가 없었다면, 그는 즉시 재판에 회부되었을 것이다. 아무도 그의 신원을 의심하지 않았다. 그런데 그의 신원을 법정에서 증언하려 했던 컴피슨은 죽어서 조수에 둥둥 떠다니고 있었고, 또 마침 그 당시 런던에는 필요한 증언을 해줄 간수가 아무도 없었다. 전날 밤 런던에 도착하자마자 나는 곧장 자택으로 재거스 씨를 찾아가서 그의 도움을 청했다. 재거스 씨는 죄수에 관하여 아무것도 인정하지 않기로 했으며, 그것만이 유일한 방책이라고 했다. 그가 나에게 말해주기를, 본건은 증인이 있을 경우 틀림없이 단 5분 만에 끝나버릴 사건이며, 어떤 권력으로도 우리에게 불리하게 돌아가는 추세를 막을 길이 없다고 했다.

나는 재거스 씨에게 매그위치의 재산에 대한 운명을 그가 알지 못하도록 하겠다는 계획을 설명했다. 재거스 씨는 "그 재산을 손가락 사이로 빠져나가게 내버려뒀다"라고 불평하며 나에게 화를 내더니, 그는 우리가 나중에 탄원서를 반드시 제출하여 어떻게든 재산의 얼마간이라도 되찾아야 한다고 했다. 그러나 그는, 비록 재산 몰수가 집행되지 않는 경우도 많지만 이 사건의 경우 그러한 예외가 적용될 가능성은 전혀 없다는 사실을 나에게 숨기지 않았다. 나는 그 점에 대해 아주 잘 알고 있었다. 나는 죄수와 친인척 관계도 아니었고, 그렇다고 어떤 법적인 근거로 그와 맺어진 것도 아니었다. 그는 체포되기 전에 나를 위해 아무런 문서나 계약서를 남기지 않았다. 그리고 이제 와서 그런 시도를 해봤자 쓸모없는 처사일 것이다. 나는 아무런 자격도 없었다. 그래서 나는 최종적으로 한 가지 결심을 하고 그 뒤로 그 결심을 지키며 살았는데, 그것은 바로 재산을 확보하려고 시도하는 가망 없는 일로 내 마음이 결코 병들어서는 안 된다는 것이었다.

익사한 밀고자가 이 재산 몰수에서 포상금을 얻으리라는 기대를 가졌고, 그래서 매그위치의 재산 사정에 대해 얼마간 정확한 정보를 꽤 확보하고 있었을 가능성이 있다고 추측할 만한 근거가 나타났다. 그의 시신이 죽은 장소에서 수 킬로미터 떨어진 곳에서 발견되었을 때, 시신이 너무 끔찍하게 훼손되어 호주머니 속의 물건들로만 신원을 확인할 수 있었다. 그가 가지고 다니던 케이스에 접혀 있던 쪽지들은 여전히 읽을 수 있는 상태였는데, 이 가운데는 상당한 금액이 보관된 뉴사우스웨일스의 한 은행 이름과 꽤 가치 있는 몇몇 토지의 명목이 적혀 있었다는 것이다. 이 두 가지 정보는 매그위치가 투옥 중일 때 자신이 내가 물려받게 될 것이라 생각한 재산들을 정리하여 재거스 씨에게 건네준 목록에 포함되어 있었다. 그의 무지가, 불쌍한 양반, 마침내 그에게 도움이 되었는데, 그는 재거스 씨의 도움만 있으면 내 재산 상속이 아주 안전할 것이라고 추호도 의심하지 않았던 것이다.

검찰당국이 감옥선에서 증인이 출두하도록 처리를 미뤄놓은 사흘간의 유예기간이 지난 후, 결국 증인이 와서 이 간단한 사건의 공판조서는 완결되었다. 그는 다음 개정기간[1]에 재판을 받기로 하고 구속되었는데, 다음 개정기간은 한 달 후에 시작될 예정이었다.

내 생애 가장 암울했던 그때, 어느 날 저녁 허버트가 몹시 풀이 죽은 상태로 집에 돌아와 말했다.

"내 다정한 헨델, 내가 곧 너를 떠나야 할 것 같아 걱정이야."

그의 동업자가 그것에 대해 나에게 미리 알려줬기에, 나는 그가 생각했던 것보다는 덜 놀랐다.

"내가 카이로에 가는 것을 연기하면, 우리 회사는 좋은 기회를 놓치게 될 거야. 내가 꼭 가야만 해서 걱정이 이만저만이 아니야, 헨델, 네가 나를 무척 필요로 하는 이때에 말이야."

"허버트, 나는 언제나 네가 필요할 거야, 내가 너를 언제나 사랑할 테니까. 그렇지만 지금이라고 해서 다른 때보다 더 필요한 것은 아니야."

"너는 아주 외로울 거야."

"그럴 겨를도 없어." 나는 말했다. "나는 시간이 허락되는 한 언제나 그와 함께 있을 거고, 가능하다면 온종일이라도 그럴 거라는 것을 너도 알잖아. 그리고 너도 알다시피 내가 그를 떠나 있을 때도 내 생각은 그와 함께 있어."

매그위치가 처한 그 두려운 상황은 우리 둘 다에게 너무나도 섬뜩해서, 우리는 이보다 더 분명한 말로 언급할 수 없었다.

"나의 다정한 친구야." 허버트가 말했다. "우리가 가까운 미래에 이별할 것이라는—왜냐하면 정말 가까이 닥쳐 있으니까—것을 핑계로, 너에게 좀 괴로운 질문을 할게. 앞날에 대해 생각

---

1 당시 영국에서 재판은 사건이 있을 때마다 항상 열리는 것이 아니라, 보통 연 4회 3~4주씩 열렸다.

해 봤어?"

"아니, 미래에 대해 무슨 생각을 해보기가 두려웠거든."

"그렇지만 네 미래를 내버려둘 순 없잖아. 정말이지, 친애하는 헨델, 네 미래를 나 몰라라 방치하면 안 돼. 나는 네가 지금이라도, 친구로서 몇 마디 진심 어린 말을 나와 함께 나누면 좋겠어."

"그러지 뭐." 내가 말했다.

"우리 상사의 이 카이로 지점에 말이야, 헨델, 꼭 필요한 자리 하나가 있는데 그게……."

나는 그가 세심하게 말을 고르고 있다는 것을 알아차렸다. 그래서 내가 대신 말했다. "사원이겠지."

"그래, 사원이야. 그리고 나는 그 사원이 말이야(네가 알았던 어떤 사원처럼) 동업자로 발전해 나갈 가능성이 전혀 없지 않다고 생각해. 자, 헨델. 요컨대, 정다운 친구야, 나에게 오지 않을래?"

허버트가 "자, 헨델"이라고 말했을 때는 마치 아주 중요한 사업 이야기를 진지하게 시작하려는 것처럼 들렸지만, 그는 갑자기 그런 엄숙한 태도를 버리고는 솔직하고 따뜻한 손을 내밀며 마치 어린 시절로 돌아간 듯한 목소리로 말했다. 그의 말투에는 굉장히 다정하고도 매력적인 진정성이 담겨 있었다.

"클라라와 나는 그 문제에 대해 거듭거듭 이야기해 봤어." 허버트가 말을 이었다. "그리고 사랑스럽고 귀여운 그녀는 오늘 저녁에도 눈물을 글썽이며 너에게 말해달라고 간청했어. 만일 우리가 함께 가게 된다면 너도 우리와 지내기를 바라고, 그녀는 최선을 다해 너를 행복하게 해줄 것이며 또 자기 남편의 친구가 자신의 친구이기도 하다는 것을 확신시켜 주겠다고 했어. 우리가 함께라면 정말 잘 지낼 거야, 헨델!"

나는 진심으로 그녀에게 감사했고, 진심으로 허버트에게도 감사했다. 그러나 나는 그가 그렇게 친절하게 제안한 일을 당장 확답할 수 없다고 말했다. 첫째로, 내 마음이 딴 일에 너무나 몰두해 있어서 그 문제를 분명하게 생각해 볼 여유가 없었다. 둘째로…… 그렇다! 둘째로, 내 생각 속에는 이 하찮은 이야기가 거의 결말에 이르면 드러나게 될 어떤 막연한 것이 있었다.

"그렇지만 허버트, 만일 네 일에 아무런 손해를 끼치지 않고 이 문제를 잠시 보류할 수 있다면……."

"얼마 동안이라도 괜찮아." 허버트는 큰 소리로 말했다. "6개월 동안이든 1년 동안이든!"

"그만큼 길지 않아도 돼." 나는 말했다. "기껏해야 2, 3개월이면 돼."

이렇게 합의를 보고 우리가 악수를 나눌 때 허버트는 대단히 기뻐했다. 그리고 그는 이제야 나에게 이야기할 용기가 생겨서 하는 말인데, 주말에 떠나야만 할 것 같다고 말했다.

"그럼 클라라도?" 내가 말했다.

"사랑스럽고 귀여운 그녀는," 허버트가 대답했다. "그녀의 아버지가 살아계신 한 곁을 떠나지 않고 충실하게 보살펴 드릴 거야. 그런데 오래 버티시지 못할 거야. 윔플 부인도 그가 확실히 돌아가실 것 같다고 나에게 은밀히 말해줬어."

"비정한 말을 하고 싶진 않지만," 나는 말했다. "돌아가시는 게 상책이겠어."

"아무래도 그걸 받아들여야만 하겠지." 허버트는 말했다. "그리고 그땐 내가 사랑스럽고 귀여운 그녀를 맞으러 돌아와서, 함께 가장 가까운 교회로 조용히 걸어 들어가 식을 올릴 거야. 잊지 마! 축복받은 나의 신부는 훌륭한 가문 출신이 아니야, 내 다정한 헨델. 그래서 궁정 출입 방명록 같은 것을 결코 들여다본 적도 없고, 자기 할아버지에 대해선 아무것도 몰라. 우리 어머니의 아들에게 이 얼마나 행운이야!"[1]

바로 그 주 토요일에 나는 허버트와 작별했는데—밝은 희망에 부풀어 있었으나, 나를 두고 떠나는 것을 슬퍼하고 미안해했다—그는 항구행 우편마차에 올라 앉아 있었다. 나는 어느 커피 하우스에 들어가 클라라에게 짤막한 쪽지를 써서, 허버트가 떠났다는 것과 여러 번 거듭해서 그녀에게 자신의 사랑을 전해달라고 하더라고 알려주었다. 그런 다음 나의 쓸쓸한 집으로 갔다. 과연 집이라고 부를 수 있는 곳이라면 말이다. 이제 그곳은 나에게 집이 아니었으며, 나의 집은 어디에도 없었다.

계단에서 나는 웨믹과 마주쳤다. 그는 내 방문을 두드려 보았다가 대답이 없자 내려오는 길이었다. 나는 우리의 불운한 도피 미수 사건 이후에 그와 단둘이 만난 적이 없었다. 그는 사적이고 개인적인 자격으로, 그 실패에 관하여 몇 마디 해명을 하러 찾아온 것이었다.

"죽은 컴피슨은," 웨믹이 말했다. "조금씩 조금씩 접근해서 매그위치와 관련해서 지금 처리되고 있는 정규 업무의 내막을 절반가량 파악했었답니다. 그리고 제가 말씀드리는 내용을 들은 것은 곤경에 처한 그의 몇몇 부하들이(그의 부하 몇몇은 언제나 곤경에 처해 있답니다) 나누는 이야기에서였습니다. 저는 안 듣는 척하면서 두 귀를 열어놓고 듣고 있다가, 마침내 그가 부재중이라는 말을 듣고는 그때가 일을 도모하기에 가장 좋은 때라고 생각했습니다. 그런데 이제 추측해 보건대, 그는 아주 영리한 사람이라 자신의 끄나풀들을 습관적으로 속이는 것이 그의 술책의

---

1 허버트의 어머니가 유별나게 조상의 작위에 관심을 가지고 있기에 하는 말.

일부였던가 봅니다. 저를 비난하진 않으시겠죠, 핍 씨? 저는 틀림없이 마음을 다해 당신을 돕고자 노력했습니다."

"저도 그 점을, 웨믹 씨, 당신만큼 확신합니다. 그리고 당신의 관심과 우정에 대해 아주 진심으로 감사드립니다."

"감사합니다. 대단히 감사합니다. 이번 일은 참 낭팹니다." 웨믹은 머리를 긁적이며 말했다. "그리고 분명히 말씀드리는데, 이렇게 마음이 아파본 적은 오랫동안 없었습니다. 제가 주목하는 건, 그렇게 많은 휴대 가능한 동산을 잃었다는 겁니다. 그것 참!"

"**제가** 생각하는 것은, 웨믹 씨, 그 재산의 불쌍한 주인입니다."

"맞아요, 정말이죠." 웨믹이 말했다. "물론 당신이 그를 딱하게 여기는 데는 이의가 있을 수 없습니다. 그리고 저도 그가 풀려날 수 있다면 5파운드짜리 지폐라도 내놓고 싶습니다. 허나 제가 주목하는 것은 이겁니다. 죽은 컴피슨은 그가 돌아온다는 정보를 미리 입수했으며 그를 처벌받게 하려고 단단히 벼르고 있었던 까닭에, 어떻게 해도 그를 구할 수는 없었으리라고 저는 생각합니다. 그 반면에, 휴대 가능한 동산은 틀림없이 구할 수 있었죠. 그것이 바로 재산과 재산 주인 사이의 차이점입니다, 모르시겠어요?"

나는 웨믹에게, 월워스까지 걸어가기 전에 위층으로 올라와서 그로그[2] 한 잔을 들라고 청했다. 그는 청을 받아들였다. 적당한 양을 마시는 동안, 다소 초조해 보이던 그가 뜬금없이 말했다.

"월요일에 휴가를 내려고 하는데 어떻게 생각하세요, 핍 씨?"

"글쎄요, 최근 열두 달 동안 그러신 적이 없는 것 같습니다만."

"최근 12년 동안이죠, 더 정확하게는." 웨믹이 말했다. "예, 저

2 물을 탄 럼주.

는 하루 휴가를 얻을 겁니다. 그것만이 아닙니다. 저는 산책을 할 겁니다. 그것만이 아닙니다. 저는 당신에게 저와 함께 산책하 사고 부탁을 할 겁니다."

나는 그때 형편으로는 바람직하지 못한 동행일 거라며 정중히 거절하려 했지만, 그때 웨믹이 내 말을 먼저 가로막았다.

"당신의 상황을 알고 있습니다." 그는 말했다. "그리고 기분이 언짢은 것도 압니다, 핍 씨. 그러나 제 부탁을 **들어주실 수 있다면**, 저는 그걸 친절로 받아들이겠습니다. 산책은 길지 않을 거고, 또 이르게 시작할 겁니다. 그러니까 산책에 8시에서 12시까지만 할 애해 주시면(도중에 아침 식사를 포함해서) 됩니다. 다소 무리해 서라도 틈 좀 내주시겠습니까?"

그가 여러 번 나를 위해 그렇게 많은 도움을 주었으니, 이 정 도는 아주 약소한 일이었다. 나는 그럴 수 있을 거라고—아니, 그러겠다고—말했다. 그가 내 승낙에 어찌나 대단히 기뻐하던 지, 나 역시 기뻤다. 그의 각별한 요청에 나는 월요일 아침 8시 반에 그의 성에 들르기로 약속하고 그와 헤어졌다.

약속 시간에 딱 맞춰 내가 월요일 아침에 성문 초인종을 눌렀 더니, 웨믹이 직접 나를 맞아주었다. 그는 평소보다 옷을 더 단 정히 차려입었고, 모자도 더 윤이 나는 듯 보였다. 집 안으로 들 어가니, 럼과 우유를 섞은 잔 두 개와 비스킷 두 개가 놓여 있었 다. 그의 노부는 종달새와 함께 일찍 일어나 움직이고 있었음에 틀림없었다. 왜냐하면 그의 침실을 먼발치에서 흘긋 들여다보니 침대가 비어 있었기 때문이다.

우리가 우유 탄 럼주와 비스킷으로 기운을 차리고 나서 운동 할 마음의 준비를 갖추고 산책을 나가려 할 때, 나는 웨믹이 낚 싯대를 집어 들어 어깨에 걸치는 것을 보고 꽤 놀랐다. "아니, 우리가 낚시하러 가는 건 아니잖습니까!" 내가 말했다. "그렇습니다." 웨믹이 대답했다. "그래도 저는 낚싯대를 메고 산책하고 싶습니다."

나는 그것을 이상하게 여겼으나, 아무 말도 하지 않았다. 그리고 우리는 출발했다. 캠버웰 그린 쪽으로 갔는데, 그 근처에 이르자 웨믹이 갑자기 말했다.

"아, 이런! 여기 교회가 다 있네요!"

그 점에는 별로 놀랄 것이 없었다. 하지만 그가 마치 기막힌 생각이라도 떠오른 듯 활기를 띠며 말하자 나는 다소 놀랐다.

"우리 들어가 봅시다!"

우리는 안으로 들어갔다. 웨믹은 낚싯대를 입구에 두고 사방을 둘러보았다. 그러는 동안, 웨믹은 외투 주머니에 손을 넣고는 종이에 싸여 있는 무언가를 꺼내고 있었다.

"아, 이런!" 그는 말했다. "여기 장갑이 두 켤레나 있네요! 우리 장갑을 껴 봅시다!"

장갑이 흰 새끼염소 가죽 장갑인 데다 그의 우체통 같은 입이 한껏 길게 째져 있었으므로, 나는 이제 강한 의심을 품기 시작했다. 그리고 그 의심은, 노인장이 한 숙녀를 데리고 옆문으로 들어오는 모습을 보았을 때 확신으로 바뀌었다.

"아, 이런!" 웨믹이 말했다. "여기 스키핀스 양이 있네요! 우리 결혼식이나 올려봅시다."

그 사려 깊은 아가씨는 여느 때처럼 옷을 차려입고 있었다. 다만 이때 그녀는 초록색 새끼염소 가죽 장갑을 흰 장갑으로 바꿔 끼고 있었다. 노인장도 마찬가지로 혼인의 신 히멘의 제단을 위한 의식을 준비하는 데 몰두하고 있었다. 그러나 이 노신사가 장갑을 끼는 데 너무나 심한 어려움을 겪고 있던 나머지, 웨믹은 그가 기둥에 등을 대게 한 후 자신은 기둥 뒤로 돌아가 장갑을 힘껏 잡아당겨야 했다. 한편 내 편에서는 노신사의 허리를 붙잡아, 그가 균형을 잡고 안전하게 버틸 수 있도록 부축해 주었다. 이런 묘책 덕분으로 장갑은 완벽하게 끼워졌다.

교회 서기와 목사가 나타나고, 우리는 그 운명의 제단 난간에 정렬해 섰다. 그 모든 것을 아무런 준비도 없이 하는 것처럼 보이게 하려는 방식을 고수하려고, 웨믹은 예식이 시작되기 전에 조끼 주머니에서 무언가를 꺼내며 혼잣말을 했다. "아, 이런! 여기 반지가 있네!"

나는 신랑의 후원자 내지 들러리 노릇을 했다. 한편 젖먹이 모자처럼 보이는 부드러운 보닛을 쓴, 키가 작고 나긋나긋한 교회 좌석 안내인이 스키핀스 양의 친한 친구인 척했다. 신부를 신랑에게 인도하는 책임은 노인장에게 맡겨졌다. 그런데 바로 이 때문에 본의 아니게 목사의 체면이 깎이는 촌극이 벌어졌는데, 상황은 이러했다. 목사가 "누가 이 여자를 이 남자와 결혼하도록 인도합니까?"라고 물었을 때, 노신사는 우리가 결혼식의 어느 시점에 와 있는지 전혀 알아채지 못한 채 십계명을 바라보면서 아주 상냥한 모습으로 서 있었다. 이에 목사는 다시 물었다. "**누가** 이 여자를 이 남자와 결혼하도록 인도합니까?" 그런데도 노신사가 여전히 매우 기분 좋은 무의식 상태에 빠져 있었으므로, 신랑이 익숙한 발성으로 크게 외쳤다. "자, 아버님, 아시죠, 누가 인도하죠?" 아들의 외침에 노인장은, **자기가** 인도한다고 말하기도 전에 대단히 기운차게 대답했다. "참 좋다, 존, 더할 나위 없이 좋구나, 얘야!" 그러자 목사가 너무나 침울한 표정으로 식을 잠시 중단시키는 바람에, 그 순간 나는 우리가 그날 결혼식을 제대로 마칠 수 있을지 잠시 의문을 품게 되었다.

그러나 결혼식은 무사히 끝났고, 우리가 교회를 나서려 할 때 웨믹은 성수반의 뚜껑을 열어 흰 장갑을 그 안에 넣고 다시 덮었다. 반면 앞날을 좀 더 신중히 생각하는 웨믹 부인은 흰 장갑을 주머니에 넣고 다시 초록색 장갑을 꼈다. "자, 핍 씨." 우리가 밖으로 나왔을 때, 웨믹은 의기양양하게 낚싯대를 어깨에 걸치며 말했다. "한번 물어볼까요, 누가 이것을 결혼식 모임이라고 짐작이나 하겠는지요!"

　아침 식사는 캠버웰 그린 너머 2킬로미터 남짓 떨어진 둔덕 위, 쾌적하고 작은 여인숙에 준비되어 있었다. 방에는 당구대도 하나 있었는데, 우리가 엄숙한 예식을 치른 뒤 마음을 편하게 풀기 위한 것이었다. 웨믹이 웨믹 부인의 몸에 팔을 감았을 때, 그녀는 더 이상 그의 팔을 풀지 않고 벽에 기댄 등받이 높은 의자에 마치 케이스 속에 들어 있는 첼로처럼 앉아서, 선율이 아름다운 악기가 악사에게 그러듯 남편의 포옹에 그냥 몸을 맡기는 모습을 보는 것은 즐거운 일이었다.

　우리는 훌륭한 아침 식사를 했다. 누구든지 식탁에 있는 음식을 거절할 때면, 웨믹은 이렇게 말했다. "아시다시피, 계약에 따라 준비된 음식입니다. 걱정 말고 드세요!" 나는 신혼부부를 위해 축배를 들었고, 노인장을 위해서 축배를 들었고, 웨믹의 성을 위해서도 축배를 들었다. 헤어질 때는 신부에게 깍듯이 인사했고, 가능한 한 유쾌해 보이려고 했다.

　웨믹은 나와 함께 문까지 내려왔다. 나는 또다시 그와 악수를 나누며 행복을 빌어주었다.

　"감사합니다!" 웨믹은 손을 비비며 말했다. "아내는 닭을 참 잘 기르는데, 당신은 짐작도 못 하실 겁니다. 달걀을 좀 드릴 테니 직접 평가해 보세요. 아, 핍 씨!" 그는 나를 되불러 낮은 소리로 말했다. "이건 완전히 월워스의 일입니다, 부탁합니다."

"알겠습니다. 리틀 브리튼에서는 언급하지 말 것." 나는 말했다.

웨믹은 고개를 끄덕였다. "당신이 일전에 꺼내신 이야기도 있고 해서, 재거스 소장님이 이 일에 대해서는 모르시는 게 좋겠습니다. 소장님은 아마 제가 노망이 들었거나 그런 비슷한 병에 걸렸나고 생각하실지도 모릅니다."

56장

　매그위치는 재판을 받기 위해 수감된 때부터 개정기간이 다가올 때까지, 내내 교도소에서 심하게 앓아 누워 있었다. 갈비뼈 두 개가 부러져 있었고, 그 갈비뼈가 폐를 다치게 하여 숨을 쉬는 것도 매우 아파하고 힘들어했으며 그 고통은 날이 갈수록 더 심해졌다. 부상으로 인해 그의 목소리는 너무 낮아 거의 들리지 않을 정도였기에, 그는 말을 거의 하지 않았다. 그렇지만 그는 언제든지 내 말을 들을 준비가 되어 있었고, 그래서 그가 들어야만 한다고 생각되는 것을 그에게 말해주고 읽어주는 것이 내 생활의 첫 번째 임무가 되었다.

　일반 교도소에 있기에는 너무나 심하게 앓았으므로, 그는 첫날인가 이틀 후에 부속 진료소로 이송되었다. 이 때문에 나는, 그렇지 않았더라면 얻을 수 없었을, 그와 함께 지낼 기회를 얻게 되었다. 아프지만 않았다면 그는 쇠고랑을 차고 있었을 것이다. 왜냐하면 그는 결의가 굳은 탈옥수인 데다 그 밖에 나도 모르는 죄를 지은 범법자로 간주되었기 때문이다.

　비록 그를 매일 만나보긴 했지만, 겨우 짧은 시간 동안이었다. 우리가 정기적으로 헤어져 있는 시간이 길어서, 몸에 어떤 사소한 변화가 일어나든 바로 그의 얼굴에 드러났다. 나는 한 번도 그의 얼굴에 호전된 기미가 드러나 있는 걸 본 적이 없다. 교도소 문이 그를 가둔 그날부터 그는 점점 더 쇠약해지고, 날이 갈

수록 천천히 악화되어 갔다.

그가 보인 순종이나 체념은 지칠 대로 지친 사람이 보이는 그런 종류의 순종이나 체념이었다. 나는 때때로 그의 태도나 그가 입 밖에 내는 한두 마디 속삭이는 말에서, 그가 만일 자신이 한층 더 좋은 환경에 있었더라면 한층 더 나은 사람이 되었을 거라는 문제를 깊이 생각하고 있다는 느낌을 받았다. 그러나 결코 그런 생각을 암시하며 자신을 정당화하거나, 불변하는 과거의 모습을 바꾸려 하지 않았다.

공교롭게도 내가 있는 자리에서 두세 번 정도, 그를 돌보는 사람들 중 누군가가 그의 악명 높은 평판을 언급하는 일이 있었다. 그때 그의 얼굴에 미소가 한 번 스치더니, 마치 내가 어렸던 아주 오랜 옛날에도 그에게서 작게나마 어떤 속죄의 기미를 보았었다고 확신하는 듯 신뢰가 깃든 표정으로 나를 돌아보았다. 나머지 모든 면에서 그는 겸손하고 뉘우치는 태도를 보였으며, 단 한 번도 불평하는 모습을 보이지 않았다.

개정기간이 돌아왔을 때, 재거스 씨는 다음 개정기간까지 그의 재판을 연기해 달라는 신청서를 제출했다. 그 신청서는 명백히 그가 그렇게 오래 살지 못할 것이라는 확신에서 제출한 것이었는데, 거부당하고 말았다. 재판은 즉시 열렸으며, 법정에 끌려나왔을 때 그는 의자에 앉아 있었다. 내가 피고석의 법정 난간 밖에서 그가 내게 내민 손을 잡고 있는 것에 대해 아무도 이의를 제기하지 않았다.

재판은 아주 짧고 아주 명료했다. 그를 위해 할 수 있는 최선의 변론이—그가 얼마나 부지런하게 살았으며 또 얼마나 합법적이고 명예롭게 성공을 거두었는지 등—모두 이루어졌다. 하지만 그가 유형지에서 돌아왔다는 사실, 그리고 지금 이곳에서 판사와 배심원 앞에 있다는 사실을 부정할 수는 없었다. 그런 죄목으로 그를 재판하는 한, 그에게 유죄가 아닌 다른 판결을 내리는 건 불가능했다.

당시에는(내가 그 재판으로 겪은 끔찍한 경험으로 알게 된바) 재판의 마지막 날을 따로 정해서 그날 선고를 내리고, 이를 통해 사형 선고의 마무리 효과를 극대화하는 게 관례였다. 지금까지도 내 기억이 선명하게 간직하고 있는 장면만 아니었더라면, 나는 지금 이 글을 쓰고 있는 순간까지도 서른두 명의 남녀가 판사 앞에 나란히 서서 사형 선고를 기다렸다는 사실을 믿지 못했을 것이다. 그들 중 가장 앞줄에는 그가 있었다. 그가 몸 안의 생명을 유지할 만큼 충분히 호흡할 수 있도록 의자에 앉힌 상태로 말이다.

그 순간의 전체 장면이, 법정 유리창에 맺힌 4월의 빗방울이 4월의 햇빛 속에서 반짝이는 풍경에 이르기까지 선명한 색깔로 다시금 떠오른다. 내가 또다시 그의 손을 잡고 피고석 바깥 한구석에 서 있을 때 피고석에는 서른두 명의 남녀가 갇혀 있었는데, 어떤 피고들은 반항적이었고, 어떤 피고들은 공포에 질려 있었고, 어떤 피고들은 흐느끼며 울고 있었고, 어떤 피고들은 얼굴을 가리고 있었으며, 어떤 피고들은 침울하게 주위를 응시하고 있었다. 여죄수들 가운데서 비명 소리가 나긴 했지만, 제지당하여 조용해진 뒤로 다시 침묵이 이어졌다. 큰 족쇄와 향초 다발을 들고 있는 치안관들, 그 밖의 관직자들이 지닌 값싼 장식품들과 괴상한 장식들, 법정의 정리廷吏들, 수위들, 방청석을 가득 메운 사람들이—큰 극장의 관객들 같았다—구경하고 있었고, 이때 그 서른두 명의 피고들과 판사가 엄숙하게 대면했다. 뒤이어 판사가 피고들에게 판결을 선고했다. 앞에 있는 비참한 인간들 가운데서 판사가 특별히 지목해야 할 사람이 있었다. 그는 거의 유년기부터 법을 어겨온 자로, 수차례의 투옥과 처벌을 받은 끝에 결국 수년간의 추방형을 선고받았다. 그러나 그는 대단히 폭력적이고 대담한 사건을 벌여 탈옥했다가 다시 붙잡혀 종신 추방형을 선고받았다. 그 비참한 남자는 오래전 자신이 저지른 범죄의 현장에서 멀리 떨어진 곳에서야 비로소 자신의 잘못을 깨닫고 평화롭고 정직한 삶을 살았던 것으로 보인다. 그러나 운명적인 한순간, 오랫동안 그를 사회의 두통거리로 만들었던 본성과 격정에 굴복하여, 그는 평온과 참회의 안식처를 떠나 그에게 추방을 선고한 나라로 돌아왔다. 이곳에서 곧 고발당하긴 했지만, 그는 한동안 사법경찰을 피해 다니는 데 성공했다. 그러나 결국 도주하는 과정에서 붙잡혔으며, 그는 경찰에게 저항하는 과정에서—명백하게 고의적으로 그랬는지 아니면 앞뒤 안 가리는 그의 무모한 성정 때문에 벌어진 일인지는 본인만 알겠지만—자신을 고발한 사람을 죽게 만들었다. 그리고 이 고발인은 그의 전 생애를 다 알고 있었다. 그를 추방했던 이 땅으로 돌아온 대가로 주어지는 형벌은 사형이었다. 더구나 그의 경우는 상황이 더욱 악화된 사례였기에, 그는 사형당할 준비를 해야만 했다.

법정의 커다란 창문을 통해 햇빛이 비 오고 난 뒤 유리 위에 맺힌 반짝이는 물방울을 뚫고 들어왔으며, 그 빛은 서른두 명의 피고인과 판사 사이에 넓은 광선을 만들어 둘을 연결하고 있었다. 그리고 아마도 그 장면은 관중들 중 일부에게, 양쪽 모두가 모든 것을 알고 실수하지 않는 더 큰 최후의 심판을 향해 절대적으로 평등하게 나아가고 있다는 사실을 떠올렸을지도 모른다. 그 빛줄기 위에서 선명하게 드러난 한 점의 얼굴이 잠시 일어섰다. 그 죄수는 말했다. "재판장님, 저는 전능하신 하느님께 사형 선고를 받았습니다만, 재판장님의 선고에 굴복합니다." 그리고 그는 다시 자리에 앉았다. 잠시 '윗' 하는 소리가 있고 나서, 판사는 다른 피고인들에게 할 말을 계속 이어갔다. 그런 다음 피고들은 모두 공식적으로 사형 선고를 받았는데, 몇몇 피고들은 부축을 받으며 나갔고, 몇몇 피고들은 초췌하나 대범한 표정을 지으며 어슬렁어슬렁 걸어 나갔으며, 몇몇은 방청석을 향해 고개를 끄덕이는가 하면, 두세 명은 악수를 하기도 했고, 또 다른 피고들은 주위에 갖다놓은 향초에서 뜯어낸 이파리를 씹으며 나가기도 했다. 그는 부축을 받아 일어나야 했으며 아주 천천히 걸어가야 했기 때문에 맨 나중에 나갔다. 그리고 그는 다른 사람들이 모두 나갈 동안 내 손을 꼭 잡고 있었다. 한편 방청객들은 자리에서 일어나 (교회나 다른 장소에서 그러듯 옷매무새를 바로잡으면서) 아래에 있는 이 죄수 저 죄수를 가리켰는데, 그 대부분은 매그위치와 나를 가리키는 손짓이었다.

나는 지법판사의 심리보고서가 제출되기 전에 그가 죽기를 진심으로 바라며 기도했다. 그러나 그가 오래 버틸지도 모른다는 두려움 속에서 그날 밤 나는 내무장관에게 보낼 탄원서를 작성하기 시작했는데, 내가 알고 있는 내용과 그가 나를 위해 돌아오게 된 경위를 설명했다. 가능한 한 가장 열렬하고 간절하게 썼다. 탄원서를 다 쓰고 제출한 후에는 또 다른 당국자들에게, 특히 가장 자비로울 것이라고 기대하는 이들에게도 다른 탄원서를 써서 보냈다. 그리고 국왕께 보내는 탄원서도 한 통 작성했다. 그가 사형 선고를 받은 뒤 며칠 밤낮 동안, 나는 의자에 앉아 잠깐씩 잠들 때를 제외하고는 전혀 쉬지 않고 오로지 이 탄원서들에만 몰두했다. 그리고 모든 탄원서를 제출한 후에도 탄원서들이 가 있는 곳에서 멀어지지 못했다. 가까이 있을 때면 탄원서들이 한층 더 희망적이고 한층 덜 절망적인 것처럼 느껴졌기 때문이다. 이런 비이성적인 불안과 정신적 고통 속에서, 나는 저녁이면 거리로 나섰다. 탄원서를 제출한 관공서들과 집들 옆을 헤매곤 했다. 지금까지도 나에게는 차갑고 먼지 낀 봄날 밤, 런던의 따분한 서쪽 거리들과 그곳에 줄지어 있는 엄숙하게 닫혀 있는 저택들, 그리고 길게 늘어선 가로등들은 그때의 기억과 연결되어 아주 우울한 풍경으로 남아 있다.

내가 매일 그를 면회할 수 있는 시간은 더 짧아졌고, 그는 한층 더 엄격하게 감시받았다. 내가 혹시 그에게 독약을 가져다주려는 의도가 있다고 의심받는 건 아닌가 생각하거나 혹은 상상하면서, 나는 그의 침대 곁에 앉기 전에 내 몸을 수색하라고 자청했다. 그리고 항상 그곳에 있는 간수에게는 내가 순수한 의도로 왔다는 것을 확신시킬 수 있는 일이라면 무엇이든 기꺼이 하겠다고 말했다. 아무도 그나 나를 야박하게 대하지 않았다. 그저 해야 할 의무가 있었고, 그것은 냉정하게 이행되었지만 가혹하지는 않았다. 간수는 언제나 나에게 그의 병세가 악화되고 있음을 확인해 주었으며, 그 병실에 있는 몇몇 다른 죄수 환자들과 그들을 돌보는 죄수 간호사들도(죄인들이지만 친절을 베풀 능력이 없진 않았다. **하느님께** 감사할진저!) 언제나 하나같이 같은 소식을 전해주었다.

날이 갈수록, 나는 그가 점점 더 고요히 하얀 천장을 바라보고 있다는 것을 알아차렸다. 그의 얼굴에는 생기가 없었고, 내가 무슨 말이라도 해서 잠시라도 그 얼굴을 밝게 만들면 다시 곧 가라앉곤 했다. 때로는 거의 말을 할 수 없거나 전혀 할 수 없을 때도 있었다. 그럴 때면 그는 내 손을 살짝 쥐는 것으로 대답하곤 했고, 그러면 나는 그의 의중을 아주 잘 이해할 수 있었다.

그렇게 날짜가 지나 열흘이 흘렀을 때, 나는 이전보다 더 큰 변화를 그에게서 보았다. 그의 두 눈은 문 쪽을 향해 있었는데, 내가 방에 들어서자 표정이 밝아지는 것이었다.

　"얘야." 내가 그의 침대 곁에 앉자 그가 말했다. "네가 늦는 줄 알았다. 하지만 네가 그럴 리 없다는 걸 나도 알고 있었단다."

　"딱 그 시간이에요." 나는 말했다. "문에서 면회 시간이 되기를 기다렸어요."

　"넌 언제나 문에서 기다리지. 안 그러니, 얘야?"

　"그럼요. 한순간이라도 놓치지 않으려고요."

　"고맙다, 얘야, 고맙다. 하느님이 너를 축복해 주시기를! 너는 나를 결코 버린 적이 없었다, 얘야."

　나는 말없이 그의 손을 꼭 쥐었다. 내가 한때 그를 버리고자 했다는 사실을 잊을 수 없었기 때문이다.

　"무엇보다도 가장 좋은 건 말이다." 그는 말했다. "너는 내가 검은 구름 아래에 있게 된 이래, 해가 빛날 때보다도 나를 더 편안하게 해줬단다. 그게 무엇보다도 제일 좋았단다."

　그는 아주 간신히 숨을 쉬면서 누워 있었다. 그가 아무리 애를 쓰고 나를 사랑한다고 해도 그의 얼굴은 가끔 빛을 잃었으며, 희미한 얇은 막이 하얀 천장을 바라보는 그의 고요한 얼굴 위로 드리웠다.

　"오늘은 많이 아프세요?"

　"난 아무것도 불평할 게 없다, 얘야."

　"아저씨는 불평하는 법이 없죠."

　그것이 그의 마지막 말이었다. 그는 미소를 지었고, 나는 그의 손길이 내 손을 들어 그의 가슴 위에 올려놓기를 바란다는 뜻임을 알아차렸다. 내가 손을 그의 가슴에 올려놓으니, 그는 다시 미소를 짓고 자신의 양손을 그 위에 포개놓았다.

우리 둘이 그렇게 있는 동안 허락된 면회 시간이 다 끝났다 주위를 둘러보니 간수장이 내 옆에 서 있었는데, 그가 작은 소리로 말했다. "아직 안 가도 됩니다." 나는 그에게 진심으로 감사 인사를 전한 뒤 물었다. "그가 내 말을 들을 수 있다면, 얘기를 좀 해도 될까요?"

간수장은 비켜서서 간수에게도 저만치 물러나라고 손짓했다. 그 변화는 소리 없이 이루어졌지만, 하얀 천장을 바라보며 고요하게 머물던 그의 눈빛에서 희미한 막이 걷히고, 그는 다정하게 나를 바라보았다.

"사랑하는 매그위치 아저씨, 이제 마지막으로 말씀드려야겠어요. 제 말 알아들으시죠?"

그가 내 손을 가만히 쥐었다.

"원래 딸이 하나 있었죠, 사랑했지만 잃어버린 딸 말이에요."

그는 내 손을 한층 더 세게 쥐었다.

"그 아이는 살아남아 유력한 후원자들을 만났답니다. 그녀는 지금도 살아 있어요. 숙녀가 되었고 아주 아름답기까지 하죠. 그리고 전 그녀를 사랑하고요!"

내가 거들어주지 않았더라면 아무 소용 없었을 마지막 안간힘을 쏟아, 그는 내 손을 들어 올려 자신의 입술에 갖다 댔다. 그런 다음 그는 가만히 내 손을 자신의 가슴에 내려놓고 그 위에 자신의 양손을 올려놓았다. 하얀 천장을 쳐다보는 고요한 표정이 되돌아왔다가 사라졌다. 그리고 그의 고개가 그의 가슴 위로 조용히 떨어졌다.

그때 나는 우리가 함께 읽었던 것을 떠올리며, 성전에 올라가 기도하던 두 남자를 생각했다. 그리고 나는 그의 침대 옆에서 이

보다 더 좋은 구절은 생각해 낼 수 없었다. "오, 주여, 죄인인 그에게 자비를 베푸소서!"[1]

1 누가복음 18:10-14 참조.

57장

　이제 전적으로 나만 혼자 남게 되었으므로, 나는 내 임차 기간이 법적으로 종료되자마자 템플의 셋방을 떠날 것이며, 그 기간 동안은 방들을 전대(轉貸)하겠다는 내 의향을 통고했다. 곧장 창문에 광고지를 붙여놓았는데, 빚을 지고 있는 데다 돈도 거의 다 떨어진 탓에 나의 형편이 점점 심각하게 악화되고 있다는 사실이 두려웠기 때문이다. 아니, 사실 나는 두려움을 느꼈어야 마땅했지만, 그동안의 과도한 긴장과 스트레스 탓에 병이 들고 있다는 사실 외에는 어떤 진실도 뚜렷하게 인식할 수 있는 기력과 집중력이 부족했다. 최근 나에게 닥친 긴장은 나로 하여금 병을 미루게 할 수는 있었지만, 병을 물리치게 하지는 못했다. 나는 병이 이제야 나를 엄습해 오고 있다는 것을 알았지만 그 외의 것들에 대해서는 거의 아무것도 몰랐으며, 심지어 병에 대해서 크게 개의치도 않았다.

　하루나 이틀 동안 나는 안락의자나 방바닥이나—어디든지 내가 우연히 맥없이 주저앉는 곳에—누워 있었는데, 머리는 무겁고 팔다리는 쑤시며, 아무 의지도 아무 기력도 없었다. 그러다 어느 날 밤, 시간이 끝없이 길게 느껴지고 불안과 공포로 가득 찬 밤이 찾아왔는데, 이튿날 아침 침대에서 일어나 전날 밤을 떠올려 보려 했지만 이내 나는 일어나 앉을 수 없다는 것을 알게 되었다.

내가 정말 한밤중에 가든코트로 내려가서는 거기 있다고 생각한 배를 더듬거리며 찾았는지, 침대에서 어떻게 빠져나왔는지 알지 못한 채 두세 번이나 계단에서 큰 공포 속에 정신을 차렸던 건지, 그가 계단을 올라오고 있는데 불빛이 모두 꺼졌다는 생각에 홀려서 나도 모르게 램프를 밝히려고 했는지, 어디선가 들려오는 혼란스러운 말소리와 웃음소리, 신음 소리에 시달리며 그 소리들이 혹시 내가 만들어낸 것일지도 모른다고 반신반의했는지, 어두운 방 구석에 닫혀 있는 무쇠 화덕이 하나 있으며 미스 해비셤이 그 안에서 타고 있다는 목소리가 끊임없이 들렸는지, 나는 그날 아침 침대에 누워 이 모든 문제들을 어떻게든 가려보고 정리해 보려 애썼다. 그러나 석회가마에서 뿜어져 나오는 증기가 나와 그 기억들 사이에 끼어들어 모든 것을 어지럽혀 놓곤 했다. 그리고 마침내 두 남자가 나를 쳐다보고 있는 것을 알게 된 것도 바로 그 증기를 통해서였다.

"무슨 일이십니까?" 나는 움찔 놀라며 물었다. "나는 당신들을 모르는데요."

"글쎄요, 선생." 그중 한 사람이 몸을 숙여 내 어깨를 건드리며 대답했다. "당신이 곧 해결할 문제라고 봅니다만, 어쨌든 당신을 체포하러 왔습니다."

"빚이 어떻게 되는데요?"

"123파운드 15실링 6펜스입니다. 보석상 단골이신 모양이군요."

"어떻게 되는 겁니까?"

"저의 집으로 가시는 게 좋겠습니다." 그 남자가 말했다. "아주

---

1 지금 핍을 찾아온 것은 집행관의 부하 직원들인데, 당시에는 채무자를 형무소에 송치하기 전까지 그들의 사가에 투숙시키는 것이 관례였다고 한다.

멋진 집을 소유하고 있거든요."

나는 자리에서 일어나 옷을 입으려고 애썼다. 다음으로 정신을 차렸을 때, 그들은 침대에서 조금 떨어진 곳에 서서 나를 바라보고 있었다. 나는 여전히 침대에 누워 있었다.

"내 상태를 아시겠죠." 나는 말했다. "가능하다면 당신들과 함께 가겠습니다만, 정말 꼼짝할 수가 없습니다. 당신들이 여기서 나를 끌고 가면, 가는 도중에 죽게 될 겁니다."

어쩌면 그들이 내게 대답을 했거나, 그 문제를 두고 논쟁을 벌였거나, 내가 생각하는 것보다 상태가 낫다고 나를 격려하려 했을지도 모른다. 그런데 그들은 단지 이 한 가닥 가느다란 실에 지나지 않는 내 기억에 걸려 있는 까닭에, 나는 그들이 나를 데려가지 않았다는 것 말고는 무엇을 했는지 모른다.

내게 열병이 있어서 그들이 나를 피했다는 것, 내가 심하게 앓았다는 것, 종종 정신을 잃었다는 것, 시간이 끝없이 이어지는 것 같았다는 것, 여기 있을 수 없는 존재들과 내 자신의 정체를 혼동했다는 것, 내가 집의 벽돌이 되어 있었는데 건축가들이 나를 현기증 나는 자리에 끼워 넣었다며 여기서 좀 빼달라고 간청했다는 것, 내가 거대한 발동기의 강철봉이 되어 심연 위에서 격렬한 소리를 내며 회전하고 있었는데, 내가 몸소 그 발동기를 멈추고 속에 든 내 부품을 망치질을 해서 떼어내 달라고 애원했다는 것, 내가 질병의 이런 모든 단계들을 거쳤다는 것, 내가 이 모든 것들을 기억하고 있다는 것은 확실하며, 그 당시에도 어느 정도는 스스로 그것을 인식하고 있었다. 때로는 실제 사람들을 살인자라고 믿고서는 그들과 싸움을 벌였다는 것, 그러다 갑자기 그들이 나에게 도움을 주려고 한다는 것을 깨닫고 기진맥진한 채 그들의 팔에 털썩 쓰러졌고, 그러면 그들이 힘들여 나를 눕히곤 했다는 것도 나는 역시 알고 있었다. 그러나 무엇보다도, 내가 심하게 앓고 있을 때 그 사람들이 인간의 얼굴을 온갖 기이한 모습으로 바꾸고 몸집을 굉장히 부풀리곤 했는데, 결국에는 이들 모두가 어느 순간 조의 모습으로 닮아가는 기이한 경향이 있다는 사실을 나는 무엇보다 뚜렷하게 알고 있었다.

내 병이 가장 심각한 고비를 넘기고 난 후 다른 모든 증상들은 변했지만, 이 한 가지 일관된 증상만큼은 변하지 않았다는 것을 나는 눈치채기 시작했다. 내 곁에 다가오는 사람이 누구든지, 그의 모습은 여전히 조의 모습으로 변했다. 한밤중에 눈을 뜨면, 침대 옆의 큰 의자에 앉아 있는 사람은 조였다. 낮에 눈을 뜨면, 창가 의자에 앉아 발을 친 열린 창문 아래에서 파이프 담배를 피우고 있는 사람에게서도 여전히 나는 조를 보았다. 나는 시원한 음료를 부탁했는데, 그 음료를 건네주던 다정한 손은 조의 손이었다. 음료를 마신 후 다시 베개 위로 벌렁 쓰러졌을 때, 다정하고 희망에 찬 표정으로 나를 바라보는 얼굴 역시 조의 얼굴이었다.

마침내 어느 날, 나는 용기를 내어 말했다. "거기, 매형 조 **맞아**?"

그러자 그 다정하고도 정든 목소리가 대답했다. "바로 나지, 친구."

"오, 조, 매형은 내 가슴을 무너뜨리고 있어! 화를 내면서 나를 봐, 조. 나를 때려. 나의 배은망덕을 대놓고 질책해 줘. 제발 그렇게 잘해주지 마!"

조는 내가 그를 알아봤다는 기쁨에, 정말로 내 옆 베개에 머리를 기대고 내 목을 팔로 감싸 안았다.

"그러니까, 다정한 옛 친구 핍, 이봐." 조가 말했다. "너와 나는 언제나 친구였어. 그리고 네가 다 나아서 여길 나가 마차를 탈 수 있으면 얼마나 즐거울까!"

그렇게 말하고 난 뒤, 조는 창가로 물러나 나에게 등을 돌리고 서서 눈물을 닦았다. 나는 극도로 약해진 몸 때문에 일어나서 그에게 다가갈 수 없었으므로, 그저 침대에 누운 채 참회하는 마음으로 속삭였다. "오 하느님, 그를 축복하소서! 오 하느님, 이 고결한 그리스도인을 축복하소서!"

곧이어 그가 다시 내 곁으로 왔을 때, 그의 두 눈은 빨개져 있었다. 그렇지만 나는 그의 손을 꼭 잡고 있었고, 우리는 둘 다 행복했다.

"얼마나 오래된 거지, 조?"

"그러니까, 네 말뜻은, 핍, 네 병이 얼마나 오랫동안 지속되었느냐 이거지, 친구?"

"그래, 조."

"오늘이 5월 말일이야, 핍. 내일이 6월 초하루지."

"그럼 그동안 내내 여기에 있었던 거야, 조?"

"거의 그렇지, 친구. 왜냐하면 네가 아프다는 소식을 편지로 들었을 때, 내가 비디에게 그렇게 말했거든. 그러니까 그 편지는 우체부가 가져왔는데, 그는 원래는 총각이었지만 지금은 결혼을 했어. 하도 걸어 다니느라 신발 밑창이 다 닳을 정도에 비하면 보수는 적지만, 그가 마음에 담아둔 큰 소망은 재산이 아니라 결혼이었거든……."

"조, 조의 이야기를 다시 들을 수 있어 얼마나 기쁜지 몰라! 그런데 비디에게 무슨 말을 했다는 부분에서 내가 방해하고 말았네."

"그러니까, 그건 말이야." 조가 말했다. "네가 낯선 사람들 사이에 있을지도 모르고 너와 나는 언제나 다정한 친구였으니, 그런 순간에 찾아가는 게 너에게 환영받지 않을 리 없다는 거였지. 그러자 비디가 이렇게 말했어. '그에게 가보세요, 지체하지 말고요.'" 조는 재판관 같은 태도로 요약해서 말했다. "'그에게 가보세요.' 비디가 그러더군. '지체하지 마시고요.' 요컨대 이렇게 말한다고 해서 내가 너를 크게 속이는 건 아닐 거야." 조는 잠깐 진지하게 숙고하고 나서 덧붙였다. "만일 내가 그 젊은 아가씨의 말이 '단 1분도 지체하지 마시고요'였다고 주장하더라도 말이지."

여기서 조는 갑자기 하던 말을 뚝 끊고, 내가 지나치게 많은 이야기를 듣지 않도록 조심해야 하며, 내가 원하든 원하지 않든 정해진 시간마다 조금씩 음식물을 먹어야 하고, 내가 그의 모든 지시에 따르도록 되어 있다고 알려주었다. 그래서 나는 그의 손에 입을 맞추고 얌전히 누워 있었다. 한편 그는 비디에게 내 안부를 담아 편지를 쓰기 시작했다.

분명히 비디가 조에게 글 쓰는 법을 가르쳐준 모양이었다. 내가 그를 바라보며 침대에 누워 있노라니, 비록 허약한 상태임에도 그가 자랑스럽게 편지를 쓰기 시작하는 모습을 보면서 다시금 기뻐서 울음이 나왔다. 휘장을 다 떼어낸 내 침대는 내가 누운 상태로 더 공기가 잘 통하고 넓은 응접실로 옮겨졌고 양탄자도 치워진 상태였으며, 방은 밤낮으로 항상 상쾌하고 위생적으로 유지되고 있었다. 조는 이제 내 책상을 모서리에 밀어놓고, 조그만 병들이 너저분하게 널려 있는 그 앞에 앉아 그의 대작에 착수했다. 마치 커다란 공구함에서 도구를 고르듯 펜 상자에서 펜을 하나 고르더니, 쇠지레나 대형 쇠망치를 휘두르기라도 하려는 것처럼 양쪽 소매를 걷어붙였다. 조는 글을 쓰기 시작하기 전에 반드시 왼쪽 팔꿈치를 책상에 꽉 눌러 고정시키고 오른쪽

다리를 뒤로 멀리 뻗어야 했는데, 정작 글 쓰기 시작하고 나면 그가 내리긋는 획 하나하나가 너무 느린 나머지 마치 길이가 2미터나 되는 것처럼 보였다. 그리고 올려 긋는 획을 그릴 때마다 그의 펜이 잉크를 요란하게 튀겨대는 소리를 들을 수 있었다. 그는 잉크병 받침대가 자기 옆에 없는데도 이상하게 계속 그곳에 있다고 생각하고서는 자꾸만 펜을 빈자리에다 찍게댔는데, 그 결과에는 아주 만족하는 것 같았다. 이따금 그는 약간의 철자법 상 장애물에 걸리긴 했지만 대체로 정말이지 썩 잘해나갔으며, 자신의 이름을 서명하고 마지막 잉크 얼룩을 두 집게손가락으로 편지지에서 제거하여 정수리에다 문지르고 난 뒤 그는 자리에서 일어나 책상 주위를 맴돌며 거기 책상 위에 놓여 있는 자신의 노력의 결과물을 한없이 흡족한 마음으로 다양한 각도에서 살펴 보았다.

내가 말을 많이 할 수 있었다 해도, 조를 불안하게 만들고 싶지 않아서 미스 해비셤에 대해 묻는 것은 다음 날로 미루었다. 다음 날 그녀가 회복되었느냐고 묻자 그는 고개를 저었다.

"그녀가 숨을 거뒀어, 조?"

"아니, 너도 알다시피, 친구." 조는 점점 돌려 말하면서도 타이르는 듯한 어조로 대답했다. "나는 그렇게까지 말하고 싶지는 않다. 왜냐하면 그건 너무 힘든 말이니까. 하지만 그녀는 살아 있지가……."

"살아 있지가 않다는 말이야, 조?"

"그게 더 맞는 말이야." 조는 말했다. "그녀는 살아 있지 않아."

"그녀가 오래 앓았어, 조?"

"네가 병이 난 뒤, 대략 일주일이라고(만일 네가 그렇게 표현해야 한다면) 말할 수 있을 만한 기간이 지났지." 조는 아직도 나를 위해서 모든 것을 차근차근 이야기할 결심인 듯 말했다.

"사랑하는 조, 그녀의 재산이 어떻게 되었는지는 들었어?"

"글쎄, 친구." 조는 말했다. "재산 대부분을 에스텔라 양에게 양도하기로 정해놓았던, 그러니까 내 말은 에스텔라 양 앞으로 묶어뒀던 것 같아. 하지만 그녀가 사고 하루이틀 전에 유언장에 자필로 짤막한 추가 조항을 써서, 무려 거금 4천 파운드를 매슈 포킷 씨에게 남겼다는군. 그런데 왜 너는, 무엇보다도, 핍, 그녀가 무려 거금 4천 파운드를 그에게 남겨놨다고 생각해? 그건 바로 '상술한 매슈에 대한 핍의 설명 때문'이었지. 내가 비디한테서 들었는데, 바로 그런 투로 쓰여 있었대." 조는 마치 법률적인 어투가 자신에게 무한한 이익이라도 주는 것인 양 그런 어투를 반복하며 말했다. "'상술한 매슈에 대한 설명'이라고 말이야. 그리고 무려 거금 4천 파운드를 말이야, 핍!"

나는 조가 4천 파운드라는 금액을 왜 그런 진부한 표현으로 수식하는지, 그런 걸 누구에게서 배웠는지는 결코 알아내지 못했다. 하지만 그 표현이 그에게는 그 돈의 가치를 더 크게 느끼게 해주는 것처럼 보였고, 그는 그 말을 굳이 강조하는 데서 분명히 즐거움을 느끼고 있었다.

조의 이런 설명이 나에게 큰 기쁨을 안겨주었는데, 그 말로써 내가 행했던 유일한 선행을 완전해졌기 때문이다. 나는 그녀의 다른 친척들 중에서도 유산을 받은 사람이 있다는 얘기는 못 들어봤느냐고 물어보았다.

"세라 양." 조는 말했다. "그녀는 담즙 이상 증세가 있어 환약을 사먹을 돈으로 매년 25파운드를 받기로 했대. 조지애너 양, 그녀는 현금으로 20파운드를 받았고. 그리고 무슨 부인이더라? 혹이 돋친 그 야생동물의 이름이 뭐더라, 친구?"

"캐멀스(낙타들) 말이야?" 나는 그가 왜 하필 그런 것을 알려고 할까 궁금해하면서 말했다.

조는 고개를 끄덕였다. "캐멀스 부인." 이 말에 나는 곧 커밀라를 의미한다는 것을 알았다. "그녀는 밤에 자다가 깰 때 기분을 북돋아줄 골풀 양초 구입비로 5파운드를 받았어."

조의 이야기가 충분히 정확해 보였기에, 나는 그의 정보에 대해 크게 신뢰할 수 있었다. "그럼 이제," 조가 말했다. "넌 아직 그렇게 건강하지 못하니까, 친구, 오늘은 한 보따리 분량만큼만 더 듣는 것으로 하자고. 올릭 영감, 그놈이 어떤 주택을 부수고 침입했었어."

"누구네 집을?" 내가 물었다.

"그 '누구'가 좀 거들먹거리는 태도라는 건 나도 인정하지만." 조는 변명조로 말했다. "그래도 영국 사람에게 자기 집은 성이고, 그 성은 전쟁 중이 아니고는 침입당해서는 안 되지. 뭐, 그에게 어떤 결점이 있었든 간에 내심으로는 좋은 사람이었어."

"그러니까 그 집이 펌블추크네 집이란 말이야?"

"그래, 핍." 조는 말했다. "그리고 놈들은 그의 계산대도 가져가고, 그의 돈궤도 가져가고, 그리고 그의 포도주도 마시고, 그의 음식을 먹어치우고, 그의 얼굴을 찰싹찰싹 때리고, 코도 잡아당기고, 또 그를 침대 기둥에 묶어놓고 십여 차례나 패주고, 그가 소리 지르는 것을 막으려고 입에다 일년초들을 잔뜩 쑤셔 넣었다지. 그런데 그가 올릭을 알아보았고, 그래서 그는 지금 군 교도소에 들어가 있어."

이런 대화 방식을 통해 우리는 자유롭게 이야기를 나눌 수 있게 되었다. 나는 더디게 기력을 회복해 갔지만, 서서히 그러나 확실히 건강해져 갔다. 그리고 매형 조가 나와 함께 있어줘서,

나는 다시 어린 핍으로 돌아간 것 같은 기분이 들었다.

조의 다정함이 내가 필요로 하는 정도에 척척 들어맞았기에, 나는 그의 손에 내맡긴 어린아이와 같았다. 그는 예전처럼 듬직하고, 예전처럼 순박하며, 또 예전처럼 내세우지 않고 보호해 주는 태도로 곁에 앉아서 내게 이야기를 해주곤 했다. 그래서 나는 마치 그 오래된 부엌에서 보낸 나날들 이후의 모든 삶이 이제는 사라진 열병의 정신 이상 증세 중 하나였다고 반쯤 믿게 되었다. 그는 집안일을 제외한 모든 일을 해주었는데, 집안일은 그가 처음 도착했을 때 원래 있던 세탁부에게 급료를 주고 내보낸 뒤 아주 예의 바른 여자를 새로 고용해서 처리했다. "그러니까 너에게 분명히 말하는데, 핍." 그는 자기 맘대로 세탁부를 내보낸 것에 대해 종종 설명하곤 했다. "내가 보니까 그 여자가 안 쓰는 침대를 마치 맥주 통이라도 되는 것처럼 톡톡 두드리면서, 침대 깃털을 양동이에 담아 나중에 팔아먹으려고 하고 있었어. 그러니까 다음에는 네 침대까지도 그렇게 두드려서 깃털을 뽑아냈을 거야, 네가 누워 있는데도 말이지. 그러고는 수프 접시와 채소 접시의 움푹한 곳에 석탄을 쫌쩍(조금씩) 담아 빼돌리고 있었고, 와인과 술은 네 웰링턴 장화[1]에 넣어서 빼돌리고 있었다고."

예전에 내가 그의 도제가 될 날을 함께 고대했듯, 우리는 내가 마차를 타러 나갈 수 있게 될 날을 고대했다. 그러다가 그날이 와서 뚜껑 없는 마차가 레인에 들어섰을 때, 조는 나를 감싸고 두 팔로 안아서 마차까지 나를 운반해서 실어주었다. 마치 내가 여전히 그의 넉넉하고 고귀한 심성으로부터 넘치도록 많은 사랑을 받아온 작고 무력한 꼬마라도 되듯이.

---

1 영국의 장군이자 정치가인 아서 웰즐리 웰링턴의 이름을 딴, 무릎까지 올라오는 장화의 일종.

그다음 조가 내 옆에 올라탔고, 우리는 함께 마차를 몰고 교외로 나갔다. 초목에는 이미 풍성한 여름이 자라 있었고, 감미로운 여름 향기가 온 대기를 가득 채우고 있었다. 마침 일요일이었는데, 내가 주변의 아름다운 경치를 바라보며 그것이 어떻게 자라고 변해왔는지, 작은 야생화들이 어떻게 피어났는지, 새들의 지저귐이 어떻게 낮과 밤, 햇빛과 별빛을 받으며 점점 강해졌는지를 생각할 때, 내가 침대 위에서 불덩이가 되어 뒤척이던 기억이 내 평온을 방해하는 것처럼 느껴졌다. 하지만 일요일 종소리가 들리고, 다시금 펼쳐진 아름다운 경치를 좀 더 둘러보고 있자니, 나는 내가 충분히 감사하고 있지 않다는―아직은 너무 허약해서 감사조차 할 수 없다는―느낌이 들었고, 그래서 나는 오래전에 조가 나를 박람회인가 어딘가에 데리고 갔을 때 내 어린 감각으로는 감당하기에 너무 벅차서 그랬었던 것처럼 그의 어깨에 내 머리를 기대었다.

잠시 후 내 마음이 좀 더 평온해졌고, 우리는 전에 늘 옛 포대터 풀밭에 누워 이야기하던 것처럼 이야기를 나눴다. 조는 조금도 변하지 않았다. 꼭 옛날에 내 눈에 비쳤던 모습 그대로, 여전히 내 눈에 그렇게 비쳤다. 똑같이 그저 충실하고, 그저 올발랐다.

우리가 다시 돌아왔을 때, 조는 나를 안아 들고―너무나도 거뜬하게!―마당을 가로질러 계단을 올라 데려다주었는데, 나는 그 순간 마치 운명의 날처럼 느껴졌던 그 성탄절에 그가 나를 들쳐 업고 습지대를 건너던 때를 떠올렸다. 우리는 아직 내 신분의 변화에 대해 전혀 언급하지 않았고, 조가 내 최근의 이야기들을 얼마나 많이 알고 있는지도 알 수 없었다. 나는 이제 내 자신을 너무나 믿을 수 없는 반면 조를 너무나 많이 믿고 있었으므로, 그가 먼저 말을 꺼내지 않는 한 내가 그 이야기를 꺼내야 할지조차 판단할 수 없었다.

"들은 게 있어, 조?" 그날 저녁, 조가 창가에서 파이프를 피우고 있을 때 나는 다시 숙고한 끝에 그에게 물었다. "내 후원자가 누구였는지 말이야."

"내가 듣자 하니," 조가 대답했다. "미스 해비셤은 아니라더군, 친구."

"그게 누구라는 말도 들었어, 조?"

"글쎄! 내가 듣기론 그가 술집 '즐거운 사공들'에서 너에게 지폐를 건네준 사람을 보냈다던데, 핍."

"맞아."

"놀랍구먼!" 조는 지극히 침착한 태도로 말했다.

"그가 죽었다는 소식도 들었어, 조?" 나는 이내 더욱 망설이는 태도로 물었다.

"누구? 지폐를 보낸 사람 말이야, 핍?"

"응."

"내 생각엔," 조는 오랫동안 곰곰이 생각하다가, 회피하듯이 창가 의자를 바라보며 말했다. "그가 대체적으로 그런 방향으로 어찌어찌 되었다고 하는 소리를 **들었던** 것 같기도 해."

"그의 상황에 대해서도 좀 들은 게 있어, 조?"

"특별한 건 없어, 핍."

"만일 듣고 싶다면, 조……." 내가 말을 시작하려고 할 때, 조가 일어나서 내 안락의자로 다가왔다.

"내 말 들어봐, 친구." 조는 나에게 몸을 구부리고 말했다. "우린 항상 가장 좋은 친구지간이야. 안 그래, 핍?"

나는 그에게 대답하기가 부끄러웠다.

"아조(아주) 좋아, 그럼." 조는 마치 내가 대답을 한 것처럼 말했다. "좋아, 거기에 대해서 우린 합의를 본 거야. 그런데 친구, 왜 그런 두 사람 사이에 틀림없이 영원히 불필요할 게 빤한 주제를 파고들어야 하지? 그런 두 사람 사이에는 불필요한 것들 말고도 다룰 주제가 충분한데 말이야. 아아! 네 불쌍한 누나와 그녀가 펄펄 뛰던 모습을 생각하면! 그리고 너 '따초리' 기억 안 나?"

"그럼 기억나고말고, 조."

"내 말 잘 들어봐, 친구." 조는 말했다. "나는 네가 따초리와 멀어지게 하려고 할 수 있는 건 다 해봤어. 허나 내 힘은 항상 내 의도를 충분히 따라주지 못했지. 왜인고 하니, 네 불쌍한 누나가 널 혼내야겠다고 마음을 먹으면 말이야, 그건 그에 못지않게," 조는 그가 좋아하는 논리적인 어조로 말을 이었다. "역시 나도 혼낸다는 뜻이었고, 만약 내가 누나의 반대 입장에 서기만 하면 영락없이 누나는 그것 때문에 널 더욱 심하게 혼냈지. 내가 그걸 눈치챘던 거야. 사나이의 구레나룻을 잡아챘다고 해서, 사나이의 몸을 한두 번 뒤흔들어 놓는다고(네 누나는 걸핏하면 그랬지) 해서, 사나이가 어린아이를 벌 받는 일에서 구해내는 걸 막을 순 없지. 허나 구레나룻을 잡히거나 몸이 뒤흔들리는 것으로 인해 그 어린아이가 오히려 더욱 심하게 당할 때는, 그러면 사나이는 흥분해서는 당연히 이렇게 말할 수밖에 없지. '자네가 해준다는 그 도움은 대체 어디 있는 거지? 보아하니 아이에게 해만 더 끼치고 있는 것 같군.' 그리고 그 사나이가 말하지. '하지만 자네가 준 도움이 안 보여. 그러니 이봐, 자네가 무슨 도움을 줬는지 한 번 가리켜보라고.'"

"그 사나이가 그렇게 말한다고?" 조가 내 대답을 기다리고 있음을 알아차리고 내가 물었다.

"그 사나이가 그렇게 말하지." 조가 수긍했다. "그가 옳은 거겠지?"

"사랑하는 조, 그는 언제나 옳지."

"좋아, 친구." 조는 말했다. "그렇다면 네 말을 따르기로 하지. 만일 그가 항상 옳다면(사실 대체로 틀리는 경우가 더 많겠지만), 그가 이렇게 말할 때도 옳겠지. 만약 네가 조그만 꼬마였을 때 어떤 사소한 문제를 혼자의 비밀로 간직했다면, 네가 J. 가저리에게는 너와 따초리를 갈라놓을 힘이 그의 의지만큼 충분하지 않았다는 걸 잘 알고 있었기 때문일 테지. 그러니까 우리 둘 사이에 그 문제는 더 이상 생각하지 말자고. 그리고 불필요한 문제들에 대해서는 말하지 않기로 하자. 비디는 내가 떠나오기 전에 나 때문에 무척 애를 먹었어(왜냐하면 내가 끔찍이 우둔해서 말이지), 내가 이 문제를 이런 관점에서 바라보도록 말이야. 그리고 이렇게 바라보게 되면 말도 이런 식으로 해야 한다고 가르쳐줬지. 이 두 가지가," 조는 자신의 논리적인 정리에 아주 매혹된 듯이 말했다. "타결되었으니, 이제 너에게 진정한 친구로서 말하겠어. 즉, 너는 그 문제를 두고 지나치게 마음을 써서는 안 돼. 그러니 넌 저녁 식사를 하고 물 탄 포도주를 마시고 나서, 침대 이불 속으로 들어가야만 해."

조가 이 문제의 결말을 내린 그 세심한 마음씨, 그리고 조가 그렇게 할 수 있도록 준비시켜 줬던 비디—여자의 직감으로 나를 그렇게나 빨리 간파한 비디—그녀의 고운 솜씨와 친절함은 내 마음에 깊은 감명을 주었다. 그렇지만 내가 가난해졌다는 사실, 그리고 나의 막대한 유산 상속이 햇볕 앞의 늪 안개처럼 모두 사라졌다는 사실을 알고 있는지는 이해할 수 없었다.

처음에는 이해할 수 없었지만, 곧 슬프게도 깨닫게 된 또 다른 사실은 이것이었다. 내가 점점 건강을 회복하고 기운을 차리게 되자, 조는 나를 조금씩 불편해하기 시작했다. 내가 허약하고 그에게 완전히 의존했을 때, 그 다정한 친구는 옛날의 어조로 돌아가 이제는 내 귀에 음악처럼 들리는 정든 호칭, 귀에 익은 "정다운 핍, 사랑하는 친구"라고 나를 불렀다. 나 역시 옛날의 태도로 돌아가 내가 그렇게 하도록 내버려두는 것을 마냥 행복하고 고맙게만 여겼다. 하지만 내가 아무리 그 태도를 고수하려 해도, 조는 점점 그 태도에서 멀어져 가기 시작했다. 처음에는 그 이유가 무엇인지 궁금했지만, 곧 그것이 나에게서 비롯된 것이며 모두 내 탓이라는 사실을 알게 되었다.

아아! 내가 조에게 내 한결같음을 의심하고, 내가 유복한 형편이 되면 자기에게 냉정해져서 곧 외면하리라고 생각할 만한 빌미를 주지 않았는가? 내가 건강을 점점 회복함에 따라 나를 잡고 있는 그의 힘이 점점 약해질 것이고, 그래서 내가 그를 버리고 떠나기 전에 제때에 그가 나를 잡은 힘을 풀어 놔주는 것이 상책이라고 본능적으로 느끼게 할 만한 이유를 내가 그의 순수한 가슴에 안겨주지 않았던가?

내가 조에게 생긴 이런 변화를 아주 똑똑히 본 것은 바로 그의 팔에 의지하여 템플 공원으로 세 번째인가 네 번째로 산책을 나갔을 때였다. 우리는 화창하고 따뜻한 햇살을 받으며 강을 바라보고 앉아 있었다. 그러다가 우리가 자리에서 일어날 때, 내가 엉겁결에 이렇게 말했다.

"이것 봐, 조! 나는 아주 힘차게 걸을 수 있어. 이제는 내가 혼자 걸어서 돌아가는 것을 보여줄게."

"너무 무리하지 마, 핍." 조가 말했다. "하지만 혼자 걸어갈 수 있는 모습을 보면 기쁘겠습니다, 나리."

그 마지막 말이 귀에 거슬렸다. 그러나 내가 어떻게 질책할 수 있단 말인가! 나는 공원의 입구까지밖에 걸을 수 없다는 듯이 행동했고, 실제보다 더 기운이 없는 척하며 조에게 팔을 빌려달라고 했다. 조는 팔로 나를 부축해 줬지만, 생각에 잠겨 있었다.

생각에 잠긴 건 나도 마찬가지였다. 점점 변화해 가는 조의 태도를 어떻게 막아야 할지 고민하는 내 죄책감 어린 생각들 속에서 그것은 무척 당혹스러운 문제였기 때문이다. 내가 어떤 처지에 놓여 있는지, 그리고 얼마나 몰락했는지를 그에게 정확하게 말해주기가 부끄러웠다는 사실을 굳이 감출 생각은 없다. 하지만 내 망설임이 완전히 비열한 것은 아니기를 바랐다. 나는 조가 자신의 얼마 안 되는 저축을 털어 나를 돕고 싶어 할 것이라는 걸 알았고, 그가 그렇게 해서는 안 된다는 것도, 내가 그걸 받아들여서는 안 된다는 것도 알고 있었다.

우리 둘 다 깊은 생각에 잠긴 저녁이었다. 그러나 잠자리에 들기 전, 나는 내일이 일요일이니까 하루 더 기다리기로 결심했다. 새로운 주가 시작되는 월요일 아침에 조에게 이 변화에 대해 이야기할 것이었다. 이 마지막 남은 거리낌을 지워버린 뒤 내가 염두에 두고 있는 것(아직은 때가 되지 않았던 그 **두 번째** 생각)을 그에게 이야기하고, 왜 내가 허버트에게 가지 않기로 결정했는지도 설명할 것이었다. 그러면 이 변화는 영원히 극복될 수 있을 것이다. 내 안색이 밝아지자 조의 안색도 밝아졌다. 그리고 마치 그 역시 나와 교감하여 어떤 결심에 이른 것처럼 보였다.

우리는 일요일을 아주 조용하게 지냈다. 그리고 마차를 타고 교외로 나가 들판을 거닐었다.

"내가 아팠던 게 오히려 다행인 것 같아, 조." 나는 말했다.

"사랑하는 핍, 친구, 거의 다 회복되셨네요, 나리."

"앓는 동안이 나에겐 잊지 못할 시간이었어, 조."

"저에게도 그랬습니다, 나리." 조가 대답했다.

"우리가 함께 보낸 시간은 절대 잊을 수 없을 거야, 조. 한때 내가 잠시 잊었던 시절이 있었던 건 알아. 하지만 이번엔 절대 잊지 않을 거야."

"핍." 조는 약간 서두르며 난처한 기색을 띠고 말했다. "즐거운 시간들이었습니다. 그리고 친애하는 나리, 우리 사이에 있었던 일은…… 그저 있었던 일입니다."

밤이 되어 내가 잠자리에 들었을 때, 조는 내가 회복되는 동안 계속 그래왔던 것처럼 내 방으로 들어왔다. 그는 내가 아침나절 못지않게 상태가 괜찮은지 확신하느냐고 물었다.

"그럼, 친애하는 조, 정말이야."

"그리고 늘 점점 건강해지겠지, 친구?"

"그럼, 친애하는 조, 꾸준히 그럴 거야."

조는 커다랗고 착한 손으로 이불 덮은 내 어깨를 가볍게 두드려주고는, 목이 쉰 것 같은 소리로 말했다. "잘 자!"

다음 날 아침 나는 더욱 상쾌하고 건강해진 모습으로 일어나, 지체 없이 조에게 모든 것을 말해줄 결심으로 충만해 있었다. 아침 식사 전에 말하리라. 당장 옷을 입고 그의 방으로 가서 놀라게 해야지. 왜냐하면 그날이야말로 내가 처음으로 일찍 일어난 날이었기 때문이다. 나는 그의 방으로 갔다. 그런데 그는 방에 없었다. 방에는 조가 없었을 뿐만 아니라 그의 짐 상자도 없었다.

나는 아침 식탁으로 급히 가보았다. 그리고 식탁 위에서 편지한 통을 발견했다. 그 편지의 짧막한 내용은 이러했다.

방해하고 싶지 않아 나는 떠나 너는 이제 다시 건강해졌으니까 사랑하는 핍 그리고 내가 없어도 잘 지낼 테니까

조.

추신. 언제나 최고의 친구

편지 속에는 내가 체포당하는 이유가 되었던 빚과 비용들의 영수증이 동봉되어 있었다. 그 순간까지 나는 경솔하게도 나의 채권자가 내가 완전히 회복될 때까지 소송 절차를 취하했거나 일시 중단한 것으로 생각했었다. 조가 그 돈을 갚았으리라고는 꿈에도 생각하지 못했던 것이다. 그런데 조는 그 돈을 갚았고, 영수증도 그의 이름으로 발행되어 있었다.

이제 내가 할 일은 오직 그를 따라 정든 대장간으로 가는 것뿐이었다. 거기서 그에게 모든 것을 털어놓고, 참회하는 마음으로 그와 진심 어린 대화를 나누어야 했다. 그리고 내 마음과 가슴을 짓누르던 그 **두 번째** 생각, 처음엔 막연하게 떠올랐지만 이제는 확고한 목적이 된 그 결심을 털어놓는 것 말고 내게 무슨 일이 더 남아 있었겠는가?

그 결심은 바로 비디에게 가는 것이었다. 내가 얼마나 겸손해지고 뉘우치는 마음으로 귀향했는지 보여주고, 내가 한때 바랐던 모든 것을 어떻게 잃었는지 들려주고, 내 인생의 첫 불행한 시기에 우리가 서로 다정하게 나눴던 옛날의 신뢰를 다시 떠올리게 하는 것이었다. 그런 다음, 나는 그녀에게 이렇게 말해줄 생각이었다. '비디, 나는 네가 한때 나를 꽤 좋아했었다고 생각해. 빗나간 내 마음이 너에게서 멀리 떠나 있을 때조차도, 너와 함께 있으면 내 마음은 그 어느 때보다도 한층 평온해지고 나아졌지. 만일 네가 오직 그 반만큼이라도 나를 다시 한번 좋아할

수만 있다면, 만일 네가 나의 모든 결점과 나에게 닥친 실망에도 불구하고 나를 받아들일 수만 있다면, 만일 네가 나를 용서받은 어린이처럼 받아줄 수만 있다면(그리고 나는 정말 미안해하고 있어, 비디, 그리고 나는 달래주는 목소리와 위로해 주는 손길이 무척이나 필요해), 나는 내가 과거보다는 약간 더―많이는 아니고 그저 약간 더―너에게 어울리는 사람이 될 거라고 바라고 있어. 그리고 비디, 내가 조와 함께 대장간에서 일하게 될지, 아니면 이 시골에 내려와 어떤 다른 직업을 구할지, 아니면 좋은 기회가 나를 기다리고 있는 먼 곳으로―이 제안을 받았을 때 나는 네 대답을 듣게 될 때까지 미뤄두었어―갈지는 네가 말하기에 달려 있어. 자 그럼, 사랑하는 비디, 만일 네가 나와 더불어 이 세상을 헤쳐 나가겠다고 나에게 말해줄 수만 있다면, 분명 나를 더 나은 사람으로 만들어줄 거야. 그리고 나 역시 너를 위해 더 나은 세상을 만들려고 열심히 노력할 거야.'

이것이 나의 결심이었다. 사흘간 더 회복한 뒤에, 나는 그 결심을 실행하기 위해 정든 고향으로 내려갔다. 그리고 내가 어떻게 그 일을 이루었는지가 이제 남은 이야기의 전부다.

58장

나의 대단한 행운이 완전히 무너져 버렸다는 소식은 내가 도착하기도 전에 이미 고향과 그 주변에 퍼져 있었다. 블루 보어 호텔에 도착하자마자 나는 그 소식이 이미 전해졌음을 알 수 있었으며, 그 사실이 호텔의 태도를 크게 바꿔놓았다는 것도 느낄 수 있었다. 내가 재산을 물려받을 예정이었을 때는 아주 열정적으로 나의 호감을 사려고 애쓰더니, 이제 내가 재산을 잃게 되자 호텔은 그 문제에 대해 몹시 냉담한 태도를 보였다.

내가 도착했을 때는 저녁이었는데, 예전에는 아무렇지 않게 했던 여행길이 이번에는 무척 피곤하게 느껴졌다. 호텔은 내가 늘 머물렀던 방을 줄 수 없다며—그 방은 (아마 다른 유산 상속 예정자에게) 예약되어 있었던 모양이다—그저 마당 위의 비둘기들과 역마차들 사이에 있는 매우 평범한 방을 배정해 주었다. 그러나 그 방에서 나는 호텔이 내줄 수 있는 가장 좋은 방에서 잤을 때와 다름없이 단잠을 잤으며, 꿈의 질도 최고급 침실에서 꾸는 꿈의 질과 다르지 않았다.

아침 일찍 내 아침 식사가 준비되는 동안, 나는 새티스 하우스 주변을 산책했다. 대문과 창문 밖으로 걸쳐진 양탄자 조각들 위에는 다음 주에 있을 가구와 소지품의 경매 판매를 알리는 전단지가 붙어 있었다. 집 자체는 중고 건축자재로 매각되어 헐리기로 되어 있었다. 양조장에는 흰색 페인트로 '경매 품목 1호'라는 삐뚤삐뚤한 글자가 쓰여 있었고, 오랫동안 폐쇄되어 있던 본채의 일부에는 '경매 품목 2호'라고 쓰여 있었다. 건물의 다른 부분들에도 각각 번호가 매겨져 있었고, 이 글자들을 적기 위해 담쟁이덩굴이 뜯겨나간 곳도 있었으며 그 덩굴의 대부분은 이미 먼지 속에 나뒹굴며 시들어 있었다. 열린 대문으로 잠시 발을 들여놓고, 아무 볼일도 없이 들어온 낯선 사람처럼 거북한 기분으로 주변을 둘러보았다. 그때 경매업체 직원이 커다란 술통 위를 걸어 다니며 번호를 확인하는 모습이 보였고, 그 옆에는 펜을 든 목록 작성자가 있었다. 그 목록 작성자는 내가 '올드 클렘'의 장단에 맞춰 그토록 자주 밀고 다녔던 바퀴 달린 의자를 임시 책상으로 삼고 있었다.

아침을 먹으러 보어 호텔의 다방으로 되돌아왔을 때, 나는 호텔 주인과 대화를 나누고 있는 펌블추크 씨를 발견했다. 얼마 전 겪은 밤중의 소동 때문인지 외모가 더욱 초라해진 펌블추크 씨는 나를 기다리고 있었고, 다음과 같은 말로 나에게 말을 걸었다.

"젊은이, 자네가 영락한 꼴을 보니 안됐네. 그러나 달리 무엇을 기대할 수 있었겠나! 달리 무엇을 말이야!"

그가 당당하게 용서하는 듯한 태도로 손을 내밀었고, 나는 병으로 쇠약해져서 말다툼을 할 처지가 못 되었으므로 그의 손을 잡았다.

"윌리엄." 펌블추크 씨가 종업원에게 말했다. "식탁에 머핀 빵하나 가져다줘. 그런데 이런 꼴이 되다니! 이런 꼴이!"

나는 얼굴을 찡그리며 아침 식사 자리에 앉았다. 펌블추크 씨는 나에게 몸을 구부리고 서서—내가 찻주전자에 손을 대기도 전에—마지막까지 신의를 지키기로 결심한 은인 같은 태도로 차를 따라주었다.

"윌리엄." 펌블추크 씨가 슬픈 어조로 말했다. "소금도 갖다줘. 한층 행복했던 시절에는," 그가 나에게 말을 건넸다. "자넨 설탕을 탔던 것 같은데? 그리고 우유도 탔던가? 그랬지. 설탕과 우유 다 탔지. 윌리엄, 물냉이[1]도 좀 가져와."

"감사합니다만," 나는 무뚝뚝하게 말했다. "전 물냉이는 안 먹습니다."

"그걸 안 먹는다고." 펌블추크 씨는 마치 그러리라 예상하기라도 했었다는 듯, 그리고 마치 내가 물냉이를 안 먹는 것이 나의 몰락과 일맥상통하기라도 하듯 한숨을 지으며 고개를 여러 차례 끄덕거렸다. "그렇군, 그건 대지의 하찮은 소산일 뿐이지. 아니야, 가져올 필요 없어, 윌리엄."

나는 아침을 계속 먹었고, 펌블추크 씨는 늘 그랬듯 계속 나를 굽어보고 서서는 흐리멍덩하게 응시하며 요란하게 숨을 쉬고 있었다.

"피골이 상접한 거나 다를 바 없군!" 펌블추크 씨는 감개무량하게 큰 소리로 말했다. "그런데 이곳을 떠날 때는(그러니까 내 축복을 받으면서 말이야), 그리고 내가 꿀벌처럼 저장한 보잘것없는 음식물을 그의 앞에 차려놓았을 때는, 복숭아처럼 포동포동했는데!"

이 말은 내가 새로운 행운을 잡게 되었을 때 "괜찮을까요, 내가 좀?"이라고 말하며 손을 내밀던 그의 비굴한 태도와 방금 그 똑같이 살찐 다섯 손가락을 내보이던 여봐란 듯한 관대한 태도 사이의 놀라운 차이를 나에게 상기시켜 주었다.

"허어!" 그는 나에게 버터 바른 빵을 건네주며 계속 말했다.

---

1 양갓냉이라고도 하며, 흔히 물가에서 잘 자라는 값싼 샐러드용 푸성귀로 당시 가난한 사람들이 즐겨 먹던 것.

"그럼 자넨 지금 조지프에게 가는 길인가?"

"근데 도대체," 나는 나도 모르게 발칵 화내며 말했다. "내가 어디를 가든 그게 당신에게 무슨 상관입니까? 그 찻주전자 좀 그냥 두세요."

그것은 내가 취할 수 있는 최악의 행동이었는데, 펌블추크에게 그가 원하는 기회를 제공해 줬기 때문이다.

"그러지, 젊은이." 그는 문제의 찻주전자 손잡이를 놓으며 내 식탁에서 몇 걸음 물러섰다. 그러고는 문간에 있는 호텔 주인과 종업원보고 들으라는 듯 말했다. "그 찻주전자를 **그냥 두지**. 자네 말이 맞아, 젊은이. 이번만큼은 자네 말이 맞다고. 내가 자네의 아침 식사에 그렇게 관심을 가질 필요는 없었지, 그저 자네 조상들이 먹던 건강한 음식으로 그 방탕이 초래한 쇠약을 회복하길 바랐을 뿐인데, 그만 내 분수를 잊고 말았군. 그렇지만," 펌블추크는 호텔 주인과 종업원을 돌아보고, 팔을 쭉 뻗어 나를 가리키며 말했다. "하지만 여기 있는 이 친구가 바로 내가 그의 행복한 유년 시절을 함께했던 아이야! 그럴 리 없다고는 말하지 마시오. 이 친구가 정말 그자니까!"

두 사람은 나지막하게 중얼거리는 소리로 대꾸했다. 종업원은 이 말에 특히 감동을 받은 듯했다.

"이 친구는," 펌블추크는 말했다. "내가 이륜마차에 태우고 다녔던 그자야. 이 친구는 그의 누나에 의해 손수 양육되는 것을 내가 봐왔던 그자라고. 이 친구의 누나에게 나는 시삼촌인데, 그녀의 이름은 친정어머니 이름을 따서 조지애너 마리아였지. 저 자에게 그걸 부인할 수 있으면 해보라고 해보쇼!"

종업원은 내가 그것을 부정할 수 없으며, 바로 그 점이 사태를 험악하게 만든다고 확신하는 것 같았다.

"젊은이." 펌블추크가 옛날처럼 고개를 나사 틀 듯 돌리고서 나를 바라보았다. "자네는 조지프에게 가는 길이지. 자네가 어디로 가든 나와 무슨 상관이냐고 묻는 건가? 하지만 내가 말하건대, 젊은이, 자네는 조에게 가는 중이라고."

종업원은 마치 나더러 그것을 그냥 넘어가라고 권하듯 조심스레 기침했다.

"자." 펌블추크는 계속해서 말했고, 그의 태도는 마치 도덕을 수호하는 정의의 사도라도 된 듯이 완벽히 확신에 찬 모습이었다. "자네가 조에게 무슨 말을 해야 할지 알려주지. 여기 이 읍내에서 널리 알려지고 존경받는 보어 호텔의 주인장이 계시고, 또 여기, 내가 잘못 알고 있는 게 아니라면 그 부친의 함자가 폿킨스였던 윌리엄이 있어."

"맞습니다, 나리." 윌리엄이 말했다.

"그들의 면전에서," 펌블추크는 말을 이었다. "조지프에게 무슨 말을 해야 할지, 젊은이, 내가 자네한테 말해주겠어. 이렇게 말해. '조지프, 저는 오늘 저의 최초의 은인이자 제 행운의 기초를 닦아주신 분을 만났어요. 이름을 거명하진 않겠지만, 조지프, 읍내에서 사람들이 그분을 기꺼이 그렇게 부른다는데, 저는 그분을 만났어요'라고 말이야."

"맹세컨대 여긴 그런 사람 없습니다." 나는 말했다.

"그 말도 똑같이 해." 펌블추크가 응수했다. "자네가 그렇게 말했다고 하라고, 그러면 조지프조차도 아마 놀라고 말 거야."

"그 부분은 당신이 완전히 잘못 알고 있군요." 내가 말했다. "조는 내가 더 잘 압니다."

"이렇게 말해." 펌블추크는 계속했다. "조지프, 제가 그분을 만났는데, 그분은 매형에게도 저에게도 아무런 적의를 품지 않고 계세요. 그분은 매형의 품성을 아시고, 조지프, 매형의 완고함과 무지함도 빠삭하게 알고 계세요. 그리고 그분은 저의 품성을 아시고, 조지프, 저의 배은망덕도 알고 계세요. 그래요, 조지프.' 이렇게 말하라고." 여기서 펌블추크는 나에게 머리와 손을 저어댔다. "'그분은 제가 인간으로서 기본적인 감사도 모른다는 걸 잘 알고 계세요. **그분은** 그것을 알고 계세요, 조지프, 아무도 알지 못하는데 말이에요. **매형도** 그걸 몰라요, 조지프, 알 필요가 없으니까요. 하지만 그분은 아시죠'라고."

그가 허풍쟁이 바보라는 건 알았지만, 내 얼굴에 대고 이렇게 말할 수 있는 낯짝을 지녔다는 것이 정말로 나를 놀라게 했다.

"이렇게 말해. '조지프, 그분이 제게 짤막한 전갈을 주셨는데, 지금 제가 그걸 되풀이해 볼게요. 제가 영락한 처지가 되었을 때, 그분은 하느님의 손길을 느끼셨대요. 그분은 그 손길을 분명히 알아보셨대요. 그 손길은 이런 문장을 가리켰대요, 조지프. **그의 최초의 은인이자 행운의 기초를 닦아준 분에게 배은망덕한 데 대한 응보니라.** 그러나 그분은 자신이 한 일을 후회하지는 않는다고 말씀하셨어요, 조지프. 조금도요. 그것은 옳은 일이었고, 친절한 일이었고, 자비로운 일이었으며, 그래서 그런 일을 또 하실 거래요.'"

"유감입니다." 나는 방해받은 아침 식사를 끝내면서 경멸조로 말했다. "그 사람이 자신이 무엇을 했고 또 무엇을 또 하겠다는 건지 말하지 않은 게 말입니다."

"호텔 주인장!" 펌블추크는 이제 호텔 주인에게 말하고 있었다. "그리고 윌리엄! 만일 당신들이 원한다면, 나는 당신들이 주택가에서건 상가 지역에서건 그것은 옳은 일이었고, 친절한 일이었고, 자비로운 일이었으며, 그래서 나는 그런 일을 또 할 것이라고 언급하는 데 전혀 이의가 없습니다."

그런 말을 늘어놓고서 그 사기꾼은 거드름 피우며 두 사람과 악수를 하고 호텔을 떠났다. 나는 그 의미가 불분명한 "그런 일"이란 말 때문에 즐겁다기보다는 훨씬 더 놀랐다. 그가 떠난 지 오래지 않아 나도 호텔을 떠났고, 중심가를 내려가다가 그가 자기 가게 문 앞에서 선택된 한 무리의 사람들에게 지껄여대고 있는 것을 보았는데(다분히 똑같은 취지로 말하는 듯했다), 그들은 내가 반대편 길을 지나갈 때 매우 못마땅한 눈빛으로 나에게 예를 표했다.

하지만, 뻔뻔스러운 사기꾼과 대조되는 조와 비디의 넓은 아량은 더욱 빛나 보였고, 그래서 그들에게 가는 길은 오직 즐겁기만 했다. 아직 사지에 힘이 없어서 천천히 걸어갔지만, 그들에게 가까워질수록 나는 마음이 점점 놓이는 한편 오만과 거짓이 점점 더 뒤로 멀어져 간다는 느낌이 들었다.

6월의 날씨는 향기로웠다. 하늘은 파랗고, 종달새들은 푸른 밀밭 위로 높이 날아오르고 있었으며, 나는 그 모든 시골이 내가 이제껏 알았던 것보다 훨씬 더 아름답고 평화롭다고 여겼다. 그곳에서 내가 살아가게 될 즐거운 삶, 그리고 나의 곁에서 단순한 믿음과 분명한 지혜로 나를 인도해 줄 영혼이 있다는 사실이 내 성격을 어떻게 더 나은 방향으로 변화시킬지를 상상하며 걷는 길은 참으로 즐거웠다. 그런 상상은 내 마음에 부드러운 감정을 일깨웠다. 고향으로 돌아온 기쁨에 마음이 누그러져 있었고, 너무나 큰 변화가 일어나 마치 오랜 세월 먼 길을 맨발로 걸어온 사람이 집으로 돌아가는 것 같은 기분이었기 때문이다.

비디가 교사로 있는 학교 건물은 한 번도 본 적이 없었지만, 읍내에 조용히 들어가기 위해 들어선 좁다란 에움길은 마침 그곳을 면하고 있었다. 그러나 실망스럽게도 그날은 휴일이었고, 아이들은 없었으며 비디의 집도 닫혀 있었다. 그녀가 나를 보기 전에 내가 먼저 그녀가 일상 업무에 바쁘게 몰두해 있는 모습을 볼 수 있으리라는 기대에 부푼 생각을 하고 있었지만, 그것이 꺾이고 말았다.

그러나 대장간은 아주 가까운 거리에 있었다. 그래서 나는 향기로운 초록색 보리수나무들 아래로 대장간을 향해 걸어가면서, 쩽그랑거리는 조의 망치 소리가 들리나 하고 귀를 기울여 보았다. 망치 소리가 들렸어야 할 때가 한참 지난 후에도, 내가 들었다고 착각했던 소리가 환상에 불과했음을 확인한 후에도, 모든 것이 조용했다. 보리수나무들은 거기 그대로 있었고, 산사나무들도 그대로 있었고, 밤나무들도 그대로 있었으며, 그 잎사귀들은 내가 걸음을 멈추고 귀를 기울이고 있노라니 정답게 바스락거렸지만, 한여름 바람결에 쩽그랑거리는 조의 망치 소리는 실려 오지 않았다.

까닭 모르게 두려운 마음으로 대장간이 보이는 곳까지 왔다. 그리고 마침내 보게 된 대장간은 닫혀 있었다. 화덕의 불빛도, 반짝이며 쏟아지는 불꽃도, 요란한 풀무소리도 없었다. 다 닫혀 있고 조용했다.

그러나 집은 비어 있지 않았고, 집에서 가장 좋은 응접실은 사용 중인 것 같았다. 거실 창문에서 하얀 커튼이 펄럭이고, 열려 있는 창가가 꽃들로 화사했기 때문이다. 나는 꽃들 너머로 들여다볼 요량으로 창가에 가만히 다가갔는데, 그때 조와 비디가 팔짱을 끼고 내 앞에 서 있었다.

처음에 비디는 내 유령이라도 본 것처럼 비명을 질렀다. 하지만 다음 순간 그녀는 내 품에 안겼다. 나는 그녀를 보고 눈물을 흘렸고, 그녀도 나를 보고 눈물을 흘렸다. 나는 그녀가 너무나도 생기 넘치고 즐거워 보여서 울었고, 그녀는 내가 너무나도 수척하고 창백해 보여서 울었다.

"그런데 비디, 정말 예쁘게 차려입었구나!"

"그래, 핍."

"그리고 조, **매형도** 정말 멋지게 차려입었네!"

"그래, 사랑하는 친구 핍, 내 친구."

나는 번갈아 가며 두 사람을 쳐다보았다. 그런데 그때—

"오늘이 내 결혼식 날이야." 비디가 터질 듯 벅찬 행복감으로 외쳤다. "나는 조와 결혼했어!"

그들은 나를 부엌으로 데려갔고, 나는 오래된 소나무 식탁 위에 머리를 내려놓았다. 비디는 내 손 하나를 그녀의 입술로 가져다 대고 있었고, 조는 내 어깨를 어루만지며 기운을 북돋아 주었다. "그러니까 핍이 충분히 건강하지 못한가 봐, 여보, 놀란 걸 보니 말이야." 조가 말했다. 그러자 비디가 말했다. "내가 그걸 생각했어야 하는 건데, 여보, 하지만 너무 기뻤거든요." 그들은 나를 만나게 된 기쁨에 들떠 있었고, 너무 자랑스러워했으며, 내가 그들을 찾아왔다는 사실에 깊이 감동받아 있었다. 내가 우연히 찾아와 그들의 결혼식 날을 완벽하게 만들어주었다는 생각에 너무나 기뻐했다!

나에게 제일 먼저 떠오른 생각은, 좌절된 이 마지막 희망을 조에게 한마디도 털어놓지 않았던 게 무척이나 다행이라는 생각이었다. 내가 병에 걸려 누워 있을 때, 그 말이 얼마나 자주 내 입술을 간질였던가! 만약 조가 내 곁에 단 한 시간이라도 더 머물렀다면, 더는 돌이킬 수 없었을 것이다.

"사랑하는 비디." 나는 말했다. "넌 세상에서 가장 훌륭한 남편을 뒀어. 만일 네가 내 병석 곁에 있는 그를 볼 수 있었다면, 너는 어쩌면…… 그렇지만 아냐, 너는 그를 지금보다 더 사랑할 수는 없을 거야."

"그래, 그건 정말 그럴 거야." 비디가 말했다.

"그리고 사랑하는 조, 매형은 세상에서 최고의 아내를 얻었어. 그리고 비디는 매형이 마땅히 누려야 할 만큼의 행복을 줄 거야. 사랑하는, 착하고 고결한 매형 조!"

조는 입술을 떨며 나를 쳐다보았고, 그러다가 실제로 소맷자락을 눈으로 가져갔다.

"그리고 조와 비디, 두 사람은 오늘 교회에 다녀왔고 모든 사람들에게 자비와 사랑을 베풀 테니까, 내가 지금까지 두 사람에게 받은 모든 은혜와 그럼에도 내가 보답하지 못했던 모든 것들에 대해 진심으로 감사하고 싶어. 그리고 내가 곧 외국으로 갈 예정이라 한 시간 안에 떠나야 한다는 것, 그리고 감옥에 가지 않도록 두 사람이 내준 그 돈을 내가 벌어서 보내주기 전까지는 절대 마음이 편치 않을 거라는 말을 할 때, 부디 이렇게 생각해 줘, 사랑하는 조와 비디, 만약 그 돈의 천 배를 갚는다 해도, 나는 내가 두 사람에게 진 빚의 단 한 푼이라도 갚았다고 생각하지 않을 거야. 아니, 갚을 수 있다고 해도 그렇게 생각하지 않을 거야!"

이 말을 듣고 두 사람은 깊이 감동했고, 더는 말을 하지 말라고 간곡히 부탁했다.

"하지만 나는 좀 더 말해야겠는걸. 사랑하는 조, 바라건대 사랑하는 아이들을 둬. 그리고 어느 겨울 밤, 이 벽난로 옆에 작은 꼬마 친구가 앉아서는, 예전에 여기 있었지만 이제는 영원히 떠나버린 또 다른 꼬마 친구를 떠올리게 해줄지도 모르지. 제발 그 꼬마에게는 말하지 말아줘, 조, 내가 감사할 줄 모르는 아이였다고. 그리고 비디, 내가 이기적이고 부당한 사람이었다고 말하지 말아줘. 오직 두 사람이 그토록 선하고 진실했기 때문에 내가 두 사람을 존경했다고만 말해줘. 그리고 그 꼬마는 두 사람의 아이니까, 나보다 훨씬 훌륭한 사람으로 성장하는 것이 당연하다고 내가 말했다는 얘기만 해줘."

"난 말이야." 조는 소맷자락으로 앞을 가린 채 말했다. "내 아이에게 그런 얘기는 전혀 해주지 않을 거야, 핍. 비디도 마찬가지고."

"그리고 이제, 두 사람이 이미 너그러운 마음으로 그랬다는 걸 알긴 하지만, 제발 내게 직접 말해줘. 나를 용서한다고! 제발 두 사람이 용서한다고 말하는 걸 듣게 해줘, 내가 그 소리를 가슴에 간직하고 떠날 수 있도록 말이야. 그러면 나는 장차 두 사람이 나를 믿고, 앞으로 더 나은 사람으로 봐줄 거라는 믿음을 가질 수 있을 거야!"

"오, 사랑하는 핍, 내 친구." 조가 말했다. "내가 너를 용서할 게 있다면, 하느님께서 아시겠지만, 나는 너를 용서했단다!"

"아멘! 그리고 나도 용서한다는 걸 하느님이 아실 거야!" 비디가 맞장구쳤다.

"이제 올라가서 나의 작은 옛 침실을 한번 둘러보고 혼자서 잠깐 쉴게. 그러고 나서 두 사람과 함께 식사를 하고 나면, 손가락 푯말 있는 데까지 나와 함께 가줘, 사랑하는 조와 비디. 그리고 우리 거기서 작별 인사를 나누기로 해!"

나는 내가 가진 모든 것을 팔았고, 채권자들과의 채무 조정을 위해 가능한 한 많은 금액을 따로 마련해 두었다. 채권자들은 내가 전액을 갚을 수 있도록 충분한 시간을 주었다. 그 후 나는 해외로 나가 허버트와 합류했다. 한 달도 채 되지 않아 나는 영국을 떠났고, 두 달 만에 클래리커 상사의 직원이 되었으며, 네 달만에 처음으로 단독 업무를 도맡게 되었다. 그 무렵 밀 폰드 뱅크의 거실 천장을 가로지르는 대들보는 더 이상 빌 발리 영감의으르렁거리는 소리로 진동하지 않고 평화를 되찾았다. 그리고허버트가 클라라와 결혼하기 위해 자리를 비우는 바람에, 그가그녀를 데리고 돌아올 때까지 나는 동양 지점을 단독으로 책임지게 되었다.

여러 해가 바뀌고 나서야 비로소 나는 클래리커 상사의 동업자가 되었다. 그렇지만 나는 허버트 부부와 함께 행복하게 살았고, 검약하게 생활하면서 빚을 갚았으며, 비디와 조와는 부단히편지를 주고받았다. 내가 상사의 세 번째 높은 지위에 올라갈 때까지, 클래리커는 허버트에게 내 비밀을 발설하지 않았다. 하지만 그는 허버트와의 동업자 관계에 대해 이제 더 이상 양심에묻어둘 수 없다고 말하며 비밀을 전부 털어놓았다. 허버트는 놀라는 것 못지않게 감동했으며, 사랑하는 내 친구와 나는 그 오랜 비밀 때문에 사이가 나빠지지 않았다. 우리가 대단한 회사가되었다거나 엄청난 돈을 벌었다고 추측하게 놔두진 않겠다. 우리는 사업을 거창하게 벌이진 않았지만 평판이 좋았고, 이익을내기 위해 노력했으며, 썩 잘해나갔다. 우리가 성공할 수 있었던 것은 허버트의 언제나 밝고 성실한 근면함과 준비성 덕분이었다. 그래서 나는 한때 왜 그에게 사업 수완이 없을 거라는 생각을 품었던 걸까 자주 궁금해했다. 그러다 어느 날 문득 깨달았다. 어쩌면 그에게 사업 수완이 없었던 게 아니라, 문제는 오히려 내게 있었다고 말이다.

59장

11년 동안이나, 나는 내 두 눈으로 조나 비디를 직접 보지 못했다─비록 내 상상 속에서는 그들 둘이 동양에 있는 내 앞에 자주 나타나긴 했지만─그러던 12월 어느 날 저녁, 어둠이 깔리고 한두 시간이 지난 후, 나는 고향의 정든 부엌문 빗장에 살며시 손을 얹었다. 내가 빗장을 아주 살며시 누른 터라 내 소리를 아무도 듣지 못했고, 나는 눈에 띄지 않고 안을 들여다보았다. 저기, 부엌 벽로 불빛이 비치는 그 정든 자리에는, 머리는 약간 세었지만 여전히 정정하고 힘찬 모습으로 파이프 담배를 피우며 조가 앉아 있었고, 그리고 저기, 조의 한쪽 다리로 울타리를 친 구석에서 내가 늘 쓰던 조그만 걸상에 앉아 난롯불을 쳐다보고 있는 아이는…… 다름 아닌 바로 나였다!

"우린 너와의 정분을 생각해서 이 아이 이름을 핍이라 지었어, 사랑하는 옛 친구." 조는 내가 그 아이 옆의 다른 걸상에 앉자(그러나 나는 그 아이의 머리카락을 헝클어뜨리지는 않았다) 기쁜 표정으로 말했다. "그리고 우린 이 아이가 너하고 약간 비슷하게 자라기를 바랐는데, 이 아이가 정말 그렇게 자라고 있다는 생각이 들어."

나도 역시 그렇게 생각했다. 나는 이튿날 아침 아이를 데리고 산책을 나갔다. 우리는 매우 많은 이야기를 나눴고, 서로를 완벽하게 이해했다. 그리고 나는 아이를 데리고 교회 묘지로 내려가서 거기에 있는 어떤 묘비 위에 앉혀 놓았다. 그랬더니 아이는 그 높은 자리에서 어느 것이 이 교구에 살다가 사망한 고 필립 씌빕과 상기자의 아내 조지애너를 추모하는 묘비인지 나에게 가리켜주었다.

"비디." 나는 저녁 식사가 끝난 뒤, 그녀의 어린 딸이 그녀의 무릎에 누워 잠자고 있을 때 말했다. "언젠가 나한테 핍을 주든지 빌려주든지, 좌우간 그렇게 꼭 해줘."

"안 돼, 안 돼." 비디는 조용하게 말했다. "넌 결혼해야 해."

"허버트와 클라라도 그렇게 말하지만 나는 결혼할 생각이 없어, 비디. 그들의 집에 아주 자리를 잘 잡아서, 결혼할 가능성은 전혀 없어. 이미 완전히 노총각이야."

비디는 아이를 내려다보고는 아이의 조그만 손을 자기 입술에 갖다 대더니, 아이를 만졌던 그 착하고 어머니다운 손으로 내 손을 잡았다. 비디의 몸짓과 그녀의 결혼반지가 살짝 닿는 감촉에는 뭔가 매우 깔끔한 웅변이 담겨 있는 것 같았다.

"사랑하는 핍." 비디가 말했다. "확실히 그녀 때문에 괴로워하지 않는 거지?"

"아, 아냐. 그렇지 않다고 생각해, 비디."

"아주 오랜 옛 친구로서 나에게 말해봐. 그녀를 완전히 잊은 거야?"

"사랑하는 비디, 나는 내 인생에서 일찍이 중요한 자리를 차지했던 것은 아무것도 잊지 않았고, 또한 내 인생에서 일찍이 조금이라도 자리를 차지했던 것도 거의 잊지 않았지. 하지만 내가 한때 '가련한 꿈'이라고 불렀던 건, 이제 다 지나갔어, 비디. 모두 사라졌어!"

그럼에도 불구하고, 내가 그런 말을 하는 동안에도 은밀하게는 그녀를 위해 혼자서 그 집터를 다시 방문하고자 하는 의향이 있음을 나는 알고 있었다. 그래, 바로 그랬던 것이다. 에스텔라를 위해서.

나는 한때 에스텔라가 극히 불행한 생활을 하고 있으며, 남편과 별거 중이라는 소식을 들은 적이 있었다. 그녀의 남편은 그녀를 대단히 잔인하게 다뤘으며, 오만과 탐욕과 잔인성과 야비함의 복합체로서 아주 이름이 나 있다고 했다. 그리고 그 후로, 나는 그녀의 남편이 말을 서툴게 다루다가 사고를 당해 사망했다는 소식도 들었다. 그녀에게 이 해방이 닥친 것이 약 2년 전이었으니까, 잘은 몰라도 그녀는 재혼을 했을 것이다.

조의 집에서 이른 저녁을 먹었기 때문에, 비디와 천천히 이야기를 나누고도 어둑해지기 전에 그 옛터로 걸어갈 시간이 충분히 남아 있었다. 그런데 도중에 옛날 건물들을 바라보며 옛 시절을 생각하느라 늑장 부린 탓에, 내가 그곳에 도착했을 때는 날이 아주 저물었다.

그곳에는 이제 집도 양조장도 없었고, 옛 정원의 담장 말고는 어떤 건물도 남아 있지 않았다. 건물들이 철거된 공터는 엉성한 울타리로 둘러싸여 있었는데, 그 너머로 바라보니 얼마간의 옛 담쟁이덩굴이 낮고 조용하게 쌓여 있는 잔재 더미 위에 새로 뿌리를 내리고 푸르게 자라나고 있었다. 울타리 문이 조금 열려 있기에, 나는 문을 밀어 열고 안으로 들어갔다.

차가운 은빛 안개가 오후를 덮고 있었고, 아직은 달이 돋아서 안개를 흩어놓지 않았다. 그렇지만 별들은 안개 너머에서 빛나고 있었고, 달이 떠오를 것이었으므로 저녁은 어둡지 않았다. 나는 옛 저택의 각 부분이 있었던 데가 어디고, 양조장이 있었던 데가 어디고, 대문이 있었던 데가 어디며, 술통들이 있었던 데가 어디인지 그 흔적을 찾아낼 수 있었다. 그렇게 하고 나서, 내가 황폐한 정원 산책로를 따라 바라보고 있었는데, 그때 정원에 홀로 있는 사람의 모습이 눈에 띄었다.

내가 앞으로 다가가자, 그 사람은 나를 알아본 눈치였다. 그 사람은 나를 향해 다가오던 중이었지만, 갑자기 멈춰 섰다. 내가 더 가까이 다가가자 그것이 여자의 모습이라는 걸 알 수 있었다. 내가 더 가까이 다가가자 그녀는 다른 쪽으로 향하려다가 멈추고서 내가 다가가도록 내버려뒀다. 그런 다음 그녀는 놀란 듯 망설이며 내 이름을 불렀다. 그리고 나도 큰 소리로 외쳤다.

"에스텔라!"

"나 무척 변했는데. 날 알아보다니 놀랍네."

과연 그녀의 발랄한 아름다움은 사라지고 없었지만, 그 형언할 수 없는 당당함과 그 형언할 수 없는 매력은 그대로였다. 그녀의 아름다움에 담긴 그 매력들은 내가 전에 보았던 것들이었다. 그런데 내가 전에 결코 보지 못했던 것은 한때 거만했던 눈의 슬프고 부드러워진 눈빛이었고, 전에 내가 결코 느껴보지 못했던 것은 한때 무정했던 손의 정겨운 감촉이었다.

우리는 근처에 있는 긴 의자에 앉았다. 내가 말했다. "그렇게 많은 세월이 지난 뒤에 이렇게 우리가 다시 만나다니 참 이상하다, 에스텔라, 우리가 처음 만난 이곳에서 말이야! 이곳에 자주 들르니?"

"그 이후 한 번도 와보지 않았어."

"나도 그래."

달이 뜨기 시작하자, 나는 벌써 저세상으로 가버린, 하얀 천장을 바라보던 매그위치의 그 고요한 얼굴이 생각났다. 달이 뜨기 시작하자, 그가 지상에서 들은 그 마지막 말을 내가 했을 때 그가 내 손을 꼭 쥐던 것이 생각났다.

이번에는 에스텔라가 우리 사이에 계속되던 침묵을 깼다.

"나는 아주 자주 이곳에 와보고 싶었고 또 와보려고 했지만, 여러 가지 사정으로 그렇게 하지 못했어. 가엾고 가엾은 정든 곳!"

은빛 안개가 막 떠오른 첫 달빛을 받았고, 그 달빛은 그녀의 두 눈에서 떨어지는 눈물을 비췄다. 내가 그 눈물을 보는 줄 모르고, 눈물을 참으려고 애쓰면서 그녀는 조용히 말했다.

"너는 여길 거닐면서, 어떻게 이곳이 이런 상태로 남아 있는지 궁금해하지 않았니?"

"궁금했지, 에스텔라."

"이 대지는 내 소유야. 내가 포기하지 않은 유일한 소유물이지. 그 밖의 모든 것들은 조금씩 나한테서 빠져나갔지만, 난 이것만은 지켰어. 그 비참했던 모든 세월에 걸쳐서 내가 유일하게 단호히 저항했던 대상이야."

"여기에 다시 집을 지을 거니?"

"마침내 그러게 됐어. 이곳이 변하기 전에 작별 인사를 하려고 여기 온 거야. 그런데 너는," 그녀는 방랑자에게 감동을 주는 관심 어린 목소리로 말했다. "너는 아직도 외국에서 살아?"

"아직은."

"그리고 잘 지내고 있겠지, 확실히?"

"충분히 먹고살기 위해 꽤 열심히 일하고 있어. 그러니까…… 그래, 난 잘 지내고 있어."

"난 네 생각을 자주 했어." 에스텔라가 말했다.

"그랬니?"

"요즘, 아주 자주 했어. 내가 그 가치를 전혀 몰랐을 때 팽개쳐

버렸던 것에 대한 기억을 나한테서 멀리 떼어놓는, 길고 힘든 시절이 있었어. 하지만 그 기억을 받아들이는 것이 내 의무와 상충되지 않게 된 이후로, 나는 그 기억에 가슴속의 한 자리를 내주었어."

"너는 언제나 내 가슴속에 네 자리를 차지하고 있었어." 나는 대답했다.

그리고 우리는 다시 침묵했는데, 마침내 그녀가 말을 꺼냈다.

"난 생각지도 못했어." 에스텔라는 말했다. "내가 이 장소와 작별 인사를 하면서 너와도 작별 인사를 하게 되리라고는 말이야. 난 이렇게 작별 인사를 나누게 돼서 참 기뻐."

"다시 헤어지는 게 기쁘다고, 에스텔라? 나한테 이별은 고통스런 일인데. 나한테 우리의 마지막 이별의 기억은 언제나 슬프고 고통스러웠단 말이야."

"하지만 네가 나에게 말했잖아." 에스텔라는 매우 진지하게 대답했다. "'하느님이 너를 축복해 주시기를, 하느님이 너를 용서해 주시기를!'이라고. 그리고 네가 그때 나에게 그렇게 말할 수 있었다면, 지금도 그렇게 말하기를 망설일 이유가 없잖아……. 지금, 괴로움이 다른 모든 교훈보다 더 강력해서 나로 하여금 너의 심정이 과거에 어땠을지 이해할 수 있도록 가르쳐준 지금 말이야. 나는 휘고 꺾였어. 그러나…… 내가 희망하건대…… 좀 더 나은 모습이 되었기를 바라. 예전에 그랬던 것처럼 나를 좋게 생각해 주고 착하게 대해줘. 그리고 우리가 친구라고 나에게 말해줘."

"우리는 친구야." 그녀가 긴 의자에서 일어날 때, 나도 일어나 그녀에게 몸을 굽히며 말했다.

"그리고 우린 헤어져도 계속 친구일 거야." 에스텔라가 말했다.

나는 내 손에 그녀의 손을 잡았고, 우리는 그 폐허의 장소에서
걸어 나왔다. 그리고 오래전 내가 처음 대장간을 떠날 때 아침
안개가 걷혔던 것처럼, 그렇게 저녁 안개가 걷히고 있었다. 안개
가 걷히자 고요한 달빛을 받고 있는 사방의 드넓은 공간이 드러
났고, 나는 에스텔라와의 또 다른 이별의 그림자는 전혀 보지 못
했다.

끝.

작품 해설

이세순

  디킨스의 최고의 걸작 『위대한 유산』은, 조실부모하고 시골 대
장장이 부인인 누나의 손에 자란 핍이라는 하류계급 출신의 주
인공이 상류사회의 일원이 되기를 갈망하지만 결국 그 꿈이 환
멸로 끝난다는 내용을 다룬 소설로, 당시 영국 사회의 단면과 그
시대의 인간상을 섬세하고 깊은 통찰력으로 꿰뚫어 보고 해학
적이고도 풍자적으로 묘사한 뛰어난 사실주의 사회소설이다. 이
소설은 본디 디킨스가 직접 운영한 주간잡지 『연중 *All the Year Round*』
의 인기가 떨어져 판매 부수가 급감하자, 이를 만회하기 위해서
1860년 여름부터 집필하여 그해 12월부터 1861년 6월까지 36회
에 걸쳐 이 잡지에 연재했던 것을 엮어서 단행본으로 출판한 장
편소설이다. 과연 디킨스의 원숙한 창작력과 뛰어난 필력이 유
감없이 발휘된 이 연재소설의 폭발적인 인기에 힘입어, 그의 주
간잡지는 기대 이상의 호황을 누리게 되었다. 그리고 이 작품이
주간 연재소설이었음에도 불구하고 그 구성이 상당히 치밀하고
복선이 복잡하게 깔려 있어 마치 추리소설을 읽는 것과 같은 긴
장감과 재미를 더해준다.

디킨스 자신의 작가적 성장 과정을 그린 일종의 성장소설인 이 소설은 3부로 구성되어 있는데, 1부는 1장부터 19장까지, 2부는 20장부터 39장까지, 그리고 3부는 40장부터 59장까지 거의 같은 분량으로 된 매우 탄탄한 삼각구조를 지니고 있다. 각 부는 주인공 핍의 유년시절의 시골 생활과 예쁜 소녀 에스텔라를 만난 뒤의 자기비하적 불만과 신사가 되려는 열망, 익명의 후원자로부터 막대한 유산 상속자로 지목된 청년 시절 런던에서의 사랑의 고뇌와 타락한 신사 생활, 그리고 성년이 되어 탈옥수인 후원자를 만난 뒤 정신적 혼란을 거쳐 참된 인생에 대한 깨달음을 얻고 새 출발하는 내용을 단계적으로 묘사하고 있다.

그리고 이 이야기는 이미 말년에 들어선 주인공 핍이 화자가 되어, 일인칭으로 시골의 대장간 잔일꾼에 불과했던 자신의 파란만장한 성장 과정을 매우 생생하게 회고하면서 진솔한 반성적 어조로 소상히 진술하는 방식으로 전개되어 있다. 말하자면, 핍은 자신이 직접 겪었던 모든 일들을 이제 제삼자적인 입장에서 회상하고 객관적으로 서술하고 있다는 말이다. 따라서 비록 줄거리를 벗어난 군더더기 같은 이야기가 종종 장황하고 산만하게 삽입되고 있음에도 불구하고, 이 소설은 전체적인 내용의 유기성과 일관성이 유지되고 각 일화나 사건의 귀추에 대한 궁금증을 유발하여 독자들의 주의를 끄는 독특한 묘미를 지니고 있다.

근본적으로 이 소설은 주인공의 성장 과정을 다룬 성장소설인 동시에 인간의 삶과 사회상을 심층적으로 다룬 사회소설이므로, 이 소설에는 다분히 사적이면서도 보편적인 주제들이 담겨 있다. 그리고 여기에는 주인공과 직간접적으로 관련된 주변 인물들 사이에서 벌어지는 사랑과 증오, 믿음과 배신, 음모와 복수, 득죄와 응징, 은혜와 배은, 그리고 화해와 용서 등등의 행위가 복잡하게 얽혀 있다. 주인공이 그 자신이 속한 사회나 시대와 무관하게 존재할 수는 없기 때문이다. 그러므로 이 소설에서 핍이라는 한 개인의 사적인 이야기 속에 이 작품의 배경을 이룬 이른바 19세기 영국의 빅토리아니즘Victorianism이라는 특수한 시대사조가 어떤 양상으로 투영되어 있는지 살펴보는 것은 이 작품을 이해하는 데 도움을 줄 것이다.

먼저 작가의 성장소설로서 이 작품이 지니고 있는 자전적 요소들은, 작가 연보와 연관 지어 읽어보면 뚜렷하게 드러난다. 핍이 7남매 중 둘째라는 것은 작가가 8남매 중 둘째라는 사실의 반영이고, 핍이 고아로서 누나 밑에서 자라는 것은 디킨스가 고아나 다름없이 부모에게 거의 버려지다시피 어린 시절을 보낸 것과 별로 다를 바 없다. 또 어린 핍이 매형 조의 대장간에서 일하는 것은 디킨스가 어린 나이에 구두약 공장에서 일했던 것과 비슷하며, 꼬마 핍이 동네 사람들에게 끊임없이 당하던 멸시나 모멸감은 바로 아버지가 채무자 교도소에 수감된 죄인의 아들인 디킨스가 주위로부터 받았거나 스스로 느꼈을 멸시나 모멸감과 다르지 않다. 또한 핍이 묘사하는 황량한 습지대, 뉴게이트 교도소, 재거스 변호사의 각양각색의 의뢰인들, 재판정의 이모저모, 그리고 템스 강의 온갖 배들에 관한 지식 등등은 디킨스가 교도소로 아버지의 면회를 가고, 변호사 사무실에 근무하고, 그리고 어린 시절 강변 가까이에 살면서 직접 보거나 겪었던 온갖 경험들의 반영이라고 할 수 있다. 디킨스는 이 모든 경험들을 핍을 통해서 되살려내, 그의 탁월한 상상력과 창의적인 필력에 의해 생생하게 사실적으로 묘사하고 있다.

주제의 측면에서 볼 때, 이 소설의 핵심 주제들은 계급을 초월한 사랑과 신분 상승을 꼽을 수 있다. 이것들은 역시 디킨스의 자전적 사실과 직접적인 관련이 있으며, 따로 떼어서 생각할 수 없는 복합적인 주제이기도 하다. 그리고 특히 신분 상승의 주제는 앞서 언급한 빅토리아니즘과 밀접한 연관이 있다. 동서고금을 막론하고 거의 모든 문학작품의 가장 보편적이고 흥미 있는 주제는 사랑인데, 디킨스는 이 소설에서 신분의 장벽을 넘지 못하는 애달픈 사랑으로 독자들의 심금을 울리고 있다. 실제로 디킨스는 민사법정의 속기사로 일하던 열일곱 살 때 한 은행가의 딸인 마리아 비드넬을 사랑했었지만, 신분의 격차와 가난 때문에 결혼을 하지 못한 적이 있었다. 조부모가 천한 노비 출신인데다가 가난하며 배운 것도 별로 없는 처지였으므로, 디킨스로서는 숙명적으로 사랑의 쓴맛을 볼 수밖에 없었다. 이런 비운의 사랑은 주인공 핍의 에스텔라에 대한 짝사랑에서 그대로 재현되는데, 가난하고 비천하기 짝이 없는 핍으로서는 큰 부잣집 딸 에스텔라를 사랑한다는 것은 애초부터 순탄치 않을 것이 뻔한 일이다. 과연 에스텔라의 도도하고 건방지며 핍을 철저히 멸시하는 태도는 오히려 핍으로 하여금 사랑의 열병을 앓게 하며, 미스 해비셤의 핍을 부추기는 행위는 그녀가 두 사람을 배필로 정해 둔 것이라는 오해를 일으켜 핍으로 하여금 더욱 미련을 갖게 한다. 또한 에스텔라를 향한 핍의 사랑은 그의 삶을 일변시켜 놓는 동시에, 그녀의 사랑을 쟁취하기 위해 신사가 되겠다는 허황된 꿈을 꾸게 만든다. 여기서 핍이 신사가 되고자 하는 것은 에스텔라의 사랑을 얻으려는 한 방편인 동시에 출세를 통한 신분 상승에 대한 집요하고 강한 욕망의 표출이다. 어느 시대 어느 사회에서나 큰돈을 벌거나 출세를 함으로써 신분 상승을 꾀하는 것은 누구나 지닌 일반적인 욕망인데, 그것이 핍의 경우에는 신사가

되려는 집착으로 나타난다. 핍의 이런 집착적인 소망은 그가 뜻
밖에도 익명의 후원자로부터 막대한 유산 상속자로 선택받고 신
사 교육을 받음으로써 실현될 듯이 보인다.

원래 19세기 빅토리아 시대의 신사는 누구나 선망하는 계급에
속하는 존재로, 학식이 많고 덕망이 높아서 사람들의 존경을 받
으며, 재산이 풍부하여 유유자적하며 베풀 줄 아는 아량을 지닌
고상한 사람을 일컬었다. 그러나 1830년대에 들어서면서부터 급
격하게 변하기 시작한 빅토리아 시대의 풍조, 즉 빅토리아니즘
과 더불어 전통적인 신사의 개념은 크게 바뀌었다. 19세기 영국
은 산업혁명의 여파로 상업과 생산업이 획기적으로 확장 발전했
으며, 이 방면의 종사자들은 대개 부를 축적한 신흥 중산층을 형
성했다. 그리고 이들의 높은 시민의식과 정치적 영향력은 1832
년과 1867년의 1, 2차 선거법 개정안의 제정을 쟁취함으로써, 마
침내 귀족과 상류계급에 의한 정치의 독점을 종식시키고 모두가
평등한 정치적 자유를 누리는 민주국가를 건설했다. 또한 이 시
대는 물질문명과 과학의 발달, 그리고 제국주의의 팽창과 더불
어 세계 도처의 식민지에서 들어오는 풍부한 물자로 과학의 혜
택과 물질적 풍요를 구가했다. 그러나 이와 같은 낙관적인 사회
변화의 이면에는 염세적인 경향도 나타났는데, 그것은 천문학,
지질학 등의 과학 발달과 진화론의 대두가 종교적 회의를 초래
하여 사람들을 정신적 불안과 혼돈에 빠지게 했기 때문이다. 게
다가 급격한 정치적·사회적 대변혁과 물질적 풍요로움은 기존
가치관의 전도와 함께 물질만능 사상과 실용주의 사상이 풍미하
는 사회 풍조를 조장했다. 그리고 이러한 빅토리아니즘은 이상
적인 신사를 도덕성과 인격과 도량보다는 그럴듯한 외양과 언변
이나 재화로 평가함으로써, 본래의 전통적인 신사의 의미는 퇴

색하고 극심한 속물적 근성과 위선이 가득 찬 사이비 신사를 양산하기에 이르렀다. 바로 이러한 사회 풍조가 낳은 것이 핍이므로, 핍이 최종적으로 귀향하기 전까지 보여주는 모습은 타락하고 속물적인 신사상이며, 따라서 진정한 사랑도 신분 상승도 쟁취한 것이라고 볼 수 없다. 디킨스가 핍이 재산에 대한 욕구를 버리고 자신의 삶을 반성하고 진정한 인간성을 회복한 뒤에야 마지막에 에스텔라와의 결합을 암시하도록 설정한 것은, 참된 인간성이 결여된 상태에서는 사랑도 행복도 신분 상승도 성취할 수 없다는 그의 반反빅토리아니즘적 인생 철학을 말해주는 것이다.

이 소설이 불후의 명작으로서 변함없이 우리의 심금을 울려주는 또 한 가지 중요한 요소가 있는데, 그것은 디킨스의 예리한 인간성 탐구와 특히 약자들에 대한 세심하고도 인간미 넘치는 시선이다. 디킨스가 이 소설에서 다루고 있는 여러 계층의 사람들을 크게 다섯 부류로 나눠볼 수 있다.

첫 번째 부류는 시류나 외적 상황에 휩쓸리지 않고 의무에 충실하며 곧은 삶을 영위하는 고상한 인품을 지닌 사람들로서, 여기에는 매슈 포킷과 조 가저리가 속한다. 포킷은 결혼 때문에 출세의 길을 접고 개인 교사로 일하며 생계를 유지하지만, 물욕에 초연한 순수하고 강직한 인품으로 참된 스승의 모습을 보여준다. 한편, 가저리는 무식하고 천한 시골 대장장이지만 염직하고 남을 배려하며 자기 직분에 충실할 뿐만 아니라 아량과 포용으로 궁극적으로 핍으로 하여금 인간성을 회복하게 해준다는 면에서 진정 고상한 신사라 할 수 있다.

두 번째 부류는 자신의 특정 목적이라든가 이익과 출세를 위해서라면 무슨 짓이든지 행하며 남들을 배려하지 않는 속물적이고 위선적인 사람들이며, 여기에 속하는 사람들로는 재거스, 미스 해비셤, 에스텔라, 펌블추크, 그리고 컴피슨을 들 수 있다. 재거스는 유능한 변호사이긴 하지만 지나치게 사무적이고 내로라하는 거만한 인물로 약자에 대해 전혀 배려할 줄 모르는 냉혈한이고, 미스 해비셤은 막대한 재산의 소유자이긴 하지만 그녀가 겪은 큰 정신적 충격 때문에 자신의 감옥에 갇혀 평생을 지내며 복수만을 꿈꾸는 유령과 같은 독선적인 여인이고, 에스텔라는 미스 해비셤의 복수의 도구로 길러진 일종의 가슴이 없는 얼음같이 차가운 꼭두각시로 자신뿐만 아니라 주위 남자들에게 불행을 안겨주는 여인이고, 펌블추크는 빅토리아조의 전형적인 속물로 위선적이고 입장에 따라 자신의 태도를 수시로 바꾸는 카멜레온과 같은 인물이며, 컴피슨은 유식한 허울만의 신사로서 온갖 불법을 저지르고도 자신은 법망을 피하고 동업자인 프로비스만 옥살이를 하게 만들며 마침내는 유형지에서 귀향한 프로비스를 밀고함으로써 피차의 죽음을 초래하는 간악하기 짝이 없는 사기꾼이다.

세 번째 부류는 정치적 자유와 물질적 풍요의 그늘에서 여전히 인권을 유린당하고 핍박당하는 가난하고 힘없는 하층민들이며, 여기에는 프로비스(에이블 매그위치)와 주인공 핍이 속한다. 탈옥수 프로비스는 부모도 모르고 출생지조차 모른다. 그는 어린 시절부터 추위와 굶주림에 시달리며 떠돌이 생활을 하다가, 아주 사소한 일로 소년원에 끌려가 범법자가 된 이후로 범죄와 감옥살이로 점철된 일생을 보내게 된다. 게다가 그는 살인에 연루된 아내와 유일한 혈육인 어린 딸과 헤어지는 불행을 겪는다. 비록 매그위치가 범죄와 감옥살이로 얼룩진 흉악한 탈옥수이고 어린 핍에게 도움받은 것은 얼마 안 되는 음식물과 줄이었지만,

그는 그 고마움을 평생 잊지 않고 고생해서 번 돈과 재산을 모두 핍에게 보내고 핍을 신사로 만들어준다. 그는 또 유형지에서 목숨을 걸고 바다를 건너 귀국하여 핍에게 나타나, 핍의 강한 거부감에도 불구하고 변치 않는 사랑으로 대해주며, 비록 탈출 계획이 실패하여 부상을 입은 채 체포되지만 죽는 날까지 참회하며 순수한 인간다운 모습을 보여줌으로써 핍의 마음을 정화시켜 인간성을 회복하게 만들어준다. 이로써 디킨스가 인간을 바라보는 눈은 대상의 외양이 아니라 내재된 인간성을 꿰뚫어 본다는 것을 알 수 있다. 또한 매그위치의 파란만장한 인생 유전을 통해서, 디킨스는 훌륭한 인물이 될 수도 있는 사람이 제도적인 모순과 세상의 편견 때문에 범죄자가 되고 끝내는 목숨을 잃게 되는 사회현상을 신랄하게 비판하고 있는 것이다. 그리고 결국 핍이 매그위치와 가저리의 감화력으로 인하여 본성을 되찾게 된다는 점에서, 이 두 사람들이야말로 핍에게 위대한 정신적 유산을 물려주는 셈이다. 그리고 이는 '마음이 진정한 신사라야 진정한 신사'라는 디킨스의 지론이 가장 잘 구현된 핵심적 부분이기도 하다.

네 번째 부류는 핍의 착실하고 헌신적인 조력자이며 핍과 바깥세상과의 절충 내지 교량적 역할을 하는 사람들이다. 여기에 속하는 인물들로는 웨믹, 허버트, 비디 등인데, 웨믹이 동산 축적의 귀재라는 점만 빼놓고는 모두가 분별력이 있고 지혜로우며 낙천적이고, 성실하며 모범적이고 소박한 삶을 지향하는 사람들이다.

마지막 다섯 번째 부류는, 태생적으로 나태하고 건방지며 자신의 일에 성실하게 임하지도 않을 뿐만 아니라 아무런 타당한 이유도 없이 사회와 주변 사람들에게 적개심을 품고 있는 사람들이다. 여기에 속하는 인물들은 여러 가지 직업을 전전하며 핍에게 앙심을 품고 폭력을 휘두르는 올릭, 괜히 핍을 깔보며 온갖 심술을 부리는 트랩 양복점의 점원 소년, 그리고 핍이 속물적인 신사 노릇을 할 때 시동으로 둔, "악심덩이 같은" 소년 등이다.

이와 같이, 어떤 의미에서는 이 소설의 등장인물들은 모두 희비극적인 상황에 처한 힘들고 지친 군상들이다. 그러나 어떤 부류의 인간을 다루든지 디킨스에게서 일관되게 나타나는 태도는 가차 없는 응징이나 보복이 아니라 매우 동정적이며, 그들의 심정과 애환을 이해하고 용서하려는 성자적인 태도다. "결코 굳지 않는 심장과, 결코 지치지 않는 기질과, 결코 상처를 주지 않는 손길을 지녀라Have a heart that never hardens, and a temper that never tires, and a touch that never hurts"라는 디킨스의 말에 이 태도가 잘 나타난다. 그래서 이 소설에서도 대부분의 등장인물들은 어떤 상황에서 무슨 잘못을 저지르든, 궁극적으로 그것을 진실로 반성하고 회개하여 착한 본성을 회복하는 모습을 보여준다. 막대한 유산에 대한 꿈과 욕심을 버리고, 배은망덕한 자신의 과오를 뉘우치며, 병구완에만 열중하는 핍 앞에서 참회하고 운명을 받아들이며 목숨을 거두는 프로비스가 그렇고, 자신을 이용하기만 한 미스 해비셤을 너그럽게 용서해 주는 아량을 보이는 주인공 핍이 그렇고, 끝에 가서 눈물 흘리며 자신의 행위를 후회하고 용서를 구하며 남을 돕고자 하는 미스 해비셤이 그러하며, 마지막에 이르러 그 도도함이 꺾이고 얼음같이 차갑던 마음이 녹아 부드러워진 에스텔라가 그렇다고 볼 수 있다. 한편 등장인물들의 이러한 변화는 근본적으로 그들 간의 상호작용에 의한 것이지만, 무엇보다도 원래 심성이 착했던 주인공 핍의 감화력에서 기인한다고 볼 수 있다. 즉 프로비스가 온갖 죄악 속에서도 영혼을 맑게 할 수 있었던 것은 어린 핍이 줄과 음식물을 가져다준 조그만 구조 행위에서, 미스 해비셤의 복수심에 찬 냉혹한 마음과 냉정하고 도도한 에스텔라의 마음에 인간의 심장과 감정을 갖도록 해준 것은 그들에게 온갖 굴욕과 박해를 당하면서도 끝까지 순수한 사랑을 보여준 핍의 진솔한 행위에서 각각 비롯되었다고 할 수 있다. 다만 끝까지 참회할 줄 모르고 악의 길로만 치닫던 올릭과 컴피슨만은 죗값을 치러야 할 사람으로 남겨진다.

이와 같은 디킨스의 예리한 인간 탐구 이외에 이 소설의 읽는 재미를 더해주는 것은 다름 아닌 그의 두드러진 추리소설 수법이라고 할 수 있다. 이 소설은 처음부터 많은 우연의 사건이나 만남이 일어나는데, 그것이 어떤 일이나 결말로 이어질지 하는 것이 긴장감과 궁금증을 고조시킨다. 첫 장에 등장하여 핍의 삶에 지대한 영향을 끼치는 탈옥수가 에이블 매그위치이며 그가 바로 익명의 후원자라는 사실이 밝혀지는 것은 중반을 넘긴 이후이고, 주인공 핍이 미스 해비셤이 익명의 후원자가 아니라는 것과 그녀의 본심을 알게 되는 것은 종반에 이르러서이며, 매그위치가 에스텔라의 생부이며 그녀의 어머니가 재거스의 가정부라는 사실도 오랜 추적 끝에 종반에 다가와서야 비로소 밝혀지는 것 등등은 다분히 긴장감을 유발하는 추리소설적 수법이다. 그러나 경우에 따라서는 지나치게 자의적이어서, 컴피슨과 굼뜨기 짝이 없는 올릭이 핍과 매그위치의 일거수일투족을 소상히 감지하고 결정적 순간을 노리고 있었다는 것은 쉽게 납득할 수 없는 대목이다.

한편, 이 소설에서 디킨스는 다양한 화법을 구사하고 있을 뿐만 아니라, 묘사의 대상이나 전달하려는 상황과 분위기에 따라 현실과 환상세계를 넘나들며 사실주의 문체, 인상주의 문체, 자연주의 문체, 서간체, 신문체 등등 다채롭게 쓰고 있다. 어린 핍이 탈옥수를 만나고 그에게 약속한 음식을 훔쳐다 주기 위해 궁리할 때의 심경이라든가 누나네 집의 물건을 훔친 후의 죄책감과 발각되리라는 공포에 시달리는 고통스런 심리 상태, 동네 어른들에게 온갖 꾸지람과 멸시를 받으며 울분을 속으로 삭혀야만 하는 말 못 할 상황, 에스텔라를 처음 만나던 날 그녀에게 당한 수모 때문에 남몰래 울분을 터뜨리는 장면이라든가, 함께 있으면서 한 번도 행복한 적이 없으면서 에스텔라를 잊지 못하는 심정, 수문지기의 집에서 밤에 올릭의 협박을 받는 절박한 순간에 핍의 뇌리를 스치는 여러 가지 상념, 프로비스가 죽은 후 의식을 잃고 앓아누웠을 때 느꼈던 환상적 상황의 회고 등등은 역시 실감나도록 사실주의 문체로 생생하게 묘사되어 있다. 이런 점에서는 이 소설이 뛰어난 심리소설이라는 평가를 받을 수 있다. 또 강물에 유유히 떠다니는 돛단배라든가 시시각각 변하는 습지대의 안개, 가스등이 점점 밝혀지는 밤거리를 마차를 타고 달리는 모습, 핍이 런던에 처음 왔을 때 낯선 거리를 거닐며 이곳저곳 둘러보는 모습 등등은 우리 눈앞을 스쳐 지나가는 듯한 느낌을 자아내는 인상주의 문체로 묘사되어 있다. 그리고 쐐기풀이 무성하게 자란 쓸쓸한 교회 묘지, 미스 해비셤 저택의 황폐한 양조장과 잡초가 자란 버려진 정원, 녹슬고 이끼가 돋아 있는 정원 출입문, 먼지와 거미줄을 잔뜩 뒤집어쓰고 부패된 채 대형 피로연 식탁에 놓여 있는 미스 해비셤의 결혼 케이크, 핍이 런던에 올라와서 처음에 머물던 헐고 낡아빠진 바너드 여관 건물 등등의 묘사는 자연주의 문체로 무상한 세월의 흐름을 느끼게 해주는 데 부족함이 없다. 이외에도 디킨스는 해학적이면서도 상징적인 표현이라든가 재치가 넘치는 말장난이라든가 역설적인 표현으로 독자의 웃음을 자아낸다.

비록 때로는 디킨스 특유의 흰소리와 함께 줄거리 전개와는 별 상관이 없는 불필요한 현학적인 내용이 장황하게 전개되기도 하고, 또 때로는 지나치게 과장되거나 비약적이고 앞뒤가 안 맞는 면들이 있지만, 이 소설을 통해서 독자들은 디킨스 문학의 진수를 만끽할 수 있으리라고 믿는다. 그리고 주제와 수법과 문체의 면에서 이 소설은 그 이전에 발표된 명작들의 종합 결정판인 만큼, 이 작품을 정독한다면 이것 하나만으로도 독자들은 디킨스의 전 작품을 읽은 것과 거의 같은 지적 산책의 결과를 얻을 수 있으리라고 확신한다.

* * *

원제가 'Great Expectations'인 이 소설의 본래 의미는 "예상되는 막대한 유산 상속"이지만, 『세계문학대사전』(문원각, 1972)에는 "거대한 유산"이라고 썼고, 최근 국내 디킨스 학자들 간에는 "막대한 유산"을 즐겨 쓰는 것 같다. 물론 "거대한 유산"보다는 "막대한 유산"이 한결 나은 표현으로 보인다. 그러나 어느 것도 이 소설의 전체적인 내용을 포괄적으로 전달하기에는 부족한 감이 있다.

원래 주인공 핍이 기대했던 것은 신분 상승을 보장해 줄 물질적으로 "막대한 유산"이었을 것이므로, 이것이 이 소설의 중반부까지의 제목으로는 그런대로 수긍할 만하다. 하지만 핍은 유산 상속에 실패하여 자신의 모든 허황된 꿈이 물거품이 되고 모든 것을 상실한 상황에서, 재산보다는 그 재산의 불쌍한 소유자를 생각하고, 또 미스 해비셤이 도와주겠다는 제의마저 단호히 거절한다. 오히려 핍은 불행할 대로 불행한 처지임에도 불구하고 재물에 대한 욕심은 다 버리고, 자신의 잘못을 반성하고 감사할 줄 아는 매그위치와 변치 않는 고귀한 품성과 아량을 지닌 조를 통해 인간성을 회복하여 신의를 소중히 여기며 성실하고 감사할 줄 아는 삶을 구가하려는 의지를 드러낸다. 요컨대, 궁극적으로 핍이 보여주는 이러한 정신적 자각과 새로운 인생 출발이야말로 핍이 물려받은 진정으로 귀중하고도 "위대한 유산"이다. 따라서 주인공 핍의 정신적 성장 과정을 추적한 이 소설의 전체 주제를 아우를 수 있는 제목으로는 역시 정신적인 측면에서의 "위대한 유산"이 가장 적합할 것이다.

작가 연보

찰스 디킨스(1812-1870)

1812   2월 7일, 영국의 남부 군항 도시 포츠머스 교외의 작은 마을 랜드포트에서 해군성 경리국 하급 관리인 아버지 존 디킨스 John Dickens와 그의 상급 관리의 딸이었던 어머니 엘리자베스 디킨스Elizabeth Dickens 사이의 5남 3녀 중 둘째로 태어남.

1814   아버지가 런던으로 전근되어 가족 모두 런던으로 이사.

1817   후일 『위대한 유산』의 지리적 배경이 되는 런던의 동남쪽에 위치한 켄트 주의 템스 강 어구 군항 도시 채텀으로 이사하여, 이곳에서 비교적 행복한 유년시절을 보냄.

1821   집에서 근거리에 있는 조그만 초등학교에 다님. 독서를 좋아하고, 셰익스피어의 연극 공연을 즐겨 봄. 교장 윌리엄 가일스가 학업 성취도에 두각을 나타내는 디킨스에게 특별한 관심을 보임.

1822   가정 형편이 기울어 런던의 빈민가 캠든으로 이사. 아버지는 등기소인 서머싯 하우스의 서기로 일했고, 디킨스는 비참한 생활을 하면서 빈자와 약자의 애환을 직접 체험하는 가운데 이들에 대한 동정심을 갖게 됨.

1824   2월, 아버지가 빚을 지고 채무자 감옥 마셜시에 수감되어 12살의 어린 디킨스에게 심한 굴욕과 불행을 안겨줌. 어린 디

킨스는 집안을 돕기 위해 학업을 중단하고 2월부터 6월까지 가족과 떨어져 혼자 기거하면서 런던의 헝거퍼드 시장의 구두약 공장에서 일함. 이때 부모가 자신이 케임브리지 대학에 진학한 것보다 더 만족스러워했다고 회고.

6월, 아버지가 물려받은 유산으로 빚을 청산하여 출감하고 가정 형편이 나아지면서 복교.

1825   아버지가 해군성에서 퇴직하여 연금생활자가 됨.

1827   사립학교 웰링턴 하우스 아카데미를 졸업하고, 런던의 한 변호사 사무소에서 서기로 근무. 신문기자가 되기 위해 아버지로부터 속기를 배움.

1828   변호사 사무소를 사직하고 민사법정 속기사가 됨.

1830년   은행가의 딸 마리아 비드넬을 사랑하게 되었으나, 그 부모의 반대로 결혼을 하지 못함. 대영박물관 도서실을 드나들며 셰익스피어와 올리버 골드스미스Oliver Goldsmith 등의 작품을 탐독.

1831   1832년까지 하원의원 의회 진행 기록 담당 속기사로 근무.

1832   연극배우 오디션을 받기로 한 날 발병으로 인하여 연극배우가 될 기회를 놓침. 의회보도지『의회의 거울Mirror of Parliament』의 기자가 됨. 런던의 석간지『진실한 태양True Sun』의 통신원이 됨.

1833   기자생활을 하면서 틈틈이 써놓은『미루나무 산책로의 만찬 A Dinner at Poplar Walk』을『월간잡지Monthly Magazine』12월 호에 게재. 여러 신문과 잡지에 '보즈Boz'라는 필명으로 단편을 발표하기 시작.

1834   8월,『모닝 크로니클The Morning Chronicle』의 기자가 됨.

1835	『이브닝 크로니클The Evening Chronicle』에 소품 발표 시작. 이 신문의 편집장 조지 호가스의 딸 캐서린 호가스Catherine Hogarth와 약혼.
1836	런던과 여러 지방의 이런저런 면모와 풍속을 묘사한 첫 작품집 『보즈의 소묘집Sketches by Boz』 출판. 4월, 캐서린 호가스와 결혼. 1859년까지 22년간 결혼 생활하면서 열 명의 자녀를 둠. 마셜시 채무자 감옥으로 아버지를 면회 갔었던 기억을 토대로 하여 『뉴게이트 방문A Visit to Newgate』을 발표. 픽윅 클럽 회장 픽윅 씨와 동료 회원의 여행 견문을 소재로 한 악한소설풍 첫 장편소설 『픽윅 견문록The Pickwick Papers』 연재 시작. 이 작품의 성공으로 당대의 유명작가가 됨. 11월, 신문기자직을 사임하고 글쓰기에 전념하기 시작. 이후 주간잡지나 월간잡지에 작품을 연재하며 왕성한 작품 활동 전개함.
1837	『픽윅 견문록』 완성. 그의 충실한 조언자이자 그의 첫 전기 작가인 존 포스터John Forster를 만남. 월간잡지 『벤틀리의 잡문집Bentley's Miscellany』의 초대 편집장이 됨과 동시에 여기에 『올리버 트위스트Oliver Twist』를 연재함.
1838	『올리버 트위스트』 완성. 1월, 기숙사 학생을 학대한다는 요크셔 주의 한 학교를 방문하고, 이것을 소재로 한 『니콜라스 니클비Nicholas Nickleby』를 분책 형식으로 출간.
1839	『니콜라스 니클비』 완간. 월간잡지 『벤틀리의 잡문집』의 편집장직 사임.
1840	4월 4일, 주간지 『험프리 시의 사계Four Seasons of Humphrey City』 창간. 『골동품점The Old Curiosity Shop』을 인기리에 연재, 완성.
1841	장편 역사소설 『바나비 럿지Barnaby Rudge』 연재, 완성.

1842	1월에서 6월까지 부부 동반으로 약 6개월간 미국 방문. 귀국 후 『미국 방문기*American Notes*』 발표. 이를 계기로 수필가 겸 단편작가 워싱턴 어빙Washington Irving과 시인 롱펠로Henry Wadsworth Longfellow와의 친분이 더욱 두터워짐.
1843	『크리스마스 캐럴*A Christmas Carol*』 출판.
1844	『마틴 처즐윗*Martin Chuzzlewit*』 완성. 7월부터 약 1년간 이탈리아에 거주.
1846	1월, 새로 창간된 『데일리 뉴스*Daily News*』의 편집장이 되었으나 1개월 만에 사임. 창간호부터 3회에 걸쳐 이탈리아 여행기를 연재하고, 이를 『이탈리아 정경*Pictures from Italy*』으로 출판. 5월부터 약 10개월간 스위스와 프랑스에 거주. 10월, 장편소설 『돔비와 아들*Dombey and Son*』을 분책 형식으로 발표.
1847	사설 극단을 조직하고 아마추어 연극 활동에 열중함. 덴마크의 동화작가 한스 안델센Hans Christian Andersen을 만나 친구가 됨. 청녀감화소를 운영하는 버넷 코츠 양Miss Burdett Courts을 도왔고, 이후 적극적으로 자선단체를 후원하고 사회개혁 운동에 참여함.
1848	1846년부터 연재한 『돔비와 아들』 완성.
1850	어린 시절과 청년기의 경험을 다룬 자전적 소설 『데이비드 코퍼필드*David Copperfield*』 완성. 3월, 주간지 『귀에 익은 말들*Household Words*』 창간(1859년까지 운영).
1851	자신의 극단을 이끌고 빅토리아 여왕 앞에서 연극 공연. 주간지 『귀에 익은 말들』에 『어린이 영국사*A Child's History of England*』를 연재하기 시작하여 1853년 말까지 계속함.
1853	『황폐한 집*Bleak House*』 완성. 대중을 상대로 『크리스마스 캐럴』

의 첫 작품 낭독회를 가짐. 이후 영국 각 지방과 미국 등지를 돌아다니며 작품 낭독회 개최. 실감 나는 낭독으로 큰 인기를 누림.

1854   1월, 영국 중부 어느 공업도시에서 일어난 파업을 소재로 한 장편소설 『어려운 시절Hard Times』을 『귀에 익은 말들』에 연재하기 시작.

1855   12월, 『귀여운 도릿Little Dorrit』을 매월 분책 형식으로 발표. 어린 시절부터 동경하던 켄트 소재의 갯즈힐 저택을 사기 위해 교섭.

1857   『귀여운 도릿』 완성. 젊은 여배우 엘런 터넌Ellen Ternan과의 염문 발생.

1858   5월, 아내 캐서린과 공식적인 별거 시작. 11월, 당대의 동료 소설가 새커리William Makepeace Thackeray와 절교.

1859   본부인 캐서린 호가스와 이혼하고 엘런 터넌과 동거. 런던과 파리를 배경으로 한 『두 도시 이야기A Tale of Two Cities』 완성. 4월, 주간지 『연중All the Year Round』 창간(1870년 사망 시까지 운영). 본격적인 추리소설 『막다른 골목까지 몰려서Hunted down』를 발표.

1860   주간지 『연중』에 12월부터 『위대한 유산Great Expectations』 연재 시작.

1861   『위대한 유산』을 단행본으로 출간.

1863   공개 낭독 지방 순례를 다님. 새커리와 관계 회복.

1864   최후의 장편소설 『우리 서로의 친구Our Mutual Friend』 연재.

1865	『우리 서로의 친구』 완성. 겨울부터 건강 악화되어 프랑스로 휴양을 감. 귀국 도중 열차 추락 사고를 당했으나 참변을 모면함.
1867	11월부터 익년 4월까지 작품 낭독을 위한 두 번째 미국 여행. 미국인들로부터 열광적인 환호를 받았으나, 무리한 여행으로 건강 악화됨.
1868	국내 작품 낭독 여행 중 건강이 더욱 악화되어 의사로부터 활동 중단 권고를 받음.
1870	건강이 다소 회복되어 마지막 공개 낭독 여행길에 올랐으나, 청중의 반응은 그다지 좋지 않았음. 3월, 빅토리아 여왕을 단독으로 알현함. 6월 9일, 마지막 작품『에드윈 드루드의 비밀 *The Mystery of Edwin Drood*』을 미완성으로 남기고, 뇌내출혈로 켄트의 자택에서 사망. 웨스트민스터 사원에 안치됨. 디킨스의 묘비에는 다음과 같은 글이 새겨져 있다: "그는 가난하고 고통받고 박해당하는 자들의 지지자였으며, 그의 죽음으로 세상은 영국의 가장 훌륭한 작가들 중 하나를 잃었다."

위대한 유산 2

초판 인쇄	2025. 5. 23.
초판 발행	2025. 5. 30.
저자	찰스 디킨스
역자	이세순
편집	강지수
발행인	이재희
출판사	빛소굴
출판 등록	제251002021000011호(2021. 1. 19.)
팩스	0504-011-3094
전화	070-4900-3094
ISBN	979-11-93635-44-5(04800)
	979-11-93635-25-4(세트)
이메일	bitsogul@gmail.com
주소	경기도 고양시 덕양구 꽃마을로 66 한일미디어타워 1430호
SNS	인스타그램 instagram.com/bitsogul
	X(트위터) x.com/bitsogul
	네이버 블로그 blog.naver.com/bitsogul

빛소굴 세계문학전집 목록

1	**바질 이야기** 소설집	F. 스콧 피츠제럴드 지음 · 이영아 옮김
2	**닉 애덤스 이야기** 소설집	어니스트 헤밍웨이 지음 · 이영아 옮김
3	**방앗간 공격** 소설집	에밀 졸라 지음 · 유기환 옮김
4	**성** 장편소설	프란츠 카프카 지음 · 강두식 옮김
5	**도리언 그레이의 초상** 장편소설	오스카 와일드 지음 · 이근삼 옮김
6·7	**위대한 유산** 1·2 장편소설	찰스 디킨스 지음 · 이세순 옮김